TOD IN SCHMARGENDORF

Karla Blum wurde 1960 in Berlin geboren. Nach einer Buchhändlerlehre und einem Studium der Germanistik arbeitete sie als Book Scout in New York. Heute ist sie in Berlin als Autorin, Texterin und Übersetzerin tätig und macht sich für Kinder- und Jugendliteratur stark.

KARLA BLUM

TOD IN SCHMARGENDORF

Kriminalroman

emons:

Bibliografische Information der Deutschen Nationalbibliothek
Die Deutsche Nationalbibliothek verzeichnet diese Publikation in der Deutschen Nationalbibliografie; detaillierte bibliografische Daten sind im Internet über http://dnb.d-nb.de abrufbar.

FSC www.fsc.org
MIX
Papier aus verantwortungsvollen Quellen
FSC® C083411

Umschlagmotiv: biloba/photocase.de
Umschlaggestaltung: Nina Schäfer, nach einem Konzept von Leonardo Magrelli und Nina Schäfer
Umsetzung: Tobias Doetsch
Gestaltung Innenteil: César Satz & Grafik GmbH, Köln
Lektorat: Marit Obsen
Druck und Bindung: CPI – Clausen & Bosse, Leck
Printed in Germany 2018
ISBN 978-3-7408-0404-6
Originalausgabe

Dieser Roman wurde vermittelt durch die Literaturagentur Petra Hermanns GmbH, Frankfurt.

Für Traudl

EINS

Da saß ich nun und konnte nicht anders.

Ich hatte die Hände in die Lehnen gekrallt, den Blick starr auf eine blonde Stewardess gerichtet, die uns gelangweilten Passagieren zeigte, wie man den Sicherheitsgurt schloss. Das heißt, die anderen waren gelangweilt. Ich war nicht gelangweilt, denn mein letzter Flug war über drei Jahre her, sodass bei einer dramatischen Notlandung …

Oh Gott. Sagte ich »dramatische Notlandung«?

Beruhige dich, Wanda, schau aus dem Fenster, befahl ich mir. Da, sieh, kleine Männer mit Leuchtwesten, die wie Playmobilmännchen Gepäck quer über den Flughafen fahren, dort eine kleine rote Feuerwehr …

Warum war da eine Feuerwehr? Brannte die Maschine?

Wild schaute ich mich um, löste den Gurt, sprang auf, doch da kam auch schon die Stewardess auf mich zu und drückte mich mit sanfter Gewalt in den Sitz zurück.

»Bitte bleiben Sie sitzen. Wir starten gleich.«

Schwer atmend sank ich zurück in den Sessel. Zu spät. Ich konnte nicht entkommen. Ich würde sterben. Entweder bei einem Absturz oder an Flugangst.

Aber vorher schaltete ich noch rasch mein Handy aus.

Der bärtige Typ neben mir, der seinen Trenchcoat in der Ablage über unseren Köpfen verstaut hatte, machte das, was ich in so einer Situation am wenigsten ertrug: Er schaute mich flüchtig, aber amüsiert an. Er hatte eine athletische, schlanke Figur, dunkle Plüschaugen und überdurchschnittlich viele Haare im Gesicht. Der Mann war ein einziger Bart. Eigentlich war es ein Bart mit einem Mann dran, nicht umgekehrt. Ich stand nicht auf Bart. Also ignorierte ich ihn, ignorierte meinen beschleunigten Herzschlag – bis wir losrollten und uns in die Luft schwangen.

Geradezu lustvoll, wie der Pilot einen steilen Bogen über

Frankfurt am Main zog, durch die Wolken brach und, auf den fernen Horizont ausgerichtet, Kurs auf Berlin nahm. Es war eine Lust, die ich nicht teilte. Nie, nie, nie teilen würde.

Fünf Minuten später erklang eine männliche Stimme. In Ermangelung anderer angenehmer Tätigkeiten lauschte ich.

»Willkommen an Bord unserer Boeing 737. Hier spricht Ihr Kapitän auf dem Flug BAA 2173 von Frankfurt nach Berlin-Tegel. Unser Flug wird voraussichtlich eine Stunde und zehn Minuten dauern. In Berlin erwartet Sie klassisches Herbstwetter, zwölf Grad und Nieselregen.«

In Frankfurt war es schöner. Aber das Wetter während der Frankfurter Buchmesse war eigentlich immer schön. Angeblich hing das mit den jüdischen Feiertagen Anfang Oktober zusammen. Warum das so sein sollte, war mir allerdings ein Rätsel. Welche geheime Verbindung bestand zwischen dem jüdischen Glauben und Petrus? Einzige Erklärung: eine Klima-Ökumene, wie ich Jahr für Jahr vermutete, von der alle anderen Büchermenschen nichts ahnten und deren Existenz sich zugegebenermaßen nur sehr schwer beweisen ließe. Es sei denn, ich geriet gleich in den Himmel und konnte dort mit demjenigen sprechen, der fürs Wetter verantwortlich war … Themawechsel.

Ich blickte auf die Uhr. Wir waren seit zehn Minuten in der Luft, serviert wurde nichts, das gab es bei Big Apple Air, einer neuen Shuttleairline zwischen Berlin, Frankfurt und New York, anscheinend nicht. Aber besser, sie sparten am Essen als am Sprit und an der Wartung. Ich kam lieber hungrig als gar nicht an.

Ich war erschöpft. Zwei Tage lang war ich auf der Messe durch die langen Gänge von Halle zu Halle gerannt, hatte mit den Vertretern der großen Verlage verhandelt, um für unsere Krimibuchhandlung die besten Rabatte herauszuholen. Hin war ich mit dem Zug gefahren, wie jedes Jahr, aber zurück hatte ich keine Platzkarte mehr ergattern können. Und nach der Messe fünf Stunden im Zug stehen war unmöglich. Worauf denn, bitte? Auf Füßen, die eine einzige Blase waren? Mit zentnerschweren Tüten der Verlage, randvoll mit Zettelblöcken, Kugelschreibern, Katalogen und dem einen oder anderen Leseexemplar? Dann doch lieber one-way mit der brandneuen Fluglinie. Das kam davon, wenn man erst im letzten Moment buchte.

Ich fand sowieso, dass die Messe eigentlich nach Berlin gehörte. Und das nicht zuletzt wegen der Taxifahrerei. In Berlin hatten die Taxifahrer auch so ihre Macken, keine Frage. Da war ich die Erste, die das zugab. Aber wenigstens kamen sie aus Berlin und wurden nicht als ahnungslose Ersatztruppen aus Offenbach, Hanau, Wiesbaden und Darmstadt rekrutiert, die einen, wenn man einstieg und sein Ziel nannte, ratlos anblickten. »Buchmesse? Welche Buchmesse?« Und dann gaben sie in ihre Navis auch noch »Buchmesse« als Straße ein. Also wirklich.

Aber mich fragte ja niemand, wo die Messe hinsoll. Außer Miriam, die mit mir einer Meinung war, weshalb sie sich dieses Jahr strikt geweigert hatte, auch nur einen Fuß in die Hallen, geschweige denn in einen Flieger nach Frankfurt zu setzen. Dafür hatte sie schließlich ihre Leute – mich.

Langsam, langsam entspannte ich mich. Vielleicht hatte ich Glück, vielleicht stürzten wir nicht ab, vielleicht erlebte ich es noch, dass meine wunden Füße ein weiteres Mal das herrlich solide Pflaster von Charlottenburg berührten ... Da erklang die männliche Stimme erneut.

»Hier spricht noch einmal Ihr Kapitän. Wir möchten Sie bitten, während des gesamten Fluges angeschnallt zu bleiben. Wir erhielten soeben eine Unwetterwarnung, es ist mit heftigen Turbulenzen zu rechnen. Bitte halten Sie sich nicht in den Gängen auf. In akuten Notfällen sprechen Sie bitte Ihre Flugbegleiter an und befolgen Sie deren Anweisungen.«

Dann nuschelte er noch etwas auf Englisch, das klang wie: »Flight attendants, please be seated.«

Die Stewardessen eilten sogleich den Gang entlang und setzten sich mit ihren hübschen Hinterteilen auf puppenkleine Klappsitze. Auch der einzige Steward. Er eilte jedoch nicht, er tänzelte. Kick, step and flex. Wahrscheinlich war er früher mal Balletttänzer gewesen und hatte nur wegen der Rente auf Flugbegleiter umgesattelt. Und wegen der Reiseprivilegien natürlich.

Wie soll ich sie denn dort vorn ansprechen, wenn ich Hilfe brauche?, fragte ich mich. Die Damen schwatzten miteinander und schäkerten und schnallten sich freudig an, als wären sie Kinder, die mit der Achterbahn fahren durften. Und da ging es auch schon los. Ein Rumpeln, Zittern, Wackeln erfasste die Maschine.

Ha, dachte ich, jetzt bin ich wenigstens nicht die Einzige, die jammert. Der Flieger sank in ein Luftloch, hinter uns schepperte es, irgendwer schrie gellend, ganz in meiner Nähe. Die Blicke, die mir quer über den Gang zugeworfen wurden, machten mir klar: Das war ich selbst. Peinlich.

Mein bärtiger Nachbar hielt mir wortlos eine Spucktüte hin, aber ich winkte ab, obwohl mein Magen unkontrolliert hoch und runter hüpfte. Blass und krank starrte ich auf die Wassertropfen, die vom Flugwind über die Außenscheibe des ovalen Fensters gepeitscht wurden. Ich fühlte mich sogar zu schlecht, um Angst zu haben.

Die nächsten drei Viertelstunden waren ein Alptraum in Dunkelgrau. Dann erklang wieder die männliche Stimme. Der Typ freute sich wohl, dass er mal das Marlboro-Feeling beim Fliegen haben konnte. Oder er war ein Sadist, denn er sagte vergnügt: »In wenigen Minuten landen wir pünktlich in Berlin. Ich hoffe, Sie haben den Flug genossen und fliegen bald wieder mit Big Apple Air.«

Stöhnend lehnte ich mich zurück, während die Maschine landete. Die Motoren jaulten auf, wir wurden langsamer. Ich lebte noch. Welche Überraschung.

Als wir von der Landebahn rollten, stand ich sofort auf. Mit meinen Tüten und meiner Umhängetasche, in der ich alles für zwei Tage FFM hatte, war ich blitzschnell bereit zum Ausstieg. Aber ich war nicht schnell genug. Alle anderen hatten es genauso eilig, aus dieser Teufelsmaschine herauszukommen.

Quälend langsam schob sich die Schlange der Fahlgesichtigen in Richtung Ausgang, wo sich zwei der Stewardessen und der Kapitän freundlich lächelnd neben dem Cockpit gruppiert hatten.

Er sah nett aus, das musste ich zugeben. Je näher ich kam, desto netter. Dunkle Haare, die Kapitänskappe lässig nach hinten geschoben, leicht gebräunt. Es sollte ja Frauen geben, die auf Uniform standen. Ich zum Beispiel, wenn ich ganz ehrlich war. Zumindest wenn sie nichts mit Krieg zu tun hatten.

Aber egal, wie nett er aussah, seinen Flugstil fand ich unmöglich. Und deshalb lächelte ich nur ein ganz kleines bisschen zurück, als er ausgerechnet zu mir »Danke, dass Sie mit BAA geflogen sind« sagte. Zu allem Überfluss fragte er dann auch noch: »Hatten Sie einen guten Flug?«

»Wenn ich gern fliegen würde, wäre ich nicht Buchhändlerin geworden, sondern Astronautin«, antwortete ich hoheitsvoll und blitzte ihn an.

Während ich weiterging, versuchte ich aus den Augenwinkeln noch rasch herauszufinden, ob ihn meine Schlagfertigkeit beeindruckt hatte und er mir anerkennend hinterherschaute. Aber in diesem Moment hörte ich bereits, wie er die Brünette mit den Kuhaugen hinter mir dasselbe fragte. »Danke, dass Sie mit BAA geflogen sind. Hatten Sie einen guten Flug?«

Du mich auch, dachte ich und rauschte aus dem Flugzeug, der Gangway, dem Flughafen. Auf Nimmerwiedersehen, wie ich hoffte.

Es war Punkt zwölf, als ich im Taxi saß. Kaum hatte ich dem Fahrer die Adresse genannt, raste er los. Mein Magen, immer noch übellaunig von dem Flug, protestierte, aber wenigstens kannte dieser Fahrer sich in der Stadt aus.

Vom Flughafen Tegel zum Stuttgarter Platz, wo ich wohnte, dauert es keine fünfzehn Minuten, doch bevor wir die erste Ampel erreichten, klingelte mein Handy, Fluch und Freude der schönen neuen Welt. Der Klingelton war ein liebliches, naturverbundenes Vogelzwitschern, das mein zehnjähriger

Sohn Josh für mich aus dem Internet heruntergeladen hatte. So etwas machte Josh, bisher mein Augenstern und Trost in allen Lebenslagen, gern. In letzter Zeit allerdings, da sich die Pubertät an ihn heranschlich, mutierte er mit seinem Dickkopf zum berühmt-berüchtigten Sargnagel.

Das Tschirpen beschwor die Illusion von regennassen Buchenwäldern und ausgelassenem Balzverhalten an ersten Frühlingstagen herauf und veranlasste den Taxifahrer zu der misstrauischen Frage: »Ham Se 'n Vogel?«

»Nee, einen neuen Klingelton«, erwiderte ich wahrheitsgetreu.

»Unbekannt« stand auf dem Display. Aber das war eine glatte Lüge. Denn als ich auf die grüne Telefontaste drückte, hörte ich ein überhaupt nicht unbekanntes »Hallooooo«. Meine Mutter hatte so eine bestimmte Art, »Hallooooo« zu sagen, die meine Freundinnen schon während unserer Schulzeit veranlasst hatte, morgens kichernd zu mir zu sagen: »Hallooooo, Wanda.« Jetzt also hörte ich: »Hallooooo, Wanda. Wo bist du?«

»Hi, Mama, ich bin auf dem Weg nach Hause. Ist mit Josh alles okay?«

»Ja, dem Jungen geht es gut. Er hat heute ganz normal Unterricht und nimmt nachher den Schulbus zu dir. So gegen halb fünf sollte er da sein. Und einen Appetit hatte er heute wieder! Ich habe ihm ordentlich mitgegeben«, fügte sie nach einer winzigen Pause mit deutlichem Triumph und einem leisen Vorwurf in der Stimme hinzu.

Bei Mutters letztem Satz verdrehte ich die Augen. Josh ging auf die John-F.-Kennedy-Schule, wo nicht nur Englisch gesprochen wurde, sondern die Schüler in einer Cafeteria auch Mittagessen bekamen. Aber es war eine altbekannte Tatsache, dass Mutters Liebe in proportionalem Verhältnis zu den Portionen stand, die sie uns auftischte. Sie liebt uns sehr. Was mir von Kindheit an einen erbitterten und aussichtslosen Kampf gegen verlorene Modelmaße und Papa einen Bauch beschert hatte. Insgeheim war ich überzeugt: Dass in meinem eigenen

Kühlschrank meistens gähnende Leere herrschte, war Ausdruck einer Protesthaltung, die ihre Wurzeln in meiner frühkindlichen Prägung hatte. Es *konnte* natürlich auch ein Beweis dafür sein, dass Josh und ich relativ verfressen waren: Kaum war der Kühlschrank voll, war er auch schon wieder leer.

Ich beendete das Gespräch, während wir um den Jakob-Kaiser-Platz herumfuhren und in den Tegeler Weg einbogen, der am Charlottenburger Schloss vorbeiführte. Rasant überquerten wir die Spreebrücke und waren schon fast an der Bismarckstraße, als das Handy zum zweiten Mal zwitscherte.

»What's loose, Miriam?«, fragte ich in fast makellosem Englisch, denn ihren Namen kannte mein Handy.

»Die Messe?«, entgegnete sie in dem für sie so typischen Ton, der weder eine freundliche Begrüßung war noch eine verbindliche Unterhaltung einzuleiten schien. In Miriams Stimme schwang immer etwas Schroffes, kurz Angebundenes mit, das mich an kühle Herbstmorgen und verhauene Mathearbeiten erinnerte, keine Ahnung, warum. Seit ich sie besser kannte, wusste ich, dass dieser Eindruck täuschte. Aber es gab viele Menschen, die über diese erste Einschätzung einfach nicht hinwegkamen. Man musste schon das Gemüt eines Schaukelpferdes haben, um sich von Miriam nicht auf die Füße getreten zu fühlen.

Miriam und ich, das Schaukelpferd – darüber gab es einiges zu sagen.

Ich war gern pünktlich. Manche nannten mich auch überpünktlich. Wenn ich mir einen Fahrplan im Internet anschaute und die U-Bahn auswählte, die ich nehmen wollte, war es wahrscheinlich, dass ich zwei Bahnen früher fuhr, weil ich zu früh von zu Hause weggegangen war. »Viel zu früh ist genauso unpünktlich wie viel zu spät« – mit diesem Spruch von Erich Kästner konnte ich nur sehr bedingt etwas anfangen. Vermutlich hatte ich Angst, etwas zu verpassen.

Als ich vor vierzehn Jahren zum ersten Mal den Raum der Buchhändlerklasse im Oberstufenzentrum in Kreuzberg betrat, war ich trotzdem nicht die Erste. Dort, an einem der in kommunikativer U-Form aufgestellten Tische, saß bereits eine Frau. Eine sehr schöne Frau, wie mir sofort auffiel, etwas älter als ich, vielleicht Ende zwanzig. Schmales Gesicht, das mich irgendwie an England, an Virginia Woolf erinnerte, eine Rolex am Handgelenk. Ich hatte keine, aber das hieß nicht, dass ich sie nicht erkannte, wenn ich eine sah.

Mit hochgezogenen, blassen und elegant geschwungenen Augenbrauen schaute sie mich an und erweckte den Eindruck, nur versehentlich hier gelandet zu sein, so als wäre sie eigentlich für etwas deutlich Besseres im Leben bestimmt als für eine Buchhändlerklasse. Einen Moment lang erwog ich, so zu tun, als hätte ich sie nicht gesehen. Aber ehrlich, damit wäre ich wohl nicht durchgekommen. Wir waren schließlich nur zu zweit im Raum.

Ich schaute also wortlos zurück. Sie klopfte auf die hölzerne Sitzfläche des Stuhls, der neben ihr stand, und sagte knapp: »Hier ist noch ein Platz frei.«

Und da saß ich dann, jeden Montag und Mittwoch während der nächsten zwei Jahre. Auf eine Art und Weise organisiert, welche die meisten Executive-Sekretärinnen blass aussehen lassen würde, scheuchte Miriam mich mit ihren Karteikarten, auf denen sie in penibler Schrift alle buchhändlerischen Rabattierungen, Großhändlerniederlassungen und Remissionsbedingungen notiert hatte, durch die Prüfung. Wer denkt, ein Buchhändler stellt sich in den Laden und verkauft fröhlich vor sich hin, der täuscht sich gewaltig. Der Verkauf ist gewissermaßen die Spitze des Eisbergs, und wir lernten das, was darunter lag.

In Miriams Fall war die Ausbildung von hohem praktischem Nutzen: Kaum hatte sie bei der Abschlussprüfung brilliert, winkte eine Festanstellung bei Berlins größter Buchhandelskette. Und damit nicht genug: Ein Jahr später hatte sie auch den Besitzer dieser Buchhandelskette in der Tasche. Seitdem hieß sie Frau Mamlock. MM, wie typisch. Selbst ihre Initialen waren schön. Aber da war unser Kontakt nur noch sehr sporadisch, und schließlich riss er ganz ab.

Ich war nämlich, im Gegensatz zu Miriam alles andere als praktisch, erst einmal gen Amerika aufgebrochen. Ich fand, nach der Ausbildung stünde mir eine Belohnung in Form einer schönen langen Reise zu. Und weil es mir in New York gefiel, blieb ich. Ich fand einen Job in der einzigen deutschen Buchhandlung, die es dort damals noch gab, und löste das Problem Aufenthaltsgenehmigung überaus elegant, wie mir schien: Rob Cameron war Student an der NYU, schwarzer Chefredakteur der Unizeitung und an deutscher Literatur interessiert. Zudem fand er nichts dabei, dem interkulturellen Austausch mit einer Scheinehe auf die Sprünge zu helfen. Ein bisschen Geld gab ich ihm auch dafür, es sollte ja nicht sein Schaden sein, und weil wir uns einen Abend lang sehr sympathisch waren, gab's eine Nacht gratis dazu. So kam ich zu Josh.

Fast genauso schnell war ich wieder geschieden. Eine Weile boxte ich uns allein durch, ehe ich pünktlich zu Joshs Schulanfang nach Berlin zurückkehrte – um einiges an Erfahrung reicher, an Geld dagegen nicht.

Glücklicherweise bewiesen meine Eltern in jener Zeit, dass ihre wahre Bestimmung das Großelterndasein war, was mir die Gelegenheit gab, nach Jobs zu fahnden. Ich staunte, wie viel sich in den sieben Jahren meiner Abwesenheit in der Berliner Buchhandelslandschaft getan hatte. Da gab es so einiges, worüber ich nichts wusste. Allerdings staunten auch die, bei denen ich mich bewarb, nämlich darüber, wie viel ich nicht wusste. Mit jeder Absage wurde ich verzagter: Konnte es sein, dass niemand in dieser großen Stadt eine fünfunddreißigjährige alleinerziehende Buchhändlerin einstellen wollte? Gelegentlich durfte ich irgendwo aushelfen, mal für ein paar Monate, mal kürzer. So auch an jenem Abend vor gut zwei Jahren im Literaturhaus in der Fasanenstraße.

Ich schleppte gerade die erste Bücherkiste in den noch fast leeren Raum. Im Halbdunkel saß eine einzelne Person, die ich nicht weiter beachtete. In einer Stunde würde hier die Lesung eines argentinischen Autors stattfinden, von dem ich noch nie etwas gehört, geschweige denn gelesen hatte, was peinlich genug war. Denn die Buchhändlerin, der ich beim Büchertisch helfen sollte, hatte mir pikiert versichert, dass dieser Autor gerade als Anwärter für den Nobelpreis gehandelt wurde. Hochrot im Gesicht, denn der späte Sommerabend war noch warm, die Kisten schwer und meine Jeans zu eng, nahm ich den ersten Bücherstapel heraus und legte ihn auf den Tisch, als aus der Tiefe des Raumes jemand meinen Namen rief. Es war nicht nur ein Ausruf, sondern auch eine Frage, also ungefähr so: »Wanda!?!?«

Ich drehte mich um, und wer stand da von seinem Platz auf, schlank, tadellos gepflegt, mit einem präzisen Haarschnitt und einem hinreißenden, wunderbar luftigen Sommerkleid, dessen knallrote Mohnblumen exakt zu Lippenstift und Nagellack passten? Miriam.

Sie kam auf mich zu, und ich muss sagen, dass ich mich in diesem Moment fragte, warum ich mich seit meiner Rückkehr vor über einem Jahr nicht schon längst bei ihr gemeldet hatte. Die Antwort darauf war leicht und schwer zugleich: Ich hatte mich nicht getraut. Ohne festen Job und im Bewusstsein, zumindest aus Miriams Sicht, aus dem Aufenthalt in den USA nicht das Beste gemacht zu haben, fühlte ich mich gescheitert. Ich sah mich mit ihren Augen, ihrem unerbittlichen Blick fürs Perfekte, und was ich sah, gefiel mir nicht.

Sie trat also auf mich zu, sah mich prüfend an und sagte: »Warum bist du hier, Wanda?«

»Ich arbeite, im Gegensatz zu dir«, antwortete ich, schwer beeindruckt von meiner eigenen Schlagfertigkeit. »Und warum sitzt du hier im Halbdunkeln? Das Restaurant ist doch unten.«

»Ich weiß, dass das Restaurant unten ist. Ich wollte meine Ruhe haben, weil ich nachher sowieso mit Alejandro unten esse.«

»Wer ist denn Alejandro?«, fragte ich neugierig.

Genau wie früher zog Miriam ihre Augenbrauen hoch. »Der Autor, der heute Abend liest, du Nichtsahnende. Warum bist du nicht in New York, Wanda?«

»Ich bin schon eine ganze Weile zurück.«

»Hm. War die Liebe nicht so groß?«

Ich dachte, sie meinte meine kurze Ehe, und wunderte mich, dass sie überhaupt davon wusste. Als ich geheiratet hatte, hatten wir bereits keinen Kontakt mehr gehabt. Außerdem war von Liebe keine Rede gewesen. Nicht wirklich.

»Ich bin geschieden. So was passiert. Aber immerhin habe ich einen Sohn«, versuchte ich mich zu rechtfertigen.

»Ich weiß, dass so was passiert. Ich bin auch von Mamlock geschieden. Aber das meinte ich nicht.«

»Nicht? Was denn?«, fragte ich erstaunt.

Sie trat näher. »Uns. Kein Brief mehr von dir, kein Anruf. Was sollte das denn?«

Ich schwieg. »Miriam, ich war so …« Weit weg, anders eingebunden, wollte ich sagen. Vielleicht unpassend für dein Berliner Leben. Für jemanden, der mit Alejandro, dem zukünftigen Nobelpreisträger, ausgeht.

Aber ich kam nicht weit. Sie drehte sich auf dem Absatz um und verließ den Raum, ohne mich noch eines Blickes zu würdigen. Ich starrte ihr hinterher und sah, dass sie am Treppenabsatz die Buchhändlerin ansprach, für die ich an diesem Abend arbeitete. Ich ahnte, dass ich das Thema war, denn kurz drehten beide ihre Köpfe in meine Richtung. Ich wandte mich wieder den Büchern zu. Innerlich kochte ich, und das hatte nichts mit dem warmen Abend zu tun. Wütend nahm ich den zweiten Stapel aus der Kiste. Ich wusste, dass Miriam kaltschnäuzig war, aber immerhin waren wir zumindest lose befreundet gewesen, bis ich abtauchte, und manchmal hatte ich sogar gedacht, wir wären richtig gute Freundinnen.

Ha, dachte ich, was für eine blöde Tussi. Umso besser, dass ich nichts mehr mit dir zu tun habe! Und geschieden bist du auch? Dann brauchst du hier nicht so zu tun, als ob ich von uns beiden der einzige Loser bin!

Sehr viel weiter war ich noch nicht, als in meinem Rücken jemand den Raum betrat. Ich dachte, es sei die Buchhändlerin, und wappnete mich innerlich gegen schnippische Fragen.

Aber es war Miriam. Sie hatte zwei Gläser in der Hand, hohe, geschliffene, die in der warmen Luft durch ihren eiskalten Inhalt beschlagen waren. Wahrscheinlich hatte sie sie von der Bar nach oben geholt. Eins davon reichte sie mir. Dann sagte sie: »Veuve Clicquot. Schön, dass du wieder im Lande bist. Gib mir mal deine Handynummer. Ich muss was mit dir besprechen. Aber nicht jetzt.« Sie stieß ihr Glas gegen meins. Es klirrte leise in dem leeren Raum, und Miriam lächelte.

Natürlich gab ich ihr meine Nummer, und einige Tage später machte sie mir ein Jobangebot. Nicht irgendeins, sondern ein großartiges: als Sortimenterin im »Agatha«, ihrer neu eröffneten Krimibuchhandlung im gediegenen Berliner Stadtteil Schmargendorf. Dort arbeitete ich heute noch. Streng genommen war Miriam meine Chefin, aber irgendwie dachte ich nicht in diesen Kategorien, und Miriam glücklicherweise auch nicht. Meistens jedenfalls nicht.

Und falls es noch nicht ganz klar geworden ist: Zwei unterschiedlichere Frauen als uns konnte man sich kaum vorstellen.

»Die Messe?«, fragte Miriam also mit ihrer kühlen Stimme, und ich grinste.

»Dir auch einen schönen guten Tag, meine liebe Miriam«, flötete ich. »Danke der Nachfrage. Die Messe war der übliche Knochenjob. Aber ich habe alles bestellt, was wir bestellen wollten.«

»Gut. Kommst du heute noch rein?«

»Nein«, antwortete ich. »Ich brauch dringend etwas Ruhe, ein Fußbad und nachher ein bisschen Zeit mit Josh. Morgen bin ich wieder da. Wie lief's denn die letzten Tage so?«

»Oh, es ging.«

»Du klingst irgendwie sauer, Miriam. Ist was?«

»Ja, aber nichts mit der Buchhandlung. Ich habe Ärger hier im Haus.«

Dazu musste man sagen, dass Miriam das war, was sie selbst »sauber geschieden« nannte, im Gegensatz zu mir. Als Abfindung hatte sie von ihrem vermögenden Ex-Mann das Haus überschrieben bekommen, in dem sich die Buchhandlung befand und Miriam auch lebte, in einer weitläufigen Vier-Zimmer-Altbauwohnung mit Stuck, malerischen Kachelöfen, von denen Porzellanputten blasiert auf den Parkettboden schauten, einem Wintergarten und einem hübschen Stadtgärtchen hinter dem Haus. Außerdem wohnten dort mehrere Mietparteien, die Miriams Kasse aufbesserten, wenn es im »Agatha« nicht so gut lief. Lief es dagegen gut, kassierte sie doppelt. Eine Win-win-Situation. Für Miriam. Außer natürlich, es gab Ärger mit den Mietern.

»Was ist denn?«, fragte ich neugierig.

»Erzähl ich dir morgen. Tschüs.« Abrupt trennte sie die Verbindung, und ich verstaute das Handy wieder in meiner Tasche. Dann schaute ich aus dem Fenster. Wir waren am Stuttgarter Platz angekommen, wo Josh und ich wohnten. Nicht ganz so gediegen, aber dafür lebhaft und mit meinen Eltern in Laufdistanz.

»Das macht dann vierzehn siebzig«, sagte der Taxifahrer.

»Sechzehn. Und bitte eine Quittung«, erwiderte ich.

Ich war wieder zu Hause. Leicht angeschlagen von Messe und Flug, aber alles in allem unversehrt und glücklich.

Was an jenem Abend und in jener Nacht nicht jeder von sich behaupten konnte.

ZWEI

Am nächsten Morgen hatte mich der Alltag wieder, auch wenn ich von den letzten Tagen noch groggy war. Nach einem hastigen Frühstück flitzte Josh los, um den Schulbus zum JFK zu erwischen. Ich war froh, dass man ihn dort aufgenommen hatte: Als Amerikaner machte es Sinn, dass er zweisprachig aufwuchs. Das Multikultidenken dort hatte für ihn gerade zu Beginn alles selbstverständlicher gemacht.

Ich lief zum Kurfürstendamm vor und nahm dort den Bus 110. Als ich in Schmargendorf ausstieg, fiel mir etwas Seltsames auf: Ein leiser, unbekannter Geruch hing in der Luft. Er war so zart, dass ich ihn wahrscheinlich in ein paar Minuten nicht mehr wahrnehmen würde, aber jetzt, da noch ein bisschen verbrauchte Busluft in meiner Lunge steckte, fiel er mir auf. Es roch nicht schlecht, aber unvertraut. Ich konnte den Ursprung nicht einordnen.

Auf einmal musste ich an Hoboken denken: Die Kleinstadt in New Jersey lag auf der anderen Seite des Hudson River, knapp in Sichtweite von Manhattan. Dort hatte ich in einem Brownstone gewohnt, und dort war auch Josh geboren worden. In Hoboken gab es eine Kaffeerösterei. Immer, wenn ein Tiefdruckgebiet über New Jersey hinwegzog, roch es nach geröstetem Kaffee, allerdings verfremdet durch Autoabgase und Industrie, den vom Wind herübergetragenen Duft des Meeres und den Geruch des Flusses. Es dauerte damals ein bisschen, bis ich den Geruch von Kaffee darin ausmachen konnte. Und dann bekam ich mit, dass dieser Geruch von allen in Hoboken als zuverlässiger Wetterbericht genutzt wurde: Wenn's komisch nach Kaffee riecht, vergiss deinen Schirm nicht.

Rasch schaute ich in meine Tasche, ob ich den Knirps eingesteckt hatte. Aber Blödsinn, wir waren nicht in Hoboken, sondern in Schmargendorf. Und das war auch kein Kaffeegeruch. Es war … ich wusste es nicht.

Um kurz vor neun war ich im »Agatha«, überpünktlich, wie immer. Wir öffneten erst um halb zehn. Als ich aufschloss, empfing mich Dämmerlicht. Ich drückte die Schalter für Beleuchtung und Außenmarkise, der Verkaufsraum erstrahlte in hellem Licht, und ich hörte, wie draußen mit einem sanften Schnurren die Markise herausgefahren wurde. Einen Moment lang blieb ich stehen, schaute auf die roten Regale und die großen Tische, auf denen wir die Neuerscheinungen aus dem blutigen Reich der Krimiliteratur auslegten, und auf die kleine Leseecke, die wir erst vor Kurzem eingerichtet hatten und die bei den Kunden gut ankam.

Mein Blick streifte das goldgerahmte Poster mit dem Bild unserer Namensgeberin Agatha Christie, die nachdenklich das Kinn auf die gefalteten Hände gelegt hatte. Schwarz-weiß und absolut harmlos sah die Grande Dame der literarisch verübten und aufgeklärten Morde aus, so als ob sie kein Wässerchen trüben, geschweige denn sich sechsundsechzig Krimis ausdenken konnte, in denen erwürgt, erstochen, erschossen, vergiftet und ertränkt wurde.

Es war ein schöner Laden, einer, in dem man sofort Lust auf versunkenes Lesen bekam, auf Spannung, Mord und Totschlag von der ersten bis zur letzten Seite.

Von Miriam war noch nichts zu sehen, was nicht ungewöhnlich war. Eine von uns öffnet, die andere schließt, so lautete die Regel. Doppelte Besetzung den ganzen Tag lang war nur im Weihnachtsgeschäft nötig.

Ich ging zur Kasse. Wenn wir uns Nachrichten hinterließen, dann dort – und richtig: ein Zettel mit Miriams schwungvoller Handschrift. »Geld wechseln« stand knapp und unmissverständlich darauf, und ich öffnete die Kasse. Drei Hunderter lagen darin.

Es war natürlich nicht sehr schlau, dreihundert Euro über Nacht in der Kasse zu lassen. Aber wir setzten darauf, dass niemand einbrach. Wie gesagt, Schmargendorf war eine gediegene Gegend. Zwischen den Nobelvierteln Dahlem und Grunewald gelegen, aber nicht so furchtbar reich, dafür mit besserer Infrastruktur, einem schönen Rathaus aus roten Backsteinen nebst Standesamt und Stadtbücherei, vielen Geschäften mit Dingen, die man brauchte, und noch mehr Geschäften mit Dingen, die man nicht brauchte, einigen Restaurants, ein paar Schulen und zwei kleinen Hauptstraßen. In einer davon befand sich das »Agatha«.

Schmargendorf hatte Kleinstadtflair. Es hieß, wer hier einmal wohnte, wollte nicht mehr weg. Das war für mich nicht überprüfbar, weil ich in Charlottenburg lebte. Aber Miriam schwor, dass es wirklich so war, und sie musste es schließlich wissen. Sie wohnte hier seit einigen Jahren, und es sah so aus, als wollte sie nie wieder weg.

Ich griff mir die Scheine, verließ den Laden und schloss hinter mir ab. Auf dem Weg zur Bank kam ich an der kleinen Dorfkirche mit dem angrenzenden Friedhof vorbei. Die Kirche war aus Feldsteinen gebaut, der Turm aus Holz. Die Bank dagegen, zu der ich nun ging und bei der Miriam auch ihr Geschäftskonto hatte, war aus Marmor, Granit und Edelstahl. Genau daneben lag ein Seniorenheim, eins von mehreren in Schmargendorf, was einiges über die Altersstruktur in diesem Bezirk aussagte.

Miriam legte großen Wert auf persönlichen Kontakt mit ihrem Banker, dem kleinen Herrn Heuhausen, wie sie ihn nannte. Er schwärmte für sie. Sie hatte erzählt, dass er ihr immer ausführliche Beratungen angedeihen ließ, die er gern mit einem Glas Prosecco krönte, wenn seine Kollegen bereits gegangen waren. Ich dagegen war nie ganz sicher, ob er mich überhaupt erkannte, wenn ich an seinen Schalter trat.

Als ich die Bank erreichte, sah ich, dass dort bereits mehrere Leute vor dem Eingang standen. Ich warf einen Blick auf meine Armbanduhr: fünf nach neun. Komisch. Wie untypisch für eine Bank, verspätet zu öffnen. Wo doch time money ist.

Erst standen wir zu viert, dann zu sechst vor der verschlossenen Tür. Schließlich waren wir neun. Die ersten fingen an zu murren. Dann passierte endlich was: Aus dem 249er-Bus, der an der Haltestelle fünfzig Meter weiter gestoppt hatte, stieg eine junge Frau. Ihr schwarzer Hosenanzug, ihre Lackstiefeletten, das weiße Blüschen, ihr Kamelhaarmantel und nicht zuletzt der irritierte Blick in unsere Richtung outeten sie als Angestellte der Bank.

Im Laufschritt kam sie auf uns zu. »Entschuldigung!«, rief sie. »Ist Herr Heuhausen noch nicht da?«

Wir murmelten, zuckten die Schultern, beschwerten uns halblaut. Was war denn das für eine Frage? Offensichtlich war er nicht da, sonst würden wir doch nicht hier draußen stehen wie bestellt und nicht abgeholt!

Sie schloss die Tür auf, informierte uns resolut: »Einen winzigen Moment noch«, und schloss sie hinter sich wieder zu. Doch von winzig konnte gar keine Rede sein – die Minuten vergingen, ohne dass etwas passierte. Inzwischen war einer der Wartenden so verärgert, dass er wütend mit der Faust gegen die immer noch geschlossene Tür bummerte und sich dann zum Gehen wandte.

Ob das heute noch mal was wird?, dachte ich und schaute unruhig in die Richtung, aus der ich gekommen war. Das Geld zu wechseln würde weitere Zeit in Anspruch nehmen, ich musste noch die Bücher auf die Außentische legen, und gegen einen Kaffee und etwas Schmökern, bevor der erste Kunde den Laden betrat, hatte ich auch nichts einzuwenden. Das war nämlich das Schönste an meinem Beruf: Es gab die besten Bücher zum Nulltarif.

Ich fing gerade an, nervös zu werden, da hörte ich in der Ferne ein Martinshorn. Ein Unfall, dachte ich. Sicher brachten sie jemanden ins Krankenhaus. Doch das Geräusch entfernte sich nicht, sondern kam näher, bis eine Feuerwehr, gefolgt von einem Polizeiwagen, direkt vor der Bank hielt. Es ist etwas passiert, stellte ich fest, als zwei Sanitäter ausstiegen und auf den Eingang zugingen. Ein Polizist und eine Polizistin folgten, auch sie drängten sich zwischen uns hindurch und bauten sich vor dem Eingang auf. Dann wurde von innen die Tür der Bank aufgedrückt, und die junge Frau von eben erschien. Jetzt sah sie nicht mehr forsch aus, sondern kreidebleich.

»Sie können nicht rein. Sie müssen wieder gehen, es tut mir leid. Wir haben heute geschlossen«, sagte sie stammelnd zu uns Wartenden.

»Was ist denn?«, fragte eine Frau mit einem Kinderwagen. Sie erhielt keine Antwort. Stattdessen schleuste die Bankerin Sanitäter und Polizisten herein.

Dabei standen die Glastüren zum Vorraum und Kundenbereich einen Moment lang weit genug offen, um von der Stelle, an der ich stand, einen perfekten Blick in den Schalterraum zu haben.

Auch der Mann direkt neben mir konnte hineinschauen. Er stellte sich sogar auf die Zehenspitzen, um noch besser sehen zu können.

Wir sahen, was wir sahen, und gleichzeitig konnten wir nicht glauben, was wir sahen. Aber es fehlte die Zeit, das Bild zu überprüfen, denn schon wurden die Türen hastig wieder geschlossen.

Wir schauten uns fragend, fast verwirrt an.

»War das …?«, fragte der Mann.

Ich nickte. »Ja, das war Herr Heuhausen. Ich bin ganz sicher.« Schließlich hatte ich schon oft genug Geld bei ihm gewechselt.

Kein Wunder, dass der kleine Herr Heuhausen nicht aufgemacht hatte. Wie hätte er das auch machen sollen? Er lag leblos auf der Erde in etwas, das verdächtig nach einer Blutlache aussah.

Ich war keine Fachfrau, was solche Situationen anging. Grundsätzlich interessierte mich der Tod eher literarisch-theoretisch als praktisch-empirisch. Aber für mich hatte es den Anschein, als ob der kleine Herr Heuhausen nie wieder Geld wechseln würde. Oder Prosecco trinken. Vielleicht, nein, hoffentlich, hatte ich mich getäuscht. Aber ich fand, dass er irgendwie sehr tot aussah.

»Er sah tot aus?«, fragte mich Miriam erstaunt, als ich Minuten später mit den drei ungewechselten Hundertern in der Tasche atemlos in der Buchhandlung auftauchte. »Was meinst du damit? War er tot, oder sah er nur so aus?«

»Das weiß ich doch nicht«, rechtfertigte ich mich. »Die haben uns nicht reingelassen, damit wir ihn untersuchen. Vielleicht täusche ich mich ja, und er war nur verletzt. Schwer verletzt.«

»War es ein Unfall?«, wollte Miriam wissen, und wieder konnte ich nur mit den Schultern zucken.

»Keine Ahnung. Doch, ja. Ich denke schon. Was denn sonst? Sicher ist er ausgerutscht und mit dem Kopf gegen eine dieser Marmorkanten geknallt. Jedenfalls habe ich eine Menge Blut gesehen.«

»Na, wir befinden uns hier in einem Dorf. Jede Wette, dass wir wissen, was ihn niedergeschmettert hat, noch bevor wir heute Abend den Laden dichtmachen. Gib mal das Wechselgeld«, sagte Miriam ungerührt.

»Hörst du mir nicht zu? Ich habe das Geld nicht wechseln können!«, rief ich entnervt und wedelte mit den Scheinen vor ihrer Nase herum.

»Ach, stimmt ja. Na, dann geh mal zu der anderen Bank.«

»Das mach ich.« Ich verließ den Laden und schlug an der Straße den entgegengesetzten Weg ein, jedoch nicht, ohne noch einmal einen Blick in Richtung Bank Nummer eins zu werfen. Die Polizisten sperrten gerade den Bürgersteig ab. Das sah irgendwie nicht nach einem normalen Unfall aus, fand ich. Denn warum sollte sich die Polizei *draußen* diese Mühe machen, wenn jemand *in* der Bank ausgerutscht und mit dem Kopf gegen einen Marmortresen geknallt war?

Gedankenverloren lief ich weiter. Nur einmal hielt ich kurz an, als nämlich ein Feuerwehrwagen gemächlich an mir vorbeifuhr – vielleicht mit Herrn Heuhausen darin? Die mäßige Geschwindigkeit ließ den Rückschluss zu, dass der Verletzte nicht dringend ins Krankenhaus gebracht werden musste. Weil es für eine medizinische Versorgung sowieso zu spät war.

Ich betrat Bank Nummer zwei. Hier war alles friedlich, und ich ging zu einem Schalter, hinter dem eine Frau im besten

Alter saß. Sie kam mir vage bekannt vor, aber das passierte mir in Schmargendorf häufiger. Vor ihr stand ein kleines Schild mit der Aufschrift »Kasse«. Ich legt ihr das Geld hin, sie überreichte mir eine Karte, mit der ich am Automaten dreihundert Euro in kleinen Scheinen erhalten würde.

Ich bedankte mich und wandte mich gerade zum Gehen, da flüsterte sie mir zu: »Sie arbeiten doch im ›Agatha‹, nicht wahr? Sie haben mir neulich den neuen Arne Dahl empfohlen. War wahnsinnig spannend.«

»Freut mich, dass Ihnen der Krimi gefallen hat«, entgegnete ich und dachte, dass ich von nun an immer zu dieser Bank gehen würde. Hier kannte man mich wenigstens.

»Haben Sie schon gehört?«, raunte sie leise. »Heute Morgen ist in der Wilmsbank jemand ermordet worden.«

»Ermordet? Sind Sie sicher?«, antwortete ich erschrocken. »Ich dachte, es war ein Unfall.«

Sie schüttelte so energisch den Kopf, dass ihre Dauerwelle aufgeregt wippte. »Nein. Der Kollege dort ist erschossen worden. Es war ein Überfall.«

»Was? Woher wissen Sie das denn?« Der kleine Herr Heuhausen war doch eben erst gefunden worden, wie konnte sie da schon so gut informiert sein?

Selbstzufrieden wiegte sie sich hin und her. »Ach, wissen Sie, so etwas spricht sich schnell herum. Man hört hier am Schalter allerlei.«

In der Tat. Das Gerücht musste mich auf dem Weg zur Bank überholt haben. Wahrscheinlich hatte es als blinder Passagier hinten auf dem Feuerwehrwagen gesessen und war in Schmargendorf-Mitte abgesprungen, um sich in den Geschäften zu verbreiten.

»Ein Banküberfall in unserem Viertel«, sagte die Frau und sah beunruhigt aus. »Wer hätte das gedacht? So was passiert hier doch sonst nicht!« Sie schwieg einen Moment, dann ergänzte sie bedächtig: »Jedenfalls hatten wir keine Bluttat mehr, seit dieser Wahnsinnige mit der Kettensäge in der Kleingartenkolonie den Amoklauf begangen hat. Und, na ja, als dieser

Kellner angeschossen wurde. Aber das ist ja beides schon eine ganze Weile her. Da haben Sie noch nicht im ›Agatha‹ gearbeitet, oder?«

Ich schaute sie erschrocken an. Oh Gott, in was für einer Gegend arbeitete ich bloß? Schlimmer als früher die South Bronx!

Während ich das Wechselgeld aus dem Automaten nahm und die Bank verließ, fragte ich mich neugierig, wie viel Beute die Bankräuber wohl gemacht hatten, und bedauerte, dass ich vorhin nicht mit Miriam gewettet hatte. Denn diese Wette hätte sie verloren: Nicht bis wir den Laden schlossen, würden wir erfahren haben, was Herrn Heuhausen niedergeschmettert hatte, sondern bis wir den Laden öffneten. In Schmargendorf sprach sich eben alles in Buschfeuergeschwindigkeit herum.

Besonders Banküberfälle und Mord.

DREI

An diesem Tag verkauften wir nicht sehr viel im »Agatha«. Aber der Laden war trotzdem sehr voll. Besonders unsere Leseecke war praktisch nonstop besetzt.

Was man als Buchhändler in der Ausbildung als Erstes lernte, war, dass beim Verkauf viel von einem gut geführten Kundengespräch abhängt. Es gab natürlich sehr effiziente Kunden, die mit einem bestimmten Buchwunsch den Laden betraten, sei es aufgrund einer Rezension oder einer persönlichen Empfehlung. Sie bestellten das Buch zum nächsten Tag, wenn wir es nicht vorrätig hatten, oder kauften es gleich. Ruckzuck, weg waren sie.

Aber die meisten unserer Kunden hatten mehr Zeit. Sie kamen zum Stöbern herein, und dann schlug die Stunde der kompetenten Buchhändlerin. Also meine. Ich empfahl, fasste zusammen, führte aus, schlug Brücken von einem Buch zum nächsten, und voilà – schon wurde dankbar erstanden. Und jedes Kundengespräch begann mit den klassischen Worten: »Kann ich Ihnen helfen?«

Nicht so an einem Mordtag.

Die Ladentür mit dem balinesischen Bimmelglöckchen öffnete und schloss sich unablässig. Doch ehe Miriam und ich beflissen auf die Eintretenden zugehen konnten, stürzten sie sich auf uns und begannen das Gespräch – ganz so wie die Frau von Bank Nummer zwei – mit den Worten: »Haben Sie schon gehört?«

Ja, sagten wir und nickten, wir hatten schon gehört.

Sensationslust lag in den Worten unserer Kunden. Aber in ihren suchenden Blicken stand auch eine Frage, nämlich die, wer den Toten auf der anderen Straßenseite auf dem Gewissen hatte. So als ob die Antwort irgendwo zwischen den vielen Seiten eines Kriminalromans zu finden wäre. Was rein theoretisch ein durchaus korrekter Gedanke war, fand ich.

Schließlich waren wir eine Krimibuchhandlung. Wie alles auf der Welt mussten auch die Varianten und Motive eines Mordes numerisch endlich und damit begrenzt sein. Logisch, dass die Lösung unter diesem Gesichtspunkt tatsächlich in einem unserer Krimis zu finden sein müsste. Schließlich wurden dort sämtliche Spielarten von Kapitalverbrechen beschrieben. Nur wusste natürlich niemand, in welchem.

Bei einigen Leuten, die an diesem Oktobertag das »Agatha« betraten, war noch etwas anderes zu spüren. Zuerst konnte ich es nicht genau benennen. Ich merkte es überwiegend bei den älteren Kunden, die mit uns über den Mord sprachen. Denn sie schauten dabei nicht auf die Straße wie die Jüngeren, die mit dem Finger zur Bank zeigten. Nein, die meisten Älteren mieden den Blick in Richtung Tatort. Und nach einer Weile, als es bereits auf den späteren Nachmittag zuging, glaubte ich zu wissen, warum sie das taten: Wenn sie den Ort des Verbrechens vor Augen hatten, machte es ihnen mehr Angst, als wenn sie ihn nicht sahen – Vogel-Strauß-Politik. Bis jetzt war ihr Schmargendorf eine friedliche Enklave in der großen Stadt gewesen. Über Verbrechen las man in der Zeitung, hörte davon im Radio oder sah Berichte darüber im Fernsehen. Aber man *wohnte* nicht in einem Viertel, in dem Verbrechen verübt wurden. Sicher hatten sie auch die Sache mit der Kettensäge und dem angeschossenen Kellner längst verdrängt.

Doch nun war die Idylle in Gefahr geraten. Ein Fremder hatte sich eingeschlichen. Denn das war allen klar: Es musste ein Fremder gewesen sein. Kein echter Schmargendorfer konnte diese Bluttat begangen haben.

Als ich mich gegen fünf ins Wochenende verabschieden wollte – Miriam würde noch bis halb sieben bleiben und den Samstag übernehmen –, waren unzählige Gerüchte durch den Laden gegeistert. Wie die Bankräuber in die Bank eingedrungen waren, um wie viele Täter es sich dabei gehandelt haben musste, mit welchem Fluchtfahrzeug sie sich davongemacht hatten, dass sie angeblich einen Taxifahrer entführt hatten, dass auf dem großen EDEKA-Parkplatz ein Hubschrauber gelandet war, dass halb Schmargendorf nun pleite war, weil die Bank nicht versichert, aber alle Schließfächer aufgebrochen worden waren, dass nicht nur der arme kleine Herr Heuhausen hatte dran glauben müssen, sondern auch noch ein weiterer Kollege, dann noch einer und noch einer … All das war mehrfach behauptet, verworfen, erneut behauptet, wieder verworfen, mit Stirnrunzeln quittiert, mit Handbewegungen abgetan und mit Kopfnicken bestätigt worden. Dazwischen hatten Miriam und ich herauszufinden versucht, wer eigentlich in den Laden gekommen war, um ein Buch zu kaufen, und wer, um nur zu reden. Das Verhältnis lag bei ungefähr eins zu zweiundachtzig.

Mir reichte es. »Ich bin dann mal weg«, sagte ich zu Miriam, die gerade am Computer stand und nachschaute, welche Fred-Vargas-Krimis es als Hörbuch gab. Sie nickte als Zeichen, dass sie verstanden hatte. Dann antwortete sie: »Bis Montag.« Und schließlich fragte sie mich so leise, dass ich ein paar Schritte näher kommen musste, um sie zu verstehen: »Meinst du, an dem, was die Leute sagen, ist was dran?«

Ich wiegte unschlüssig den Kopf hin und her. »Ist es nicht so, dass Gerüchte nur selten ganz stimmen, aber immer ein bisschen? Irgendetwas wird schon dran sein.«

»Ich wüsste zu gern, was«, meinte Miriam noch leiser und schaute versonnen zu einer Gruppe Leute, die in der Leseecke heftig diskutierten. Ihr Cartier-Ring an der linken Hand funkelte, als sie sich das präzise Blondhaar hinter das Ohr strich. Das längste Haar reichte, genau wie immer, exakt bis zum unteren Rand ihres Ohrläppchens. Es war mir schleierhaft, wie sie diesen Zustand permanent aufrechterhalten konnte. Wuchsen ihre Haare nicht nach? Nahm sie morgens eine Pille, die dafür sorgte, dass sie stets auf einer Länge blieben? Meine Freundin steckte voller Rätsel. Mittlerweile stand ich dicht genug neben ihr, um eine dezente Parfümwelle abzubekommen. Ich schnupperte, und es roch gut. Miriam roch immer gut. Wenn sie schwitzte, schwitzte sie Parfüm.

»Aber das werden wir nie erfahren. Oder höchstens aus

der Zeitung«, antwortete ich, schon im Gehen begriffen. Ich musste mich sputen. Josh war inzwischen von der Schule zurück und allein zu Hause, sicher hockte er vor seinem Computer und war ungehalten, dass der Kühlschrank mal wieder leer war.

»Wozu haben wir all das?«, meinte Miriam und machte eine raumgreifende Handbewegung in Richtung der Buchauslage.

»Was willst du denn machen?«, fragte ich ungeduldig und warf einen Blick auf meine Armbanduhr. Ich musste den nächsten Bus erwischen – oder zwanzig Minuten warten. In Schmargendorf City gab es vieles, nur keinen U-Bahn-Anschluss. »Den Täter finden und damit bewerfen?«

»Natürlich nicht. Aber wäre es nicht die beste Werbung für uns, wenn das ›Agatha‹ mit den Ermittlungen in einem echten Fall in Verbindung gebracht werden würde? ›Die kompetenten Buchhändlerinnen der Krimibuchhandlung Agatha, dem Tatort des Verbrechens schräg gegenüber gelegen …‹, so was in der Art könnte über uns in der Zeitung stehen. Du weißt doch, Zeitungen sind der perfekte PR-Multiplikator.« Das war nun wieder ein typischer Miriam-Satz. Betriebswirtschaft war ihr Steckenpferd. Meins war eher Pizza.

»Das wäre es wohl«, sagte ich mit einem Schulterzucken. »Ich sehe bloß nicht, wie.« Und dann ging ich endgültig. Aber kurz zuvor bemerkte ich noch Miriams Gesichtsausdruck. Es lag etwas Grüblerisches und zugleich sehr Entschlossenes darin. Ich hatte diesen Ausdruck bei meiner Freundin schon mal gesehen, aber es dauerte einen Moment, bis mir einfiel, wann und wo das gewesen war: Damals, als sie mich mit ihren Karteikarten für die Buchhändlerprüfung abgefragt und nach der Nennung jeder Frage auf meine Antwort gewartet hatte, die manchmal richtig gewesen war. Aber öfter noch falsch.

Als ich endlich im Bus saß, fiel mir ein, dass Miriam mir nicht erzählt hatte, warum es Ärger in ihrem Haus gab. Und mit welchem ihrer diversen Mieter. Ich sah die anderen Bewohner nicht sehr oft, denn wenn sie das Haus betraten oder es verließen, gingen sie natürlich nicht durch die Buchhandlung, sondern benutzten den regulären Hauseingang. Aber wenn Miriam mir manchmal von ihnen erzählte, belustigt oder entnervt, von den kleinen Feindschaften im Haus oder Neuvermietungen, hatte ich das Gefühl, in die »Lindenstraße« gebeamt worden zu sein.

Ich überlegte, sie heute Abend, morgen oder übermorgen anzurufen und neugierig nachzufragen. Aber genauso gut konnte ich mir die Frage auch bis Montag aufheben, wenn ich wieder ins »Agatha« fahren, den Laden öffnen und die neue Woche beginnen würde.

VIER

Banküberfall und Mord in Schmargendorf

Ein Gewaltverbrechen in Schmargendorf gibt der Polizei Rätsel auf: Als die Bankangestellte Susanne W. am Freitagmorgen die Filiale der Berliner Wilmsbank in der Breite Straße aufschloss, fand sie ihren Kollegen Jürgen H. leblos in einer Blutlache liegend vor. Der alarmierte Notarzt konnte nur noch den Tod des Zweiunddreißigjährigen feststellen. Jürgen H. wurde erschossen. Wie der oder die Täter in die Bank hineinkamen und sie wieder verließen, ist ungeklärt. Die Alarmanlage war ausgeschaltet.
Nach Aussage der Bankdirektion beläuft sich der erbeutete Betrag auf eine halbe Million Euro. Die Polizei bittet die Bevölkerung um Mithilfe: Wer hat am Donnerstagabend, in der Nacht oder in den frühen Morgenstunden des Freitags in der Breite Straße oder den angrenzenden Nebenstraßen etwas Auffälliges beobachtet? Hinweise nimmt jede Dienststelle entgegen.

Als ich den kleinen Artikel im Berlin-Teil des »Tagesspiegels« entdeckte, verschluckte ich mich erst einmal an meinem Kaffee. Ich prustete, röchelte und rang nach Luft, sodass ein Sprühregen von Milchkaffee auf die Zeitung vor mir niederging. Auch mein beutliger grauer Jogginganzug sah plötzlich gesprenkelt aus.

Sah man mal davon ab, dass das Grauen von Schmargendorf den goldenen Herbst in übertragener Weise in ein unheimliches rotes Licht tauchte, war es ein Samstagmorgen, wie ich ihn liebte: gemütlich und warm, ohne Schul- oder Arbeitshektik, an meinen Füßen ein Paar Hausschuhe, mit dem Miriam wahrscheinlich nicht mal im Zustand des bedauernswerten

Herrn Heuhausen aufgefunden werden wollen würde. Sie waren riesig, plüschig, orange-schwarz gestreift und hatten dunkle Augen aus Plastik, die gefährlich blitzten, wenn das Licht der Kühlschranklampe auf sie fiel.

»Mach mir'sch Tigerle«, hatte Friederike gesagt, als sie mir die Ungetüme grinsend zum letzten Geburtstag geschenkt hatte. Friederike kam aus Schwaben.

Die Schuhe waren wahrlich furchterregend – furchterregend hässlich. Aber auch fürchterlich weich und warm. Der Spruch »Wer schön sein will, muss leiden« war an mir verschwendet. Die Schuhe erhoben sich über jede Form der Eitelkeit.

Josh hatte bei seinem Kumpel Basti geschlafen, der im Nachbarhaus wohnte, und kam erst gegen Mittag nach Hause. So hatte ich die Wohnung für mich allein.

Als ich wieder genug Luft bekam, las ich den Artikel ein zweites Mal. Ganz genau, Wort für Wort. Der erste Teil – gut, das verstand ich, da war ich praktisch dabei gewesen. Quasi eine Augenzeugin. Aber dann kam das Seltsame. Warum war die Alarmanlage abgestellt gewesen? Warum wusste die Polizei nicht, wie der oder die Täter reingekommen waren? Und eine halbe Million – das war natürlich schon ganz schön. Ein solches finanzielles Polster auf dem Konto zu haben, hätte ich mir gewünscht. Aber war es auch eine Summe, die einen für immer und ewig auf der rosa Seite des Lebens steppen ließ? Vielleicht – und bei diesem Gedanken atmete ich schon wieder gefährlich nah an der Luftröhre vorbei – war es gar kein Überfall gewesen?

Ich überlegte weiter. Womöglich hatte Herr Heuhausen schon tags zuvor das Geld an sich genommen. Und sich dann am nächsten Tag selbst umgebracht, weil ihm auffiel, dass es nicht genug für seine Zwecke war? Oder welche Gründe konnte es noch für einen Selbstmord geben, fragte ich mich aufgeregt. Hatte er nicht genügend Umsatz gemacht? War sein Job in Gefahr? Oder halt, nein, bestimmt hatte er sich unglücklich verliebt. In eine schöne, anspruchsvolle Kundin, mit der er in Brasilien ein neues Leben beginnen wollte. Und dann hatte er erkannt, dass eine halbe Million für sie ein Lacher war. Aber zurück konnte er auch nicht mehr!

Dann fiel mir ein, dass sein Herz doch Miriam gehört hatte. Miriam, die ihm immer nur kühl die Scheine zum Wechseln vorgelegt, die sich seine Anlagenvorschläge stumm angehört, die mit keiner Miene sein flehendes Lächeln quer über den Marmortresen erwidert hatte. Ich sah es direkt vor mir! Anstatt ein einziges Mal seine zitternden, schweißigen Hände in die ihren zu nehmen und sanft zu sagen: »Herr Heuhausen, ich weiß genau, wie Sie empfinden. Kommen Sie doch nach Ladenschluss in meine rote Sitzecke, dann erkläre ich Ihnen, warum Sie für eine bessere Frau als mich bestimmt sind ...«

Wie tragisch das doch war. Wenn Miriam nur ein bisschen mitfühlender gewesen wäre, würde Herr Heuhausen noch leben! Ja, das musste es sein. Der Fall war gelöst. Es war immer entweder das Geld oder die Liebe. In diesem Fall sogar beides! Ich warf einen Blick auf meine Armbanduhr. Acht Minuten hatte ich gebraucht, um den Fall aufzuklären, inklusive Zeitunglesen. Das sollte mir erst mal einer nachmachen. In dieser Zeit lösten die meisten nicht mal das Sudoku im »Tagesspiegel«.

Ich rannte ins Wohnzimmer, wo ich das Telefon vermutete, das sich aber wie üblich nicht in der Station befand, wo es hingehörte. Während ich danach suchte, überlegte ich, wen ich zuerst anrufen sollte: Miriam, um zu erfahren, wann Herr Heuhausen ihr ein neues Leben im brasilianischen Exil angeboten hatte? Es musste passiert sein, als ich nichtsahnend und müde die langen Gänge auf der Frankfurter Buchmesse entlanggeschlappt war! Ich würde sie trösten müssen, weil sie es war, die Herrn Heuhausens Tod verschuldet hatte, und diese Erkenntnis würde sie schwer treffen. Ich wusste ja am besten, dass sie im Grunde ein sehr warmherziger Mensch war, der das nur gekonnt verbarg.

Oder sollte ich gleich die Polizei anrufen, um energisch zu verlangen, dass man mich zu dem Hauptkommissar durchstellte, der den Fall bearbeitete, um ihm sodann in knappen, klaren Worten den Tathergang zu schildern? Es musste ein Hauptkommissar sein. War es nicht immer ein Hauptkommissar? Trug er eine Uniform? Sicher! Schön! Eine Uniform! Ach nein. Doch nicht. Im »Tatort« waren die Hauptkommissare immer in Zivil. Schade eigentlich.

Sicher würde der Hauptkommissar unser Telefonat bereits nach wenigen Sätzen auf laut stellen, denn vermutlich hatte er seine Soko »Kleiner Herr Heuhausen« um sich versammelt. Ich sah sie im Polizeipräsidium um einen großen blanken Tisch herumsitzen wie König Artus' Ritter der Tafelrunde. Der Hauptkommissar stand vor dem Whiteboard, auf das ein kompliziertes Schaubild gemalt war. Er hatte blitzblaue Augen wie Daniel Craig oder Dr. House oder wie Chris Hemsworth. Er und sein Team lauschten meiner körperlosen Stimme, die bis in den kleinsten Winkel des Raumes drang, und nickten anerkennend. Ja, das ist mal eine Bürgerin, die mitdenkt, hörte ich sie raunen. Wenn nur alle so wären wie Wanda Cameron. Wir werden sie für das Bundesverdienstkreuz am Bande vorschlagen!

Gut, mein Entschluss stand fest: Ich würde zuerst die Polizei anrufen. Aber wo war das Telefon?

Als ich auf der Suche danach an der Couch vorbeikam, unterschätzte ich die Breite der Lücke zwischen dem Couchbein und der Rotweinflasche, die ich mir gestern aufgemacht hatte, um in guter Gesellschaft die Talkshow anzuschauen. Eigentlich hatte ich mit Friederike ins Kino gehen wollen, aber sie war heute bei einer anderen Freundin zum Geburtstag eingeladen und musste darum gestern Abend noch mal los, um ein Geschenk zu kaufen. Ich glaube, sie murmelte etwas von »Hausschuhen«.

Ein Plüschtigerohr blieb an der Flasche hängen und riss sie um. Zum Glück war der Dielenboden unter der Couch versiegelt, aber während ich auf dem Boden liegend und fluchend Blatt um Blatt von einer Rolle Haushaltspapier abriss, mit langem Arm tupfte, wischte und von Rotwein getränkte

Staubflusen hervorholte, blieb mir Zeit, meine Strategie noch einmal zu überprüfen. Ich musste jetzt klug und überlegt sein und weise handeln. Hatte ich alle Fakten logisch bedacht? Alles richtig kombiniert? Hatte ich mich auch in nichts reingesteigert? Denn das wurde mir von Menschen, die mich gut kannten, gern mal zum Vorwurf gemacht. Meine Mutter, Miriam, Friederike, selbst Josh hatte das schon behauptet: Wenn ich mich aufregte, ging meine Phantasie mit mir durch, dann verlor ich den Überblick und driftete in abwegige Theorien ab. Sogar *durchgeknallt* hatte man mich schon genannt.

Was für ein Blödsinn.

Ich war die Realität in Person.

Etwas außer Puste kam ich wieder hoch. Wie gut doch so ein kleiner häuslicher Unfall war! Fast hätte ich einen Fehler gemacht. Was hatte ich mir bei der Reihenfolge der Telefonate nur gedacht? Natürlich würde ich zuerst Miriam anrufen. Sie war meine Freundin, sie hatte mich vor der Arbeitslosigkeit gerettet, Schulter an Schulter meisterten wir Tag für Tag die wachsenden Schwierigkeiten des Buchverkaufs, die Onlinebedrohungen, die e-Mörder. Den ersten Anruf war ich ihr schuldig. Bevor ich der Polizei ihren Namen nannte, bevor die Reporter sich auf sie stürzten und über die verhängnisvolle Leidenschaft des kleinen Herrn Heuhausen schrieben.

Menschlichkeit und Freundschaft kommen vor Bürgerpflicht, dachte ich und wählte die Telefonnummer des »Agatha«. Während das Freizeichen erklang, schaute ich an mir hinunter. Jetzt war nicht nur das Oberteil des Jogginganzugs mit Kaffee bekleckert, auch die Knie waren nass und rot. Ich schnupperte und fand, dass ich wie eine französische Hafenkneipe roch.

»›Agatha‹, guten Morgen.«

»Miriam, du musst jetzt stark sein!«, rief ich in den Hörer. »Versprich mir, dass du nicht weinst, ja, versprichst du's mir? Zusammen schaffen wir das. Es gibt gute psychologische Beratungsstellen für Menschen mit schweren Schuldkomplexen. Hier ganz in der Nähe hat gerade eine Gemeinschaftspraxis aufgemacht, wenn du willst, gehe ich Montag mal rum. Bei welcher Krankenkasse bist du eigentlich, Miriam? Ich bin sicher, dass sie das in deinem Fall übernehmen, ich meine, das ist ja nun wirklich ein schwerer seelischer Eingriff! Vielleicht musst du privat was dazuzahlen, aber das solltest du wirklich tun.«

»Was? Wer ist denn da? Bist du das, Wanda? Moment mal«, sagte Miriam abgelenkt. Sie legte den Hörer aus der Hand, und ich hörte ihre Stimme jetzt leiser: »Das macht dann vierzehn neunzig. Danke. Ja, die Quittung liegt bei. Ihnen auch ein schönes Wochenende. Viel Spaß mit Ihrem Krimi.«

Ungeduldig wartete ich darauf, dass sie wieder ans Telefon kam.

»So, hier bin ich wieder. Was hast du eben gesagt, Wanda? Ich habe dich nicht verstanden. Du klangst so wirr.«

Ich holte tief Luft. »Es war Selbstmord. Herr Heuhausen hat sich selbst erschossen. Er wollte nicht wegen Unterschlagung ins Gefängnis, aber für Brasilien hat es nicht gereicht. Allerdings konnte er das Geld nicht zurücklegen und auch nicht mehr beschaffen. Deshalb blieb ihm nur der Freitod.«

»Woher weißt du das?«, fragte Miriam erstaunt. »Hast du dich mal mit ihm über seine Pläne unterhalten?«

»Das mit dem Geld stand in der Zeitung, und es ist doch nur logisch. Ich musste nur eins und eins zusammenzählen –«, sprudelte es aus mir heraus, doch Miriam unterbrach mich.

»Ich weiß, was heute in der Zeitung stand. Was glaubst du, worüber die Kunden die ganze Zeit reden?«

»Und natürlich hat er sich auch deshalb umgebracht, weil er unglücklich verliebt war«, erklärte ich eifrig weiter. Jetzt kam der schwerste Teil. Ich schluckte, aber ich war es Miriam schuldig, die Wahrheit zu sagen. Auch wenn es wehtat. Also raus damit. »In dich, Miriam. Er hat dich geliebt, hoffnungslos. Sag mal ganz ehrlich: Wann hat er dir ein neues Leben angeboten? Es ist wichtig, dass du dich an den genauen Zeitpunkt erinnerst. So muss es gewesen sein, ich spüre es.«

Einen winzigen Moment lang schwieg Miriam. Aus Betroffenheit, vermutete ich und wappnete mich gegen das, was nun kommen würde: Tränen, Selbstanklage. Schon überlegte ich fieberhaft, wen ich in Schmargendorf kannte, der sich in diesen ersten schweren Minuten um sie kümmern konnte, bis ich in einem Taxi vorfuhr – da lachte Miriam auf.

Ich war sehr überrascht über ihre Reaktion. Noch mehr allerdings über ihre Worte. Denn sie sagte: »Du spinnst. Und was ist das für ein Quatsch mit einem neuen Leben? Bei unserem letzten Beratungsgespräch ging es ausschließlich um Garantiefonds, die global investieren. Außerdem stand in dem Artikel kein Wort davon, dass er Geld unterschlagen oder entwendet hat, und auch nichts von einer Waffe, die bei ihm gefunden wurde. Wo hat er sie denn so schnell versteckt, nachdem er tot war?«

Oh.

Stimmt.

Ich dachte, dass ich was übersehen hatte, und schwieg wesentlich länger als Miriam zuvor, aber gleichzeitig spürte ich, wie mir das Blut in die Wangen stieg.

»Wanda, bist du noch dran? Ich muss hier weitermachen«, hörte ich Miriam sagen. »Montagmorgen, alles wie gehabt?«

»Ja«, entgegnete ich leise. »Montagmorgen, alles wie gehabt. Ich bin um kurz vor neun da. Oh, und wolltest du mir nicht noch was über dein Haus erzählen? Was machst du eigentlich dieses Wochenende?«

Aber da hatte Miriam bereits aufgelegt. Mit dem tutenden Telefon in der Hand stand ich mitten im Wohnzimmer und dachte, dass ich in den vergangenen Minuten wenigstens *eine* gute Entscheidung getroffen hatte: Ich hatte Miriam vor der Soko »Kleiner Herr Heuhausen« angerufen.

Das Wochenende ging gemächlich vorbei. Josh hatte Basti mitgebracht, was beim Kochen ein bisschen mehr, aber betreuungstechnisch deutlich weniger Arbeit machte. Ich wusch Wäsche, schmökerte mich durch Neuerscheinungen, die ich aus dem Laden mitgenommen hatte, und las das »Börsenblatt«, das allerdings nichts mit dem DAX zu tun hatte, sondern über die aktuellen Entwicklungen auf dem Buchmarkt berichtete. Es hielt uns Büchermenschen auf dem Laufenden darüber, was in der Buch- und Verlagsszene geschah.

Am Sonntagnachmittag waren Josh und ich bei meinen Eltern zum Essen eingeladen, und später ließ ich das Wochenende mit dem »Tatort« ausklingen. Bevor ich im »Agatha« angefangen hatte, war mir überhaupt nicht klar gewesen, dass diese Sendung zur kriminalistischen Grundausbildung in Deutschland gehörte! Bei vielen Zuschauern ging das Spekulieren, wer der Täter war, schon los, kaum dass Fadenkreuz und Auge verschwunden waren. Also sehr, sehr früh nach Einsetzen der Handlung.

Ich für meinen Teil, als eine durch Tausende und Abertausende von Buchseiten geschulte Hobbykriminalistin, hatte da einen todsicheren und bewährten Tipp: Tauchte in einer zunächst unbedeutenden Nebenrolle ein bekannter Schauspieler auf, dann hieß es: Aufgepasst! Das war er wohl, der Täter. Warum sonst teure Gagen verschwenden?

Während ich auf der Couch lag und der Kommissarin beim Ermitteln zusah, fiel mir Herr Heuhausen wieder ein. Und, na ja, das mysteriöse Verbrechen kam mir auf einmal sehr viel unwirklicher vor als das, womit Lena Odenthal es gerade zu tun hatte.

Als ich am Montag aus dem Bus stieg und zum »Agatha« ging, fiel mir der merkwürdige Geruch ein, den ich am Freitag wahrgenommen hatte. Heute war die Luft wieder rein. Ich nahm mir vor, Miriam zu fragen, ob sie das auch bemerkt hatte. Und dazu hatte ich zumindest theoretisch schnell die Gelegenheit, denn seltsamerweise war sie bereits im Laden, als ich ihn betrat. Sofort bekam ich ein schlechtes Gewissen. Hatte sie sich das, was ich ihr am Samstag am Telefon gesagt hatte, etwa zu Herzen genommen? Wollte sie mit mir darüber sprechen, wie ich mich wieder mal – im Nachhinein musste ich es selbst zugeben – in etwas Unhaltbares hineingesteigert hatte?

»Guten Morgen«, sagte ich betont heiter, und Miriam winkte mir vom angeschalteten Computer aus zu.

»Morgen, Wanda.«

Keine Spur von Ärger war in ihrem Gesicht zu sehen, stellte ich erleichtert fest. Egal, wie rau sie manchmal war – sie war weder empfindlich noch nachtragend. Alles Gründe, weshalb ich so gern mit ihr arbeitete. Trotzdem fand ich, dass sie etwas blass aussah.

»Was machst du denn so früh hier?«, fragte ich.

»Mich ablenken«, erwiderte sie kurz.

»Wovon denn ablenken? Ist was passiert?«

Normalerweise hatte Miriam ein beneidenswertes Wochenendprogramm: Sie wurde zu Kinopremieren oder zu Vernissagen eingeladen, ging mit einem ihrer vielen Verehrer zum Brunch oder probierte irgendein angesagtes Szenelokal in Mitte aus. Manchmal entspannte sie sich auch spontan in einem Wellnesshotel im Spreewald oder an der Ostsee – das waren so ihre bevorzugten Vergnügungen. Und natürlich das gelegentliche Dinner mit einem Nobelpreisträger. Konnte ich alles problemlos nachvollziehen, mangels Geld und Kinderbetreuung allerdings nicht nachmachen. Ich vermutete, dass sie bei ihren vielfältigen Beschäftigungen ihre hübschen olivgrünen Augen immer weit nach Mr. Right geöffnet hatte. Miriams Scheidung lag ja nun auch schon ein paar Jahre zurück. Sie sprach nicht gern darüber. Nein, falsch: Sie sprach nie darüber.

Ehe sie meine Frage beantwortete, ging sie in die Küche und kam kurz darauf mit zwei Bechern Kaffee zurück. »Da«, sagte sie und reichte mir einen davon. »Mein Wochenende? Es war lausig.«

»Warum?«

»Weil ich eine Riesenauseinandersetzung mit Mamo hatte.«

Das überraschte mich nun wirklich. Mamo war Mamlock, ihr Ex-Mann. Zwischen ihm und ihr war eigentlich alles geklärt, zudem beschränkte sich ihr Kontakt normalerweise darauf, dass er ihr den Unterhalt überwies und sie selbigen von der Bank abholte und ausgab oder investierte.

Miriams Scheidung und die Ansprüche, die sie erwirkt hatte, waren damals im Berliner Buchhandel vorübergehend Tagesgespräch gewesen. Das hatte mir zu Beginn meiner Zeit im »Agatha« ein Verlagsvertreter erzählt, als ich mit ihm zusammen die Kataloge durchgegangen war. Wenn wir Sortimenter nämlich nicht nach Frankfurt zur Buchmesse fahren konnten oder wollten – was im nächsten Jahr unter Garantie der Fall sein würde –, kamen die Verlagsvertreter zu uns, frei nach dem Motto: Wenn der Berg nicht zum Propheten kommt, geht der Prophet, also in diesem Fall der Verlagsvertreter, eben zum Berg. Dabei waren die Vertreter, die ja von Buchhandlung zu Buchhandlung reisten, für uns Buchhändler gleichzeitig so etwas wie die Hauspost. Von ihnen erfuhren wir, welcher Angestellte wo aufhörte und einen neuen Job suchte, welche kleine Buchhandlung wegen der großen Ketten und der zunehmend elektronischen Bücherwelt Konkurs anmelden musste und was bei der Konkurrenz sonst so los war, inklusive saftigen Klatsches.

Besagter Verlagsvertreter hatte mir also erzählt, dass Miriam und Mamo sich damals für alle Kunden und Angestellten hörbar gestritten hatten. Und ich erinnerte mich, dass ich ehrlich verwundert war, als er hinzufügte, Miriam habe in der Scheidungsphase mehr als einmal wütend den Laden verlassen. Ich konnte mir einfach nicht vorstellen, dass sie ihre Emotionen so schlecht kontrollierte. Sie musste wohl sehr wütend auf Mamo gewesen sein. Von daher fand ich es nur richtig, dass Miriam nicht mit den leeren Händen aus der Ehe gegangen war, die sie hatte, als sie hineinging.

»Warum hast du dich mit ihm getroffen?«, wollte ich wissen und nahm einen Schluck Kaffee, heiß, mit Milch. Köstlich.

»Wegen Lennart.«

»Lennart wer?« Ich verstand mal wieder Bahnhof. Ich kannte keinen Lennart.

»Na, Lennart. Oben im Haus. Lennart Leski.«

Jetzt dämmerte es mir. »Der Studi?«

Miriam schnaubte. »Wenn der ernsthaft studiert, dann weiß

ich auch nicht. Ich dachte immer, heutzutage müssen die Studenten für ihren Bachelor nonstop büffeln. Kann der aber auf keinen Fall machen, so wie seine Tageseinteilung aussieht.«

Ich verstand immer noch nichts. »Was hat denn Mamo mit Lennart Leski zu tun?«

Miriam sah mich an, als käme ich von einem fremden Stern. »Lennart ist doch der Sohn von Mamos zweiter Frau. Wusstest du das nicht? Lennart und Anne haben hier früher gemeinsam gewohnt. Daher kennt Mamo sie ja: Anne war Mieterin, als er das Haus gekauft hat.«

Ich schüttelte perplex den Kopf. Natürlich wusste ich, dass Mamo nach der Scheidung flink zum zweiten Mal geheiratet hatte, nämlich eine gewisse Anne. Konnte wohl nicht allein sein, der große Buchhändler. Aber dass sie einen Sohn hatte und dass sie beide hier gewohnt hatten? Nein, davon hatte ich keine Ahnung gehabt. »Und warum ist Lennart nicht auch mit ausgezogen, als du das Haus bekommen hast?«

»Genau das ist der eine Punkt des Problems«, sagte Miriam, nun deutlich entnervt. »Weil Mamos Frau sich dagegen gewehrt hat. Dass Lennart die Wohnung übernimmt, war eine Bedingung, die sie gestellt hat. Andernfalls hätte Mamo mir nicht das Haus überschrieben, und die Scheidungsverhandlungen wären bis in alle Ewigkeiten weitergegangen. Damals war Mamo mit Anne noch in der Hormonphase. Er hat ihr aus der Hand gefressen. Oder woanders raus. Will ich gar nicht wissen.«

»Albern«, erwiderte ich resolut. »Ein junger Spund wie Lennart wäre doch woanders viel besser aufgehoben. Ist das hier nicht ein bisschen uncool für einen Studenten?«

»Das finde ich ja auch. Aber er will hier nicht weg. Neuerdings macht Lennart neben dem Studium etwas in der IT-Branche, irgendwas mit Computern. Vor einem halben Jahr hat er eine Firma auf diese Adresse hier angemeldet und mich gefragt, ob er den Dachboden anmieten kann. Den hab ich ihm überlassen. Steht auch im Mietvertrag. Da oben stapelt er wohl seine ganze Hardware oder so. Das sind mindestens hundertzwanzig Quadratmeter, und so viel Platz hat er natürlich nicht in irgendeinem WG-Zimmer in Mitte oder Kreuzberg.«

»Aber was ist denn nun der zweite Punkt des Problems?«, wollte ich wissen. »Ob er studiert oder nicht, kann dir doch schnurzegal sein. Hauptsache, er zahlt die Miete für die Wohnung und für den Dachboden.«

»Es ist mir ja auch egal«, sagte Miriam und stellte ärgerlich ihre leere Tasse auf das Tischchen vor unserer Sitzecke. »Aber seit er den Dachboden hat, ist er nachtaktiv wie ein Marder und bekommt jede Menge Besuch.«

»Das sind wahrscheinlich andere Computerfreaks. Ist wohl ein Zeichen, dass seine Firma wächst. Vielleicht muss er nicht mal zu Ende studieren, wenn das gut läuft. Was studiert er eigentlich?«, überlegte ich laut.

»Bio. Klar, sicher, ich denke auch, dass die Computerbranche mehr Zukunft hat als Biologie, und ich habe bestimmt nicht vor, ihm da reinzureden. Im Prinzip ist es mir sogar egal, wann Lennart da oben arbeitet und wen er zu Besuch hat. Aber du weißt doch, wie Frau Winkler ist. Und das nervt wirklich«, sagte Miriam düster.

Ah, jetzt verstand ich! Frau Winkler war mir aus Miriams Erzählungen bestens bekannt, auch wenn ich sie auf der Straße wahrscheinlich nicht erkannt hätte. Sie war ein Schmargendorfer Urgestein, das sich nicht davon beeindrucken ließ, dass Miriam eine Hausverwaltung hatte. Frau Winkler wusste, dass Miriam das Haus gehörte, und das war alles, was sie an Information brauchte. Wegen jeder Kleinigkeit stand sie bei ihr vor der Tür: Wenn der Hausreinigungsdienst versehentlich eine Stufe ausließ, wenn in der Mülltonne für Leichtverpackung eine Zeitung lag, wenn der Schneeräumdienst im Winter um sieben Uhr den Bürgersteig vor dem Haus noch nicht geräumt hatte – alles Fälle für Frau Winkler, die sie vorwurfsvoll bei Miriam vorbrachte. Ich konnte gut verstehen, dass Miriam das aufregte.

»Und über Lennart beschwert sie sich auch?«, fragte ich.

»Gerade über ihn! Über seinen Besuch, der nachts an- und abfährt, über das laute Schlagen der Türen, das Knarren der Treppe, wenn sie auf den Dachboden hochgehen und an Computern schrauben oder Programme entwerfen oder weiß der Geier was machen.«

»Hast du mit Lennart darüber gesprochen?«

»Na klar. Er hat versprochen, leiser zu sein, aber Frau Winkler behauptet, dass er sich nicht daran hält. Und als Mamo am Samstag wegen einer Banksache anrief, dachte ich, ich könnte mal mit ihm darüber sprechen.«

Allmählich dämmerte es mir. »Damit Mamo mit Anne spricht und sie mit ihrem Sohn?«

»Genau. Aber Mamo wollte das nicht am Telefon bereden und hat mich für Sonntagabend ins ›Borchardt‹ eingeladen. Ich schätze, er hat Angst vor Anne, der Feigling.«

»Ach, und du bist wirklich mit ihm essen gegangen?«, fragte ich erstaunt. Ich war immer der Meinung gewesen, dass Miriam ihren Ex lieber tot als lebendig sehen würde. Vor meinem inneren Auge erschien sofort ein Bild: Miriam, wie sie in einem eleganten schwarzen Hosenanzug mit hochhackigen Lackpumps das Restaurant betrat und zu einem Tisch geleitet wurde, wo sie von ihrem stinkreichen Verflossenen mit Bussibussi begrüßt wurde.

»Ja klar. Es war furchtbar. Bei der Kürbis-Ingwer-Suppe ging's noch. Aber beim Lammkarree hat er angefangen, mir dieselben Vorwürfe wie damals zu machen. Erst süffisant, dann massiv. Bei der Mousse au Chocolat blanc waren wir dann so richtig in Fahrt.«

»Was hat er dir denn vorgeworfen?«, fragte ich neugierig. Wenn ich es mir recht überlegte, wusste ich nicht, woran diese Beziehung gescheitert war.

Aber Miriam winkte ab. »Ist doch egal, ist sowieso nichts dran. Jedenfalls hatten wir einen Streit vom Feinsten. Im ›Borchardt‹ wird man noch lange davon reden. Das war das letzte Mal, dass ich mit Mamo essen war, das schwör ich dir!« Sie schaute mich an, und ihre Augen funkelten, als sei ich der durchtriebene, vorwurfsvolle Mamo – und nicht die friedliche, harmoniesüchtige Wanda. Zum Fürchten. »Ich habe mich so über ihn geärgert, dass ich die halbe Nacht wach lag. Es war bestimmt schon vier, als ich endlich eingeschlafen bin. Und um Punkt sieben stand Frau Winkler vor der Tür und hat mich wach geklingelt. Mit Suse im Schlepptau. Ich hätte sie beide umbringen können.«

»Wer ist denn nun wieder Suse?«

»Frau Winklers Dackel. So eine glatthaarige dicke Wurst auf vier Beinen. Kennst du das Vieh nicht?«

»Doch.« Jetzt wusste ich auch, wie Frau Winkler aussah: eine gepflegte, ältere Dame, die immer mit dem Hund an der Leine am Laden vorbeiging. Ich konnte mich nicht erinnern, dass sie das »Agatha« jemals betreten hatte. Es schien etwas Grundsätzliches zu sein. »Und was wollte Frau Winkler?«

»Sich über Lennart beschweren. Anscheinend hatte er heute wieder bis in die frühen Morgenstunden Besuch. Sie hat gesagt, das Theater über ihr macht nicht nur sie nervös, sondern auch Suse. Angeblich benimmt der Hund sich anders als sonst, bellt, wirft sich hin und wedelt mit den Pfoten, frisst mehr, zerrt immer nach oben, was weiß ich. Keine Ahnung, ob das stimmt. Die anderen Mieter beschweren sich nicht über Lennart, und ich habe auch nichts gehört. Ich weiß nur, dass mir beide, Lennart und Frau Winkler, unglaublich auf die Nerven gehen und ich sie am liebsten beide los wäre. Und Suse gleich mit.«

»Natürlich hast du nichts gehört. Du wohnst ja auch im Erdgeschoss und nach hinten raus«, warf ich ein. Aber Miriam beachtete meinen Einwand nicht. Stattdessen gähnte sie ladylike hinter vorgehaltener Hand, sodass man ihre professionell gebleichten Zähne nicht sah. »Leg dich doch noch mal hin«, schlug ich vor.

Sie sah mich zweifelnd an. »Ich weiß nicht. Dann musst du ja alles allein machen.«

»Das machst du samstags doch auch immer«, entgegnete ich.

»Das ist natürlich wahr. Na gut, wenn das für dich okay ist, ziehe ich mich kurz zurück. Ein Stündchen müsste genügen. Dann bin ich sicher wieder fit. Länger schlaf ich in Bali auch nicht, wenn ich ankomme.« Sie nickte mir zu und verschwand.

Dazu musste man sagen, dass Miriam im Sommer, wenn das »Agatha« geschlossen hatte, immer nach Bali flog. Sie spielte sogar mit dem Gedanken, sich dort ein Haus am Strand bauen zu lassen, gänzlich unbeeindruckt von solchen Banalitäten wie Flugangst. Es passte zu Miriam, dass sie in der Hitze des balinesischen Sommers in einer Hängematte lag und nach einem knochenharten Flug über Delhi, Singapur oder wie immer man da flog, nach einer Stunde erfrischt aufwachte, um sich den Herausforderungen des indonesischen Lebens zu stellen. Die sie mit aller Wahrscheinlichkeit tadellos vorbereitet meisterte. Wenn ich früher von Amerika nach Deutschland oder umgekehrt geflogen war, hatte ich stets einen solchen Jetlag gehabt, dass ich auch nach drei Wochen noch nicht im richtigen Rhythmus war. Ich wusste wirklich nicht, wie ich zu so einer perfekten Freundin kam.

Der Vormittag in der Buchhandlung gab meinem großzügigen Angebot, den Verkauf eine Weile allein zu wuppen, recht. Es passierte nichts, was eine einzelne couragierte Buchhändlerin nicht spielend bewerkstelligen konnte. Zwei Krimis gingen über den Ladentisch, einer gebunden, einer als Paperback. Mehr nicht. Danach packte ich ein paar Pakete aus, in denen sich Einzelbestellungen befanden, die sicher in den nächsten Tagen abgeholt wurden. Für den Fall, dass nicht, hatten wir mit der Bestellung in weiser Voraussicht auch die Telefonnummer aufgenommen. Wer nicht kam, wurde angerufen. Und zwar so lange, bis er kam. Aber mehr als ein Mal war bis jetzt noch nie nötig gewesen. Die Schmargendorfer schienen Verpflichtungen, die sie eingegangen waren, ausnahmslos zu erfüllen. Selbst wenn es nur eine Buchbestellung war.

Irgendwann fiel mir auf, dass Miriam schon fast drei Stunden schlief. Von wegen nur eine Stunde, dachte ich irgendwo zwischen mitfühlendem Verständnis und klammheimlicher

Freude, dass sie in Sachen Jetlag doch nicht so perfekt war, wie ich mir ausgemalt hatte.

Just in dem Moment öffneten sich, wie für Filmaufnahmen inszeniert, synchron die zwei Türen, durch die man das »Agatha« betreten konnte: die Eingangstür zur Straße und die Seitentür zum Hausflur hin. Von meiner Position aus konnte ich beide sehen. Durch die Seitentür kam Miriam herein, frisch wie ein Gänseblümchen. Wahrscheinlich hatte sie, bevor sie sich auf ihr Kokoslatexbett geworfen hatte, noch schnell eine kühlende Augenkompresse aufgelegt. Die Blässe und das Unruhige waren aus ihrem Gesicht verschwunden. Stattdessen war sie ihr übliches gepflegtes, ausgeglichenes Selbst. Sie trug makellos aufgetragenen Lippenstift – ich hatte mal andächtig beobachtet, wie sie das mit einem niedlichen kleinen Pinsel aus Dachshaaren machte. Der glückliche Dachs, der dafür hatte sterben dürfen!

Miriam ging inzwischen auf die vierundvierzig zu und hatte sogar weiße Haare. Aber nicht etwa hier ein weißes Haar und dort ein weißes Haar, sodass der Gesamteindruck blass und schmuddelig wirkte, wie es sicher mal bei mir sein würde. Nein, das helle Blond war blond geblieben, abgesehen von einer einzigen schlohweißen Strähne, die ihr in einer eleganten Welle ins Gesicht fiel, von Miriam jedoch in regelmäßigen Abständen hinters Ohr verbannt wurde. Ganz so, als ob sich alle weißen Haare zusammengetan und gemeinsam überlegt hätten, wie sie es anstellen könnten, das Beste aus Miriams Typ zu machen. Heute trug sie diverse Armbänder in Gold und Silber, was sehr schön zu dem schwarzen Kaschmirrolli und den cremefarbenen Hosen aussah.

Ich hätte viel dafür gegeben, dieses intuitive Stilempfinden zu haben, und fragte mich, ob es angeboren sein musste oder ob man es lernen konnte. Wenn Letzteres der Fall war, hatte ich noch eine ganze Menge zu lernen. Vielleicht hätte ich Miriam mal fragen sollen, ob sie nicht meine Lehrerin sein wollte. Womöglich hätte es sich auch gelohnt, meine braunen Haare, die sich nie richtig entscheiden konnten, ob sie sich locken wollten oder nicht, zur Abwechslung mal nicht bei einem Zehn-Euro-Cutter schneiden zu lassen. Und ich müsste aufhören, beherzt zur Nagelschere zu greifen, wenn ich den Pony zu lang fand.

Ich konnte Miriam ja mal nach ihrem Friseur fragen.

Die Person, die den Laden durch die andere Tür betreten hatte, war ein Mann, und als ich meinen Blick von Miriam abwandte und ihn ansah, passierte etwas Seltsames: Mein Magen machte einen Sprung. Normalerweise hieß es ja, das Herz macht einen Sprung, aber das stimmte in diesem Fall überhaupt nicht. Die Bewegung hatte auch nichts Sentimentales, Gefühlvolles. Es war etwas rein Organisches. Der Mann war mir völlig unbekannt, und er schaute nicht mal in meine Richtung, sondern zu Miriam.

Nein, es war definitiv nicht mein Herz, sondern mein Magen, was da im Inneren meines Körpers sprang, und dieses Gefühl war absolut kein Indiz dafür, dass ich die Liebe meines Lebens gefunden hatte, um das mal romantechnisch zu beschreiben. Es war eher so, als würde ich mit einem Wagen in hoher Geschwindigkeit über eine Bodenwelle fahren oder auf dem Rummel in einem Karussell sitzen, das den vielsagenden Namen »Bungeelover« oder »Screaming Mouse« trug.

Hastig wandte ich mich von dem Mann ab, ohne ihn zu begrüßen, weil das Gefühl wirklich sehr unangenehm war. Als mir klar wurde, dass ich gerade im Begriff war, das erste Geschäftsgebot – Der Kunde ist König – zu brechen, schaute ich wieder zu ihm hin. Und da passierte es erneut: Mein Magen sackte einmal nach unten, um dann einen Satz nach oben zu machen, bevor er schließlich dort landete, wo er hingehörte – nämlich mittig dazwischen. Mir war regelrecht übel, und ich wusste beim besten Willen nicht, was das sollte.

Das Ganze dauerte nicht länger als zwei Sekunden. »Guten Tag«, sagte ich schließlich und versuchte, das flaue Gefühl, das geblieben war, zu ignorieren. »Kann ich Ihnen helfen?«

Nun hatte auch Miriam mitbekommen, dass wir einen Kunden hatten. Sie betrat den Innenraum und nahm ihren

Stammplatz hinter dem Computer ein. Es war nicht üblich, dass wir zu zweit auf einen Kunden losgingen.

Der Mann war mittelgroß, schlank und trug einen halblangen dunklen Mantel, der ordentlich zugeknöpft war. Dazu einen hellgrauen Rolli, schwarze Jeans und ebenso schwarze, blank gewienerte Schuhe. Er war glatt rasiert, hatte schwarzes Haar, das ihm lässig-lockig auf den Mantelkragen fiel, dunkle Augen und sehr ausgeprägte Augenbrauen.

Ich schätzte ihn als hartgesottenen Krimileser ein, aber da konnte man sich auch täuschen, wie ich aus Erfahrung wusste. Häufig waren es gerade die netten alten Damen, die im »Agatha« Krimis verlangten, nach deren Lektüre zartbesaitete Menschen wie ich Alpträume bekommen konnten. Manchmal wachte ich nachts auf und musste daran denken, wie in irgendeinem Krimi jemandem Säure ins Ohr geträufelt oder das Opfer in einer dunklen Grube eingemauert, in einem Sack ins Wasser geworfen oder sonst wie watergeboarded wurde.

Und weil ich ein gerütteltes Maß an Phantasie besaß, stellte ich mir das sofort höchst lebhaft vor. Hellwach war ich dann, und das Schlimmste: Ich wusste, dass es lange dauern würde, bis ich beim nächtlichen Aufwachen wieder an etwas anderes denken konnte.

Ich fragte also den Kunden, ob ich ihm helfen könnte. Statt einer direkten Antwort zog er etwas aus der Innentasche seines Mantels. Er hielt es mir unter die Nase, und einen Moment lang glaubte ich, dass ich wegen der Langweiligkeit des Vormittags eingeschlafen und mitten in einem »Tatort« erwacht war. Denn der Typ sagte: »Guten Tag, Hauptkommissar Kamat, Kriminalpolizei. Ich hätte da ein paar Fragen an Sie und Ihre Mitarbeiter.«

Ich starrte ihn an, ohne zu antworten, und er musste denken, dass ich völlig bescheuert war. Sicher wunderte er sich, wieso jemand, der anscheinend nicht sprechen und wohl auch nicht lesen konnte, ausgerechnet mit Büchern arbeitete. Er musste ja glauben, dass ich den Kunden die Bücher nach Farbe verkaufte: »Nehmen Sie doch das hier. Der Umschlag hat so ein hübsches Rot.« Oder nach Gewicht: »Darf's ein bisschen mehr sein?«

Aber nicht er schien das zu denken, sondern Miriam. Denn im Nullkommanix stand sie neben mir. Sie neigte leicht den Kopf zur Seite, ganz die zuvorkommende Ladenbesitzerin, und sagte zu dem Mann von der Kripo: »Hallo. Ich bin die Besitzerin dieser Buchhandlung. Mein Name ist Miriam Mamlock. Wie kann ich Ihnen helfen?«

Er drehte sich von mir weg und zu Miriam hin, was mir nicht passte. Überhaupt nicht passte. Nicht weil ich seine Aufmerksamkeit verlor. Die war mir egal, auch wenn ich es noch nie mit einem echten Kommissar zu tun gehabt hatte. Aber ich fand, dass Miriam in diesem Moment mit ihrer Machtstellung spielte, um sich vor ihm ins rechte Licht zu rücken. Schließlich hatte ich ihn zuerst angesprochen, und wenn sie nur eine halbe Stunde später im Laden erschienen wäre, hätte sie überhaupt nichts von Hauptkommissar Kamats Besuch erfahren. Aber nun war sie da, und nun sprach er mit ihr.

»Es geht um das, was am Freitag in der Wilmsbank geschehen ist. Sie haben sicher davon gehört?«

»Selbstverständlich. Ein Bankangestellter wurde erschossen«, sagte Miriam.

Der Kommissar nickte anerkennend, so als würde er es begrüßen, dass Miriam keine voreiligen Schlüsse zog und bei den Fakten blieb.

Ich konnte nicht mehr an mich halten. »Wie viel wurde denn genau erbeutet?«, platzte ich heraus. »Waren es registrierte Scheine? Wissen Sie schon, wie die Täter hineingekommen sind? Haben Sie eine heiße Spur?«

Nun schaute er nicht mehr Miriam an, und Miriam schaute ihn auch nicht mehr an. Stattdessen starrten beide zu mir, der Kommissar irgendwie amüsiert, Miriam mit hochgezogenen Augenbrauen. Ich spürte, wie ich rot wurde.

»Entschuldigen Sie bitte meine Neugier«, sagte ich hastig. »Wahrscheinlich können Sie nichts sagen wegen der laufenden

Ermittlungen. Aber der Tod von Herrn Heuhausen war am Freitag Stadtgespräch.«

»Das ist bei Gewaltverbrechen meistens der Fall«, entgegnete Hauptkommissar Kamat trocken. »Kannten Sie Herrn Heuhausen persönlich?«

»Ich wollte am Freitagmorgen Geld wechseln gehen«, sprudelte ich los. »Aber die Bank war noch zu. Erst um Viertel nach neun kam eine Frau und machte auf.«

Nun hatte ich seine ganze Aufmerksamkeit. Er zog einen Block und einen Stift aus der Innentasche seines Mantels und schaute mich auffordernd an. »Wann genau sind Sie zur Bank gegangen?«

»Um fünf vor neun bin ich hier los, also war ich wahrscheinlich um drei Minuten nach neun drüben«, antwortete ich. »Das weiß ich so genau, weil ich gern pünktlich bin. Wir machen um halb zehn auf, und bis dahin wollte ich auf jeden Fall wieder zurück sein.«

»Wie sind Sie denn zur Bank gelangt? Sind Sie direkt hier über die Straße gegangen oder weiter unten? Und ist Ihnen auf dem Weg dorthin etwas aufgefallen?«, fragte er weiter.

Ich überlegte einen Moment, dann zuckte ich bedauernd mit den Schultern. »Nein. Ich bin an der Kirche vorbeigegangen und habe an der Ampel die Straße überquert. Bei Grün. Als ich vor der Bank stand, war ich nicht allein. Es standen schon einige Personen da, die sich darüber ärgerten, dass noch geschlossen war. Und nach mir kamen noch weitere. Aber etwas Auffälliges – nein. Kann ich nicht sagen. Und dann trudelte ja auch bald die Polizei ein.«

»Danke.« Er sah mich ernst an und wandte sich wieder Miriam zu. »Und Sie, Frau Mamlock? Waren Sie in der Buchhandlung, als Frau …« Er schaut mich fragend an.

»Cameron«, sagte ich. Robs Nachnamen hatte ich bei meiner Scheidung behalten. Ich fand, es klang besser als »Kowalski«. Erst später fiel mir auf, dass die Initialen gewöhnungsbedürftig waren.

»… als Frau Cameron Geld wechseln ging?«

Ich wandte mich ab, denn ich war ja bereits befragt worden. Dabei konnte ich mir ein feines Grinsen allerdings nicht verkneifen. Schließlich wusste ich, dass Miriam im Gegensatz zu mir keine Zeugin war. Und was sagte sie?

»Nein, tut mir leid. Ich war noch in meiner Wohnung. Ich wohne hier im Haus, da ist der Weg zur Buchhandlung sehr kurz.«

»Ach ja? In welcher Etage denn?«, erkundigte sich der Kommissar mit deutlichem Interesse. Professioneller Natur, wie ich hoffte.

»Ich wohne im Erdgeschoss, aber nach hinten raus. Mein Garten grenzt direkt an den Friedhof.«

Es klang ein bisschen makaber, als der Kommissar fragte: »Und da haben Sie nichts bemerkt?«

»Nein«, entgegnete Miriam spitz, wie es manchmal ihre Art war. »Draußen war alles sehr friedlich. Nur ein, zwei alte Leutchen waren auf dem Friedhof unterwegs, um Gräber zu besuchen, sonst niemand.«

»Gut, das wäre dann auch schon alles.« Er steckte seinen Block und den Stift wieder weg. »Falls Ihnen, Frau Mamlock, und Ihnen, Frau Cameron«, er nickte mir zu, »noch etwas einfällt, können Sie mich jederzeit anrufen.«

Damit gab er uns beiden seine Visitenkarte. »Yunos Kamat« stand darauf, »Hauptkommissar, Mordkommission«, und die Adresse und Telefonnummer des Kommissariats.

»Auf Wiedersehen, die Damen.«

»Auf Wiedersehen«, antwortete ich. Miriam dagegen, die die Visitenkarte ebenfalls gelesen hatte, sagte: »Güle güle.«

»Güle güle«, erwiderte daraufhin auch Hauptkommissar Kamat grinsend, bevor er den Laden verließ.

»Wieso ›güle güle‹?«, fragte ich Miriam, als sich die Ladentür hinter ihm schloss. »Was soll das heißen, ›güle güle‹? Klingt wie eine Verabschiedung unter Bauern.«

»Willst du ernsthaft behaupten, dass du aus Berlin kommst und nicht weißt, dass güle güle auf Türkisch ›auf Wiedersehen‹ heißt?«, fragte Miriam.

Ich schüttelte den Kopf. »Wieso redest du Türkisch mit ihm?«

»Na, weil es seine Muttersprache ist. Yunos Kamat – das ist so türkisch wie Harald Schmidt deutsch und Ranga Yogeshwar indisch ist«, erklärte sie etwas von oben herab.

Damit war der Fall für Miriam erledigt. Für mich nicht. Ich ärgerte mich über etwas, das ich nicht genau benennen konnte, wusste aber, dass es mit Miriam zu tun hatte. Ich ärgerte mich, als ich mir in der Mittagspause ein belegtes Brötchen vom Bäcker holte, und als ich es in der Teeküche verputzte, ärgerte ich mich immer noch. Der Nachmittag brach an, und an meiner Laune hatte sich nichts geändert.

Ich war übellaunig und redete mit Miriam nur das Nötigste, als die alte Frau Maiwald in den Laden kam. Endlich ein netter Mensch, dachte ich, und plötzlich ging es mir besser.

»Hallo, Frau Maiwald, Sie sind bestimmt gekommen, um sich Ihre Elizabeth George abzuholen, richtig? Das Buch liegt schon an der Kasse bereit.« Frau Maiwald war eine meiner Lieblingskundinnen.

Sie strahlte mich mit ihren wässrig blauen Augen an. Unsere Unterhaltungen gingen gern mal über das übliche Kundengespräch hinaus, und so wusste ich, dass sie in einem der Seniorenwohnheime von Schmargendorf wohnte. Nicht in dem direkt gegenüber, mit Blick auf die Dorfkirche, sondern weiter die Straße runter, in dem neben der Wilmsbank. Ich wusste auch, dass ihr das Lesen nicht mehr leichtfiel. Nicht nur ihre Brille, sondern auch eine starke Lampe brauchte sie dazu. Trotzdem hielt sie daran eisern fest. Als ihr Mann vor acht Jahren gestorben war, hatte sie die gemeinsame Wohnung aufgegeben und war in das Heim gezogen, das damals gerade eröffnet worden war. Dort schien sie sich ganz wohlzufühlen. Ihre Tochter und ihr Enkelsohn kamen häufig zu Besuch, hatte sie mir erzählt.

Ich fragte mich, ob Josh mich auch besuchen würde, wenn ich mal in einem Heim landete. Vor meinem inneren Auge sah ich einen erwachsenen Josh, der gelangweilt neben meinem höhenverstellbaren Bett stand und auf dem iPad Ballons abschoss.

»Ja, Frau Cameron«, sagte Frau Maiwald, »ich bin schon ganz gespannt darauf! Seit das mit der armen Helen passiert ist, frage ich mich bei jedem Band, wie es mit Inspektor Lindley und der Tierärztin weitergeht. Gott, so jung und schon Witwer, er kann einem wirklich leidtun. Aber wenigstens adlig.«

Ich hätte sie mit ein paar Sätzen aufklären können, denn ich hatte den Krimi schon gelesen. Aber das tat ich natürlich nicht. »Sie müssen mir unbedingt erzählen, wie es Ihnen gefallen hat«, entgegnete ich stattdessen und tippte den Betrag in die Kasse ein. Dann nahm ich das Geld, das sie mir reichte, und gab ihr das Wechselgeld zurück. »Möchten Sie eine Tüte?«

»Nein, das ist nicht nötig. Aber sagen Sie, haben Sie vielleicht einen Moment Zeit? Ich muss Sie unbedingt etwas fragen, Frau Cameron.«

»Natürlich, gern.« Ich kam hinter dem Verkaufstresen hervor und wunderte mich, was sie wohl von mir wollte.

Als ich nah vor ihr stand, fiel mir wieder auf, wie klein und alt sie war und dass ihr dunkelblauer Stoffmantel an der Vorderseite ein bisschen bekleckert war. Außerdem sah er schon reichlich abgenutzt aus. Die Goldknöpfe waren ganz stumpf. Ich wusste nicht, ob sie sich keinen neuen Mantel leisten konnte, keinen kaufen wollte oder ob sie mit der nachlassenden Sehkraft nicht bemerkte, dass sie es mal besser hätte tun sollen.

»Was möchten Sie denn mit mir besprechen?« Ich warf einen Seitenblick auf Miriam, die neben uns stand und das Regal mit Berlin-Krimis neu ordnete. Natürlich bekam sie jedes Wort unseres Gesprächs mit. Normalerweise hatte ich damit kein Problem, aber heute störte es mich. Wo blieben nur die Kunden, wenn man sie brauchte?

Frau Maiwald holte tief Luft. »In unserem Seniorenheim werden regelmäßig Veranstaltungen angeboten. Nicht nur für uns, sondern auch für interessierte Senioren aus der Umgebung. Für alle ab fünfzig.«

»Ab fünfzig schon?«, fragte ich erschrocken. Nur noch zwölf Jahre, dann war ich dabei. Im Seniorenclub! Ich sah mich schon schunkelnd beim nachmittäglichen Sitztanz, eine Tasse Bohnenkaffee gratis, als wehrloses Opfer organisierter Butterfahrten …

Frau Maiwald bemerkte die Panik in meinen Augen und tätschelte mir beruhigend den Unterarm. »Keine Sorge, wir haben ein sehr nettes Programm. Es ist ja so wichtig, dass wir Senioren motiviert bleiben! Sonst endet jede Begegnung nur damit, dass man sich gegenseitig die neusten Krankheiten erzählt. Wer die schlimmsten hat, gewinnt.« Sie lächelte etwas schief, dann begann sie aufzuzählen: »Wir bieten Tai-Chi an, Quilten, einen türkischen Kochkurs, dynamisches Yoga, Bauchtanz …«

Bauchtanz?, dachte ich verwirrt und versuchte mir vorzustellen, wie Frau Maiwald – in einen transparenten Schleier gehüllt und mit Glöckchen und Schellen an den Fußgelenken – mit gleichgesinnten Seniorinnen anmutig über den Boden tänzelte, die Arme hoch über dem Kopf erhoben, die Taille rhythmisch schwingend. Vor und zurück, hin und her, in immer schneller werdenden Kreisen … An dieser Stelle ließ mich meine Phantasie ausnahmsweise im Stich.

»… Kegeln, chinesische Kalligrafie, die Kunstgruppe, Doppelkopf, Bridge. Und einen Computerkurs haben wir neuerdings auch. Es ist ein umfangreiches Programm, denn wir sind in harter Konkurrenz mit dem anderen Seniorenclub.« Sie zeigte zu dem Gebäude schräg gegenüber. »Sie ahnen jetzt natürlich schon, worauf ich hinauswill, oder?«

»Nicht wirklich«, antwortete ich, nach wie vor im Bann des Senioren-Schleiertanzes stehend.

»Literatur! Wir haben keinen Kurs zum Thema Literatur!«

Noch immer schaltete ich nicht. »Das ist aber schade. Vielleicht sollten Sie mal jemanden ansprechen, der sich mit guter Literatur auskennt? Ich bin sicher, dass Sie jemanden finden würden.«

Frau Maiwald strahlte mich an. »Aber genau deshalb bin ich ja hier! Ich habe das neulich mit der Heimleiterin diskutiert. Ursprünglich wollte Frau Bernstein den Gemeindepfarrer fragen, ob er nicht jemanden kennt, einen Literaturwissenschaftler oder so. Aber dann ist der Mord in der Bank passiert, und jetzt meinen alle, sie wollen lieber Krimis lesen und in einem Literaturkreis unter Anleitung darüber sprechen.«

»Ach ja?«, fragte ich, nun endlich vorsichtig geworden.

Zu spät.

»Und da habe ich natürlich Sie vorgeschlagen!«, jubilierte meine begeisterte Kundin.

Ich verstand. Und schüttelte auch schon bedauernd den Kopf. »Ach, Frau Maiwald, das klingt ja sehr interessant. Aber meine Zeit ist knapp bemessen. Ich habe Ihnen doch mal erzählt, dass ich einen zehnjährigen Sohn habe, der sowieso schon viel zu oft allein ist –«

»Wanda, kannst du mal eine Sekunde kommen?«, fragte Miriam in diesem Moment.

»Gleich. Ich rede gerade mit Frau Maiwald«, gab ich zurück.

Aus den Augenwinkeln sah ich, wie sie von ihrem niedrigen Trittschemel stieg und auf uns zukam. Den oberen Teil unserer Regale, wo die Gesamtausgaben von Simenon oder Doyle standen, konnte man nur mit diesem runden grauen Tritt erreichen, einem Elefantenfuß.

Als Miriam neben uns stand, sagte sie zu Frau Maiwald: »Ich finde das Angebot, das Sie Wanda machen, sehr nett, und es ist natürlich ein großes Kompliment für unseren Laden, aber ich muss Wanda leider recht geben: Sie hat wirklich wenig Zeit. Man muss Prioritäten setzen.« Sie lächelte Frau Maiwald fast entschuldigend an. »Wanda, komm doch mal mit.«

Sie zog mich weg, bis wir außer Hörweite von Frau Maiwald waren, die klein, verloren und ein bisschen schäbig vor der Kasse stehen blieb.

»Mach das bloß nicht!«, zischte Miriam. »Ich weiß, wie du bist: Du lässt dich immer viel zu schnell breitschlagen, du mit deinem Sendungsbewusstsein. Das bisschen Zeit, das du hast, willst du doch nicht in einem Seniorenwohnheim verbringen! Mach lieber mal Sport oder«, sie sah mich kritisch an, »geh endlich zum Friseur.«

Das war ja wohl die Höhe! Wollte sie mir jetzt vorschreiben, wie ich meine Freizeit zu verbringen hatte? Und warum konnte sie mir nicht etwas liebenswürdiger sagen, dass ich nicht so topgepflegt aussah wie sie? Das ging ja nun gar nicht. Das ließ ich nicht mit mir machen!

Ich drehte mich auf dem Absatz um und schoss auf Frau Maiwald zu – so schnell, dass diese erschrocken ein kleines Blank Book fallen ließ, das sie gerade versonnen betrachtet hatte. Früher nannte man diese Bücher mit wunderhübschen Einbänden, in denen aber nichts drinstand, Notizbuch. Was sie mit ihren gähnend leeren Seiten in einer Buchhandlung zu suchen hatten, begriff ich nicht. Aber sie verkauften sich ganz gut. Wahrscheinlich schrieben die Leute ihre eigenen Krimis hinein.

»Frau Maiwald«, sagte ich mit so viel Enthusiasmus in der Stimme, wie ich trotz meiner Wut auf Miriam aufbringen konnte, während ich das Blank Book aufhob, »ich habe das gerade mit meiner Kollegin besprochen, und wir finden beide, dass dieser Krimi-Lesekreis eine ganz wunderbare Idee ist. Ich möchte ihn sehr gern übernehmen! Allerdings kann ich nur mittwochs ab fünf.«

Mittwochs übernachtete Josh immer bei meinen Eltern. Wodurch ich an diesen Abenden rein theoretisch genug Zeit zum Joggen oder für einen Friseurbesuch gehabt hätte, wäre es nicht viel reizvoller gewesen, auf der Couch zu liegen und zu lesen.

Hinter mir polterte es, und ich wusste, dass Miriam bei meinen Worten ein Bücherstapel entglitten war.

Frau Maiwald war die Begeisterung anzusehen. »Mittwoch passt sehr gut! Wollen Sie nicht übermorgen das erste Mal zu uns kommen? Gleich um fünf?«

»Gern«, sagte ich. Ein bisschen war es so, als ob sich jemand anderes mit Frau Maiwald unterhielt. Verwirrt fragte ich mich, wie es sein konnte, dass ich mich soeben für eine Lehrtätigkeit entschieden hatte, obwohl ich doch eigentlich Buchhändlerin war. Und Schule immer gehasst hatte.

»Am besten bringen Sie einige Krimis mit, die Sie uns vorstellen. Dann entscheiden wir uns für einen davon per Abstimmung, und Sie bestellen die Exemplare hier im Laden. Was halten Sie davon? Klingt das gut?«, fuhr Frau Maiwald beschwingt fort.

»Aber sehr. Genauso machen wir das«, sagte ich. Jetzt konnte Miriam gar nichts mehr einwenden, fand ich: Je mehr ich mit den Senioren las, desto mehr bestellten sie bei uns.

»Oh, und natürlich gibt es auch eine Vergütung«, fügte Frau Maiwald noch hinzu. »Dreißig Euro pro Kursstunde. Das finden Sie doch nicht zu wenig?«

»Nein, das passt schon«, antwortete ich und meinte es auch so. Hundertzwanzig Euro waren eine Menge Geld für mich. Und bei fünf Kursstunden im Monat waren es sogar hundertfünfzig Euro.

»Fein, dann gehe ich jetzt und lese mein Buch. Ich freue mich schon«, sagte Frau Maiwald und verabschiedete sich.

Miriam starrte mich an.

»Ich habe auch Feierabend«, murmelte ich, ohne ihren Blick zu erwidern. Aber ich spürte genau, dass er da war. Er folgte mir, als ich Jacke und Tasche holte und den Laden verließ. Erst als ich bei der Bushaltestelle ankam, hatte ich das Gefühl, dass die Pfeile im Rücken verschwunden waren.

Während ich auf den Bus wartete, der in zweieinhalb Minuten kommen würde, überlegte ich, wie oft ich ins Seniorenheim musste, bevor ich mir Miriams Friseur leisten konnte. Ich hatte sie nicht gefragt, aber ich schätzte, ungefähr vier Mal. Zumindest mit Strähnchen.

FÜNF

»Heute ist also der Start in deine zweite Karriere?«, fragte Miriam mich am Mittwochnachmittag so gegen vier.

Ich nickte stumm. Seit Montagabend war die Stimmung zwischen uns nicht gerade eiskalt, aber definitiv frostig. Dabei tat Miriam so, als wäre nichts gewesen. Ich verstand sie manchmal nicht. Entweder hatte sie keine Gefühle, oder sie ließ sie nicht raus.

»Und welche Krimis stellst du vor?«, fragte Miriam weiter. Sie stand neben mir und schlitzte gerade mit ihrem manikürten Daumennagel die Plastikhülle eines großformatigen Buches auf. Der Titel lautete »Jack the Ripper: Londons morbide Faszination«, und es sollte angeblich ein Muss für jeden Ripperologen sein, praktisch das Nachschlagewerk des Grauens, wie der Verlagsvertreter stolz verkündet hatte. Damit wir das Ripperbuch – es kostete neunundachtzig Euro neunzig und war nun wirklich nicht das passende Geschenk zum nahenden Fest der Liebe – gegen eine Gutschrift zurückschicken konnten, hatten wir vorsichtshalber Remissionsrecht ausgemacht.

Statt einer Antwort legte ich die Hand auf einen niedrigen Stapel, der neben der Kasse lag. Es waren fünf Bücher: »Mord im Orient-Express« von Agatha Christie, »Die falsche Fährte« von Henning Mankell, »Für eine Handvoll Mäuse« von Rita Mae Brown, ein »Mrs. Wilcox«-Krimi von Emilie Richards. »Acqua alta« von Donna Leon lag obenauf.

»Hm, kein Inspector Gothe dabei. Schade. Und ziemlich soften Stoff hast du ausgesucht«, sagte Miriam, als sie die Titel auf den Buchrücken las. Inspector Gothe war ein indischer Ermittler, den sie favorisierte. »Warum nicht Hawkins? Oder Slaughter? Oder Fitzek? So ganz neu sind die hier alle nicht mehr. Willst du auf Bewährtes zurückgreifen? Oder hast du die Auswahl nach dem Alter der Leser getroffen? Traust du ihnen nicht mehr zu?«

Das waren durchaus berechtigte Fragen, die man sich als Buchhändler bei jedem Beratungsgespräch stellen sollte. Trotzdem klangen sie in meinen Ohren verdächtig vorwurfsvoll.

»Nein, es sind einfach Krimis, die ich mag. Sie gefallen mir. Sie sind noch lieferbar. Mit dem Alter der Leser hat das nichts zu tun«, rechtfertigte ich mich, obwohl es eigentlich gar nichts zum Rechtfertigen gab.

»Ist schon gut«, meinte Miriam, mit der Betonung auf »gut«. »Ich frage ja bloß. Du kannst deinen alten Herrschaften vorschlagen, was du willst. Das ist mir doch egal. Ich lese nur eben lieber die Neuerscheinungen, und cosy Krimis schon gar nicht.«

»Ja, aber es sind ja nicht alle wie du«, gab ich schnippisch zurück. Das »zum Glück« verkniff ich mir gerade noch.

»Was hast du eigentlich? Du bist neuerdings so zickig«, sagte Miriam, aber in diesem Moment ging die Ladentür auf, und ein Herr in einem grauen Tweedmantel und mit ebensolchem Hut kam herein. In der Hand hielt er einen Regenschirm, den er in den Schirmständer am Eingang stellte.

»Den darf ich nachher nicht vergessen«, sagte er an uns gewandt und ging zu dem Tisch mit den Neuerscheinungen. Aus den Augenwinkeln sah ich, wie er zielstrebig das Jack-the-Ripper-Buch anpeilte.

Mit einem Kunden im Laden konnten wir unsere Befindlichkeiten nicht weiterdiskutieren, also schwiegen Miriam und ich uns an. Aber dann sagte sie überraschend und ohne mich dabei anzuschauen: »Möchtest du heute etwas früher gehen, Wanda? Dann kannst du dir drüben alles anschauen, bevor es losgeht.«

Vielleicht bot sie mir das nur an, weil ihr das Schweigen auf die Nerven ging. Trotzdem freute ich mich, dass ich früher rauskam. »Oh, gern.« Und damit war mein Arbeitstag schon um Viertel nach vier vorbei.

Als ich unter der roten Markise hervortrat, merkte ich, dass ein sanfter Herbstregen fiel. Auf der Straße waren nur wenige

Leute unterwegs. Mir kam kurz der Gedanke, dass Miriam mich absichtlich in den Regen geschickt haben könnte. Aber nein, das konnte nicht sein. So war sie nicht. Oder doch?

Der Stress im Laden zerrte an mir. Noch mindestens drei Stunden, bis ich endlich zu Hause war und mir etwas zu essen machen konnte. Auf meiner Liste der unangenehmen Gefühle stand Hunger allerdings ganz oben. Direkt hinter Flugangst. Dann kamen Sonnenbrand auf den Füßen, kein Rotwein im Haus und saure Milch, wenn ich morgens den ersten Kaffee trinken wollte.

Also beschloss ich, mir noch schnell zwei Brötchen als Notration zu kaufen. Ich nahm Käsekruste und Mohn und verputzte auch sogleich eins davon, während ich im Nieselregen auf meine neue Wirkungsstätte zueilte. Ich kam an der Wilmsbank vorbei. Wie seltsam, dass sie ganz normal geöffnet war, dass die Kunden ein und aus gingen, als sei hier nie ein Kapitalverbrechen passiert.

Direkt vor dem Seniorenheim fiel mir ein rotes Wohnmobil auf. Ich musste an meine Eltern denken. Die hatten nämlich auch so ein Gefährt. Nur benutzten sie es eher selten. Ab und zu ging etwas kaputt, dann schraubte mein Vater mit Leidenschaft daran herum. Einmal im Jahr, nämlich dann, wenn der Jahresbeitrag für die Versicherung gezahlt werden musste, regte meine Mutter vorsichtig an, es vielleicht besser zu verkaufen. Aber da das Instandhalten des Wohnmobils praktisch das einzige Hobby meines Vaters war, kam es ihr wohl selbst etwas hartherzig vor, darauf zu bestehen, und so durfte es auch das nächste Jahr noch bleiben.

Auch dieses Wohnmobil sah sehr gepflegt und gut erhalten aus, bis auf einen tiefen Kratzer auf der Fahrerseite. Helles Metall, noch ohne Rost, glänzte unter der kaputten Lackschicht hervor. Als ich an dem Wohnmobil vorbei auf das Haus zuging, sah ich, dass auf der Windschutzscheibe ein Aufkleber mit einem Rollstuhl klebte. Richtig, es stand ja auch auf einem Behindertenparkplatz.

Ich war zum ersten Mal in dem Seniorenheim. Das Erste,

was mir ins Auge fiel, war die Pförtnerloge. Hinter der gläsernen Scheibe saß ein älterer Mann mit grauen, glatt zurückgekämmten Haaren, einer dicken Brille, die seine Augen verkleinerten, und schaute mich freundlich an. Neben ihm lagen Stapel von Prospekten, hinter ihm an der Wand hing eine große Uhr – es war halb fünf –, daneben ein Brett mit verschiedenen Schlüsseln.

»Guten Abend«, sagte ich. »Ich heiße Wanda Cameron und soll hier einen Krimi-Lektürekurs geben.«

»Ah, Sie sind die Dame aus der Buchhandlung, richtig? Frau Maiwald war vorhin da und hat Bescheid gesagt. Kommen Sie, ich bringe Sie nach oben.«

»Sind Sie der Portier?«

Er lachte. »Nee, jedenfalls nicht angestellt. Ich arbeite ehrenamtlich als Hausmeister. Damit alles takko ist, falls ich später mal selbst hier wohne. Wenn Sie irgendwas aus den Räumlichkeiten brauchen, können Sie sich jederzeit an mich wenden. Ich bin auch der Hüter der Schlüssel. Fragen Sie einfach nach Sieger John.«

Er stand auf, und ich sah, dass er etwas krumm stand.

»Frau Maiwald hat vorhin den Schlüssel mitgenommen und noch nicht zurückgebracht«, brummte er vor sich hin, trat aus der Loge heraus und schloss sorgfältig hinter sich ab, bevor er sich mir zuwandte. »Wollen Sie den Fahrstuhl nehmen?«

»Muss nicht sein«, sagte ich, aber kaum hatte ich es ausgesprochen, tat es mir leid.

»Wenn wir Kurse im Haus haben, bleibe ich länger. Sonst bin ich spätestens um vier weg. Dann kommen Sie auch nicht mehr so einfach rein, dann müssen Sie schon wissen, zu wem Sie wollen«, erklärte er und zeigte auf die Gegensprechanlage an der Außenseite der Tür. Hinkend ging er neben mir her und begann, mühsam die Treppen hochzusteigen. Dabei musste er sich am Geländer festhalten. »Die Gruppenräume sind oben. Nur die Kegelbahn ist im Keller, und der Gymnastikraum ist hier im Erdgeschoss.«

»Findet da auch der Bauchtanz statt?«, fragte ich neugierig.

»Ja, und Yoga und Tai-Chi. Im Sommer haben sie das gern im Garten gemacht, aber die Banker haben sich darüber beschwert. Sie haben gesagt, die Kunden würden durch die orientalische Musik irritiert, und die Schellen, die die Tänzerinnen an den Füßen haben, haben sie auch genervt. Verstehe ich nicht. Klingt doch sehr hübsch, das rhythmische Gebimmel.«

Ich fragte: »Welche Banker?«

»Na, die von der Wilmsbank. Wir teilen uns mit denen doch den Garten.« Er schnaufte etwas, während er das Geländer mit den Fingern fest umschloss und sich hochzog.

Ich fand das interessant. »Kannten Sie Herrn Heuhausen, der erschossen wurde?«, fragte ich, während wir uns Stufe für Stufe dem ersten Stock näherten.

»Natürlich. Den kannten die meisten hier. Wir haben ja fast alle unsere Konten bei der Wilmsbank. Der Heuhausen war ein Netter, der hat über unsere Schleiertänzerinnen nicht so gemeckert wie seine Kollegen. Um ihn ist es wirklich schade, wissen Sie. So ein junger Mann! Ich frag mich, wer so etwas macht. Ich sehe ihn noch vor mir, wie er im Sommer immer seine Mittagspause im Garten verbracht hat.«

»Ja, schrecklich«, murmelte ich, und mit einem letzten Schritt waren wir im ersten Stock.

Ich kam mir vor wie in einer anderen Welt. Unten war alles ruhig gewesen und die wenigen Türen, die vom Eingangsbereich abgingen, geschlossen. Jetzt standen wir in einem langen, erleuchteten Gang, von dem viele Türen abgingen. Die meisten standen offen. Außerdem zog ein köstlicher Duft durch den Flur, der aus einem gefliesten Raum am Ende des Gangs zu kommen schien. Edelstahl blitzte, Menschen liefen hin und her, Teller klapperten, und irgendwer lachte laut. Mir lief das Wasser im Mund zusammen. Ein Brötchen war viel zu wenig!

Seite an Seite gingen wir den Gang entlang, als auf einmal ein Mann im Rollstuhl rasant um die Ecke kurvte und mich fast über den Haufen fuhr. Im letzten Moment sprang ich zur Seite. Der Fahrer sagte hastig: »Entschuldigung«, und Herr

John rief ihm hinterher: »Werner, pass doch auf!« Doch da war besagter Werner schon drei Türen weiter in einem Raum verschwunden.

»Gott, dieser alte Computerhacker ist unmöglich! Wahrscheinlich hat er wieder am Geschwindigkeitsregler seines Rollstuhls herumprogrammiert«, sagte Sieger John kopfschüttelnd. Seine Bemerkung machte für mich erst Sinn, als wir an der Tür vorbeikamen, aus der der Rollstuhlfahrer herausgeschossen war: Es war ein Computerraum.

Ich schaute weiter sehnsüchtig in Richtung Küche. Wie es aussieht, habe ich mich für den falschen Kurs einspannen lassen, dachte ich und schluckte. Mit knapper Not konnte ich verhindern, dass mir die Spucke aus dem Mund lief. Dort hinten gehörte ich hin, in den Probiersektor des dem Geruch nach türkischen Kochkurses, in dem sicher gerade Auberginen gesalzen und Hackfleisch angebraten, Knoblauch gehäutet, Zwiebeln geschnitten und Paprika gewürfelt wurden. Jedenfalls duftete es so.

Kreuzkümmel, Safran und Lammhack statt Christie, Leon und Brown – Miriam hatte ja so recht! Ich mit meinem blöden Sendungsbewusstsein für Literatur. Warum nur hatte ich nicht auf sie gehört?

Mein Blick zur Küche wurde abgelenkt, denn aus einem weiteren Raum trat eine Frau in den Flur, die man gemeinhin als sehr stattlich bezeichnen würde. Eigentlich kam erst ihr Busen aus der Tür, dann eine ganze Weile nichts, bis schließlich die Frau selbst folgte. Sie trug eine schneeweiße Bluse mit Rüschen, in der sie aussah wie eine Cumulus-Wolke. Oder wie ein zerfranster Gletscher. Zur Bluse trug sie einen altrosa Faltenrock und ein sehr freundliches Lächeln. Sie war so beeindruckend, dass ich die kleine Frau, die neben ihr hertrippelte, fast übersah. Sie stand gewissermaßen in ihrem gigantischen Schatten. Erst als beide vor mir stehen blieben, bemerkte ich, dass es Frau Maiwald war.

»Hallo, Frau Cameron«, sagte sie und reichte mir ihr zierliches Puppenhändchen. »Schön, dass Sie zu uns gefunden haben. Darf ich Ihnen Frau Bernstein vorstellen? Sie ist die Leiterin des Heimes.«

Frau Bernstein schüttelte mir energisch die Hand, und ich dachte sofort, dass sie sich mit Miriam gut verstehen müsste: Sie sah aus, als würde sie sich nicht die Butter vom Brot nehmen lassen und sich ihre Welt so einrichten, wie es ihr passte – mit Logik, Verstand und einem unbeirrbar aufs Wesentliche gerichteten Blick. Obwohl Miriam natürlich niemals dieses Rüschenteil getragen hätte.

»Herzlich willkommen in unserem Seniorenheim«, sagte Frau Bernstein mit kräftiger Stimme, und ich stellte mir vor, dass sie all diejenigen, die ihre Wohnungen aufgegeben hatten, um von nun an ein Apartment in diesem Heim zu bewohnen, so begrüßte. Ich war umgehend froh, später wieder in mein eigenes Zuhause zurückkehren zu dürfen.

»Vielen Dank«, brachte ich heraus. »Schön, hier zu sein.«

»Frau Cameron, bevor Sie mit dem Kurs beginnen, möchte ich gern noch ein, zwei Worte mit Ihnen wechseln.« Mit sanfter Bestimmtheit zog sie mich, ohne meine Erwiderung abzuwarten, in ihr Büro, aus dem sie eben mit Frau Maiwald gekommen war.

In meiner feuchten Jacke und mit meiner schwarzen Umhängetasche, in der fünf Krimis geduldig auf ihren Einsatz warteten, stand ich da, während sie die Tür hinter uns schloss, und fühlte mich genau wie früher, wenn man mich ins Lehrerzimmer gerufen hatte.

»Wir freuen uns sehr, dass Sie unser umfangreiches Kursprogramm um einen Literaturkreis erweitern wollen«, begann Frau Bernstein, und ich nickte automatisch wie einer dieser hässlichen Plastikhunde, die auf manchen Autoablagen standen. »Ich persönlich hätte ja etwas Friedlicheres als ausgerechnet Krimis favorisiert, aber Frau Maiwald ist eine große Anhängerin dieses Genres, und schließlich war es ihre Idee, Sie anzusprechen.«

Nick, nick, nick.

Sie senkte die Stimme. »Aber leider hat Frau Maiwald einen Fehler gemacht.«

Ich hörte auf zu nicken. »Welchen denn?«

Sie räusperte sich. »Es ist mir etwas unangenehm, aber ich bin sicher, dass Sie Verständnis zeigen werden.«

Ich wartete, auch wenn ich meine Ungeduld nur schwer im Zaum halten konnte. Ein Blick auf meine Armbanduhr verriet mir, dass der Kurs in elf Minuten beginnen sollte. Ich wusste noch nicht mal, wo er stattfinden würde. Und gleich beim ersten Mal zu spät zu kommen, war so gar nicht meine Art.

»Sie hat Ihnen dreißig Euro für eine Stunde versprochen, richtig?«

Ich verfiel wieder in den Nickmodus.

»Wir stehen finanziell leider nicht so gut da, dass wir uns das leisten können«, flüsterte Frau Bernstein mir verschämt zu. »Wären Sie auch mit der Hälfte zufrieden?«

Ich schluckte. »Fünfzehn Euro? Das ist aber deutlich weniger als erwartet.«

Ich konnte sehen, dass es Frau Bernstein unangenehm war und sie am liebsten in ein Mauseloch kriechen würde. Schon stellte ich sie mir als eine überdimensionale Albinomaus vor, die aufgeregt durch den Raum huschte, auf der Suche nach einem Mäuseloch, durch das sie ihre beleibte Figur quetschen konnte. Das Bild war so faszinierend, dass ich einfach nur dastand, sie anstarrte und das Geld völlig vergaß. So was wäre Miriam nicht passiert.

»Meinen Sie, das geht?«, fragte sie erneut, diesmal eindringlicher. »Unsere Herrschaften freuen sich schon darauf, und ich möchte sie nur ungern enttäuschen.«

Ich riss mich zusammen. »Also gut«, sagte ich. »Ich mach's auch für fünfzehn Euro. Aber die müsste ich dann schon haben.«

Diesmal war es Frau Bernstein, die nickte, und zwar eindeutig erleichtert. »Selbstverständlich. Wir überweisen monatlich. Schreiben Sie mir bitte Ihre Bankverbindung auf?«

Sie reichte mir Stift und Zettel, und ich kritzelte Kontonummer und Bankleitzahl darauf. Hieß das etwa, dass ich das bisschen Geld auch noch versteuern musste?

»Und jetzt lassen Sie mich Ihnen den Kursraum zeigen.«

Wir traten wieder in den Gang, und sogleich schaute ich in Richtung Küche.

»Riecht gut, was der Kurs von unserer Frau Temiz dahinten zaubert, nicht wahr?«

»Ja, sehr«, sagte ich. »Güle güle.«

Frau Bernstein schaute mich etwas verwirrt an. Dann wurde ihre Aufmerksamkeit von mir weg- und auf einen Pulk lachender älterer Frauen gelenkt, die gerade aus der Küchentür traten. Sie scharten sich um einen Mann in ihrer Mitte, der kauend einen großen Teller in der Hand hielt. Darauf schienen Kostproben der Delikatessen zu liegen, die sie gekocht hatten. Die Frauen umringten den Mann und nötigten ihn wort- und gestenreich, selbst im Laufen immer wieder von den Häppchen zu naschen.

Zuerst war ich etwas verwirrt, denn ich kannte diesen Mann und hätte ihn hier niemals erwartet.

Mein Magen dagegen war überhaupt nicht verwirrt. Er sackte ab, hüpfte hoch und landete unsanft an seinem ursprünglichen Platz, was bewirkte, dass mir wieder flau wurde. Mägen logen nicht: Der Mann, der da den Gang entlangkam, war Hauptkommissar Kamat. Was um alles in der Welt machte er hier? An einem türkischen Kochkurs teilnehmen? Tipps und Tricks des weltbesten Böreks verraten?

Ich sah ihn vor mir, wie er die Ärmel seines schwarzen Hemdes hochkrempelte, den Phylloteig knetete und ausrollte, füllte, übereinanderfaltete, mit Eigelb bestrich … Nein. Das konnte nicht sein. Ich traute der Berliner Polizei ja allerhand zu, aber das nun nicht.

Frau Bernstein war stehen geblieben und schaute der munter kichernden Seniorentruppe entgegen. Sie schien sich innerlich gegen etwas zu wappnen und mich dabei völlig zu vergessen.

In diesem Moment trat Frau Maiwald in Begleitung von zwei Personen aus einem der anderen Zimmer – mit einem Mann und einer Frau. Sie redete auf den Mann ein, der fortwährend dieselbe fahrige Bewegung über seine Stirn machte, etwa so, als wollte er sich den Schweiß abwischen, der dort gar nicht vorhanden war. Ein Tick, vermutete ich. Obwohl es sicher interessant gewesen wäre, hier stehen zu bleiben und mehr über das Doppelleben des Hauptkommissars herauszufinden, beschloss ich, mich an Frau Maiwald zu halten.

Während ich auf die drei Senioren zuging, fiel mein Blick auf die Frau, die neben Frau Maiwald und dem Mann stand. Sie war alt, sehr dünn und sehr stark geschminkt. Aber nicht etwa gekonnt, wie es später unter Garantie bei Miriam zu erwarten war, sondern eher so, als ob sie beim Schminken den Lippenstift vage in Richtung Mund und den Kajalstift ungefähr in Richtung der Augen und der Augenbrauen geführt hätte. Das Ergebnis war fürchterlich, verschmiert und schrill zugleich. Sie sah ein bisschen wie der Joker bei Batman aus.

Ich starrte sie an und hörte, wie Frau Maiwald zu dem Mann sagte: »Jochen, bring doch Margot in ihr Apartment und komm wieder zurück. Sie hat nichts davon, wenn du auf den Kurs verzichtest. Und du liest doch Krimis auch so gern. Diese Stunde kannst du dir ruhig mal gönnen. Es passiert schon nichts.«

Bei ihren Worten zögerte der Mann, und ich glaubte schon, einem meiner Kursteilnehmer gegenüberzustehen. Aber dann schüttelte er den Kopf und fuhr sich wieder über die Stirn. »Nein, ich kann sie nicht allein lassen. Heute ist sie besonders verwirrt.«

Er nahm die Frau am Arm und führte sie behutsam weg. Unter ihren anderen Arm hatte sie ein großes Buch geklemmt. Sie waren ein seltsames Paar, wie sie da in Richtung Treppenhaus abwanderten.

Frau Maiwald seufzte. »Er macht es sich zu schwer«, sagte sie zu mir. »Das war Jochen Weiß. Er und Margot Claasen haben vor zwei Jahren ihre Apartments bei uns bezogen. Das war wohl eine gemeinsame Entscheidung, sie kannten sich von früher. Wir dachten schon, da ist mehr. Sie verstehen.« Sie blinzelte mir zu, und ich musste an den Film »Wolke neun« denken, der von einer sehr, sehr späten Liebe handelte. »Vor einem knappen Jahr wurde bei Margot Alzheimer festgestellt, und es wird täglich schlimmer mit ihr. Galoppierender Verfall, fürchterlich. Und Jochen opfert sich auf, das sollte er nicht. Er war immer so ein gestandener Kerl, aber jetzt sieht er schrecklich aus. Ganz dünn ist er in den letzten Monaten geworden.«

»Warum ist Frau Claasen so heftig geschminkt?«, fragte ich.

»Sie war früher Schauspielerin am Boulevardtheater. Kein ganz großer Star, aber immerhin. In Berlin kannte man sie. Haben Sie den Namen noch nie gehört?«

Ich verneinte.

»Wenn man ihr das Schminkzeug wegnimmt, schreit sie Zeter und Mordio. Glaubt morgens anscheinend immer, sie sitzt in der Maske, die Ärmste«, erklärte Frau Maiwald weiter. »Das Schminken ist alles, was ihr geblieben ist. Außer Jochen natürlich. Gelegentlich erzählt sie auch von Harald, dem Schwerenöter.«

»Harald?«

»Juhnke. Haben Sie das Buch gesehen, das sie dabeihatte?«

Ich nickte.

»Das schleppt sie immer mit sich rum. Da sind alle Zeitungsberichte der letzten fünfzig Jahre drin, in denen sie erwähnt wurde. Wenn Sie mal die Chance haben, schauen Sie es sich an. Es ist hochinteressant. Berliner Boulevardgeschichte, Ku'damm rauf und runter. Der Wölfer, die Mira, der Eden, Pipapo.«

»Das würde ich gern einmal sehen«, sagte ich, während wir den Nebenraum betraten, eine weiße Regalwand auf der einen Seite, eine Garderobe auf der anderen. Ich hängte meinen Mantel auf und schaute mir dann das Regal näher an: Fächer und Schubladen waren mit Namen gekennzeichnet.

»Hier bringen unsere Kursleiter ihre Sachen unter«, erklärte Frau Maiwald. »Wenn Sie wollen, können Sie sich auch ein Fach einrichten.«

»Danke. Macht Frau Claasen auch noch bei den Kursen mit?«, wollte ich wissen, als wir den Raum wieder verließen.

Frau Maiwald lachte bedauernd auf. »Sie haben sie doch gesehen. An den meisten Tagen ist sie kaum ansprechbar. Wir glauben, dass sie wohl nicht mehr lange bei uns bleiben wird.«

»Wo geht sie denn dann hin?«, fragte ich, aber Frau Maiwald blieb mir die Antwort schuldig. Sie begab sich zu einer Tischgruppe in der Mitte des Raumes und setzte sich zu zwei anderen Damen, die dort bereits Platz genommen hatten. Alle drei schauten mich erwartungsvoll an, und plötzlich wurde ich nervös. »Hallo! Ich heiße Wanda Cameron, bin Buchhändlerin und arbeite im ›Agatha‹. Ich freue mich, dass wir gemeinsam über Krimis sprechen werden«, begann ich die Vorstellungsrunde mit mir.

»Karin Jaletzke«, sagte die eine Dame.

»Renate Born«, sagte die andere.

»Isadora Maiwald«, sagte Frau Maiwald.

Isadora? Schick!

Wenigstens sind wir nur zu viert, das ist ja nicht so viel, dachte ich, als die Tür aufging und Jochen Weiß den Raum betrat. Er grüßte kurz, dann setzte er sich neben Frau Maiwald, die für einen Moment ihre Hand auf seine legte.

»Schön«, sagte sie leise und lächelte ihm aufmunternd zu.

Er lächelte nicht zurück. »Elli bleibt so lange bei ihr«, erwiderte er und fuhr sich wieder über die Stirn. Dann schauten alle zu mir, und ich war dran.

Ich wollte gerade anfangen, als die Tür erneut aufgedrückt wurde und der computerhackende Rollstuhlfahrer reingerauscht kam.

»Ich brauch ein Foto von euch, Leute«, sagte er und nahm aus einer Tasche, die am Rollstuhl hing, ein brandneues iPhone 8, für das Josh wahrscheinlich seine Großmutter verkauft hätte. Oder mich.

Ich schaute wohl etwas hilflos, denn Frau Maiwald erklärte hastig: »Das ist Werner Fielbrink. Er gibt den Computerkurs und kümmert sich um den Webauftritt des Heims, nicht, Werner?«

Der Angesprochene nickte bestätigend.

»Mein Name ist Wanda Cameron. Ich bin die Kursleiterin«, sagte ich. »Und warum möchten Sie ein Foto von uns machen?«

»Ich weiß, dass Sie die Kursleiterin sind. Deshalb bin ich doch hier. Und das Foto kommt auf die Website«, sagte Werner. »Sortiert euch mal zusammen.«

Ich stellte mich hinter die drei Damen, Herr Weiß posierte neben mir.

»Und nun los«, forderte uns Werner Fielbrink auf. »Spajettiiiiii.«

Es blitzte, erst einmal, dann zweimal.

»Danke. Das war's schon.«

Eine Dreiviertelstunde später war ich überzeugt, dass ich den falschen Beruf gewählt hatte. Lehrerin hätte ich werden sollen! Oder Dozentin an der Uni! Professorin! Ich war ein pädagogisches Naturtalent! Brillant hatte ich meine Krimis vorgestellt, auf die Hauptpersonen hingewiesen, den Zeitrahmen umrissen, Spannungsbögen aufgezeigt. Meine Zuhörer hingen an meinen Lippen. Jedenfalls hatte ich diesen Eindruck.

»Dann stimmen wir jetzt ab«, sagte ich. Mit Sicherheit würde es ein denkbar knappes Ergebnis werden, denn die Leidenschaft meiner Präsentation konnte an meinem Publikum nicht spurlos vorbeigegangen sein. Damit hatte ich die alten Leutchen in ein außerordentliches Dilemma gebracht: Welchem Krimi sollten sie jetzt nur ihre Stimme geben?

»Wer möchte ›Mord im Orient-Express‹ lesen?«, fragte ich gespannt.

Niemand meldete sich.

Oooookay, dachte ich, den Klassiker finden sie wohl nicht so aufregend. »Wer ist für Rita Mae Brown?«

Wieder keine Meldung. Dabei hätte ich schwören können, dass es unter den alten Damen Katzenliebhaberinnen gab – die Heldin löste alle Fälle mit Hilfe ihrer Katzen.

»Auch nicht? Wie sieht es denn mit Donna Leon aus – möchten Sie vielleicht lieber über Inspektor Brunetti diskutieren?«

Allgemeines Kopfschütteln.

Ich wurde unruhig. Was sollte das? Hatte ich den Geschmack der Senioren nicht getroffen? Wollte mein Kurs etwas ganz anderes lesen? Oder waren meine Beschreibungen so langweilig gewesen? Hatte ich als beratende Buchhändlerin versagt?

»Und ›Mrs. Wilcox‹?«

Keiner rührte sich. Großes Schweigen.

»Mankell?«, fragte ich leise, nun restlos verzagt. »Will jemand von Ihnen den Mankell lesen?«

Vier Hände gingen in die Luft.

Ich atmete erleichtert durch und sagte, nun zuversichtlich lächelnd: »Das habe ich mir gleich gedacht. Kurt Wallanders rauem schwedischen Charme kann man sich nur schwer entziehen, nicht wahr?«

Wieder schüttelten alle den Kopf.

»Nein, das ist es nicht«, sagte Karin Jaletzke.

»Nicht?«, fragte ich. »Was ist es dann?«

»Wallanders Vater«, antwortete Jochen Weiß müde lächelnd. »Das spricht für großen Realismus. Da darf man auf die Handlung gespannt sein.«

Ich hätte es wissen müssen. Kurt Wallanders Vater hatte Alzheimer. Genau wie Margot Claasen.

Kurz darauf beendete ich den Kurs und stand wenig später an der Bushaltestelle. Es war dunkel, aus dem Nieselregen war ein Sturzregen geworden, und ich hatte keinen Schirm dabei. In den Gullys von Schmargendorf rauschte das Wasser. Das Schaufenster des »Agatha« leuchtete von der anderen Straßenseite hell zu mir herüber, aber das nützte mir auch nichts. Es war kalt, nass, windig, eklig. Ich wollte nach Hause. Und ich hatte mörderischen Hunger.

Das zweite Brötchen fiel mir ein. Ich fischte es aus der Bäckertüte, und während der Regen mein Haar durchnässte und von dort leise in den Nacken tropfte, während ich weiter vergeblich auf den Bus wartete, der wahrscheinlich von der

Strecke gespült worden war, biss ich davon ab. Ich stand da und kaute, als auf einmal ein dunkler Wagen neben mir hielt.

Erschrocken sprang ich von der Bordsteinkante zurück. Wer sollte mich jemals finden, wenn ich an dieser menschenleeren Bushaltestelle gekidnappt wurde? An wen würden sich meine Kidnapper überhaupt mit ihrer Lösegeldforderung wenden? Und wer würde bereit sein, dieser Forderung nachzukommen? Ich kannte niemanden, der Geld übrig hatte, mit Ausnahme von Miriam. Warum war ich nur so unleidlich zu ihr gewesen!

Tränen der Reue schossen mir in die Augen, als ich mir vorstellte, wie ich gefesselt, geknebelt und schlotternd vor Angst im Kofferraum dieses Autos lag, das garantiert gestohlen war und das man in einem Nebenweg im Grunewald abstellen würde. Wo es irgendwann, nach Tagen oder Wochen, von einem verwunderten Förster und seinem hektisch kläffenden Dachshund entdeckt werden würde. Doch dann wäre es zu spät für mich, viel zu spät! Ich sah auch den Zettel vor mir, den man Miriam nach Tagen des bangen Wartens zukommen lassen würde, natürlich bestehend aus unterschiedlichen, aus Zeitungen ausgeschnittenen Buchstaben. Josh, meine Eltern, alle würden in der roten Sitzecke im »Agatha« laut schluchzend um Miriam herumsitzen, während sie mit klangloser Stimme vorlas: »Dreihundert Euro, oder W.C. ist tot.«

Wenigstens werde ich nicht mit leerem Magen sterben, dachte ich panisch kauend, während wertvolle Sekunden verstrichen, in denen ich rein theoretisch laut um Hilfe rufend die verregnete Breite Straße hätte entlangrennen können, fort von meinen Entführern.

Da wurde von innen die Beifahrertür des Wagens aufgestoßen. Eine Männerstimme fragte: »Kann ich Sie mitnehmen?«

Vorsichtig spähte ich in den Wagen. Und wer saß da ganz allein hinter dem Steuer? Hauptkommissar Kamat. Spontan beschloss ich, keine Angst zu haben – wenn man nicht mehr der Mordkommission trauen konnte, wem denn dann?

»Das ist aber nett«, antwortete ich, schluckte den letzten Bissen hinunter und stieg ein.

Kamat machte kurz das Licht an, sagte: »Sie sind ja ganz nass«, und ich lächelte ihn strahlend an. Mein Magen hüpfte, aber man konnte sich schließlich an alles gewöhnen. Auch an Hüpfmägen bei Hauptkommissaren.

Er betrachtete mich stirnrunzelnd und mit leicht zusammengekniffenen Augen. Hatte ich was Falsches gesagt? Unmöglich. Ich hatte ja noch fast gar nichts gesagt. Also sagte ich: »In welche Richtung fahren Sie?«, und er fragte: »In welche Richtung müssen Sie denn?«

»Nach Charlottenburg«, antwortete ich, worauf er meinte: »Gut, dann muss ich auch nach Charlottenburg«, und losfuhr.

Das lobte ich mir. Endlich mal ein sinnvoller Einsatz von Steuergeldern! Wieder lächelte ich ihn strahlend von der Seite an. Kurz wandte er mir den Kopf zu, dann schaute er schnell zurück auf die regennasse Straße.

»Warum haben Sie nicht gesagt, dass Sie einen Kurs im Seniorenheim geben?«, wollte er wissen. Offensichtlich hatte er sich bei Frau Bernstein nach mir erkundigt.

»Sie haben mich nicht danach gefragt«, antwortete ich. »Außerdem wusste ich das am Montag noch nicht. Es war eine sehr spontane Entscheidung«, ergänzte ich wahrheitsgemäß.

»Aha«, sagte er mit einem wissenden Unterton. »Sie scheinen ja eine recht spontane Frau zu sein.« Dann schwieg er. Ich vermutete, dass er eine psychologische Fortbildung besucht hatte. Im Fernsehen hatte ich mal einen Bericht über einen Profiler gesehen. Wahrscheinlich wollte er auch so einer werden. Oder er war es schon. Hoffentlich fielen spontane Menschen nicht in eine besonders verdächtige Kategorie!

»Und was haben Sie im Seniorenheim gemacht? Am Kochkurs teilgenommen?«, fragte ich nun meinerseits.

Erst sah er so aus, als ob er meine Frage nicht beantworten wollte, dann räusperte er sich kurz. »Ich koche nicht. Ich ermittle.«

»Ohhhhhhh, Sie *ermitteln*«, konnte ich mir nicht verkneifen zu betonen, denn ehrlich: Das überraschte mich nicht wirklich. Es war doch sein Job, zu ermitteln, oder? »Verstehe.

Aber warum ermitteln Sie in dem Seniorenheim? Sollten Sie nicht lieber in der Bank sein und mit einem dieser ulkigen Lämpchen nach Blutspuren suchen oder den Marmortresen mit schwarzem Puder bestäuben, um Fingerabdrücke sichtbar zu machen oder so?«

»Die Kollegen von der Spurensicherung waren bereits am Freitag vor Ort«, erklärte er und bog in den Hohenzollerndamm ein. Der Regen klatschte an die Windschutzscheibe, die Scheibenwischer flitzten hin und her.

»Aber warum ermitteln Sie in dem Seniorenheim?«, wiederholte ich hartnäckig. »Vermuten Sie dort den Täter?« Ich lachte. Die Vorstellung war zu komisch.

Glaubte er etwa, dass Frau Maiwald maskiert in die Bank eingedrungen war? »Gehen Sie aus dem Weg, Herr Heuhausen, jetzt ist Zahltag«, hörte ich sie sagen, woraufhin sich der kleine Herr Heuhausen mutig vor die Goldbarren warf, die er gerade gezählt hatte. Ein Schuss hallte durch die Bank, Frau Maiwald floh trippelnd …

»Ich kann Ihnen nichts dazu sagen«, erwiderte Kamat mit einiger Verspätung. »Aber für morgen haben wir eine Pressekonferenz angesetzt, und am Freitag können Sie alles in der Zeitung lesen.«

Wieder bog er ab, und wir fuhren an der israelischen Botschaft vorbei. Die Wachpolizisten, die im strömenden Regen davor ihren Dienst versahen, hatten Plastiktüten über ihre Mützen gezogen, die wie Gefrierbeutel aussahen. Vielleicht waren es ja Gefrierbeutel. Ich stellte mir vor, dass eine Rolle der Tiefkühlbeutel zur Grundausstattung der Wachbediensteten gehörte, nach Bedarf an der perforierten Linie abzureißen. Dann fiel mir was anderes ein. »Wie sind denn die Räuber eigentlich in die Bank gekommen?«, wollte ich wissen. »Haben Sie das in der Zwischenzeit herausgefunden?«

Das Kopfsteinpflaster glänzte nass im Licht der Straßenlaternen. Der Kommissar fuhr langsamer und warf mir nun zum ersten Mal einen wirklich interessierten Blick zu. »Ja, Frau Cameron, das ist die große Frage, nicht wahr?«

»Wissen Sie es denn?«, tastete ich mich weiter vor.

»Das wird sich bei der morgigen Pressekonferenz zeigen«, sagte er.

»Und Sie wollen mir keinen Hinweis geben, Herr Kommissar?«

Er überlegte. »Nein, eigentlich nicht.«

»Schade.« Ich sank etwas tiefer in den Sitz. »Haben Sie die alten Leute im Altersheim befragt?«

»Kann schon sein. Wo nach Charlottenburg müssen Sie hin?«, erkundigte er sich. Mir kam es so vor, als wollte er vom Thema ablenken.

»Zum Stuttgarter Platz. Aber Sie können mich schon am Ku'damm rauslassen. Dann laufe ich das letzte Stück. Waren die Scheine registriert?«

»Das ist schon okay. Ich bringe Sie. An welcher Ecke des Stuttgarter Platzes wohnen Sie? Nein, die Scheine waren nicht registriert.«

Ich lachte, weil er genauso geschmeidig antwortete, wie ich fragte. »An der schönen. Kennen Sie die?«

Der Stuttgarter Platz war zweigeteilt wie das alte Berlin. In der einen Hälfte fanden sich Bars mit Namen wie »Pussy Delight« und »69«, in der anderen Hälfte gab es schicke Restaurants, Cafés, einen winzig kleinen Pizzastand, dessen Duft sich appetitlich unter der S-Bahn-Brücke verfing, und einen Minipark mit Rosenspalier.

»Ja, kenne ich. Dort gibt es auch einen Spielplatz«, sagte er und fuhr nun die Joachim-Friedrich-Straße entlang.

»Woher kennen Sie den? War das mal ein Tatort? Ist dort etwas passiert?« Ich fragte mich besorgt, ob ich in der letzten Zeit etwas versäumt hatte. Waren direkt vor meiner Haustür Kinder verschwunden? Hatte jemand morgens eine kleine Leiche im kühlen Buddelsand entdeckt?

»Nein. Ich war dort früher manchmal mit meinem Sohn.«

Im Sommer, wenn ich auf dem Balkon saß, hörte ich von unten häufig Rufe wie: »Leon, du sollst das mit Gina-Lisa teilen«, oder: »Luca, lass Greta doch mal mit deinem Schippchen spielen.« Ich versuchte mir vorzustellen, wie der Hauptkommissar neben einem Jungen, der aussah wie er, kleine Sandkuchen backte, aber es wollte mir nicht gelingen. Dazu schaute er irgendwie zu streng.

»Heißt Ihr Sohn Leon?«, fragte ich misstrauisch. »Leon Kamat? Oder Luca?«

»Nein, wieso?«

»Es scheint überwiegend Leons und Lucas auf diesem Spielplatz zu geben«, erklärte ich.

Und dann waren wir am Stuttgarter Platz angelangt. Wir hielten, ich griff nach meiner Tasche, die ich im Fußraum abgestellt hatte, und sagte: »Vielen Dank fürs Nachhausebringen, Herr Kommissar.«

»Gern geschehen. Ach, übrigens: Wenn Ihnen in dem Seniorenheim irgendetwas auffällt, können Sie mich jederzeit anrufen. Meine Visitenkarte haben Sie ja.«

Ich nickte eifrig. »Worauf soll ich denn im Speziellen achten?«

Er sah mich streng an. »Auf nichts. Kommen Sie bloß nicht auf den Gedanken, Miss Marple zu spielen. So was kann böse enden. Aber manchmal springt einem ja was ins Auge, und da Sie jetzt jeden Mittwoch dort sein werden …«

Er beendete den Satz nicht, aber mir fiel auf, dass er anscheinend länger mit Frau Bernstein über mich gesprochen hatte, als ich zuerst angenommen hatte.

Ich strahlte ihn ein letztes Mal an und öffnete die Tür. »Und wie gesagt, vielen Dank fürs Nachhausebringen.«

»Keine Ursache. Tschüs«, sagte er, und es kam mir so vor, als ob er mich absichtlich nicht anschaute.

Ich stieg aus und schloss behutsam die Wagentür. Zügig fuhr Kamat an, und ich stand wieder im Regen, mit meiner Tasche über der Schulter, während ich den roten Rücklichtern hinterherblickte, die in der nassen Dunkelheit verglühten. Dann ging ich zu dem Altbau, in dem ich mit Josh wohnte, stieg die Treppen hoch, schloss die Tür auf und war endlich in meiner Wohnung, nach einem Tag, der mir sehr lang vorkam.

Ich stellte die Tasche ab, hängte den klitschnassen Mantel auf und ging ins Wohnzimmer.

Der AB blinkte. Josh hatte von meinen Eltern aus angerufen und erzählte mir atemlos, dass er eine Vier in Mathe geschrieben hatte, woran ausschließlich die doofe Lehrerin – »She's so mean!« – schuld war, nicht etwa er selbst. Die zweite Nachricht stammte von Miriam. »Wanda, ich würde mich freuen, wenn wir morgen gemeinsam frühstücken, bevor wir den Laden öffnen. Wenn ich heute Abend nichts mehr von dir höre, rechne ich mit dir um zwanzig vor neun. Bring Brötchen mit. Ciao.«

Das überraschte mich nun wirklich. Ganz am Anfang, als Wanda mich eingestellt hatte, hatte sie mich mal zum Frühstück eingeladen. Danach nicht mehr. Es war nicht nötig, dass wir uns in unserer Freizeit trafen, weil wir uns sowieso ständig sahen. Was sie wohl will?, fragte ich mich und ging ins Bad.

Ich schaute in den Spiegel und musterte mich kritisch. Natürlich waren die Locken nass und klebten an Stirn und Ohren. Die schwarze Wimperntusche von heute Morgen hatte sich im Laufe des Tages verflüchtigt, mein Blick wirkte blass, und der Lippenstift, den ich vor dem Kurs hastig aufgetragen hatte, war auch längst weg. Weggesprochen, weggekaut.

Aber vielleicht mag der Kommissar diesen cleanen Robbenlook, dachte ich trotzig. Ich verzog den Mund zu einem strahlenden Lächeln, um zu überprüfen, wie ich in der schwachen Autobeleuchtung auf ihn gewirkt haben mochte. Dabei traf mich fast der Schlag: In jedem einzelnen Zahnzwischenraum, oben und unten, klebten dunkle Mohnkrümel. Ich hatte vergessen, dass ich ein Mohnbrötchen gegessen hatte.

Kein Wunder, dass Hauptkommissar Kamat mich so seltsam angeschaut hatte.

SECHS

»Ich will etwas mit dir besprechen«, sagte Miriam und lehnte sich in ihrem schilfgrünen Korbsessel zurück.

Sie legte die Fingerspitzen aneinander und schaute mich aufmerksam an. Ich versuchte ebenso aufmerksam zurückzuschauen, was nicht ganz leicht war. Denn zwischen uns standen nicht nur meine mitgebrachten Brötchen – kein Mohn –, sondern auch ein breit gefächertes Lindner-Sortiment von Krabbensalat, Räucherwildlachs, Serranoschinken, Landrahm, gesalzener Butter und Vanillequark, und mein heimlicher Blick galt immer wieder diesen Köstlichkeiten. Ich hatte Hunger, denn in meinem Kühlschrank war gestern praktisch nichts gewesen, und ich hatte es einfach nicht über mich gebracht, bei dem strömenden Regen erneut das Haus zu verlassen, um einzukaufen.

Wir saßen in Miriams Wintergarten, von dem aus man einen perfekten Blick auf den ruhigsten Ort in ganz Schmargendorf hatte – den Friedhof hinter der Kirche. Zwischen uns der gedeckte Glastisch, Kaffee, alles, wie es sein sollte. Warum also fingen wir nicht an, uns munter die Bäuche vollzuschlagen? Weil Miriam mit mir reden wollte.

»Was willst du mit mir besprechen?«, fragte ich und blickte sehnsüchtig auf mein aufgeschnittenes Brötchen, das sich nach dem leckeren Belag verzehrte. Genau wie ich.

Miriam nieste statt einer Antwort, aber dann sagte sie: »Ich möchte wissen, warum du in den letzten Tagen so komisch drauf warst.«

Ich schluckte, diesmal allerdings nicht vor Appetit, sondern weil es jetzt kritisch wurde. Aber ich musste antworten. »Ich fand, du hast mich vor dem Kommissar vorgeführt. Das hat mich geärgert. Und dann hast du auch noch versucht, mir den Krimi-Lesekreis auszureden, bist mir vor einer Kundin ins Wort gefallen und hast meine Figur und meine Frisur kritisiert«, erwiderte ich wahrheitsgemäß.

»Und warum sagst du mir das nicht gleich, statt wie eine beleidigte Leberwurst tagelang vor dich hin zu schmollen?«, wollte Miriam mit einem Ausdruck milden Interesses wissen. »Außerdem ...« Ihr Blick wanderte zu meinen Haaren, aber sie beendete den Satz nicht, was ungewöhnlich diplomatisch von ihr war.

»Wenn du mehr Einfühlungsvermögen hättest, wäre das nicht nötig«, schnappte ich.

Miriam spielte mit ihrer Kaffeetasse und schaute angelegentlich auf die Milchwölkchen, die aus dunklen Tiefen an die Oberfläche gestiegen waren. »Findest du mich eventuell etwas unsensibel den Gefühlen anderer gegenüber?«, fragte sie. »Beziehungsweise etwas harsch, was meine Äußerungen betrifft?«

»Etwas? *Etwas?*«, fragte ich, und meine Stimme bekam definitiv einen hysterischen Unterton. »Miriam, ›unsensibel‹ ist quasi dein Mittelname! Miriam ›Seelentreter‹ Mamlock.«

»Komisch«, meinte sie und schaute wieder hoch. Ihr Blick war unergründlich. »Genau das behauptet Mamo auch immer.«

»Na, da muss ich ihm ausnahmsweise mal recht geben.«

»Wirklich?«

»Ja, wirklich.« Plötzlich kam mir ein Gedanke. Hatten sie etwa darüber im »Borchardt« gestritten? War das der Grund für die Scheidung, über die Miriam nie redete? Interessant ...

Miriam nieste wieder. Es klang irgendwie nachdenklich, ihr Niesen. »Gesundheit«, sagte ich, und sie fragte: »Frieden?«

Ich nickte. Was auch sonst – wir arbeiteten ja zusammen. Wir waren Freundinnen.

»Vielleicht kannst du versuchen, dir ein dickeres Fell zuzulegen, oder mir wenigstens gleich sagen, wenn ich danebenhaue«, schlug sie vor, und ich konterte: »Und du versuchst, ein bisschen weniger kaltschnäuzig zu sein?«

Diesmal nickten wir beide, und ich traute mich endlich, Krabbensalat auf die Brötchenhälfte zu häufen.

Um uns herum herrschte Stille. Es war ganz ruhig, wenn

man von den Essensgeräuschen absah, die wir machten. Doch dann war ein leises Rascheln zu hören, das ich nicht gleich einordnen konnte. Langsam wurde es lauter.

»Was ist das?«, fragte ich.

»Da kommt jemand den Friedhofsgang entlang. Sie haben noch kein Laub geharkt, deshalb raschelt es so laut«, sagte Miriam, die gerade den Becher mit Vanillequark aufmachte. Wir schauten aus dem Fenster ihres Wintergartens, und wer kam durch die gelben, feuchten Blätter auf uns zugeschlurft, blass und dünn und grau, die Haare schütter und nach hinten gekämmt, der Mantel zu groß für seine schmale Gestalt? Jochen Weiß, der sorgsame Freund von Margot Claasen. Gestern noch hatte ich nicht gewusst, wer er war, heute erkannte ich ihn nicht nur an seinem Aussehen, sondern auch an der fahrigen Geste: Beim Gehen fuhr er sich mehrfach mit der Hand über die Stirn.

»Er ist in meinem Kurs«, sagte ich, während wir ihn über die Friedhofsmauer hinweg beobachteten. Er bog in einen anderen Gang ab und entfernte sich wieder. »Er kümmert sich sehr nett um eine alte Schauspielerin. Margot Claasen heißt sie.«

»Ach, echt, den Alten kennst du? Er kommt fast jeden Tag zu diesem Grab da und unterhält sich mit seinen Toten.«

Wahrscheinlich muss er statt mit Margot auch mal mit einer vernünftigen Person sprechen, dachte ich und sagte: »Der Kommissar hat mich gestern Abend nach Hause gefahren.«

»Wirklich?« Miriam ließ überrascht ihr Serranoschinkenbrötchen sinken. »Wie kam das denn?«

Ich erklärte es ihr. »Aber er wollte mir nicht sagen, warum er im Seniorenheim ermittelt.« Ich legte eine abgerutschte Krabbe vom Teller zurück auf mein Brötchen, wo sie hingehörte. Sie würde mir nicht entkommen. »Ich hatte den Eindruck, es hat etwas damit zu tun, wie die Räuber in die Bank reingekommen sind. An dieser Stelle war er besonders ausweichend.«

Gedankenverloren schaute Miriam mich an. »Willst du nicht versuchen, das herauszufinden?«

»Wieso? Das ist doch Kamats Job.«

»Ja, aber ich finde immer noch, dass es für das ›Agatha‹ eine tolle Werbung wäre. Das könnten wir ganz gut gebrauchen.«

»Warum? Läuft der Laden nicht gut?« Ich hörte auf zu kauen und schaute sie besorgt an. Buchhaltung und Betriebsführung waren Miriams Domänen.

»Ehrlich gesagt, nein. Der Umsatz ist in diesem Jahr deutlich geringer als im letzten. Immer mehr bestellen übers Internet.«

Das Gespenst der Arbeitslosigkeit schwebte in seinem hässlichen weißen Lumpengewand auf mich zu. »Miriam, das wusste ich ja gar nicht!«

»Dann weißt du es jetzt«, sagte sie trocken.

Ich überlegte. »Und du meinst, wenn wir ein bisschen rumschnüffeln, können wir zur Lösung des Falls beitragen? Dann kommt das ›Agatha‹ in die Schlagzeilen, und wir sind saniert? Das Medium Zeitung als Multiplikator?«

Miriam lächelte zufrieden, weil ich mal etwas von ihren betriebswirtschaftlichen Ausführungen verstanden und sogar behalten hatte. »So ähnlich.«

Ich warf mein Brötchen auf den Teller, stand abrupt auf, griff über den Tisch und entwendete ihr die Brötchenhälfte, in die sie gerade beißen wollte. »Na los, worauf wartest du dann noch?«

Sie verdrehte die Augen, nahm mir das Brötchen wieder aus der Hand und biss ab. Und zwar so elegant, dass der Schinken nicht, wie es bei mir gewöhnlich der Fall war, in einem Flatschen im Mund landete. »Wanda, spinn nicht rum. Wir müssen doch erst mal überlegen, wie wir das anstellen. Außerdem öffnet der Laden in zehn Minuten. Wer soll denn die Kunden bedienen, wenn wir auf Mörderjagd sind?«

Kurz fiel mir Kommissar Kamats Warnung ein, Miss Marple zu spielen. Aber was er nicht wusste, machte ihn schließlich auch nicht heiß. Ich setzte mich wieder, griff nach dem Kaffee und goss uns beiden nach. »Du hast recht. Wie wollen wir es anstellen?«

»Ich denke, wir nutzen die Beziehungen, die wir haben. Du zum Seniorenheim, ich zur Bank«, sagte Miriam und nieste erneut. »Mist. Ich glaube, ich habe mich erkältet.«

»Scheint so. Steck mich bloß nicht an.«

Ich überlegte. »Ich könnte rübergehen und mich mal mit Herrn John unterhalten«, schlug ich schließlich vor. »Dem ehrenamtlichen Pförtner.«

»Das ist super. Und ich werde bei der Bank vorbeischauen und fragen, wer mein neuer Bankberater ist. Mal hören, was der so sagt.«

»Gut. Wer macht den Anfang?« Wir nippten an unseren Kaffees.

»Ich. Ich gehe gleich zur Bank«, sagte Miriam. »Wir brauchen sowieso Wechselgeld.« Sie fing an, den Frühstückstisch abzuräumen, und verließ mit einem vollen Plexiglastablett den Wintergarten.

Miriam war sehr ordentlich. Ihre Wohnung hätte sich gut als Fotostrecke in der Zeitschrift »Schöner Wohnen« gemacht, mit einer Überschrift, die zum Beispiel lauten könnte: »Beige, Grau und Stein – Minimalismus mit Esprit«, während die von mir und Josh bewohnten drei Zimmer am Stutti eher wie ein Vorher-Modell eines gelungenen Wohndesigns aussahen, darüber eine Headline wie: »Erste Hilfe für Messies«. Aber Miriam hatte auch kein Kind, das überall seine Sachen rumliegen ließ. Dafür hatte sie zweimal in der Woche eine polnische Reinigungskraft – natürlich auf Steuerkarte –, die in Krakau die Haushaltsfachschule abgeschlossen hatte und ihr Berufsethos pflegte, das sich um geputzte Fenster, schimmernde Parkettböden und gebügelte Küchenhandtücher drehte. Ich kannte Anjana, weil sie im »Agatha« den Wohnungsschlüssel abholte und ihn vier Stunden später zurückbrachte.

Als Miriam wieder zurückkam, griff sie nach einer Box mit Kleenex-Taschentüchern. »Ich mach mich jetzt mal auf den Weg. Und wenn das mit meiner Erkältung schlimmer wird, muss ich nachher noch mal weg. Zu Matthias.«

»Wer ist denn Matthias?«

»Matthias Berneck. Dr. Berneck, praktischer Arzt. Kennst du den nicht? Hat seine Praxis die Straße runter. Ecke Sulzaer. Netter Typ, nicht so spießig. Er bietet auch Homöopathie und alternative Heilverfahren an.«

Zusammen verließen wir ihre Wohnung, und während ich den Laden öffnete, sauste sie zur Bank.

Auf unserem Kalender im Laden war für halb zehn der Besuch eines Verlagsvertreters eingetragen. Er kam pünktlich und trug einen großen schwarzen Lederkoffer. Einen kurzen verwirrten Moment lang dachte ich, er würde jetzt ein Blutdruckmessgerät herausholen, weil seine Tasche sehr an einen Arztkoffer erinnerte. Aber stattdessen zog er die üblichen Kataloge heraus, die über sein Verlagsprogramm informierten. True Crime, historische Krimis, das gesamte Suspense-Programm gingen wir durch. Ab und an kamen Kunden herein, die ich bedienen musste.

Wo bleibt nur Miriam?, fragte ich mich, als unser Gespräch zum vierten Mal unterbrochen wurde. Diesmal wegen einer jungen Kundin, die mich nach einem Krimi fragte, der in Berlin spielte und von einer Frau geschrieben sein sollte. Ich legte ihr Bücher von Susanne Goga, Thea Dorn und Joan Weng zur Auswahl vor und setzte mich wieder.

Es war schon nach zehn, als Miriam endlich zurückkehrte. Als Erstes legte sie das gewechselte Geld in die Kasse, dann begrüßte sie den Verlagsvertreter. Schließlich nahm sie das Geld für den Susanne-Goga-Krimi entgegen, für den sich die Kundin entschieden hatte. Ich bemerkte, dass sie mir dabei unruhige Blicke zuwarf, aber was sollte ich machen? Jetzt war sie mal dran abzuwarten.

Als der Vertreter ging, stürzte Miriam auf mich zu. »Der Ersatz für den Heuhausen heißt Pauly«, sagte sie. »Er hatte zufällig einen Termin frei, und den habe ich sofort genommen. Deshalb hat's so lange gedauert.«

»Und? Was hast du herausgefunden?«, fragte ich gespannt.

»Der Zinssatz für Tagesgeld ist auf ein halbes Prozent gestiegen! Ist das nicht der Wahnsinn?« Miriam strahlte mich an.

Blitzschnell wandte ich diese Neuigkeit auf meine Ersparnisse an. Tausendeinhundert Euro – ich versuchte, jeden Monat hundert Euro zu sparen, was manchmal gelang und manchmal nicht –, bei null Komma fünf Prozent waren das knapp sechs Euro im Jahr. Zwei Busfahrten. Ich konnte Miriams Begeisterung nicht ganz nachvollziehen.

»Und was hat Herr Pauly über den Mord gesagt?«, fragte ich. Sofort verlor ihr Gesichtsausdruck etwas von dem Midas-Glanz, und sie sagte, nun deutlich ernüchtert: »Oh, richtig. Darüber haben wir auch gesprochen. Die Polizei war natürlich da, Spurensicherung und so weiter. Der Kommissar hat alle Bankangestellten befragt. Es ist wohl so, dass der Zeitpunkt von Herrn Heuhausens Tod abends und nicht nachts war. Er war nach der Schließung der Bank noch da, weil er Papierkram zu erledigen hatte, hat seine Kollegin ausgesagt. Es gibt keine Spuren eines gewaltsamen Eindringens. Das gesamte Geld stammt aus dem Tresorraum, den Heuhausen selbst aufgeschlossen hat. Die Scheine waren nicht registriert. Zuerst dachte die Polizei, dass Heuhausen den Täter reingelassen hat, aber die Überwachungskamera im Vorraum lief ohne Unterbrechung, und darauf war nichts zu sehen.«

»Könnten die Täter die Filiale nicht ganz normal zur Banköffnungszeit betreten haben? Vielleicht haben sie sich irgendwo versteckt, bis Herr Heuhausen allein war«, schlug ich vor.

»Das hat die Polizei schon gecheckt, meint Pauly. Alle, die reingegangen sind, sind auch wieder rausgegangen«, sagte Miriam.

Ich spekulierte weiter. »Aber vielleicht war es ja ein Kollege oder eine Kollegin? Die waren die ganze Zeit in der Bank, da kann man auf dem Überwachungsmonitor nichts sehen.«

»Schlau gedacht, Wanda, aber wie gesagt, alle anderen Mitarbeiter hatten die Bank bereits verlassen.«

»Ach, das gibt's doch nicht! Niemand kann einfach in die

Bank hineinapparieren!« Josh war ein großer Harry-Potter-Fan, und so wurde es dort genannt, wenn Zauberer mittels Magie an einem Ort verschwanden und an einem anderen wieder auftauchten. »Was ist denn mit der Tür zum Garten? Den teilt sich die Bank doch mit dem Seniorenheim.« Ich musste an Sieger Johns Worte denken: Herr Heuhausen saß immer gern im Garten. »Gibt es da auch eine Überwachungskamera?«

»Darüber hat Pauly nichts gesagt.«

»Hast du ihn denn gefragt?«

»Nein, ich habe ihn einfach reden lassen. Er redet gern.«

Ich schüttelte den Kopf. Miriam mochte ja eine clevere Geschäftsfrau sein – aber als Detektivin musste sie noch viel dazulernen. Pauly einfach reden zu lassen! Keine intelligenten Zwischenfragen zu stellen! Insgeheim vermutete ich, dass sie, gleich nachdem er das mit dem gestiegenen Tagesgeldsatz gesagt hatte, ein wenig das Interesse verloren hatte. So konnte das natürlich nichts werden, so klärte man keine Mordfälle auf und kam schon gar nicht in die Schlagzeilen, oh nein. So rettete man auch nicht seine Buchhandlung. Was für ein Glück, dass sie mich hatte!

»Gut, dann bin ich jetzt dran«, sagte ich.

»Womit?«

»Na, ich gehe jetzt ins Seniorenheim und befrage dort die Leute! Wenn irgendwer durch die Gartentür in die Bank eingebrochen ist, weiß man das dort garantiert.«

Ich musste an Frau Bernstein denken und stellte mir vor, wie sie abends am Fenster zum Hof stand, bewegungslos, mit verschränkten Armen vor dem gewaltigen Busen, ihren Blick auf einen Maskierten gerichtet, der die Gartentür der Bank aufhebelte oder mit einem Diamantschneider ein Loch in die Glasscheibe ritzte. Ich sah quasi, wie Frau Bernstein geschmeidig wie eine weiße Tigerin von Siegfried und Roy nach unten schlich, um den Täter, der sich schon in der Bank glaubte, fest am Arm zu packen und ihm mit wohltönender Stimme zu sagen: »Herzlich willkommen in unserem Seniorenheim …«

Frau Bernstein war zweifellos eine sehr couragierte Frau. Wenn ich eine Einbrecherin wäre, hätte ich Angst vor ihr. Ich hatte sogar Angst vor ihr, obwohl ich keine Einbrecherin war.

»Gut, geh du ins Heim. Ich sehe mal, ob ich einen Termin bei Matthias bekomme.«

»Mach das. Also erst mal tschüs, bis später.«

»Bis später, Sherlock.« Miriam winkte mir nonchalant zu, als ich, nun in meiner gefütterten Jeansjacke mit dem nachgemachten Nerzkragen, in die kühle Herbstluft trat. Heute regnete es zum Glück nicht. Ich winkte zurück, und weg war ich.

Während ich über die Straße ging, überlegte ich, wie ich es anstellen sollte. Bevor ich neugierig fragte, musste ich wissen, was ich eigentlich in Erfahrung bringen wollte. Als ich das Seniorenheim erreicht hatte, wusste ich es.

Wieder ging ich an dem Wohnmobil vorbei, das auf dem Behindertenparkplatz stand. Am helllichten Tag fiel die dicke Schramme noch mehr auf. Doch als ich das Haus betrat, saß Befragungsperson Nummer eins nicht in der Pförtnerloge. Ich versuchte, die Tür zur Loge zu öffnen, aber sie war verschlossen. Sieger John schien es mit seinen ehrenamtlichen Pflichten sehr genau zu nehmen.

Also machte ich mich auf die Suche nach Befragungsperson Nummer zwei. Ich sprintete die Stufen hoch in den ersten Stock. Genau wie gestern hörte ich am Ende des Gangs Geschirr klappern. Ein Blick auf die Armbanduhr sagte mir, dass es Viertel vor zwölf war. Klar, in Heimen wurde früh gegessen, wahrscheinlich kochten sie dahinten gerade.

Etwas unschlüssig ging ich den Gang entlang und kam am Computerraum vorbei. Darin saß Werner Fielbrink vor einem Monitor. Ich klopfte gegen die offen stehende Tür, und er drehte sich herum. »Guten Tag«, sagte ich höflich, »ich suche Frau Maiwald. Wissen Sie zufällig, wo ich sie finden kann?«

»Die wird im Gruppenraum sein«, antwortete er eine Spur mürrisch, wahrscheinlich weil ich ihn unterbrochen hatte. »Soll ich Sie hinbringen?«

»Das wäre nett. Ich kenne mich noch nicht so gut aus.«

»Sie sind ja auch noch ein bisschen jung dafür. Wie war denn Ihr Krimikurs gestern?«

»Schön. Wir haben uns für Henning Mankell entschieden. Kennen Sie den?«

»Nee, ich les nur Computerfachzeitschriften. Mein Steckenpferd. Aber Krimi ist ja hochaktuell, mit dem ganzen Blutvergießen.«

»Wie meinen Sie das?«, fragte ich höflich, obwohl ich es natürlich wusste.

»Na, wegen dem Mord da drüben. Seitdem haben wir die Polizei praktisch jeden Tag im Haus.«

»Warum eigentlich?«, wollte ich wissen.

»Keine Ahnung, bei mir waren sie noch nicht. Da fragen Sie den Falschen. Ich hab die Kohle nicht. Hätte ich aber gern. Dann würd ich mal ein paar neue Computer für hier spendieren.« Fielbrink, der den Blick bis jetzt nur flüchtig vom Monitor abgewandt hatte, erkannte wohl, dass ich beharrlicher war, als er zuerst dachte, und nicht so einfach wieder verschwinden würde. Schwungvoll drehte er sich mit seinem Rollstuhl in meine Richtung. »Soll ich Sie nun zu Frau Maiwald bringen oder nicht?«

»Oh, bitte.«

Er startete genauso rasant durch wie gestern Abend, und ich joggte hinter ihm her. »Ist das Ihr Wohnmobil, das da unten auf dem Parkplatz steht?«, fragte ich, um die Unterhaltung nicht ganz abreißen zu lassen.

»Wieso?«, gab er scharf zurück.

»Nein, ja, ich meine, das Schild …«

Ich meinte natürlich das Schild, das den Fahrer als Behinderten auswies. Musste mir das peinlich sein? Fragte man so etwas nicht? War seine Behinderung ein sensibles Thema? Sollte ich mich entschuldigen? Hasste er mich jetzt? Das wollte ich nicht!

»Ach so. Ich dachte schon, es steht im Parkverbot. Nee, das ist nicht meins. Das ist Sieger seins. Ist sein Ein und Alles, die Chaise. Solange der noch krauchen kann, wird er die wohl behalten. War schon überall damit, Norwegen, bis auf die Lofoten hoch.«

»Sieger John?«

»Klar, der. Der immer unten im Kabäuschen hockt.«

»Heute ist er aber nicht da«, sagte ich.

»Nee, der musste vorhin mal rüber zu Dr. Berneck.«

Berneck – der Arzt, zu dem auch Miriam ging. Wahrscheinlich hatte er halb Schmargendorf auf seiner kassenärztlichen Abrechnung. Ach, was redete ich da: Miriam war garantiert privat versichert!

Mittlerweile waren wir am Ende des Gangs angekommen. Dort, direkt neben der Küche, war ein großer Raum. Von hier aus hatte man einen hübschen Blick in den Herbstgarten. Ein reges Kommen und Gehen herrschte – viele ältere Frauen, wenige Männer. Anscheinend konnte man sich in der Küche Mittagessen holen und es hier im Gemeinschaftsraum verzehren.

»Na, gehen Sie mal rein, junge Frau«, sagte Fielbrink. »Dahinten ist Frau Maiwald. Ich muss wieder los. Mein Download ist bestimmt fertig.«

»Essen Sie denn nichts?«, fragte ich.

Er schüttelte den Kopf. »Nee, das muss nicht sein. Ich koch mir lieber selbst was im Apartment. Oder ich ess ’ne Stulle mit Brot.«

Er machte mit seinem Gefährt eine elegante Hundertachtzig-Grad-Wendung, und weg war er. Etwas verloren blieb ich im Raum stehen, bis Frau Maiwald mich bemerkte.

»Das ist ja eine Überraschung.« Freudig trippelte sie auf mich zu. »Frau Cameron! Bringen Sie etwa schon die bestellten Bücher?«

Nein, die brachte ich natürlich nicht. Wie auch – ich hatte sie ja noch nicht mal geordert.

»Hallo, Frau Maiwald. Störe ich Sie beim Essen?«

»Nein, nein! Ich esse ja gar nichts.« Das stimmte. Frau Maiwald sah aus, als würde sie nie etwas essen.

»Was machen Sie denn dann hier, wenn Sie nicht essen?«

»Ich helfe meiner Freundin, die nicht mehr ganz so flink auf den Beinen ist«, erklärte Frau Maiwald. »Sie wissen schon, Karin.«

Ich nickte, als ich Karin Jaletzke an einem der Tische entdeckte.

»Sie hat neulich ein neues Hüftgelenk bekommen und fühlt sich beim Gehen seitdem nicht mehr sicher. Manchmal nimmt sie sogar noch die Krücke. Und mit einem Tablett in der Hand ist sie natürlich noch wackliger.« Sie trat näher an mich heran. »Wissen Sie, ein Sturz in unserem Alter ist immer das Schlimmste. Man fühlt sich prächtig, ist im Kopf noch völlig klar, macht alle Kurse mit, dann fällt man, hat einen Oberschenkelhalsbruch, und aus die Maus.« Sie wiegte bedächtig den weiß gelockten Kopf hin und her.

»Was heißt denn das genau, ›aus die Maus‹?«, wollte ich wissen.

»Dann wird man schnell zum Pflegefall, und wenn es so weit ist, kann man hier nicht mehr bleiben.«

»Warum nicht? Es ist doch ein Seniorenwohnheim!«

Frau Maiwald tätschelte meinen Unterarm. »Ja, schon, aber wir haben unsere Wohnungen, um die wir uns allein kümmern müssen. Wenn jemand dauerhaft bettlägerig ist oder eine Rundumbetreuung braucht, kann das hier nicht geleistet werden. Dann muss man raus. Deshalb: Immer schön schlank und beweglich bleiben«, sagte sie und blinzelte mir zu.

Hey, dachte ich, meint sie etwa mich? Sofort meldete sich mein unsportliches schlechtes Gewissen, und ich nahm mir vor, von nun an mindestens einmal in der Woche zum Frühschwimmen zu gehen. Zweimal in der Woche Yoga wäre auch nicht schlecht. Wenn ich dann noch dreimal in der Woche joggen würde … Und vor allem: Krabbensalat ade! Adios, Serranoschinken, und: Salamibrötchen farewell!

Aber wollte ich das wirklich?

»Was gibt es denn heute zu essen?«, fragte ich und schaute mich um, ob ich die Mahlzeit des Tages auf einem Tablett entdecken konnte. Was immer es war, es schien lecker gewesen zu sein: Alle Teller waren leer.

»Königsberger Klopse und dazu Rote Bete.«

Oh, ich liebte Königsberger Klopse!

»Aber deshalb sind Sie sicher nicht hier.« Frau Maiwald schaute mich neugierig an.

»Nein, deshalb nicht. Ich wollte fragen, ob ich mir ein Schubfach in dem Regal einrichten darf, das Sie mir gestern gezeigt haben.«

»Ja, natürlich geht das. Aber dazu müssen wir erst mal nach unten, Sieger muss uns den Schlüssel für den Raum geben.«

»Herr John ist nicht da. Unten ist abgeschlossen. Er ist bei Dr. Berneck, hat Herr Fielbrink gesagt.«

»Ach ja? Wie ungewöhnlich. Normalerweise legt er seine Termine nie in seine Arbeitszeit. Er nimmt das sehr ernst. Na, wahrscheinlich hat er sich wegen des Verhörs aufgeregt, und sein Blutdruck hat ihm wieder Probleme bereitet. Davon bekommt er Herzrhythmusstörungen, und das ist gar nicht schön ... Dann müssen wir jetzt erst mal zu Frau Bernstein. Sie kann uns in die Pförtnerloge reinlassen. Kommen Sie, kommen Sie. Schaffst du den Rückweg allein, Karin?«, fragte sie meine andere Kursteilnehmerin, die zwei Tische von uns entfernt saß und uns beobachtet hatte. Karin nickte.

In meinem Kopf machte es unterdessen Pling, Pling, Pling: Das war die Alarmglocke.

»Was denn für ein Verhör?«, fragte ich, während wir zusammen den Speisesaal verließen.

»Heute Morgen war dieser Kommissar wieder da und hat Sieger befragt.«

»Worum ging es denn?«

Frau Maiwald kniff die Augen zusammen und sah auf einmal regelrecht verschlagen aus, wie jemand, der sich nicht entschließen konnte, ob er die Wahrheit sagen sollte oder nicht. Dann erwiderte sie in vertraulichem Ton: »Die Polizei scheint zu glauben, dass die Täter über die Außenanlage des Seniorenheims in die Bank eingedrungen sind.«

Ich hatte es gewusst! Der Garten. Sie waren in den Garten des Seniorenheims eingedrungen. Von dort hatten sie die Hintertür der Bank ausgehebelt, waren mit gezückten Waffen reingestürmt ... So weit war ich auch schon gewesen! Aufregend – die Polizei dachte dasselbe wie ich. Zur Polizei hätte ich gehen sollen! Oder eine Privatdetektei eröffnen.

»Und, sind sie?« Jetzt war ich gespannt.

Frau Maiwald flüsterte nun so leise, dass ich sie kaum verstehen konnte. Inzwischen standen wir direkt vor Frau Bernsteins Büro. »Sieger John hat Zugriff auf den Schlüssel zur Kegelbahn. Dahinter ist –«

»Hallo, Frau Maiwald, Frau Cameron!« Ausgerechnet in diesem hochsensiblen Moment meiner diskreten Befragung trat Frau Bernstein aus dem Raum. »Wie kann ich Ihnen denn helfen, meine Damen?«

Wie bei etwas Illegalem ertappt, zuckte Frau Maiwald zurück. »Wir müssten mal in die Portierloge«, zirpte sie. »Wir brauchen den Schlüssel für den Kursraum. Herr John ist nicht da.«

»Ich weiß«, sagte Frau Bernstein. »Er hat sich bei mir abgemeldet.« Sie schaute unschlüssig auf die Wanduhr in ihrem Büro. »Ich habe eigentlich keine Zeit, weil ich für nachher noch was vorbereiten muss, aber gut, ich komme kurz mit runter.« Sie schloss die Tür hinter sich und gesellte sich zu uns.

»Ach ja, heute kommen ja die Leute von der Bezirksverwaltung«, sagte Frau Maiwald, und beide Damen neben mir, die große und die kleine, machten etwas besorgte Gesichter.

Unten angekommen, öffnete Frau Bernstein das Glashäuschen und trat an das große Schlüsselbrett heran. Die Nummern über den Schlüsseln schienen den Etagen entsprechend verteilt zu sein, sodass sich das komplette Wohnheim vor mir ausbreitete – schlüsseltechnisch gesprochen. Ganz unten stand keine Nummer. Stattdessen war dort ein Schild befestigt, auf dem »Kegelbahn« stand. Der Schlüssel darunter fehlte.

Ich nahm mir vor, Frau Maiwald zu fragen, was es denn nun mit dieser Kegelbahn auf sich hatte – beziehungsweise was sie mir darüber hatte sagen wollen. Aber es war wie verhext: Frau Bernstein blieb uns auf den Fersen. Wollte sie nicht etwas für die Leute von der Bezirksverwaltung vorbereiten? Sie begleitete uns zurück zum Kursleiterraum, sie stand wie ein Fels neben mir, als ich ein Schildchen beschriftete und es auf eine der leeren Schubladen klebte, und sie begleitete uns auch wieder nach unten. Als wir zu dritt zur Portierloge zurückgekehrt waren, wo der Schlüssel von ihr ordentlich an seinen Nagel gehängt wurde, bat sie: »Frau Maiwald, könnten Sie noch mal mit in mein Büro kommen? Es eilt sehr. Es ist wegen der …«, sie sprach ganz leise, aber ich hörte es dennoch, »… Zahlen.«

»Einen ganz kleinen Moment noch«, sagte Frau Maiwald. »Ich will nur rasch Frau Cameron verabschieden.«

Endlich, dachte ich, während Frau Bernstein nach oben ging.

Zusammen traten wir auf die Straße, und ich knüpfte sogleich an unser Gespräch von vorhin an: »Sie meinten, Herr John hätte Zugriff auf den Schlüssel für die Kegelbahn. Warum ist das denn wichtig?«

Frau Maiwald öffnete schon den Mund, um mir zu antworten, da schien sie hinter mir etwas zu bemerken. Ihr Gesicht nahm einen höchst merkwürdigen Ausdruck an. Ich wirbelte herum und begriff sofort.

Ein junger Mann kam auf uns zu, der einfach verboten aussah. Er passte so gar nicht in das Schmargendorfer Umfeld. Er war eine Mischung aus Punk und Penner, trotz der kühlen Herbstluft ohne Jacke, nur mit einem verwaschenen T-Shirt bekleidet. Der verblasste Aufdruck lautete: »Nightmare«. Seine Arme und Hände waren voller Tattoos, ein einziges blauschwarzes Gewirr. Auch sein Hals war tätowiert, und zwar so, dass es wie Stacheldraht aussah. Seine zerrissenen Beuteljeans wurden in der Taille durch eine rostige Kette mit einem ebenso rostigen Schloss gehalten. Er trug Springerstiefel, die rot angemalt waren, auch wenn die Farbe an verschiedenen Stellen abgeplatzt war und das ursprüngliche Schwarz darunter zum Vorschein kam. Josh hatte mir neulich fachmännisch erklärt, dass man bei den Trägern von Springerstiefeln die politische Gesinnung anhand der Farbe der Schnürsenkel ausmachen konnte. Dieser Typ schien dann wohl keine zu haben, denn die Schnürsenkel fehlten, und die Lasche hing über dem Schuh wie die Zunge aus einem ledernen Mund. Sein Laufstil hatte etwas höchst Eigenartiges: Vermutlich musste er sich in seinen Stiefeln wegen der fehlenden Schnürsenkel mit den Zehen an der Sohle festkrallen, um vorwärtszukommen. Aber es schien gut zu funktionieren. Denn er näherte sich uns mit großer Geschwindigkeit.

Er war ganz und gar unrasiert, und seine Haare waren schmutzig blond, aber dafür schön lang – jedenfalls auf der einen Seite. Die andere Seite war abrasiert. Selbst wenn man auf ihn die Maßstäbe der schlechteren Seite des Stuttgarter Platzes anwandte, sah er gefährlich aus. Ich ließ ihn nicht aus den Augen und fuhr erschrocken zusammen, als er unmittelbar vor uns die Arme weit ausbreitete. Was wollte er? Ich sah mich hektisch nach etwas um, das ich im Notfall als Waffe verwenden konnte, fand jedoch nichts Geeignetes. Dann war er auch schon bei uns – und umarmte Frau Maiwald.

»Hallo, Oma! Das Wetter ist schön. Ich wollte dich zu einem Spaziergang abholen.«

Frau Maiwalds Gesicht sah nun nicht länger überrascht aus, sondern war erleuchtet von Glück, als sie sich zu mir umwandte und sagte: »Frau Cameron, das ist mein Enkel Julius. Er kümmert sich in der letzten Zeit rührend um mich! Ach, mein Goldjunge, wie schön, dich zu sehen!«

Etwas verwirrt wegen meiner völligen Fehleinschätzung war ich kurze Zeit später wieder im »Agatha«.

»Und, was hast du herausgefunden?«, fragte Miriam, die gerade eine lange Zahlenkolonne addierte. Ich vermutete, sie zählte die Zinsen ihres Tagesgeldkontos zusammen. Als sie mich ansah, bekam ich einen Schreck: Inzwischen war ihre Nase vom vielen Putzen regelrecht entzündet, ihre Augen waren so rot, dass selbst das Weiße einen Stich ins Rosa hatte.

»Du sieht aber gar nicht gut aus, Miriam«, sagte ich. »Du bist eindeutig ein Fall für Dr. Berneck!«

»Ich weiß, ich gehe gleich«, murmelte sie. »Aber vorher will ich hören, wie's war.«

Ich erzählte es ihr, und die Erwähnung des Kegelkellers fand sie genauso unerklärlich wie ich. »Was mag sich dahinter wohl verbergen?«, rätselte sie.

»Keine Ahnung. Aber weißt du, bevor wir uns jetzt den Kopf darüber zerbrechen, gehe ich morgen lieber noch mal rüber. Ich werde Frau Maiwald die bestellten Bücher bringen, dadurch habe ich einen wunderbaren Vorwand, noch mal nachzuhaken.«

»Genau, so machst du das. Und ich gehe jetzt zu Matthias«, sagte Miriam. »Ich habe keinen Termin, also dauert es bestimmt ein Weilchen, bis ich wieder da bin.«

»Okay«, antwortete ich. »Lass dir Zeit. Ich bin ja bis fünf da.«

Während ich per Computer beim Großhändler Libri die vier benötigten Exemplare von »Die falsche Fährte« bestellte, dachte ich weiter über das Gespräch mit Frau Maiwald nach. Yunos Kamat hatte Sieger John befragt, was den Pförtner aufgeregt hatte – ob das bedeutete, dass John unter Verdacht geraten war? Die Vorstellung, dass er etwas mit dem Mord an Heuhausen zu tun haben könnte, erschien mir abwegig. Aber es ist schon komisch, dachte ich, während ich alle Angaben machte, die der Computer von mir verlangte, welches eng gefasste Bild man von einem Mörder hat. Herr John passte nicht in dieses Bild, im Gegensatz zu, sagen wir mal, Frau Maiwalds Enkel Julius, vor dem man direkt Angst bekommen konnte. Zwar schien er sich rührend um seine Oma zu kümmern, aber andererseits – hatte Frau Maiwald nicht gesagt »in der letzten Zeit«? Hieß das vielleicht, dass Julius die Nähe des Seniorenheims ausgenutzt hatte, um die Bank auszuspionieren?

Ich drückte auf die Entertaste, und die Bestellung für die vier Bücher raste durch den Cyberspace an ihren Bestimmungsort, während ich das Kinn auf die Hand stützte und gedankenverloren auf die Straße blickte. Yunos Kamat hatte gesagt, ich solle ihn anrufen, wenn mir was auffiel. War mir denn etwas aufgefallen? Dass Frau Maiwald einen Enkel hatte? Ich konnte mir den Blick aus den dunklen Augen des Kommissars, wenn ich ihn deshalb anrief, lebhaft vorstellen! Also lieber nicht, dachte ich und schaute der Frau entgegen, die soeben den Laden betrat.

»Guten Tag. Kann ich Ihnen helfen?«, fragte ich zuvorkommend, während ich auf sie zuging.

Sie trug einen dunkelgrauen Mantel im Blazerstil, jede Wette mit hohem Kaschmiranteil, hatte ein weinrotes Tuch um die Schultern geschlungen und sah aus wie eine typische, in die Jahre gekommene Schmargendorfer Lady. Eigentlich hübsch, hätte sie nicht diesen verkniffenen Ausdruck im Gesicht gehabt. Sie kam mir vage bekannt vor, wie sie da so stand und sich suchend umschaute. Wahrscheinlich war sie früher schon mal im »Agatha« gewesen. Allerdings hatte ich das unbestimmte Gefühl, dass an ihrem Erscheinungsbild etwas fehlte. Ein Hut? Ein Regenschirm?

»Wo ist Frau Mamlock?«, fragte sie, einen deutlich fordernden Tonfall in der Stimme.

»Frau Mamlock ist nicht hier. Sie hat einen Außentermin«, antwortete ich eine Spur ungehalten. Ich dachte ja gar nicht daran, der Frau zu sagen, dass Miriam beim Arzt war. Was glaubte sie – dass ich ihr keinen guten Krimi empfehlen konnte?

»Wann ist sie wieder da? Erwische ich sie heute noch hier?«

Gute Güte, diese Frau war zickig.

»Das kann ich Ihnen nicht genau sagen. So bald erwarte ich sie nicht zurück«, sagte ich. »Vielleicht kann ich Ihnen ja helfen?«

Sie musterte mich gründlich von oben bis unten, dann antwortete sie: »Ich glaube kaum. Es sei denn, Sie kennen sich mit weißen Spinnen aus.«

Natürlich dachte ich, sie spräche von einem Krimi. Schnell durchforstete ich alle Titel, die ich abrufbereit im Kopf hatte, aber das einzige Buch, das mir einfiel, war Schätzings »Schwarm«. Da war an einer Stelle von weißen Krebsen die Rede. Bedauernd hob ich die Schultern und ließ sie wieder fallen. »Nicht wirklich. Haben Sie nicht eine zusätzliche Angabe für mich? Den Verfasser oder den Verlag? Außer dass es um weiße Spinnen geht? Vermutlich finde ich das nicht im Schlagwortkatalog.«

Ich wusste nicht, wie oft Kunden mit folgenden Worten nach ihrer Lektüre fahndeten: »Guten Tag. Ich suche nach einem Buch, das ist ungefähr so groß«, es folgte eine Handbewegung, »und blau.« Prima. Alles klar. Bei neunzigtausend Neuerscheinungen in Deutschland pro Jahr hieß das für uns Buchhändler, sehr farbsensibel zu sein! Die korrekte Gegenfrage für ein vorbildliches Beratungsgespräch war dann zum Beispiel: »Sagten Sie ›blau‹? Kobaltblau? Azur? Dunkles Türkis? Ultramarin? Taubenblau? Himmelblau? Vergissmeinnicht? Preußischblau? Oder eher Petrol?«

Die Frau schaute mich regelrecht böse an. »Ich rede nicht von Büchern. Ich rede von Ungeziefer. In meiner Monstera deliciosa.«

Wenn ich noch in den USA gelebt hätte, hätte ich gesagt: »You lost me completely«, was so viel hieß wie: »??????«

Mein dazugehöriger Gesichtsausdruck war mit Sicherheit selbsterklärend, doch sie verzichtete auf weitere Ausführungen, drehte sich auf dem Absatz um und schickte sich an, den Laden zu verlassen. Ich ließ sie gewähren. Als die Tür hinter ihr zufiel, fragte ich mich, was das wohl bedeutet hatte.

Kurz darauf sah ich durch die Auslage, in der wir Krimis »Für den schönsten Leseherbst« ausgestellt hatten, dass Miriam zurückkam.

»Matthias tippt auf eine Allergie«, sagte sie schniefend, kaum dass sie das »Agatha« betreten hatte. »Er will morgen mit mir die Tests machen. Wahrscheinlich hat er recht. Es fühlt sich genau an wie im Frühling, wenn die Haselnüsse blühen und ich Heuschnupfen habe. Mein Rachen ist auch ganz geschwollen.«

»Aber Haselnuss kann es jetzt nicht mehr sein«, antwortete ich. »Wir haben Herbst.«

»Das weiß ich selbst«, gab Miriam genervt zurück. »Auch Beifußpollen und Birke sind unmöglich. Aber vielleicht ist es ja eine Hundehaarallergie. Diese entsetzliche Suse streut ihre Unterfellflusen durchs ganze Haus.«

Bei ihren Worten ging mir ein Licht auf. Das hatte vorhin am Erscheinungsbild dieser unmöglichen Frau gefehlt! Der dicke Dackel!

»Frau Winkler war da«, sagte ich, und Miriam verdrehte die Augen.

»Wenn man vom Teufel spricht. Ein Tag, an dem alles zusammenkommt«, murmelte sie. »Was wollte sie denn?«

»Ehrlich gesagt, weiß ich das nicht. Sie hat etwas von weißen Spinnen gesagt.«

»Bitte? Was für weiße Spinnen?«

»Das habe ich auch nicht verstanden.«

Niesend und kopfschüttelnd ging Miriam in die Küche. »Wahrscheinlich werde ich es schneller herausfinden, als mir lieb ist. Weiße Spinnen! Wenn du mich fragst, ist diese Frau reif für die Klapse«, sagte sie, als sie wieder herauskam. Und damit schien für sie der Fall erst einmal erledigt zu sein.

Der Nachmittag ging ohne besondere Vorkommnisse vorbei. Ehe ich mich versah, saß ich im Bus nach Hause. Am Stutti kaufte ich noch rasch etwas ein, kurz darauf schloss ich die Wohnungstür auf. »Josh?«, rief ich.

»Bin am Computer!«, antwortete mein Sohn aus seinem Zimmer.

Wo auch sonst? Ich hörte es klappern und knarren und ein bisschen poltern, dann stand er neben mir, mit seinem schwarzen Lockenkopf, seinem offenen braunäugigen Blick, seinem bisschen Babyspeck und seiner milchkaffeefarbenen Haut. Ich lächelte ihn an, fragte: »Na, mein Großer? Wie war's bei Oma?«, und er sagte: »Hi, Mom. Schön war's.«

Nach einer flüchtigen Mutter-Sohn-Umarmung erwartete ich, dass er wieder rausgehen würde, aber stattdessen setzte er sich an den Küchentisch, während ich einen Teil der ausgepackten Lebensmittel einräumte und zu kochen begann. Er erzählte von der Schule, kam noch mal auf die verpatzte Mathearbeit zu sprechen, und dann sagte er: »Opa ist gestern total ausgeflippt.«

»Wieso?«, fragte ich und schaute von meiner Knetarbeit hoch. Auf dem Gasherd simmerte ein Topf Brühe.

»Wir waren nachmittags im Schrebergarten, er wollte beim Wohnmobil das Wasser im Wassertank ablassen«, erzählte Josh. »Damit der Tank im Winter nicht kaputt friert.«

Mein Vater parkte das Wohnmobil auf dem Parkplatz der Schrebergartenkolonie. Das erschien ihm sicherer als mitten in der Stadt.

»Macht ja auch Sinn«, fand ich und begann, das Hackfleisch zwischen meinen Händen zu Kugeln zu formen.

»Und da hat er entdeckt, dass ihm jemand eine kleine Beule reingefahren hat. Es ist echt nicht schlimm, ich hab's zuerst gar nicht gesehen. Aber Opa ist es sofort aufgefallen. Mann, hat der geschimpft. Hat richtig die Fassung verloren.«

»Kann ich mir vorstellen.«

Wenn man immer und immer an seinem Wohnmobil rumwerkelte, getrieben von der Vorstellung, dass man irgendwann mal so weit war, auf ganz große Fahrt zu gehen, war eine Beule nicht nur ein Blechschaden, sondern ein Schlag ins Gesicht, in die eigenen Träume. Irgendwie kam es nie zu der großen Reise. Das Weiteste war für meine Eltern eine Reise nach Kappeln an der Schlei gewesen, immerhin fast Dänemark. Meistens jedoch fuhren sie im Sommer mit dem Wohnmobil in den Harz. Meine Mutter war eher der pragmatische Typ, der fand, dass es überall so ähnlich wie zu Hause war, nur teurer.

Nicht so mein Vater. Er ließ sich von seinen Phantasien verleiten. Und ich ging jede Wette ein, dass er sich beim Herumbasteln vorstellte, wie er vom Fahrersitz aus die Löwen in der Savanne beobachtete oder auf einem Parkplatz in einem norwegischen Fjord hielt, weil in einer Bucht überraschend Killerwale aufgetaucht waren. Oder wie ihn ein Rudel Wölfe in der verschneiten Tundra verfolgte und er mit Vollgas und durchdrehenden Reifen, die den Schnee in einer weißen Fontäne hochspritzen ließen, vor ihnen floh. Solche Geschichten hatte er mir gern erzählt, als ich ein Kind gewesen war. Das hatte mich geprägt. Kein Wunder, dass ich Buchhändlerin geworden war! Nirgends war man dem großen Abenteuer so nah wie in Büchern.

»Was machst du eigentlich zu essen?«, fragte Josh. »Riecht gut.«

»Königsberger Klopse«, antwortete ich und ließ das erste Fleischbällchen vorsichtig in die kochende Brühe gleiten.

»Hm, lecker. Ich liebe Königsberger Klopse!«

Ich lächelte Josh liebevoll an, der mein Lächeln jedoch nicht erwiderte, sondern hungrig in Richtung Topf starrte. Manchmal hatte mein Sohn doch mehr von mir, als man auf den ersten Blick meinte.

SIEBEN

Erste Spur im Schmargendorfer Mordfall

Im Mordfall des Bankangestellten Jürgen H., der vergangenen Freitag in einer Filiale der Wilmsbank in der Breite Straße in Schmargendorf erschossen aufgefunden worden war, gibt es eine erste Spur. Wie die Polizei gestern bekannt gab, steht inzwischen fest, dass die Täter, die bei ihrem Überfall auf die Bank eine halbe Million Euro erbeuteten, über den Heizungskeller in den Schalterraum eingedrungen sind. Wegen Wartungsarbeiten an der Heizung, die am nächsten Tag fortgesetzt werden sollten, war die Alarmanlage dort zu diesem Zeitpunkt nicht aktiv. Damit setzte die Polizei Spekulationen ein Ende, nach denen der Erschossene die Täter selbst in die Bank hineingelassen haben könnte.
Die Bank teilt sich den Heizungskeller mit einem benachbarten Seniorenheim. Die zum Zeitpunkt des Überfalls im Heim befindlichen Senioren seien jedoch nicht gefährdet gewesen, so der Polizeisprecher. Die Ermittlungen dauern an.

»Hast du das gelesen?«, fragte ich Miriam am nächsten Morgen und wedelte mit dem »Tagesspiegel«, meiner Buslektüre, vor ihrer Nase herum. »Jede Wette, dass sich der Heizungsraum hinter der Kegelbahn befindet. Das war es, was Frau Maiwald mir sagen wollte! Kein Wunder, dass Sieger John zum Arzt musste, Kamat hat ihm wegen des Schlüssels garantiert auf den Zahn gefühlt. Wie mag der Täter da nur rangekommen sein? Selbst wenn John seine Loge nur ganz kurz verlässt, schließt er ab! Vielleicht hält Kamat Sieger John ja sogar für den Täter?« Ich beschloss, Sieger John bei nächster Gelegenheit unauffällig zu befragen. Einer Gelegenheit, die sich hoffentlich schon heute ergeben würde, wenn ich nämlich den Kursteilnehmern die bestellten Krimis brachte.

Drei Mal hatte ich den Artikel gelesen, und jedes Mal waren mir dabei neue, wildere Möglichkeiten in den Sinn gekommen. Aber Miriam winkte nur ungeduldig ab und unterdrückte ein Niesen. Ihr ging es offensichtlich noch schlechter als gestern.

»Hör auf zu wedeln. Wer weiß, was für Milben und Pollen du damit aufwirbelst«, fuhr sie mich an. »Ich habe meinen Termin um halb zehn, wenn du drüben rumschnüffeln willst, musst du also noch ein bisschen warten.« Dabei war sie es, die schnüffelte.

»Sowieso«, erwiderte ich. »Die Bücher sind ja noch gar nicht da. Geh nur! Geh! Geh! Hauptsache, der gute Doktor findet heraus, was dich quält.«

»Wird er schon. Muss er einfach. Letzte Nacht dachte ich, ich bekomme einen Asthmaanfall.«

»Hattest du die Fenster geschlossen?«

»Natürlich. Stell dir vor, da draußen blüht irgendeine Winterblume, und das ist es, worauf ich reagiere. Das geht ja nun gar nicht. Gott, wie ich leide! Ich underperforme total.«

Ich verdrehte heimlich die Augen. Typisch Miriam, dass sie eine Krankheit oder eine Allergie als Underperforming bezeichnete – ein Begriff, den sie sonst auf nicht gut laufende Aktienwerte bezog. Oder auf mich. »Dein Doc macht in zehn Minuten auf. Nun schwirr schon ab«, sagte ich, was sie auch machte.

Hätte ich meine chronische Überpünktlichkeit bloß für mich behalten und nicht darauf gedrungen, dass sie verfrüht ging! Denn ich hatte kaum die Tür aufgeschlossen, da stand die nörgelige Frau Winkler im Laden, mit Suse an einer rosa strassglitzernden Leine. Sie trug eine hellgraue Flanellhose und eine kurzärmelige hellblaue Bluse, dazu eine doppelte Perlenkette und passende Ohrringe. Ihre Füße steckten in beigefarbenen Hausschuhen mit einem kleinen Gummikeilabsatz – megaspießig. Dagegen waren meine Tigerlinge der »Dernier Cri«.

Sie sah überhaupt nicht aus wie jemand, der mit seinem Hund spazieren gehen wollte, und erst recht nicht wie jemand, der gerade vom Spazierengehen kam. Was mich allerdings am meisten irritierte, war, dass sie einen Hundekorb unter den Arm geklemmt hatte. Was sollte das? Sollten wir jetzt etwa ihren Dackel babysitten? War sie wahnsinnig geworden? Was, wenn Miriam wirklich auf Hundehaare allergisch reagierte?

»Sie schon wieder«, zischte sie mich an, als ob alles meine Schuld wäre, worin auch immer diese Schuld bestand. »Wo ist Frau Mamlock?«

Also, diese Form der Ansprache war ja nun wirklich die Höhe!

»Frau Mamlock hat auch heute wieder einen Außentermin«, entgegnete ich kühl. »Kann ich Ihnen diesmal vielleicht helfen?« Oder ist Ihnen nicht zu helfen?, fügte ich in Gedanken hinzu.

Statt einer Antwort hielt sie mir das Hundekörbchen hin. »Da!«

Ich betrachtete es interessiert. »Das ist ein Hundekörbchen«, sagte ich dann. »Von Ihrem Hund?«

»Natürlich. Glauben Sie vielleicht, ich laufe mit fremder Leute Hundekörbchen herum?«, herrschte sie mich an. »Natürlich ist das Suses!«

»Schön, aber was macht Suses Körbchen im ›Agatha‹?«, fragte ich, nun mit einem deutlich zynischen Unterton in der Stimme.

»Sehen Sie diesen Fleck hier?«

Der Bezug des Hundekorbpolsters hatte ein Burberry-Muster, das hatte ich bereits registriert. Nun folgte ich ihrem Finger, der anklagend auf etwas zeigte, und entdeckte eine Stelle, an der das Beige, das Weiß und der rote Strich des Musters dunkler waren als der Rest. Vorsichtig tippte ich darauf. »Nass«, sagte ich.

»Jawohl, nass!« Triumphierend und anklagend zugleich wiederholte Frau Winkler mein Statement.

Es mochte ja sein, dass ich morgens etwas schwer von Begriff war. Dass mein detektivischer Spürsinn noch nicht zu voller Leistung aufgelaufen war. Aber für mich machte das feuchte Hundekörbchen genauso wenig Sinn wie die weißen Spinnen vom Vortag. Plötzlich sehnte ich mich nach Miriam, die nach einer dezidiert-kühlen Analyse gesagt hätte: »Ihr Hund hat hier deutlich underperformed.« Ich begriff nicht, warum Frau Winkler Miriam die Schuld dafür geben wollte, dass ihr Hund inkontinent war.

»Vielleicht sollten Sie mit Ihrem Hund morgens früher Gassi gehen?«, schlug ich mit gerümpfter Nase vor. »Es ist immerhin schon nach halb zehn. Das hält so eine kleine Blase nicht aus.«

Das hätte ich vielleicht lieber nicht sagen sollen, denn jetzt explodierte Frau Winkler. »Es ist nicht mein Hund, der das angerichtet hat, sondern der zunehmend verwahrlost zu nennende Zustand dieses Hauses«, giftete sie. »Nicht nur das nächtliche Getrampel dieses unsäglichen Studenten über uns müssen Suse und ich ertragen, jetzt regnet es vom Dachboden her auch noch durch! Direkt in Suses Hundekörbchen. Kein Wunder, dass mein kleiner Spatz nicht darin schlafen wollte und immerzu in mein Bett gekrochen ist. Das ist ja wie chinesische Folter, dieses Dauertropfen auf ihr weiches Fell!«

Sie schaute nach unten, ich auch, um zu sehen, ob Suses Fell nass, struppig und sonst wie chinesisch gefoltert aussah. Der Dackel wirkte jedoch aalglatt und gepflegt, genau genommen gewaschen und geföhnt. Suse bemerkte unsere prüfenden Blicke und schaute zu uns nach oben. Und dann machte sie überraschenderweise etwas komplett Albernes und sehr Befremdliches: einen Handstand! Auf ihren dünnen, kurzen Dackelvorderbeinen balancierte sie geschickt den zylinderförmigen Körper, die Hinterbeine wedelten weit gespreizt in der Luft.

Mit offenem Mund starrte ich sie an.

»Runter, Suse!«, befahl Frau Winkler scharf, und der Dackel landete wieder auf vier Beinen. Ich war erstaunt. Ich hatte ja keine Ahnung gehabt, dass ein dicker Dackel so akrobatisch sein konnte!

»Donnerwetter! Damit können Sie auftreten«, sagte ich anerkennend zu Frau Winkler und stellte sie mir in dem schillernden Gewand einer Dackeldompteuse vor, altrosa wie ihre Bluse, mit einem strassbesetzten Peitschchen in der Hand. Ich hörte sie in einer erleuchteten Zirkusarena scharfe Kommandos geben wie: »Durch den Reifen, Suse!«, »Hechtsprung, Suse!« Und natürlich: »Handstand, Suse!«

Ich grinste, während sie peinlich berührt ausstieß: »Was gibt es denn da zu lachen? Sehen Sie nicht, wie sehr mein Tier unter diesen unzumutbaren Zuständen leidet? Suse hat ein empfindliches Nervenkostüm und braucht Ruhe, Ruhe, Ruhe! Sie können Frau Mamlock ausrichten, dass ich sie erwarte, damit sie sich den Wasserfleck anschauen kann. Außerdem gehe ich zum Botanischen Garten – dort wird man mir vermutlich sagen können, ob es an der veränderten Luftfeuchtigkeit liegt, dass diese ekelhaften weißen Spinnen sich auf meiner Monstera deliciosa eingenistet haben!«

Nach dieser atemlosen Klagelitanei musste sie erst einmal nach Luft schnappen. Dann schimpfte sie weiter: »Und sagen Sie Frau Mamlock auch, dass ich gedenke, eine Mietkürzung vorzunehmen. Tausendeinhundert Euro dafür, dass wir in dieser chaotischen Verrottung leben, das ist unhaltbar. Bis das Leck im Dach beseitigt ist, werde ich die Miete um dreihundert Euro reduzieren. Ein Brief von meinem Rechtsanwalt folgt. Guten Tag. Runter, Suse!«, setzte sie nach, denn der Hund machte bei ihrer erregten Stimme schon wieder Handstand.

Tausendeinhundert Euro für zwei Zimmer! So teuer waren in Miriams Haus die Mieten? Und »chaotische Verrottung«? Ich dachte an den roten Sisalläufer, der sich vom Eingangsbereich durch den Hausflur zog, an die Namensgravuren auf den blanken Messingschildern, die Stille im Haus, die ordentlichen Briefkästen, und verglich das mit dem Zustand des Hauses am

Stutti, in dem Josh und ich wohnten. Ich sah ihr entgeistert nach. Frau Winkler war bescheuert.

»Und, hat der Arzt etwas gefunden?«, fragte ich Miriam.

»Der Pricktest hat nichts gebracht, was ich nicht schon wusste. Schau dir das mal an.« Miriam zog verärgert den Ärmel ihres olivgrünen Seidenpullis hoch. Auf ihrem Unterarm sah ich eine lange Reihe von Punkten mit Nummern daneben. Einige waren geschwollen. »Hier, das ist Birke, das da die Haselnuss und dort die Beifußgewächse. Aber Hunde- und Katzenhaare sind weiterhin negativ, und auf Lebensmittel reagiere ich überhaupt nicht. Übrigens war es bei Matthias ganz schlimm. Als ich in die Praxis kam, habe ich so einen Niesanfall bekommen, dass mir die Luft wegblieb. Nächste Woche will er noch einen anderen Test mit mir machen. Nur wenn ich draußen bin, geht's.« Miriam sah regelrecht elend aus, und es tat mir leid, dass ich noch eins draufsetzen musste. Ich beschloss, es schnell und schmerzlos zu machen.

»Frau Winkler war schon wieder da, jetzt tropft es bei ihr durch, sie will deshalb die Miete um dreihundert Euro kürzen, und du sollst nach oben kommen, um es dir anzuschauen«, sprudelte ich los.

Miriam runzelte die Stirn. »Wie kann es denn bei ihr tropfen? Das Dach ist doch erst vor zwei Jahren gemacht worden!«

»Keine Ahnung.«

»Ich schau's mir gleich an.« Weg war sie.

Ich kümmerte mich um ein paar Kunden und freute mich, dass ich Stieg Larssons gesamte Trilogie vorrätig hatte und verkaufen konnte. Dann packte ich die Bücher aus, die inzwischen von Libri gekommen waren. Meine vier waren mit dabei. Und gleich darauf war Miriam auch schon wieder zurück.

»Tatsächlich, da ist ein fetter Wasserfleck an der Decke. Wie ärgerlich. Ich würd's ja gern komplett der Hausverwaltung überlassen, aber erst mal muss ich schauen, wo das genau herkommt. Hast du Lennart heute schon gesehen?«

Ich schüttelte den Kopf, aber das hieß überhaupt nichts. Ich behielt Wohl und Weh von Miriams Haus nicht im Auge, und ihre Mieter schon gar nicht. Sicher hatte ich Lennart schon mal irgendwann gesehen, aber ich bezweifelte, dass ich ihn auf der Straße erkannt hätte. Selbst wenn er nackt an der Scheibe vorbeigetänzelt wäre, wäre er mir wahrscheinlich nicht aufgefallen. Obwohl, dann schon.

Aber ich hatte anderes im Sinn als Miriams jungen Mieter und das Leck im Dach. »Ich geh rasch rüber und bringe meinen Kursteilnehmern die Bücher. Dann können sie bis Mittwoch schon mal anfangen zu lesen.«

Statt einer direkten Antwort nieste Miriam, was ich als Zustimmung auffasste. Also schnappte ich mir die Bücher und machte mich auf den Weg.

ACHT

Als ich durch die Tür des Seniorenheims trat, fiel mein Blick auf die Rückseite eines Mannes in einer grauen Strickweste. Er stand ein bisschen schief in seiner Loge und sortierte Prospekte.

Ich klopfte vorsichtig gegen das Glas, und Sieger John drehte sich zu mir herum, so schnell es seine Behinderung zuließ. Sein neulich noch so freundlicher Gesichtsausdruck hatte heute etwas ausgesprochen Verkniffenes. Verständlich, wenn man polizeilich verhört worden war! Wahrscheinlich hatte er nicht mal seinen Rechtsanwalt anrufen dürfen, hatte keine Zigarette bekommen. Nur lauwarmen Kaffee und dazu eine Lampe, die ihm unbarmherzig in die Augen leuchtete!

Ich dagegen setzte entschlossen auf die Charmeoffensive und strahlte ihn so begeistert an, als sei er das Beste, was mir heute über den Weg gelaufen war. Und was soll ich sagen – es wirkte! Zögernd trat er aus der Loge.

»Hallo, Herr John«, sagte ich. »Geht's gut?« Möchten Sie eine Zigarette oder eine Tasse Kaffee?, hätte ich hinzugefügt, um zu zeigen, dass ich nicht so erbarmungslos war wie der Hauptkommissar. Gerade noch rechtzeitig fiel mir ein, dass ich gar nicht rauchte und auch nicht gewusst hätte, wo ich so schnell einen Kaffee hernehmen sollte.

»Sind Sie gekommen, um herauszufinden, wie es mir geht?«, fragte er misstrauisch. Oho, dachte ich. Da hat Yunos Kamat aber ganze Arbeit geleistet!

»Aber nein, ich will mal wieder zu Frau Maiwald. Die Kurslektüre ist da.« Als Beweis hielt ich ihm die vier Krimis hin.

Er nickte. »Sie ist oben in ihrem Apartment. Dreiundzwanzig, im zweiten Stock.«

Damit schien für ihn die Unterhaltung abgeschlossen. Aber für mich nicht.

»Sagen Sie, ist das eigentlich Ihr Wohnmobil da draußen?«, erkundigte ich mich, zugegebenermaßen scheinheilig, denn ich wusste ja, dass es ihm gehörte. Aber es war wohl die richtige Frage, denn jetzt sah er plötzlich viel freundlicher aus.

»Ja, das ist meins. Warum?«

»Weil meine Eltern auch so eins haben. Es ist das Ein und Alles meines Vaters. Kommt gleich nach seinem Enkel. Dann folgt erst mal eine ganze Weile nichts, dann meine Mutter und ich.« Ich lächelte gewinnend und ganz und gar unecht. Mit den fröhlich gefletschten Zähnen kam ich mir wie ein Wolf auf Droge vor. Ich spürte, wie sich in meinen Mundwinkeln allmählich ein Krampf aufbaute. Aber ich wollte Sieger John bei Laune halten, um unauffällig meine Fragen platzieren zu können. Und hoffentlich aufschlussreiche Antworten zu erhalten.

»Ist ein 83er-Modell«, sagte er, jetzt hörbar stolz. »Toll gepflegt. Fast schon ein Oldie. Wir machen weite Touren damit, meine Frau und ich.«

»Sie sollten sich mal mit meinem Vater unterhalten. Der träumt immer davon, auf große Fahrt zu gehen. Zu welcher Werkstatt gehen Sie eigentlich, wenn mal etwas zu machen ist?«

»Ich mache fast alles allein. Braucht Ihr Vater denn eine Werkstatt?«, wollte Sieger John besorgt wissen.

»Wäre ganz gut, ja. Neulich ist ihm einer reingefahren. Fahrerflucht, sehr ärgerlich. Jetzt hat das Wohnmobil 'ne Beule. Sie haben ja an der Seite auch eine ganz schöne Schramme.«

Sieger Johns Gesicht verzog sich, und das Frohe, das bei der Beschreibung des Autos zu sehen gewesen war, erschien wie ausgelöscht. »Ja«, sagte er, nun wieder wortkarg. »Wie gesagt, Frau Maiwald wohnt im zweiten Stock.« Mit dieser abschließenden Bemerkung verschwand er in seinem Häuschen und drehte mir demonstrativ den Rücken zu.

Verwundert schaute ich auf den stummen grauen Strickjackenrücken. Was hatte er denn auf einmal? Hatte ich etwas Falsches gesagt? Sicher, die Lackschramme war schade, aber warum gleich so unfreundlich? Wie sollte ich ihn denn befragen, wenn er dichtmachte?

»Auf Wiedersehen, Herr John«, rief ich noch, aber er hörte mich nicht. Oder tat so, als ob er mich nicht hörte.

Langsam ging ich die Stufen hoch, und irgendwo zwischen dem ersten und zweiten Stock wurden meine Schritte immer langsamer. Zeitlupenartig bewegten sich meine Beine, bis ich schließlich mitten in der Bewegung einfror. Absurd schwebte mein Fuß über der Stufe. Das gesamte Blut, das normalerweise mein Gehirn versorgte, war in der einen Ecke zusammengelaufen, in der es um Kombinatorik ging. Für den Bereich, der die Bewegung meiner Extremitäten koordinierte, war leider nichts mehr übrig. Er stand auf Stand-by.

Denn mir war ein Gedanke gekommen.

Konnte das ein Motiv für einen Banküberfall sein? Eine Autoreparatur? Ein komplettes Neuspritzen eines Wagens kostete so einiges, da war ich sicher. Zierleisten, Metallteile, Fenster mussten abgeklebt, der dicke Kratzer aufgefüllt werden. Er machte fast alles allein, hatte Herr John gesagt. Aber niemals konnte er einen Wagen allein neu lackieren! Vielleicht gab es die Originalfarbe nicht mehr, weil der Wagen immerhin über fünfunddreißig Jahre alt war. So musste sie extra in einem VW-Werk in Brasilien hergestellt werden – eine Sondermischung! Experten mussten abgestellt werden, das Chemielabor in São Paulo musste Nachtschichten schieben, damit man einen anspruchsvollen Kunden in Deutschland zufriedenstellen konnte. Das war natürlich richtig teuer!

Das Blut flutete zurück, mein Fuß senkte sich. Sieger John wusste, wo der Schlüssel hing. Sieger John wusste, wann die Handwerker im Haus waren. Sieger John brauchte Geld. Sieger John schlich sich abends in den Kegelkeller, dann in den Heizungsraum. Natürlich wollte er niemanden erschießen. Aber er hatte eine Waffe dabei, und nachdem der kleine Herr Heuhausen das Geld rausgerückt hatte, kam es zu einem Gerangel! Sieger John wollte nur einen Warnschuss abgeben, weil Herr Heuhausen damit gedroht hatte, die Polizei zu rufen.

Und da war es dann geschehen: Der kleine Herr Heuhausen hatte sich ungeschickt bewegt und war getroffen worden!

Ob es so gewesen war? Ich fühlte in meiner Jackentasche nach der Visitenkarte des Kommissars. Sollte ich ihn anrufen? Hatte er das auch bereits herausgefunden? Vielleicht hatte er Sieger John nur laufen lassen, um ihn zu beschatten und dann zu überführen? Wenn der DHL-Bote das Päckchen mit der Autofarbe aus Brasilien lieferte, per Nachnahme? Und Sieger John in seine Geldkassette griff, die randvoll mit großen Scheinen war?

Mittlerweile war ich im zweiten Stock angekommen. Auch hier waren die Flurfenster bodentief. Ich trat näher und schaute hinaus auf die Straße: ältere Frauen, die ihren Hackenporsche hinter sich herzogen, eine junge Frau mit einem Kinderwagen, ein gut gekleideter Herr mit einem Golden Retriever, der beim Laufen seine Pfoten so elegant schmiss, als befände er sich auf einer Hundeshow und sei sich des ersten Preises sicher, ein Trupp Schulkinder mit überdimensional großen Schulranzen.

Enttäuscht stellte ich fest, dass nichts darauf hinwies, dass irgendwer das Heim stürmen wollte, um Sieger John festzunehmen. Keine Männer mit dunklen Sonnenbrillen. Keine Polizisten in Zivil, keine Sondereinheiten, keine vermummten Scharfschützen auf den Dächern – nichts.

Voller Bedauern ging ich den Flur entlang, bis ich vor der Tür mit der Nummer 23 stand. Ich klopfte und lauschte. Drinnen wurde ein Stuhl gerückt.

»Wer ist da?«, hörte ich Frau Maiwald fragen. Sie klang beunruhigt.

»Ich bin's, Wanda Cameron. Ich habe die Bücher.«

Ein Schlüssel drehte sich im Schloss, dann wurde geöffnet.

»Oh, hallo, Frau Cameron, ich habe Sie nicht erwartet«, sagte Frau Maiwald. »Wollen Sie einen Moment reinkommen?«

»Gern, wenn ich nicht störe.« Ich trat ein und blickte mich neugierig um.

In einer Nische gab es ein französisches Bett mit mehreren Kissen, vor dem großen Fenster zwei Polsterstühle und einen runden Tisch mit bestickter Tischdecke, auf dem ein Stövchen den Inhalt einer Porzellankanne warm hielt. Daneben stand eine Tasse mit Blumenmuster. Auf einem Sideboard entdeckte ich mehrere Fotos in Silberrahmen. Auf einem davon erkannte ich Frau Maiwalds Enkel Julius, freundlich lächelnd und mit einer schwarzen Ratte auf der Schulter. Das Foto schien schon etwas älter zu sein, denn er trug die Haare kürzer als neulich und zu einem pinkfarbenen Irokesen frisiert.

»Wir sind alle ein bisschen durcheinander«, sagte Frau Maiwald und sah auf einmal deutlich älter aus. Ich fragte mich, wie alt sie eigentlich war. Älter als John, älter als Weiß, älter als Margot Claasen, schätzte ich. Und trotzdem von ihrem Esprit her jünger. »Heute stand etwas in der Zeitung …« Sie verstummte und schüttelte den Kopf.

»Meinen Sie den Artikel im Tagesspiegel? Den habe ich auch gelesen.«

Frau Maiwald griff sich mit der geballten Faust an die Brust. »Der Gedanke, dass hier jemand herumschleicht, während wir schlafend in unseren Betten liegen, nimmt uns sehr mit, wissen Sie? Da wird das Vertrauen der alten Leute böse ausgenutzt.«

»Die Bankräuber sind durch den Heizungskeller eingedrungen, nicht wahr?«, fragte ich, obwohl es auch in dem Artikel gestanden hatte.

Frau Maiwald nickte. »Und niemand weiß, wie sie an den Schlüssel gekommen sind! Nur Herr John und Frau Bernstein haben Zugang.«

»Ja, ich habe gerade eben kurz mit Herrn John gesprochen. Er schien ziemlich ungehalten zu sein«, stimmte ich zu und hoffte, dass ihr Redefluss nicht versiegte.

Das war Frau Maiwalds Stichwort. »Oh ja, das kann man wohl sagen! Der Kommissar hat ihn doch tatsächlich gefragt, was er an dem Abend getan hat, als nebenan eingebrochen wurde.«

»Und, was hat er getan?«, fragte ich gespannt.

»Also, Frau Cameron, jetzt fangen Sie auch schon an!«, empörte sich Frau Maiwald. »So einen Pförtner wie Sieger John bekommen wir nie wieder. Ehrenamtlich! All die Jahre! Den Mann müssen wir gut behandeln, ihn nicht sinnlosen Verdächtigungen aussetzen.«

»Sicher, sicher«, antwortete ich hastig. »Herr John macht einen tollen Job.«

»Genau.« Frau Maiwald schien etwas beschwichtigt. »Und außerdem war er an dem fraglichen Abend zu Hause.«

Das kann ja jeder sagen, dachte ich.

»Seine Frau wurde nämlich fünfundsiebzig, und sie haben mit der ganzen Familie gefeiert. Abendbrot bei den Johns zu Hause, Häppchen und Sekt. Viele hier haben Frau Johns Geburtstagskarte unterschrieben! Ich auch. Kann ich Ihnen vielleicht einen Tee anbieten, Frau Cameron? Ich habe mir gerade welchen gemacht.«

Oh. Ein fünfundsiebzigster Geburtstag war allerdings ein Alibi. Ich konnte mir kaum vorstellen, dass Herr John die Geburtstagsrunde mit den Worten »Ich bin dann mal weg und in einem Stündchen mit viel Geld zurück« verlassen hatte. Nach dem Motto »Lasst mir ein Spießchen vom Käseigel übrig«. Nein. Da musste ich Sieger John wohl oder übel von der Liste der Verdächtigen streichen.

Aber ich hatte noch mehr Fragen. »Ja, sehr gern, wenn es keine Umstände macht, wäre ein Tee schön«, willigte ich ein. »Da bin ich aber froh, dass Herr John nichts mit dem Einbruch zu tun hat«, fügte ich noch schnell hinzu und ignorierte den misstrauischen Blick, den Frau Maiwald mir zuwarf. »Was hat Herr John eigentlich mit seinem Wohnmobil? Wissen Sie das? Er hat ganz komisch reagiert, als ich ihn auf die Schramme ansprach, die es an der Seite hat.«

»Ach ja, das war vor ein paar Wochen.« Frau Maiwald nahm aus dem Oberschrank ihrer Küchenzeile eine Tasse. »Eine Frechheit war das! Da kam jemand rein und erzählte, dass er gesehen habe, wie draußen ein Fahrradfahrer am Wohnmobil vorbeigefahren sei und mit einem scharfen Gegenstand die

Schramme reingeritzt habe. So aufgeregt habe ich Sieger selten gesehen! Er hat fast geweint, als er den Schaden sah.« Sie goss mir ein.

»Das ist ja auch gemein«, sagte ich und trank einen Schluck. »War die Polizei heute eigentlich wieder hier?«, erkundigte ich mich. Mir war ein Gedanke gekommen.

Frau Maiwald sah auf einmal aus, als wäre ihr extrem unbehaglich zumute. »Ja.«

»Lassen Sie mich raten. Diesmal wurde Frau Bernstein befragt«, sagte ich.

»Stimmt, genau das ist passiert. Ich glaube, wenn der Kommissar das nächste Mal im türkischen Kochkurs auftaucht, bekommt er mit den Damen Ärger. Er macht sich sehr unbeliebt bei uns. Schade, am ersten Abend fanden ihn alle sehr charmant.«

»Frau Bernstein ist neben Sieger John die einzige Person, die jederzeit an den Schlüssel rankommt«, sagte ich in dem seltsamen Bestreben, Hauptkommissar Kamat in Schutz zu nehmen.

»Ich weiß.« Frau Maiwalds Hand zitterte leicht, als sie die Tasse zurück auf die Untertasse stellte. »Darf ich Ihnen etwas anvertrauen, Frau Cameron? Es muss unbedingt unter uns bleiben. Aber ich muss es jemandem erzählen. Jemandem, der es versteht und es trotzdem nicht verurteilt. Hier im Heim ist das unmöglich, und meine Tochter wäre entsetzt, wenn sie es wüsste.«

Wenn sie *was* wüsste?

»Aber gern. Ich kann schweigen wie ein Grab«, sagte ich. Schlecht fühlte ich mich plötzlich, ganz schlecht, aber hey – ich war schließlich hergekommen, um Geheimnisse zu lüften! Nur hatte ich mich wohl in den Worten vergriffen, denn Frau Maiwald wurde leichenblass.

»Oh bitte, sprechen Sie nicht von Grab!« Sie zog ein Taschentuch hervor und wrang es in ihren Händen. Dann holte sie tief Luft und stieß hervor: »Frau Bernstein glaubt nämlich, dass sie eine Mitschuld am Tod des armen Bankangestellten trägt, und das belastet sie schrecklich!«

Verblüfft starrte ich sie an. »Wie meinen Sie das – eine Mitschuld? Hat Frau Bernstein etwas mit dem Bankraub zu tun?«

»Nein, nicht wissentlich. Aber – oh, diese Belastung! Die arme Frau.«

»Wie kann man denn unwissentlich an einem Bankraub Schuld haben?« Ich verstand gar nichts mehr.

»Sie hat die Handwerker, die im Heizungskeller gearbeitet haben, um einen Gefallen gebeten«, sagte Frau Maiwald leise.

»Was für einen Gefallen?«, fragte ich. »Und was haben die Handwerker da eigentlich gemacht?«

»Sie haben die Heizungsstränge gewartet, die zur Bank führen. Deshalb war die Alarmanlage ausgeschaltet und die Tür zur Bank hin offen.«

Ich nickte. »Stimmt, das stand in der Zeitung. Und was hat das nun mit Frau Bernstein zu tun?«

Frau Maiwald war den Tränen nah. »Wir haben schon seit ein paar Tagen ein Problem mit der Heizung im Kegelkeller. Und da hat Frau Bernstein die Handwerker gefragt, ob sie das nicht reparieren können. Unter der Hand. Schwarz.« Das letzte Wort flüsterte sie kaum hörbar. »Sie haben eingewilligt. Gleich Freitag früh wollten sie es machen. Deshalb war die Tür zum Heizungskeller nicht verschlossen. Damit die Handwerker hineinkönnen.«

»Und?« Ich sah das Problem immer noch nicht. Außer natürlich, dass Frau Bernstein versucht hatte, bei der Handwerkerrechnung die Mehrwertsteuer zu sparen.

»Ja, sehen Sie denn nicht, was sie sich vorwirft?« Klein und gebeugt saß Frau Maiwald da, als trüge sie die Last der Welt auf ihren schmalen Schultern. »Irgendwer muss gewusst haben, dass an diesem Abend, nachdem die Handwerker gegangen waren, beide Türen offen waren! Und wer immer im Kegelkeller war, konnte von dort aus ganz leicht in die Bank. Am Abend ist er reingegangen, und Herr Heuhausen war noch da, und dann …« Sie konnte nicht weitersprechen.

»Und das alles nur, weil das Heim knapp bei Kasse ist«, stellte ich fest. »Deshalb hat Frau Bernstein mich auch gefragt, ob ich den Kurs für fünfzehn statt für dreißig Euro pro Abend gebe, richtig?«

Frau Maiwald tupfte sich mit ihrem Taschentuch die Augen und nickte. »Manchmal glaube ich, dass wir zu viele Kurse anbieten, um im Vergleich mit dem anderen Seniorenclub in der Breite Straße attraktiv zu bleiben. Deshalb waren ja auch die Leute vom Bezirksamt da. Sie finden, dass wir uns verzetteln. Aber Frau Bernstein will nicht davon abweichen. Sie sagt, das muss sie tun, damit die frei gewordenen Apartments möglichst schnell neu vermietet werden.«

»Meinen Sie, dass der Kommissar Frau Bernstein deshalb befragt hat? Weil er herausgefunden hat, dass Sie hier finanziell hart am Wind segeln?«

»Ich weiß es nicht.« Frau Maiwald wirkte erschöpft. »Aber er muss ja nur beim Bezirksamt anrufen, um zu erfahren, wie es um uns bestellt ist.«

»Gesprochen haben Sie seither noch nicht mit ihr?«

»Nein. Sie hat sich in ihrem Büro eingeschlossen. Sie ist furchtbar gekränkt, glaube ich.« Frau Maiwald sah jetzt sehr besorgt aus. »Sie können sich nicht vorstellen, wie viel uns dieses Heim bedeutet. Die gute Versorgung und dass wir nicht allein in unseren Wohnungen sitzen – das ist für uns Senioren sehr wichtig. Dieses Alleinsein, das ist wie ein vorgezogener Tod. Hier haben wir ein Zuhause, ein spätes Glück, einen Sinn. Für uns zählt ja mittlerweile jeder Tag, wissen Sie?«

Das sollte es das ganze Leben lang, dachte ich, verzichtete aber auf philosophische Randbemerkungen. »Das haben Sie doch aber alles in jedem Fall, unabhängig von Frau Bernstein.« In letzter Sekunde verkniff ich mir zu sagen: bei einer anderen Heimleitung.

Frau Maiwald fuhr empört hoch. »Eben nicht! Sie sind ja noch so jung, Frau Cameron, aber Sie müssen doch sicher auch schon die Erfahrung gemacht haben, dass es im Leben selten um die Institutionen an sich geht, sondern darum, dass geeignete Personen in diesen Institutionen sitzen. Und Frau Bernstein ist eben besonders geeignet!«

»Sie meinen, so wie eine bestimmte Lehrerin für eine Klasse wichtig ist und nicht die Schule an sich?«, fragte ich nach, weil ich nicht ganz sicher war, ob ich sie richtig verstanden hatte.

Frau Maiwald nickte. »Genau so.«

»Und Frau Bernstein halten Sie für diese bestimmte Lehrerin?«

»Ja.«

Ich fand, dass ich Frau Maiwald lange genug in Anspruch genommen hatte, auch wenn mich ihre Einschätzung von Frau Bernstein noch lange nicht von deren Unschuld überzeugt hatte. Eher im Gegenteil. Vielleicht war es ja gerade ihr Engagement, das sie zu dem Bankraub angestachelt hatte? Aber Frau Maiwald, offensichtlich ein bekennender Bernstein-Fan, würde mir in dieser Hinsicht keine weiteren Fragen beantworten, da war ich sicher. Jetzt kamen wieder die Bücher dran. »Eigentlich bin ich nur zu Ihnen gekommen, um die Mankells vorbeizubringen, liebe Frau Maiwald. Wollen wir zusammen zu den anderen Kursteilnehmern gehen, oder möchten Sie sie verteilen?«

»Das mache ich schon«, sagte Frau Maiwald, und mir kam es so vor, als wäre es ihr auch ganz lieb, wenn ich nun allmählich verschwinden würde. Also tat ich ihr den Gefallen.

»Die Bezahlung regeln wir dann nächsten Mittwoch. Sie können ja den anderen sagen, dass es schön wäre, wenn sie die ersten fünfzig Seiten lesen würden.«

»Ja, gern.« Und mit diesen Worten war ich entlassen, was mir sehr recht war. Es gab eine Menge neuer Fakten, die ich erst einmal sortieren musste.

Während ich zurück zum »Agatha« ging, fragte ich mich, ob Miriam in einer Buchhandlung überhaupt an der richtigen Stelle war. Mit ihrem betriebswirtschaftlichen Know-how hätte sie auch sehr gut ein Seniorenheim leiten können. Aber nein, korrigierte ich mich sofort, dafür fehlte es ihr an Empathie. Dazu sollte man mehr Einfühlungsvermögen und Mitleidsbereitschaft haben. Veraltete Bücher konnte man, im

Gegensatz zu Menschen, ausrangieren, in Kisten werfen und zwecks Gutschrift zurückschicken.

»Vielleicht war's Frau Bernstein«, sagte ich kurze Zeit später zu Miriam.

»Wer ist Frau Bernstein?«, fragte sie und schaute mich mit albinoroten Augen an. Ich erklärte es ihr, aber sie schien nicht sonderlich überzeugt.

»Die Dame passt nicht ins Täterprofil, oder?«

»Ich weiß nicht. Wie ist denn deiner Meinung nach das Täterprofil? Einer oder mehrere? Mann oder Frau? Es kann schon sein, dass sie alles für den finanziellen Erhalt des Heims tun würde, selbst einen Banküberfall begehen. Übrigens sollten wir uns rechtzeitig Gedanken über eine Alters-WG machen. Wir könnten ja auch Friederike fragen.« Der Gedanke war mir vorhin bei Frau Maiwalds lobenden Ausführungen über gemeinsames Wohnen gekommen. Miriam hatte schließlich das Haus, und dreißig Jahre gingen schnell vorbei!

»Hm, ja«, sagte sie und wandte sich ab.

»Miriam, alles okay?«

»Ehrlich gesagt habe ich gerade Probleme, die dringender sind als dieser Fall: ein Leck im Dach, eine verzickte Mieterin samt Mietreduzierung und diese schreckliche Allergie«, antwortete Miriam. »Ah, endlich!« Sie sah nach draußen. »Ich war vorhin schon mal kurz oben, aber da war er nicht da.«

»Wer denn?«

Ein junger Mann lief gerade mit einer Brötchentüte am Laden vorbei. Miriam legte den Krimi von Viktor Ingólfsson hin, den sie in der Hand gehalten hatte, und öffnete rasch die Ladentür. »Hallo, Lennart«, rief sie dem jungen Mann hinterher.

Als Lennart seinen Namen hörte, blieb er stehen und drehte sich um. Ich kannte ihn flüchtig. Er war blond, mit dieser Art Haarschnitt wie ein englischer Popsänger: lange Fransen, die ihm quer ins Gesicht fielen. Dazu glatt rasiert und mit einer schmalen schwarzen Hornbrille. Gut sah er aus, und geschmackvoll angezogen war er auch. Schwarze Jeans und eine schwarze Lederjacke, dazu grasgrüne Slipper, die ich allerdings ein bisschen geckenhaft fand. Eitelkeit bei Männern war mir immer suspekt. Aber das mochte daran liegen, dass es mit meinem eigenen Selbstwertgefühl nicht so weit her war und ich wusste, dass die meisten schönen Männer schöne Frauen bevorzugen. Die Miriams dieser Welt – nicht die Wandas. Dann hatte Lennart Leski noch eine eigene Computerfirma, also bestimmt genug Geld – das Mädchen, das bei dem mal landete, konnte sich freuen. Auf jeden Fall wirkte er viel vertrauenswürdiger als Frau Maibaums Enkel. Wenn ich mir wünschen dürfte, wie Josh in zehn, fünfzehn Jahren aussah, dann wäre mir diese schnieke Variante lieber als der Ratten-Punk-Look.

Lennart Leski kam, gewinnend lächelnd, auf Miriam zu, und weil die Ladentür beim Öffnen eingerastet war, konnte ich jedes Wort ihrer Unterhaltung verstehen.

»Bei Frau Winkler tropft es«, sagte Miriam, jetzt ganz die geschäftige Hausbesitzerin. »Ich muss mal dringend auf den Boden, um zu schauen, wo das genau herkommt. Auf der linken Seite ist anscheinend das Dach undicht. Direkt über ihrem Wohnzimmer.«

Lennart lächelte weiter, sagte aber nichts.

»Passt es dir gleich?«, fragte Miriam.

Er hob bedauernd die Brötchentüte hoch. »Nein, Frau Mamlock, jetzt passt es mir gerade überhaupt nicht.« Frühstücken wollte er dem Anschein nach, jetzt, gegen halb zwölf, war auch eine sehr schöne Zeit dafür. »Ich kann mir ehrlich gesagt auch nicht vorstellen, dass da ein Leck ist«, fuhr er fort. »Wir sind so oft da oben und arbeiten an den Computern, das wäre uns garantiert aufgefallen. Ein Leck wäre ja gefährlich!« Er sah beunruhigt aus.

Klar, wenn Feuchtigkeit in die Hardware eindrang, hatte er ein Problem. Mir fiel auf, dass Miriam ihn duzte und er sie siezte. Es klang seltsam. Es musste komisch für ihn sein, dass Miriam denselben Nachnamen hatte wie seine Mutter. Und wahrscheinlich kamen noch ein paar andere Animositäten zusammen, auch wenn er es gut verbarg. Ich glaubte, dass er schon allein deshalb keine Lust hatte, Miriam auf den Dachboden zu lassen. Hätte ich auch nicht.

»Es ist aber so. Frau Winkler hat mir den Wasserfleck an ihrer Decke gezeigt. Du kannst ja schon mal schauen, ob du was siehst. Ich komme dann heute Nachmittag hoch«, sagte Miriam knapp und ließ ihn einfach stehen.

Lennart wandte sich ab und ging eilig auf die Haustür zu. Wahrscheinlich hatte er die Espressomaschine angeschmissen, bevor er zum Bäcker losmarschiert war, und wusste, dass der Latte macchiato fertig war, während seine Vermieterin ihn mit lästigen Reden aufhielt.

»So ein Schnösel. Das hätte ihn keine zehn Minuten gekostet, und ich hätte der Verwaltung gleich wegen des Dachdeckers Bescheid sagen können«, meinte Miriam. »Als Hausbesitzer hat man es wirklich schwer.«

»Oh ja, sehr«, sagte ich spöttisch und dachte voller Neid an ihre Mieteinnahmen.

Miriam ignorierte meinen Kommentar und fing stattdessen an, die Krimirezensionen zu lesen, die sie im Laufe der letzten Wochen ausgedruckt und abgeheftet hatte. In ihrer Handtasche hatte sie außerdem immer eine kleine rote Schere dabei, mit der sie Artikel aus Printmedien ausschnitt. Das passte zu ihr, dieses organisierte Schneiden. Sie machte es immer und überall, auch wenn sie eine Rezension in einer fremden Zeitung, zum Beispiel in einem Café, entdeckte. Ziemlich frech fand ich das. Ich stellte mir vor, wie andere Gäste erwartungsvoll die Seite mit den Literaturkritiken aufschlugen und statt auf interessante Besprechungen überrascht in die von Miriam hinterlassenen viereckigen Löcher starrten.

»Er sieht hübsch aus«, sagte ich.

»Wer?«, fragte Miriam.

»Lennart.«

»Jaahaa. Ganz die Mutter. Anne ist auch so ein blondes Gift.« Sie blätterte geistesabwesend eine Rezension weiter.

»Du ja auch. Mamo scheint auf Blond zu stehen.«

»Stimmt. Früher ist er auf Catherine Deneuve abgefahren, die alten Polanski-Filme. Jung, kühl und blond ist sein Ding. Obwohl er neulich gesagt hat …« Miriam beendete den Satz nicht, sondern verstummte abrupt.

Ich schnappte mir einen Zettel und machte mir Stichpunkte zu meinem Gespräch mit Frau Maiwald. Das heißt, es war eher eine Liste der bisherigen Verdächtigen. Sie war kurz. Sehr kurz. Nur Frau Bernstein stand darauf. Und zwar weil sie die Einzige war, die an den Schlüssel herankam und kein Alibi hatte.

Aber stimmte das überhaupt? Es waren schließlich Handwerker im Keller gewesen. Vielleicht war ja die Geschichte, die sie Frau Maiwald erzählt hatte, doch wahr, und sie hatte naiverweise die Tür zum Kegelraum und Heizungskeller über Nacht offen gelassen. Dann kämen die Handwerker als Täter ebenfalls in Frage. Genau wie jeder andere, der davon gewusst hatte. Oder hatte Sieger John den Schlüssel zum Kegelkeller vielleicht irgendwann mal jemandem überlassen, damit er oder sie selbst aufschließen konnte? Hatte derjenige mit einem Klumpen Kitt einen Abdruck des Schlüssels gemacht, war zu dem griechischen Schlüsselmacher in Schmargendorf gegangen und hatte den Schlüssel nachmachen lassen? Um sich am Donnerstagabend in den Kegelbahnkeller und dann in den Heizungsraum zu schleichen?

Ein Kunde betrat den Laden, und ich schob erst einmal alle Gedanken an Schlüssel, Morde und Banküberfälle zur Seite. Das Rätsel um ein Gewaltverbrechen anmutig zu lösen war eine Sache, Geld zu verdienen eine andere. Es sei denn, man war ein Kommissar. Dann kamen beide Dinge zusammen.

Überhaupt, der Kommissar. Wo steckt der eigentlich?, fragte ich mich. Welche Spur er wohl gerade verfolgt? Wahrscheinlich eine ganz andere als ich. Vermutlich die richtige. Womöglich stand morgen in der Zeitung: »Mysteriöser Raubüberfall in Schmargendorf aufgeklärt, Täter gefasst.« Und wahrscheinlich ärgerte ich mich dann, statt mich zu freuen, dass ein Gewaltverbrecher dingfest gemacht worden war. Weshalb ich beschloss, Kamat auf keinen Fall anzurufen. Ich hoffte, dass ich ihm einen Schritt voraus war.

Der Tag schritt mit einem schmalen, aber beständigen Strom Kaufwilliger voran, wobei wir erfreulich viele Krimihörbücher verkauften. Allmählich senkte sich die herbstliche Dämmerung über Schmargendorf, es war halb fünf, und ich machte mich – zumindest innerlich – bereit zum Gehen. Die Woche war wie im Flug vorbeigegangen: mit dem Kurs, den mehr oder weniger ergiebigen Ermittlungen im Heim, den vielen Fragen, die sich mir stellten. Das Wochenende wartete.

Da bat Miriam mich um etwas Überraschendes: »Sag mal, Wanda, bevor du gehst – kannst du mich kurz begleiten, wenn ich zu Lennart raufgehe?«

»Warum gehst du nicht allein?«, fragte ich. »Und was ist mit dem Laden?«

»Den machen wir für diesen einen Moment zu. Ich habe irgendwie ein komisches Gefühl«, antwortete Miriam. »Nachher beschwert er sich noch bei Mamo über mich.«

»Das kann dir doch völlig egal sein«, fand ich, während Miriam die Eingangstür abschloss und das »Bin gleich zurück«-Schild hineinhängte.

»Ist es mir auch. Eigentlich. Aber als Hausbesitzerin brauche ich die Zustimmung des Mieters, wenn ich in eine Wohnung möchte«, antwortete Miriam.

Ich kapierte es noch immer nicht.

»Ich möchte dich als Zeugin dabeihaben«, sagte Miriam ungeduldig. »Nun komm doch einfach mit und hör auf zu fragen.«

Ich hörte auf zu fragen, aber nur, weil ich beleidigt war, dass Miriam wieder diesen Feldwebelton mir gegenüber anschlug. Zusammen gingen wir hoch, kamen an der Wohnung der russischen Maskenbildnerin vorbei, die neulich erst direkt über Miriam eingezogen war, dann an der Tür des Kirchenorganisten, und schließlich waren wir im vierten Stock. Frau Winkler wohnte auf der einen Seite, »Leski« stand an der anderen Tür, darunter, kleiner, noch ein zweites Wort: »Pragmalogik«. Das war dann wohl seine Computerfirma.

Miriam klingelte. Erst einmal, dann zweimal. Nichts rührte sich in der Wohnung. Hinter der Tür herrschte so eine auffallende Stille, dass sie schon wieder laut klang.

»Er muss aber da sein«, murmelte Miriam, »ich habe ihn nicht weggehen sehen, und sein Auto steht auch vor der Haustür.«

»Vielleicht ist er oben bei den Computern?«

»Vielleicht.« Zusammen gingen wir noch eine Etage höher. Hier gab es keine hölzerne Altbautür mit Kassetten, sondern nur eine einzige graue Stahltür. Auch der rote Sisalläufer reichte nicht bis hierher. Auf den Treppenstufen lag Linoleum. Außerdem führte ein dickes Kabel über Putz durch die Wand in den Dachboden. Kein Namensschild befand sich an der Tür, dafür ein massives Sicherheitsschloss. Energisch klopfte Miriam, aber auch hier schien niemand zu sein. Nach einigen Versuchen gab sie auf. »Keiner da. Blöd.«

Wir gingen wieder hinunter. Im vierten Stock musste Miriam laut niesen, was sich als Fehler herausstellte. Denn Frau Winkler riss auf der anderen Seite des Absatzes ihre Wohnungstür auf. »Natürlich ist er zu Hause«, rief sie laut, und ich war mir sicher, dass sie jedes unserer Worte belauscht hatte. »Ich weiß es! Sie müssen auf den Dachboden! Ich verlange, dass dieser Wasserwahnsinn aufhört!«

Bei dem schrillen Ton in ihrer Stimme kam Suse um die Ecke gebogen, so schnell sie ihre kurzen Dackelbeine trugen, und kläffte uns an. Dann versuchte sie auszubüxen. Wahrscheinlich verstand sie das Wort Dachboden, denn sie raste nach oben. Auf der dritten Treppenstufe fing ihr Frauchen sie mit einem geübten Griff ein.

»Ich kann nicht zaubern, nicht durch verschlossene Türen gehen, und ich darf es auch nicht«, antwortete Miriam etwas müde. »Ich kann Ihnen nur versprechen, dass ich mich weiterhin darum kümmere, Frau Winkler. Vielleicht schläft Lennart, oder er sitzt in der Badewanne. Sicher hat er einen guten Grund, warum er uns nicht aufmacht. Auf Wiedersehen.«

Ich wollte ihr schon nach unten folgen, warf aber einen letzten Blick auf Lennart Leskis Tür – und sah, wie der Spion dunkel wurde. So als ob jemand dort gestanden hatte, bewegungslos, aufmerksam, mit angehaltenem Atem, und nun die Abdeckung wieder über die Öffnung gleiten ließ.

Im Laden berichtete ich Miriam von meiner Beobachtung.

»Bist du dir sicher?«, fragte sie erstaunt.

»Absolut«, antwortete ich.

»Dann frage ich mich, was das soll«, sagte sie leise. »Warum schließt er uns nicht einfach die Tür zum Dachboden auf?«

»Keine Ahnung. Wenn das Wochenende vorbei ist und du immer noch nicht erfolgreich warst, sollten wir auch im Fall Lennart Leski die Ermittlungen aufnehmen.«

»Oh, Ermittlungen sind nicht nötig. Hauptsache, der kleine Mistkerl macht uns die Tür auf. Und dafür werde ich jetzt sofort sorgen«, erwiderte Miriam kämpferisch. Sie warf einen Blick auf die Uhr am Computer und sagte mehr zu sich selbst als zu mir: »Kurz vor fünf, die müssen noch da sein.« Dann ging sie zum Telefon, während ich in der Teeküche verschwand und meine Jacke holte.

Als ich wieder herauskam, telefonierte Miriam. Mit drohend zusammengezogenen Augenbrauen. Ich winkte ihr kurz zu, sie nickte, dann war ich weg.

Während der Bus die Paulsborner Straße entlangfuhr, versuchte ich das, was ich bis jetzt über den Banküberfall herausgefunden hatte, zu einem Bild zusammenzufügen. Eine Haltestelle hinter der Seesener Straße kam mir die Erkenntnis, dass mir das nicht gelingen würde. Ich wusste fast nichts, und das bisschen, was ich wusste, passte nicht zusammen.

Als ich am Adenauerplatz ausstieg, beschloss ich, mich ausschließlich aufs Wochenende zu konzentrieren – auf Josh, auf den Sonntagsbesuch bei meinen Eltern. Dabei fiel mir die Beule an Papas Wohnmobil ein. Wie ich ihn kannte, war er vermutlich insgeheim sogar froh darüber, dass er nun einen guten Grund hatte, an seinem Lieblingsspielzeug herumzubasteln.

Auf halbem Weg zum Stutti betrat ich den Lidl, um dort fürs Wochenende einzukaufen, und blieb mitten in der automatischen Eingangstür wie vom Donner gerührt stehen – so abrupt, dass mir der Mann hinter mir in die Hacken trat.

»Autsch!«, sagte ich laut und drehte mich um.

»Selbst schuld«, raunzte er mich an und schob seinen Einkaufswagen an mir vorbei. Ich schüttelte den Kopf. Mit Josh nach Deutschland zurückzukommen war in vielerlei Hinsicht die richtige Entscheidung gewesen. Familie, Freunde, Schule, vom Sozialsystem ganz zu schweigen … Nur manchmal, so wie jetzt, wollte ich lieber ein »Sorry«, ein »Excuse me« oder ein »Pardon me« hören als so ein kaltschnäuziges »Selbst schuld«.

Doch der Mann verschwand samt Karren hinter dem Knäckebrotregal, und ich musste wieder daran denken, was mir gerade in den Sinn gekommen war. Was, wenn ich bei der Liste der Verdächtigen einen riesengroßen Fehler gemacht hatte? Von einer völlig falschen Voraussetzung ausgegangen war? Ich war der Meinung gewesen, dass nur Sieger John und Frau Bernstein an die Schlüssel zum Kegelkeller herankommen konnten, weil die Loge sonst immer sorgfältig abgeschlossen war. War sie natürlich auch – im Normalfall. Aber vor etwa zwei Wochen, hatte Frau Maiwald gesagt, herrschte der Ausnahmefall im Foyer!

Vor meinem inneren Auge sah ich, wie jemand in das Heim stürmte. Er oder sie rief: »Herr John« – vorausgesetzt, er oder sie kannte den Namen des Pförtners und wusste, dass ihm das Wohnmobil gehörte –, und ergänzte: »… an Ihrem Wagen ist eine Riesenschramme!«

Also bitte, was hatte Sieger John daraufhin wohl gemacht? Freundlich lächelnd und mit sorgfältiger Bedächtigkeit seine Loge abgeschlossen, um sich den Schaden mal anzuschauen? Niemals! So entsetzt wie mein Vater bei der kleinen Beule war natürlich auch Sieger John gewesen. Sein Baby hatte eine

Schramme! Sein poliertes Prachtstück! Da war er natürlich, so schnell es seine Behinderung zugelassen hatte, auf die Straße gelaufen, dort um sein Wohnmobil herumgegangen und hatte ungläubig auf die Fahrerseite geschaut. Auf das, was sich in dem dunkelroten Lack abzeichnete. Natürlich hatte es einen Moment gedauert, ehe er das ganze Ausmaß des Schadens begriffen hatte. Dann war er vorsichtig näher getreten, hatte mit dem Zeigefinger die Narbe befühlt, böse und traurig zugleich, und auch ratlos, wer so einen barbarischen Akt an seinem Schatz verüben konnte.

Und natürlich war während all dieser Verzweiflung seine Loge nicht abgeschlossen gewesen! Jeder hätte hineingehen, Abdrücke von *sämtlichen* Schlüsseln machen und unbemerkt verschwinden können.

Ob es wirklich so gewesen war?, fragte ich mich aufgeregt, während ich vor dem Kühlregal stand und nach dem fettreduzierten Schafskäse angelte, der hinter den Harzer gerutscht war. Aber wie konnte derjenige gewusst haben, dass Sieger John sich an diesem Tag vergessen würde? Wer hatte denn jederzeit den Kitt oder die Knete dabei, mit dem man einen Abdruck machte?

Zum zweiten Mal innerhalb weniger Minuten blieb ich stocksteif stehen. Es war geplant! Derjenige, der zu den Schlüsseln gewollt hatte, war auch das mit der Schramme gewesen. Einmal mit einem Nagel den Wagen entlang – ratsch –, und dann in aller Unschuld Sieger John Bescheid sagen. Oh, wie perfide!

Entsetzt über so viel Kalkül, nahm ich eine Schale Strauchtomaten und legte sie in den Wagen. Ob Herr John noch wusste, wer ihm das mit der Schramme gesagt hatte? Mir schien, ich würde Montag schon wieder ins Heim gehen müssen, um zu versuchen, Sieger John in ein Gespräch zu verwickeln. Die nächste Runde Dauerlächeln.

Auf Autopilot geschaltet, schob ich den Wagen durch die Gänge, griff nach weiteren Waren, bediente mich in der Tiefkühltruhe und ging schließlich zur Kasse. Die Schlange war lang, und, sieh an, direkt vor mir stand der Hackentreter. Einen kurzen, boshaften Moment lang erwog ich, ihm mit Karacho meinen Einkaufswagen in die Fersen zu schieben und dann, wenn er sich böse umdrehte, »Sorry« oder »Excuse me« oder vielleicht sogar »Pardon me« zu rufen.

Aber natürlich machte ich es nicht. So was war für eine begnadete Detektivin, die kurz vor der Aufklärung ihres ersten Mordfalls stand, völlig indiskutabel.

Als ich nach Hause kam, war Josh noch beim Fußballtraining, an dem er sehr zwiegespalten teilnahm. Er würde zwar einerseits gern richtig gut Fußball spielen, aber auf der anderen Seite war es auch *so* anstrengend ... Zwei Seelen wohnten in seiner Brust, und ich konnte ihn bestens verstehen. Nicht dass ich jemals von einer Karriere als Fußballerin geträumt hatte, aber ich hätte zum Beispiel gern mal am Berlin-Marathon teilgenommen. Einmal an den Zuschauerreihen entlanglaufen, angefeuert von Menschen, die mir zujubelten, klatschten, mich mit lauten Rufen aufforderten, durchzuhalten, vorbei an den Bands, die laut spielten, und der brasilianischen Sambagruppe am »Wilden Eber«, getragen von den heißen Rhythmen, und dann später mit hochgerissenen Armen durchs Ziel taumeln – das stellte ich mir schön vor, einfach schön. Aber im Gegensatz zu meinem Sohn scheute ich mich vor den Strapazen des Trainings dermaßen, dass ich es lieber gleich ließ.

Eine halbe Stunde nach mir traf Josh ein, schmiss übellaunig die Tasche mit seinen Sportsachen in die Ecke, murmelte etwas von »unfair« und »fieser Trainer« und verzog sich in die Dusche. Erst beim Abendessen wurde er etwas gesprächiger, und während ich danach mit Friederike telefonierte und sie mir aufgeregt etwas von einem sensationellen Sonderangebot in einem Schuhgeschäft erzählte, fläzte Josh sich auf der Couch.

Das Wochenende war also eingeläutet und ging am nächsten Tag mit einer gemeinsamen Einkaufsaktion im Drogeriemarkt weiter.

»Nimm du mal das Klopapier, das ist ja voll peinlich«, sagte Josh, als wir mit mehreren Tüten beladen aus dem Geschäft traten. Er drückte mir acht gebündelte Rollen Marke »Kuschelsanft« in den Arm. Darauf sah ich einen namenlosen Verbraucher glücklich im Bad mit einer solchen Rolle kuscheln und wunderte mich, was manche Leute so mit ihrem Klopapier machten.

»Sei nicht albern«, kommandierte ich, allerdings ohne Erfolg. Unter der Last der sperrigen Rollen, neuer Duschgels, Shampoos, Seifen, Woll-, Fein- und sonstiger Waschmittel, Q-Tips-Doppelpackungen und gewachster Zahnseide wankten wir dem Stutti entgegen. Am Spielplatz angekommen, musste ich eine Pause machen. Die Henkel der Plastiktüten schnitten mir so in die Finger, dass die Kuppen bläulich angelaufen waren und ich sie kaum noch spürte. Erleichtert stellte ich die Tüten ab.

»Ich geh schon mal vor«, sagte Josh.

»Nicht nett«, rief ich ihm hinterher, aber er hörte es nicht mehr. In seiner voluminösen orangefarbenen Daunenjacke wanderte er über die Straße, auf den Hauseingang zu, und in diesem Moment erinnerte er mich fatal an seinen abgängigen Vater. Genauso hatte Cal ausgesehen, als wir nach der Scheidung aus dem Gerichtsgebäude in Hoboken, New Jersey, gekommen waren, ich schwanger und mit einem Mückenstich des Bedauerns.

Es war schließlich meine erste und bis jetzt einzige Ehe gewesen, die da gerade geschieden worden war. Auch wenn keine Liebe im Spiel gewesen war, hatte ich eine Spur von Wehmut darüber empfunden, was hätte sein können und nicht gewesen war. Und als der Mann, den ich nicht liebte, gegangen war, um den nächsten Zug nach Manhattan zu nehmen, hatte er ausgesehen wie jetzt Josh. Nur größer.

Ich setzte mich kurz neben meine Einkäufe auf die Bank. In den Cafés rund um den Stuttgarter Platz war noch nicht viel los, auch der Spielplatz war wegen der feuchten Witterung und der frühen Uhrzeit leer. Aber auf der anderen Seite des Spielplatzes, auf einer Bank, die im Sommer immer von Eltern frequentiert war, saß ein Mann im grauen Mantel. Er rauchte eine Zigarette und schaute gedankenverloren zu den Spielgeräten. Was seltsam war, weil dort kein einziges Kind turnte.

Noch etwas war seltsam, nämlich das Gefühl in meinem Magen. Er hüpfte und schwankte. Mittlerweile war mir das Gefühl zwar nicht angenehm, aber zumindest vertrauter geworden, und ich zwang mich, den Mann genauer anzuschauen. Bingo! Dort saß niemand anderes als Kommissar Yunos Kamat. Mit dem Fuß drückte er gerade die Zigarettenkippe im Sand aus und hob sie mit spitzen Fingern auf. Komisch, dass mein Magen, der sich doch *in* meinem Körper befand, so viel mehr sah als meine Augen, die *außerhalb* waren und somit freie Sicht hatten!

Aber was machte der Kommissar überhaupt hier, an einem Samstagmorgen? In meinem Kiez? Unbegreiflich. Mir fiel wieder ein, dass er gesagt hatte, er sei hier früher öfter mit seinem Sohn gewesen.

Ich stand auf und wanderte samt meinen Tüten und Taschen durch den feuchten Sand bis zum entgegengesetzten Ende des Spielplatzes, wo der Mann des Gesetzes auf der Bank saß und irgendwie verloren wirkte.

»Hallo, Herr Kamat«, sagte ich etwas atemlos, denn schwer bepackt durch den knöcheltiefen Sand zu laufen war anstrengend.

»Ach«, entgegnete der Hauptkommissar. »Sie hier?«

»Ich wohne hier«, antwortete ich hoheitsvoll.

»Ich weiß.« Er nickte. »Ich habe Sie ja nach Hause gefahren.«

Einen tollkühnen Moment lang wollte ich glauben, dass er hierhergekommen war, um mich zu sehen. Aber diesen Gedanken verwarf ich schnell wieder. Es machte nicht den Eindruck, als sei er außer sich vor Freude, mich zu sehen. Er sah eher so aus, als ob er sich seinem Schicksal fügte.

»Was machen Sie auf einem leeren Spielplatz?«, fragte ich.

»Ich denke nach.«

»Über den Fall?«

»Unter anderem.«

Zu gern wollte ich fragen, worüber er noch nachdachte, aber ich traute mich nicht. Stattdessen sagte ich: »Geht das nicht besser im Büro oder in einem warmen Café?«

Einen Moment lang sah er mich mit seinen dunklen Augen an, und mir fiel wieder auf, wie schwarz seine Haare waren. Ich konnte nicht ein einziges graues darin entdecken. Ob er zu einem türkischen Friseur ging? Vielleicht in Kreuzberg, überlegte ich und war erleichtert, dass ich diese Fragen nicht laut gestellt hatte. Wie beschränkt sie waren, voller Vorurteile. Wer wusste, wo er wohnte? Wahrscheinlich in Tempelhof, da war schließlich auch das Landeskriminalamt von Berlin.

Und trotzdem sah ich Yunos Kamat vor meinem inneren Auge bei einem türkischen Barbier in der Nähe des Kottbusser Tores. Das Bild schob sich wie eine bunte Folie über den grauen Spielplatz, ich konnte nichts dagegen tun: Geschäftig tänzelte der Friseur um ihn herum, während der Hauptkommissar, ein weißes Handtuch um den Hals, den Nacken nach hinten gelegt hatte. Seine Wangen waren eingeschäumt, das scharfe Rasiermesser schabte darüber, nahm mit blitzender Klinge jedes einzelne Haar mit sich. Im Hintergrund hörte man eine rhythmische Musik, wie sie auch auf türkischen Hochzeiten gespielt wurde, bei der der strahlenden Braut von den Gästen Geldscheine ans weiße Kleid geheftet wurden.

Ich starrte Kamat an, als ob ich in seinem Gesicht einen letzten Rest von nicht abgewaschenem Rasierschaum entdeckt hätte. In diesem Moment fragte er: »Möchten Sie mit mir einen Kaffee trinken?«

»Oh!«, antwortete ich überrascht. »Ja, gern.«

Es war nicht meine Art, eine Mördergrube aus meinem Herzen zu machen. Obwohl das bei einem Kommissar natürlich ohnehin abwegig war – da kannte er sich vermutlich aus. Auch nicht verkehrt, dann hätte er gleich was zu ermitteln.

Plötzlich wurde mir klar, dass es schon eine ganze Weile her war, dass mich ein Mann zu einem Kaffee eingeladen hatte.

Er stand auf und klopfte sich ausgiebig den Mantel ab. Überhaupt kam er mir ein bisschen pingelig vor. Selbst im Sand glänzten seine schwarzen Schuhe, als seien sie gegen Staub und Straßenschmutz aller Art imprägniert worden. Zuvorkommend nahm er mir die Packung mit den Klopapierrollen ab.

»Ins ›Dollinger‹?«, fragte er, und ich wunderte mich, dass er die Cafés hier sogar namentlich kannte.

»Warum nicht? Wie alt ist denn Ihr Sohn?«, wollte ich wissen, während wir über den Platz gingen.

»Er ist vierzehn.«

»Haben Sie ihn deshalb nicht mitgebracht? Weil er zu alt ist, um hier zu spielen? Oder muss er auch mit seiner Mutter einkaufen, wie mein armer Sohn?«

Yunos Kamat schaute mich scharf an, so als sei es nicht erlaubt, einem Kommissar persönliche Fragen zu stellen. Hatte ich einen Fehler gemacht? Hatte mir meine Neugier einen Streich gespielt? Ließ er mich jetzt mitsamt dem Klopapier einfach stehen? Wo die Gelegenheit so günstig war, meine neue Theorie mit ihm zu diskutieren?

»Mein Sohn wohnt nicht in Berlin.« Er entsorgte seine Zigarettenkippe in einem orangefarbenen Mülleimer mit der Aufschrift: »Wir geben Ihrer Kippe ein Zuhause.«

»Oh. Ich verstehe«, sagte ich, aber ich verstand natürlich nicht. Kurz fragte ich mich, ob irgendwer in Amerika den Vater meines Sohnes jemals dasselbe gefragt und der ähnlich verhalten wie Kamat reagiert hatte. So oder so hatte ich das Gefühl, dass das für uns beide kein gutes Thema war.

Als wir wenig später vor einer Tasse Kaffee saßen, ging ich zum Angriff über. »Ich habe mir schon überlegt, ob ich Sie anrufen soll«, sagte ich. Das »mehrmals« ließ ich weg.

»Ist Ihnen noch etwas eingefallen?«, fragte Yunos Kamat und schaufelte nicht zwei, nicht drei, sondern gleich vier Teelöffel Zucker in seine Tasse. Er rührte um und sah mich dabei aufmerksam an.

»Mir lässt keine Ruhe, wie der Täter an die Schlüssel kam, wenn keiner Zugang zum Pförtnerhäuschen hatte«, erklärte ich.

Er nickte, wohl als Hinweis, dass er vor demselben Problem stand.

»Und ich glaube, dass Sieger John zwar grundsätzlich die Wahrheit sagt, wenn er behauptet, er würde immer abschließen, aber ich glaube auch, dass er etwas vergessen hat.«

»Und was?«

»Die Schramme. Mein Vater hat auch so ein Wohnmobil wie Sieger John!« So logisch für mich der Zusammenhang war, so verwirrend schien dieser Satz für den Kommissar zu sein. Gut, wenn es mit seiner Kombinationsgabe nicht so weit her war, musste ich ihm eben auf die Sprünge helfen. Ich ging also den kleinen Umweg über erfüllte und unerfüllte Reiseleidenschaften sowie die Reaktion von Wohnmobil-Fans auf Schrammen im Autolack, und dann begriff er endlich.

Gespannt schaute ich ihn an. Wie würde er reagieren? Ich rechnete fest damit, dass er mir eine Stelle als seine Assistentin anbot! Hm, hm, Beamtenstatus auf Lebenszeit – wollte ich das überhaupt? Stellte die Polizei ganzjährig ein? Und wie sollte ich Miriam nur beibringen, dass sie im »Agatha« bald jemand Neues brauchte? Aber es würde sie trösten, dass ich dazu beigetragen hatte, den drohenden Konkurs abzuwenden! Denn die Buchhandlung wurde sicher großen Zulauf erfahren, nachdem ich maßgeblich zur raschen Klärung des Falls beigetragen hatte. In jedem Zeitungsartikel würde auf das »Agatha« und natürlich auf mich hingewiesen werden!

»Interessant«, bemerkte der Kommissar, aber es klang ein bisschen gelangweilt.

Wie »interessant«? War das sein einziger Kommentar?

»Zu dem Schluss sind wir auch gekommen«, sagte er dann. »Wir gehen davon aus, dass jemand unbemerkt von Herrn John eingedrungen ist, um sich eine Kopie des Schlüssels zu machen. Wir ermitteln da noch.«

Oh, was für eine Enttäuschung. Ich hatte nichts herausgefunden, was die Polizei noch nicht wusste.

»Und Sie glauben nicht, dass es Herr John oder Frau Bernstein waren?«

»Nein, das glauben wir nicht. Beide haben Alibis.«

»Was hat Frau Bernstein denn an dem Abend des Einbruchs gemacht?«, fragte ich neugierig.

»Sie war den ganzen Abend bei ihrer bulgarischen Volkstanzgruppe. Frau Bernstein ist eine große Freundin dieses Landes. Anscheinend verbringt sie jedes Jahr die Ferien dort. Allerdings ist ihr Ruf bei den Herren der Tanzgruppe etwas zweifelhaft, wenn ich das richtig gedeutet habe. Sie will immer führen.«

Aha. Wir schauten nachdenklich aus dem Fenster und schwiegen. Wahrscheinlich stellte Kamat sich vor, wie es wohl wäre, mit Frau Bernstein zu tanzen, denn er schauderte leicht.

»Haben Sie denn schon einen Verdacht, wer es gewesen sein könnte?«, erkundigte ich mich eine Spur zu eifrig.

»Ja«, antwortete Kamat – und trank schweigend seinen Kaffee.

Was »ja«? Wer? Warum sprach er nicht weiter? Erwartungsvoll blickte ich ihn an, aber er sah nicht so aus, als ob er mehr dazu sagen wollte, und ich fühlte mich plötzlich wie in einem Mensch-ärgere-dich-nicht-Spiel: rausgeworfen, zurück auf Start, während meine Mitspieler an mir vorbeizogen.

Ich starrte konzentriert in meine Tasse, so als befände sich auf dem Grund die Antwort zu meinen Problemen, da meinte Yunos Kamat höflich: »Sie müssen verstehen, dass ich mit Ihnen nicht darüber sprechen darf.«

»Das tue ich, aber es ärgert mich trotzdem«, antwortete ich ehrlich, was er mit einem Lächeln quittierte. Spöttisches Verständnis lag darin, oder war es verständnisvoller Spott? Dann sagte er: »Die Rechnung, bitte«, und das galt nicht mir, sondern dem Kellner.

Er bezahlte, und einen Augenblick später standen wir wieder auf der Straße.

»Auf Wiedersehen, Frau Cameron.« Höflich reichte er mir das Klopapier, das er mir freundlicherweise herausgetragen hatte. Kuschelsanft – von wegen. Dieser Mann war wehrhaft wie eine türkische Distel.

»Tschüs, und danke für den Kaffee.«

Er nickte, dann ging er, die nun wieder freien Hände in den Manteltaschen vergraben, fort. Und zwar nicht in Richtung des Spielplatzes.

Was blieb, war ein leichtes Gefühl von Übelkeit. Ich wurde überhaupt nicht schlau aus diesem Kommissar. Weder in seiner Rolle als Ermittler noch als Mann. Wobei Letzteres nichts Neues war, weil ich aus Männern nie schlau wurde.

Trotzdem war ich ein bisschen stolz auf mich. Denn meine Überlegungen hatten ausnahmsweise haargenau gestimmt.

NEUN

Es war Montagmorgen, und Miriam schäumte.

»Achtmal bin ich am Wochenende zu Lennart nach oben gestiefelt – morgens, mittags, nachmittags, abends. Ich habe wie verrückt Muskelkater in den Waden! Als ob ich nichts Besseres zu tun hätte! Aber glaubst du, er hat mir aufgemacht? Keine Spur. Na, heute wird er Post von der Hausverwaltung bekommen, mit der Aufforderung sich *sofort* zu melden und einen Termin zur Begehung auszumachen. Mit denen habe ich am Freitag gesprochen, und die haben das gleich rausgeschickt.«

Ich musste an Miriams drohende Stirnfalten beim Telefonieren am Freitag denken und fragte: »Können die wegen des Wasserschadens nicht einfach mal aufschließen?«

»Nein, das geht rechtlich nicht. Außerdem hat Lennart anscheinend auf eigene Kosten Sicherheitsschlösser einbauen lassen. Dafür haben wir gar keine Schlüssel. Obwohl …« Ein grüblerischer Ausdruck trat in ihre Augen. »Vielleicht hat Anne ja einen Schlüssel, das könnte natürlich sein …« Das Ende des Satzes schraubte sich wie ein Kringel in die Luft.

Ich nickte bestätigend. Klar, Miriam würde schon etwas einfallen. Ganz sicher. Denn Miriam war heute auf dem Kriegspfad. Sie trug Rot: Fingernägel, Lippenstift und Leinenanzug, alles in einem dunklen Rot gehalten. Die Farbe schrie nach Kampf. Ihre roten Augen dagegen sprachen von einer Allergie, die noch nicht nachgelassen hatte.

»Und dein Wochenende, wie war das?«, fragte sie mich.

»Ich war mit dem Kommissar Kaffee trinken«, gab ich cool zurück. Es fühlte sich richtig gut an.

»Ach, schon wieder ein Tête-à-Tête mit Yunos Kamat? Sag mal, bahnt sich da was an? Arbeitest du an deinen Türkischkenntnissen?« Miriam sah mich interessiert an und nahm einen kleinen Schluck aus ihrem Becher, diesmal kein Kaffee, sondern teurer Oolong-Morgentee. Es war kurz vor halb zehn. Wir saßen in der Sitzecke und genossen die Ruhe vor dem Sturm.

»Nein, überhaupt nicht«, wehrte ich ab. »Ich habe ihn nur zufällig am Spielplatz auf dem Stutti getroffen.«

»Ist Josh nicht schon ein bisschen zu alt für den Spielplatz?«

»Er war nicht dabei.«

»Und Kamat, hatte der Kinder dabei?«

»Nein.«

»Verstehe ich nicht. Was hat er denn dort gemacht?«

»Nachgedacht, hat er gesagt. Er hat andere Verdächtige als ich. Verfolgt eine neue Spur. Aber er wollte mir nicht sagen, welche.«

Miriam seufzte. »Heißt das, dass du gleich wieder nach drüben rennst und auf eigene Faust rumschnüffelst?«

»Genau das. Hast du etwas dagegen?«

Sie sah aus, als wollte sie am liebsten Ja sagen, sagte dann aber: »Nein«, weil sie sich mit einem Ja natürlich selbst widersprochen hätte. Beziehungsweise ihrem Wunsch, dass wir uns, wie auch immer, in die Ermittlungen einmischten. Gleichzeitig sah sie so aus, als hätte sie es gern, dass ich ihr Nein als Ja verstand.

Das tat ich aber nicht. Ich ignorierte ihr verstecktes Ja. Das hatte ich nämlich inzwischen von ihr, der Meisterin der ungeschönten Worte, gelernt.

»Lieber Herr John«, sagte ich kurz darauf und musste meinen ganzen Mut zusammennehmen. Denn was ich fragen wollte, war aufdringlich und neugierig zugleich. Aber auch sehr wichtig. »Als Ihr Wohnmobil neulich zerschrammt wurde, da kam doch wer zu Ihnen und hat Ihnen das gesagt, oder?«

Wie ich befürchtet hatte, sah er mich misstrauisch an. Wahrscheinlich glaubte er, ich würde gleich mit ausgestrecktem Zeigefinger auf ihn zeigen und mit donnernder Stimme rufen, sodass es durch den Hausflur bis in den dritten Stock hallte: »Und bei der Gelegenheit haben Sie Ihren Dienst nicht ordnungsgemäß versehen! Stattdessen haben Sie in einem Anfall sträflich vernachlässigten Pflichtgefühls zugelassen, dass sich jemand mit langen Fingern über die Schlüssel hermachte! Damit haben *Sie* das Schicksal eines beklagenswerten Menschen besiegelt!«

Ich konnte sehen, wie er sich innerlich einen Ruck gab. Zögernd erklärte er: »Das habe ich dem Kommissar schon erzählt.«

Aha, deshalb hatte Yunos Kamat einen neuen Verdächtigen!

»Können Sie es mir nicht auch erzählen?«, versuchte ich es mit einer Mischung aus Flehen und Liebenswürdigkeit. »Sie wissen doch, dass ich in einer Krimibuchhandlung arbeite. Mich interessiert das ungemein. Vielleicht kann ich ja mal ein Buch darüber schreiben. Sie müssen nicht denken, dass ich neugierig bin.« Ich? Neugierig? Überhaupt nicht! Ich will nur recherchieren!

Ein schlauer Einfall, der mir da gerade gekommen war. Vielleicht sollte ich wirklich mal ein Buch über diesen Banküberfall, diesen Mord schreiben! Ich sah es schon vor mir, in einem schwarzen Einband, die Schrift in leuchtend weißen, eckigen Lettern: »CSI Schmargendorf«. Von Wanda Cameron, dem gefeierten Star des Krimibetriebs! Bei jährlich zweihundertvierundachtzig akzeptierten Erstkrimis würde meiner natürlich sofort von einem großen Verlag angenommen werden. Ich würde auf Lesereise gehen, vor einem Publikum, das – atemlos vor Spannung – begierig jedes Wort von meinen Lippen ablas. Der Veranstaltungsraum wäre in ein unheimliches rotes Licht getaucht, um den literarischen Nervenkitzel vorwegzunehmen, den meine bedächtig gewählten und originellen Worte erzeugen würden. Und wo würde die Premierenlesung stattfinden? Natürlich im »Agatha«! Miriam würde mir einen großen Strauß blutroter Rosen auf den Tisch stellen und in ihrer Einführungsrede stolz betonen, dass ich, bevor ich für den Preis des jahresbesten Krimis nominiert worden war, bei ihr gearbeitet hatte ... So hingerissen war ich von dieser Vorstellung, dass ich nicht gleich verstand, was Sieger John nuschelte.

»Hm? Was haben Sie gesagt?«, fragte ich.

»Na gut, wenn es für ein Buch ist, das Sie schreiben wollen … Ich kann mich an die Person aber nicht so gut erinnern«, sagte er. »Ein Mann, glaube ich, kam rein. War niemand, den ich kannte, sonst wüsste ich es noch. Mein Gedächtnis ist leider nicht mehr das Beste. Das Alter. Ich habe außerdem nicht weiter auf ihn geachtet, weil ich so schnell wie möglich zum Wagen wollte.«

»Hat er Sie mit Ihrem Namen angesprochen?«, wollte ich wissen. Er runzelte nachdenklich die Stirn.

»Nein. Der kannte mich doch auch nicht.«

Blöd. Wieder war ich in einer Sackgasse gelandet. »Und als Sie zurückkamen, waren Sie da allein im Foyer?«

»Nein.« Er überlegte nur kurz, und ich hätte in diesem Moment glatt meine Erstausgabe von Rex Stouts »Gift à la carte« darauf verwettet, dass der Kommissar ihn das auch gefragt hatte. »Tom Fuchs und Sidonie waren da und haben sich mit Jochen und Margot unterhalten. Frau Bernstein kam von oben, um mir zu sagen, dass in dieser Woche Labskaus auf der Speisekarte steht – Labskaus ist mein Lieblingsgericht«, fügte er erklärend hinzu, »aber nur, wenn obenauf ein Spiegelei liegt. Und der Rollmops nicht zu sauer ist.« Auf einmal sah er peinlich berührt aus, so als ob eine solche Lappalie in Anbetracht seines zerkratzten Autos nebensächlich wäre. »Und dann waren da noch Frau Maiwald und ihr Enkel. Sie standen auch plötzlich neben uns.«

»Kam Julius Maiwald zusammen mit seiner Großmutter, oder haben die beiden sich hier unten getroffen? Vielleicht um zusammen spazieren zu gehen?«

Sieger John zuckte mit den Schultern, und ich überlegte, was ich ihn noch fragen sollte. Frau Maiwald und Julius kannte ich, den dünnen, fahrigen Jochen aus meinem Kurs und Margot, die demente Schauspielerin, auch. Wahrscheinlich hatten sie einen Spaziergang zum Friedhof gemacht. Aber die anderen beiden Namen waren mir neu. »Wer sind denn Tom Fuchs und Sidonie?«

Sieger John machte ein seltsames Geräusch, irgendwo zwischen Keuchen und Schnauben angesiedelt. Reflexartig suchte ich in meiner Jackentasche nach einem Tempo-Taschentuch, aber ich war durch Miriams Allergie falsch konditioniert. Bei Sieger John war dieses aggressive Schniefen wohl eher ein Ausdruck des Ärgers als einer Erkältung, denn er winkte ab. »Sidonie Sprengel werden Sie sicher bald kennenlernen. Sie ist auch mittwochs hier. Gibt Malkurse, schon lange. Ist sehr beliebt bei unseren Bewohnern.« Er strich sich das graue Haar aus der Stirn. »Wenn auch ein bisschen … seltsam. Aber Tom Fuchs …«

So wie er den Namen aussprach, ahnte ich, dass sich sein ärgerliches Schnaufen von eben nur auf ihn beziehen konnte. »Was ist denn Tom Fuchs für einer?«

»Der hat neulich, im August und September war es wohl, Sidonies Kurs übernommen. Sie hatte einen Bandscheibenvorfall und musste operiert werden. Konnte sich eine ganze Weile nicht rühren, und an der Staffelei stehen schon gar nicht.« Sieger John sah mich verkniffen an.

»Mögen Sie Tom Fuchs nicht?«, fragte ich vorsichtig.

»Ach, was heißt denn mögen? Zuerst wirkte er sehr einnehmend, wissen Sie. Elegant, charmant zu unseren Damen …« Unwillkürlich musste ich bei seinen Worten an den Hauptkommissar denken. »Aber dann – ein eitler Fatzke! Als Sidonie wieder zurück war, kam schnell heraus, dass Geld aus der Kaffeekasse der Kursleiter verschwunden war. Ich wette, der Fuchs hat lange Finger gemacht. Und da bin ich nicht der Einzige. Keiner hat es gesagt, aber viele haben es gedacht. Dabei trat er auf wie einer, der für was Besseres bestimmt ist. Ein windiger Hund! Hat immer mit seinen Malstunden in der Provence angegeben, die er privat irgendwelchen feinen Pinkeln gegeben hat. Amerikanern, reichen Russen und so.«

War Fuchs der Mann, der die Bank überfallen und den kleinen Herrn Heuhausen erschossen hatte? Um sich mit einer halben Million Euro endgültig in die Provence abzusetzen? War er vielleicht schon auf dem Weg? Fuhr, finanziell nett abgesichert, in den südlichen Hügeln von Weingut zu Weingut? Schnupperte am herbstlichen Lavendel, der sich in langen lilablauen Bändern durch die Landschaft zog? Malte mit schönen blonden, reichen und vor allem kunstbemühten Privatschülerinnen expressive Gemälde in Terrakotta, Umbra und Sommerblau? Schlürfte eiskalten Champagner in einem gepolsterten Lounge-Sessel am kiesigen Strand der Côte d'Azur? Und das alles, nachdem er kaltblütig einen Menschen umgebracht hatte? Ein Skandal!

Sieger John nickte mir zu. »Sonst sind ja die meisten, die hier unterrichten, eher Idealisten. Oder arme Schlucker, die das bisschen Geld brauchen, das Frau Bernstein lockermacht.«

Ich dachte an meine fünfzehn Euro pro Mittwoch und ahnte, in welche Kategorie John mich einordnete. Nicht in die der Idealisten jedenfalls. »Und wo steckt dieser Tom Fuchs jetzt, wenn er nicht mehr hier arbeitet?«, fragte ich rasch.

Er zuckte wieder mit den Schultern. »Keine Ahnung. Aber Sidonie wird's wahrscheinlich wissen.«

»Wo erwische ich die denn?«

»Entweder Sie passen sie am Mittwoch ab, oder Sie fragen Frau Bernstein nach ihrer Adresse und Telefonnummer.«

Zu lange und zu kompliziert. Blitzschnell fasste ich einen anderen Entschluss. »Herr John, könnte ich mal kurz in den Gruppenleiterraum? Ich muss noch eine Kleinigkeit für übermorgen vorbereiten«, bat ich ihn.

Zögernd ging er zu dem Schlüsselbrett, nahm den entsprechenden Schlüssel und reichte ihn mir, ganz gebranntes Kind. »Sie passen gut darauf auf, ja?«

»Natürlich. Sie bekommen ihn gleich wieder«, versprach ich und wandte mich der Treppe zu.

Oben schloss ich unseren Gruppenraum auf und ging zum Schrank für die Kursleiter. Mit dem Zeigefinger fuhr ich an den beschrifteten Schubladen entlang, in denen sich die Materialien befanden. Bei dem Namen Sidonie Sprengel stoppte ich. Das kleine Schild schien mehrfach überklebt worden zu sein, an einer Ecke war es lose. Ich zog die Schublade auf, und einen verwirrenden Moment lang glaubte ich, versehentlich vor Joshs Schreibtisch zu stehen: Ich sah ein wüstes Chaos von Farben, weißem Papier und bunten Pappen, Pinseln, dreckigen Gläsern und Tuben, Bastschnüren, Kneten und Zeitungsausschnitten. Frau Sprengel ist ein Messie, dachte ich begeistert. Vielleicht auch nur sehr kreativ. Oder beides. Oh, wenn Miriam das nur sehen könnte!

Rasch nahm ich einige Stapel Papier heraus, blätterte darin, kramte und wühlte weiter, völlig unbesorgt, ich könnte etwas derart verändern, dass man mir auf die Schliche kam. Denn das war der Zauber des Chaos: Es konnte nicht schlimmer kommen. Verzückt schaute ich mir den Inhalt einer Klarsichthülle an. Bildchen, die aussahen, als ob Frau Sprengel sie aus einem alten Poesiealbum ausgerissen hatte: Kätzchen mit Silberglitter bestäubt, ein Blumenkorb voller Vergissmeinnicht nebst zwei weißen Tauben auf dem Flechthenkel, ein pummliger kleiner Engel. Ein Traum aus gestanztem Papier! Ich kramte weiter und fand schließlich einen leeren Briefumschlag. Das war es, was ich wollte! Ihre Adresse: Sidonie Sprengel, Mehringdamm 22, HH, dritter Stock. Wunderbar.

»Vielen Dank«, sagte ich kurz darauf zu Sieger John und gab ihm den Schlüssel zurück. Er sah erleichtert aus, als er ihn entgegennahm und wieder an seinen Platz zurückhängte.

»Miriam, ich muss unbedingt zu dieser Sidonie Sprengel.«

»Warum?«, fragte sie kühl. Inzwischen kannte ich diesen Ton gut. Er bedeutete, dass irgendetwas nicht nach ihrer allergenroten Nase ging. »Komm, fass mal mit an.«

Zusammen spannten wir eine neue Rolle Geschenkpapier in die entsprechende Vorrichtung hinter der Kasse. Es ging langsam auf die Adventszeit zu, und wir hatten ein lackrotes Papier gewählt, mit gelben Kerzen und kleinen goldenen Pistolen bedruckt. Sehr stimmungsvoll.

»Erstens will ich sie mir anschauen, und zweitens muss sie mir sagen, wie ich diesen Tom Fuchs erreichen kann. Ich hab so ein Gefühl, als ob er derjenige sein könnte, den wir suchen.«

»Kannst du sie nicht anrufen?«

»Schon gecheckt. Sie ist nicht im Telefonbuch gelistet. Und Tom und Thomas Füchse gibt's viele in Berlin«, erklärte ich.

»Du gehst mir langsam auf die Nerven, Wanda«, sagte Miriam finster.

»Hey, wer hat denn gesagt, dass wir einen Werbeclou brauchen, um den Laden zu retten? Weißt du, was der Vertreter neulich meinte? Es gibt in Berlin vierhundert arbeitslose Buchhändler!«

»Na, dann pass mal auf, dass du nicht eine von denen wirst.« Miriam klang anzüglich.

Mir verschlug es die Sprache. Natürlich meinte sie nicht, dass sie mich demnächst entließ, sondern dass das »Agatha« vielleicht bald schließen musste und wir dann beide auf der Straße saßen! Aber wahrscheinlich war das nicht Miriams Problem, weil sie ihre Schäfchen sowieso im Trockenen hatte. Wie unfair von ihr!

»Also was ist, brauchst du mich hier so überaus dringend«, ich machte eine spöttische Bewegung in Richtung leerer Laden, »oder kann ich noch mal los?«

»Von mir aus.«

»Gut«, sagte ich resolut. »Ich melde mich, sobald ich mehr weiß.«

ZEHN

Vom Stutti aus wäre ich im Nullkommanix am Mehringdamm gewesen, der in Kreuzberg lag. Aber nicht von Schmargendorf aus. Also stand ich mal wieder im Regen an der Haltestelle und wartete auf den Bus, der mich zur Berliner Straße bringen sollte, wo ich dann in eine der vielen unterirdischen Hauptschlagadern der Stadt steigen würde.

Eine lange Dreiviertelstunde später war ich am Mehringdamm und suchte nach der Hausnummer. Miriam hatte ja nicht ganz unrecht. Mir war schon etwas unbehaglich zumute. Meinen eigentlichen Job vernachlässigte ich, um am helllichten Tag in Kreuzberg herumzugeistern. Wem war damit geholfen? Auf einmal schien mir die Wahrscheinlichkeit, dass ausgerechnet ich einen entscheidenden Hinweis entdeckte, der zur Klärung des Falls beitrug, verschwindend gering. Hinter Yunos Kamat stand immerhin eine ausgebildete Task Force! Kriminaltechniker, Internetspezialisten, ein professionelles Team, Tag und Nacht zum Zugriff bereit, ein riesiger, geschulter Apparat! Hinter mir stand niemand. Nicht mal mehr Miriam.

Das sah gar nicht gut aus.

Schließlich fand ich die Nummer 22, einen hohen Altbau, hellgelbe Fassade, die Details in dunklem Ocker abgesetzt. Sah schick aus, einer der vielen Bauten in Kreuzberg, die davon zeugten, dass der ehemalige Hausbesetzer-Bezirk 61 wohnungstechnisch mittlerweile ein Edelviertel geworden war. Den gesuchten Namen entdeckte ich auf einem Klingelschild, dessen Aufschrift schlicht »Sprengel« lautete. Ich drückte auf den Knopf und hatte Glück. Zwar dauerte es einen Moment, bis der Summer ertönte, aber niemand wollte durch die Sprechanlage wissen, wer ich war und was ich wollte. Ich ging durch den Hausflur, der phantastisch saniert war, mit alten Wandgemälden und einem schwarz-weißen

Marmorfußboden. Intarsien im Boden bildeten eine große Windrose.

Von wegen Idealisten und arme Schlucker, überlegte ich, Sieger Johns Worte in Erinnerung. So viel gediegene Gutbürgerlichkeit musste man erst einmal finden – und bezahlen können!

Ich fragte mich, ob man auch aus ganz praktischen Kleinmotiven statt aus habgierigen Großmotiven eine Bank überfiel. Zum Beispiel, wenn die Miete nach einer Sanierung sprunghaft gestiegen war. Wenn man neue Malfarben brauchte. Oder wenn die alte Schlafcouch im Gästezimmer kaputt war und man dringend bei Ikea eine neue kaufen musste. Aufgeregt nahm ich mir vor zu überprüfen, ob Frau Sprengels Schlafcouch okay war. Wahrscheinlich fand sie es befremdlich, wenn ich ihr »Beddinge« auf der Suche nach einem Beweis beharrlich auf- und zu-, auf- und zuklappte, aber da musste sie durch. Herr John hatte gesagt, sie sei seltsam. Was er damit wohl gemeint hatte?

Dann trat ich in den Hinterhof und entdeckte potemkinsche Dörfer. Blendwerk! Oder besser: vorne hui, hinten pfui.

Bis hierher hatte die Sanierung nämlich nicht gereicht: Die Rückseite des Hauses war grau, der Putz an vielen Stellen abgeblättert. Als zentrales Prunkstück stand hier eine rostige alte Teppichstange. Etwas baumelte daran. Als ich nähertrat, sah ich, dass jemand einen Teddybären daran aufgeknüpft hatte. Lustig, was die Kinder hier so spielten.

Ich sah mich weiter um: zwei überfüllte Mülltonnen. Ein Fahrrad ohne Vorderreifen in einer Sandkiste, in der eine nachdenklich aussehende schwarze Katze vor sich hin beziehungsweise ihre Notdurft verscharrte. Es war eine durch und durch deprimierende Wohnanlage, die mich irgendwie an gewisse Gegenden in Newark, New Jersey, erinnerte.

Ich entdeckte eine schmale Tür, die ins Hinterhaus führte. Im Treppenhaus war es düster, und zur Rechten hing eine Reihe Briefkästen, einige mit aufgebogenen Metalltüren. Entweder waren die Schlüssel verloren gegangen, oder die

Nachbarn legten Wert darauf, etwas von der Korrespondenz mitzubekommen: »Hey, ich hab gesehen, dein Onkel aus Barmbek hat dir geschrieben!« Oder: »Und was machen die Verwandten in Izmir so? Klang, als ob ihnen das Hotel echt gefällt, all-inclusive und so.« Oder: »Die Postkarte von deiner Freundin aus Bayreuth ist ja hübsch. So viel Natur ringsherum, und der Himmel so schön blau-weiß, auch wenn Wagner nicht so mein Ding ist …«

Ich suchte nach Frau Sprengels Briefkasten. Wer wusste, vielleicht war er ja auch zufällig offen. Vielleicht fand ich einen Bankauszug darin mit einer halben Million Euro! Aber als ich vor ihrem verschlossenen Briefkasten stand, entdeckte ich etwas ganz anderes. Unter dem Schild Sprengel klebte ein zweites. Und darauf stand: »Fuchs«.

Damit hatte ich nun nicht gerechnet! Mein Hauptverdächtiger wohnte ebenfalls hier. Oder jedenfalls benutzte er diesen Briefkasten.

Tausend Fragen taten sich auf: Waren er und Frau Sprengel ein Paar? Hatten sie die Bank zusammen überfallen? War es vielleicht gefährlich, die Wohnung zu betreten? Musste ich den Kommissar anrufen? Nein, beschloss ich mutig, ich würde jetzt allein in die Höhle des Löwen gehen. Wer wusste, wo der Kommissar gerade steckte, wahrscheinlich in der Pathologie oder beim Lunch mit dem Polizeipräsidenten. Da wollte ich auf keinen Fall stören.

Auf dem Weg nach oben öffnete ich auf einem Treppenabsatz neugierig eine Tür. Offensichtlich war hier früher mal ein Außenklo gewesen. Die Kloschüssel war weg, dafür standen Besen und eine Kehrschippe darin. Und in einer Ecke lag eine dreckige Spritze, Zwischenstation eines Junkies. Sah irgendwie nicht wie ein Haus aus, in dem zwei erfolgreiche Bankräuber wohnten.

Bis ich im zweiten Stock angelangt war, berührte ich sicherheitshalber das Geländer nicht mehr. Dann stand ich vor der Tür: »Sprengel«, aber kein Fuchs, sagte das Schild. Wohnte er nun hier oder nicht?

Eine Klingel gab es nicht, also klopfte ich. Erst hörte ich nichts, dann jedoch ertönte ein leiser, melodischer Singsang, der allmählich lauter wurde. Als die Tür geöffnet wurde, schlug mir eine Wolke schweren Duftes so intensiv entgegen, dass ich unwillkürlich blinzelte. Es roch ungefähr so wie früher mein Handgelenk: Als Teenager war ich gern in Indiashops gegangen und hatte dort sämtliche Duftöle gleichzeitig ausprobiert, Apfelblüte und Zimt und Lorbeer und Patschuli.

Eine große, weidenschlanke Frau mit einer beneidenswert langen dunkelroten Haarmähne stand vor mir. Ich schätzte sie in etwa auf Miriams Alter, was aber auch das Einzige war, das sie mit Miriam gemeinsam hatte.

Sie trug ein weißes, wallendes Gewand, das wie eine Mischung aus Nachthemd und Spinnweben aussah, um die Haare hatte sie ein kleines weißes Kopftuch gebunden, und sie war barfuß. An ihren dünnen Zehen leuchteten verschiedene goldene Ringe.

»Ja bitte?«, fragte sie. Ihre Stimme klang dunkel.

»Frau Sprengel?«, sagte ich. »Entschuldigen Sie, dass ich einfach so hereinplatze. Mein Name ist Wanda Cameron. Ich gebe seit einer Woche einen Lektürekurs in dem Seniorenheim in Schmargendorf. Herr John hat mir erzählt, dass Sie dort schon lange Malen unterrichten. Ich wollte Sie eigentlich anrufen, um mich mit Ihnen mal auszutauschen. Wegen der Didaktik. Sie kennen sich doch da aus. Aber ich habe Ihre Telefonnummer nicht, und weil ich gerade in der Gegend war …«

Ich ließ den Satz unsicher ausklingen, aber was ich gesagt hatte, schien das Richtige gewesen zu sein. Denn mit einem strahlenden Lächeln öffnete Frau Sprengel die Tür weit und sagte: »Willkommen in meinem bescheidenen Tempel, Schwester Wanda. Und bitte nenn mich Sidonie.«

Schwester Wanda? Oooooookay. Ich trat ein. Sidonie schwebte vor mir den Flur entlang, und ich bekam einen großartigen Einblick in alle Räume, an denen wir vorbeikamen, denn die Türen waren ausgehängt. Alle – auch die des Badezimmers.

Das erste Zimmer schien ihr Atelier zu sein. Darin sah es ungefähr so aus wie in ihrer Schublade, in der ich den Briefumschlag mit ihrer Adresse gefunden hatte. Nur größer.

Überall standen Leinwände, auf der Erde, gegen die Wände gelehnt. In einem grünen Glasgefäß auf einem Regal waren benutzte und nicht gereinigte Pinsel, Dosen und Farbtuben lagen auf dem Fensterbrett und auf einem bekleckstenTisch. Dazwischen sah ich seltsam geformte Steine, Federn und einen Kürbis. Neben dem Tisch stand eine Staffelei mit einem halb fertigen Bild. Ebenfalls an der Staffelei hing ein Malerkittel. Skizzen und Kohlezeichnungen waren mit Stecknadeln an die Wand gepinnt.

Das zweite Zimmer war ein Schlafzimmer: in einer Ecke ein Haufen Anziehsachen, alles in Weiß und Pastell. Kein Kleiderschrank, keine Kleiderstange, nichts. Ansonsten lag auf dem weiß gestrichenen Dielenboden nur eine breite Matratze, darauf bunte Decken und sehr viele Kissen. Von wegen »Beddinge«! Neben der Matratze stand ein silbernes Tablett, darauf heruntergebrannte Kerzen. An den Wänden hingen große Bilder, höchstwahrscheinlich aus eigener Produktion.

Ich warf einen prüfenden Blick aufs Bett, ob sich in dem Deckengewühl ein Mann verbarg, eventuell sogar mit der schwarzen Skimaske eines Bankräubers, aber nein, da war niemand. Schade eigentlich. Obwohl ich auch nicht gewusst hätte, was ich mit einem leibhaftigen Bankräuber hätte tun sollen. Vielleicht ihn in einer Kissenschlacht niedermachen?

Dann betraten wir das Wohnzimmer. Hier war der schwere Geruch am stärksten, und jetzt verstand ich auch, warum: Auf dem Fensterbrett standen gleich mehrere Duftlampen, dazwischen brennende Teelichter. Mir begannen die Augen zu tränen.

»Hast du etwas Zeit, Schwester?«, fragte Sidonie melodisch. »Ich war gerade beim Sonnengruß.«

Das Zimmer war so leer, dass sich auch hier niemand verstecken konnte. Eine Wollmatte auf dem Dielenboden, an der Wand ein rundes Messingtischchen, daneben ein besticktes Sitzkissen. Mehr nicht.

»Ja«, sagte ich.

»Gut, dann lass mich das noch zu Ende bringen. Normalerweise wäre ich schon fertig, aber heute werde ich ständig von unangekündigtem Besuch unterbrochen. Möchtest du mitmachen?« Sie schaute mich erwartungsvoll an.

»Nein, nein«, antwortete ich erschrocken.

»Dann nimm Platz, Schwester. Du kannst ja in der Zwischenzeit etwas meditieren. Olibanum-Weihrauch und Sandelholz, ein paar Tropfen Moschus, das ist für mich die perfekte Mischung, habe ich herausgefunden.«

Erleichtert nickte ich und ließ mich auf dem Kissen nieder. Dabei versuchte ich, einen geschmeidigen Schneidersitz einzunehmen, aber meine Knie blieben auf Ohrenhöhe stecken und weigerten sich standhaft, sich weiter nach unten biegen zu lassen. Schon früher, im Sportunterricht, hatte ich mir wegen meiner Ungelenkigkeit mal um ein Haar den Hals gebrochen. Wir sollten in Hocke über einen Kasten springen. Ich konnte meine Beine nicht hoch genug anziehen, weshalb ich mit dem Fuß an der Kastenkante hängen geblieben war. Die beiden Mädchen, die für die Hilfestellung verantwortlich gewesen waren, schauten gerade nicht hin, weil ein heißer Typ aus der Parallelklasse auf der anderen Seite der Turnhalle Handstand mit Überschlag übte. Dafür hatten sie mir dann aber wenigstens feuchte Papierhandtücher gebracht, um mein Nasenbluten zu stillen.

Weil ich leider nicht wusste, wie man ohne Rotwein meditiert, beobachtete ich ersatzhalber Sidonie Sprengel beim Sonnengruß. Sie stellte sich auf die Wollmatte, hob anmutig die Arme, reckte sich nach oben. Dann legte sie die Hände auf den Boden, setzte die Füße nacheinander nach hinten, legte sich hin, streckte darauf den Hintern hoch in die Luft und kehrte allmählich in die Ausgangsstellung zurück. Dabei murmelte sie in beständigem Strom Worte wie »Hund«, »Berg«, »Reiter«, »Kobra«. Sehr interessant.

Meine Ermittlungen forderten wirklich viel, fand ich: höchste Konzentration, die Bereitschaft, sich auf merkwürdige Menschen einzulassen. Kopf und Körper waren ständig im Einsatz. Und jetzt meldete sich auch noch meine Blase. Also stand ich wieder auf und flüsterte: »Ich muss mal das Bad benutzen.«

Mitten in der Kobrastellung wippte Sidonie mit dem Kopf, was ich als Zustimmung interpretierte.

So langsam wie möglich ging ich in Richtung Bad. Die Bilder im Schlafzimmer schaute ich mir vom Flur aus an. Zuerst sahen sie einfach nur groß und rot aus. Dann allerdings verstand ich, warum sie im Schlafzimmer hingen: Es waren erotische Darstellungen. Nein, eigentlich pornografisch, stellte ich fest, als ich die einzelnen rosa und roten Teile, haarig und nackt, genauer betrachtete, die da ineinander verschränkt und versenkt waren. Ob sie so was auch mit ihrem Kurs malte? Vielleicht war er ja deshalb so populär? Aber irgendwie konnte ich mir nicht vorstellen, wie Frau Maiwald mit einem Pinsel in der Hand sagte: »Karin, kannst du mir bitte mal das Pink rüberreichen? Diese Schamlippe muss noch knalliger werden.«

Auch im Bad schaute ich mich gründlich um. Nichts deutete auf die Anwesenheit eines Mannes in der Wohnung hin. Es gab keine zweite Zahnbürste, keinen elektrischen Rasierer, kein Herrendeo. Dafür verriet mir eine Vorratspackung Henna das Geheimnis von Sidonies dunkelroter Haarfarbe, und in einem Körbchen lagen mindestens zwanzig Kajalstifte. Neben dem Klo stapelten sich einige Zeitungen, obendrauf ein Flyer: »Was Krishna uns sagen wollte.«

Beim Pinkeln überflog ich die spirituelle Botschaft, wusch mir die Hände und kehrte ins Wohnzimmer zurück.

Inzwischen schien Sidonie mit ihren Übungen fertig zu sein. Sie kniete auf dem Wollteppich. »Wie kann ich dir denn helfen, Schwester?«, fragte sie und schaute mich erwartungsvoll an.

»Dein Kurs ist bei den Senioren so beliebt, habe ich gehört. Gibt es da irgendeinen Trick, wie man die Teilnehmer motiviert?« Mit knirschenden Kniegelenken setzte ich mich wieder hin.

»Es ist alles eine Frage des Karmas.« Sie begann zu erzählen: Dass sie den Kurs seit fünf Jahren gab, dass er immer gut besucht war, dass sie ihn auch weiterhin geben wollte, dass sie daneben an der Volkshochschule unterrichtete und manchmal auf dem Kunstmarkt am Kupfergraben ihre Bilder verkaufte.

Tom Fuchs erwähnte sie mit keinem Wort.

Als sie eine Pause machte, sagte ich schnell: »Kann der Kurs nicht geteilt werden, wenn er so voll ist? Entweder du gibst zwei Kurse, oder dieser Tom Fuchs übernimmt einen?«

Es waren nicht Sidonies Worte, die sie verrieten, es war ihre Körpersprache. Ihre Hände, die eben noch locker auf ihren Oberschenkeln gelegen hatten, waren plötzlich angespannt, fast wie Fäuste. Sie presste die Lippen zusammen, die Nasenflügel blähten sich, und sie schüttelte so ruckartig den Kopf wie ein Pferd, dem eine Bremse ins Ohr geflogen ist. »Nein, mit Tom möchte ich nichts mehr zu tun haben. Seine Präsenz wirkt sich ungünstig auf meine Chakren aus. Er blockiert meinen Energiefluss.«

»Aber hast du ihm nicht damals den Job im Heim vermittelt? Sieger John erwähnte so etwas.«

»Ich kannte ihn von früher, vom Kunststudium. Er hat es aber abgebrochen. Im Frühling haben wir uns bei einer Vernissage wiedergetroffen«, rechtfertigte sich Sidonie, schwieg einen Moment und fuhr dann schwärmerisch fort: »Antike buddhistische Miniaturen, Shiva, Laxmi, Ganesh, Krishna. Aus Bronzeguss. Es war eine tolle Ausstellung. In der indischen Botschaft.«

»Sein Name steht an deinem Briefkasten«, warf ich ein, um zu verhindern, dass sie in ein lautes »Ommmmmmm« ausbrach.

»Ja, ich muss das Schild dringend abmachen.«

»Dann hat er hier gewohnt?«

Sie nickte. »Zuerst dachte ich, er sei ein Seelenverwandter, der auf derselben Reinkarnationsstufe ist wie ich. Wir hatten so viele Gemeinsamkeiten!«

»Malen?«, mutmaßte ich.

»Nicht unbedingt. Er konnte sich für nicht gegenständliche Malerei wenig begeistern. Aber er war mein Tantrapartner, und wir haben uns großartig ergänzt.«

Ich war nicht gerade die Spezialistin für esoterische Energiearbeit und alternative Heilmethoden, weshalb ich nachfragen musste: »Was ist denn Tantra?«

»Unter Tantra kann man viel verstehen«, erklärte sie. »Es bedeutet, das Bewusstsein zu erweitern, den Zugang zum Überbewussten zu erlangen, die Grundlagen des Seins zu erkennen. Außerdem kann man sich mit Tantra dem Zentrum bisher unbekannter Kräfte nähern.«

»Aha«, sagte ich. Es musste ihr etwas bedeuten, sonst hätte sie nicht so gestrahlt. Verstanden hatte ich noch nichts.

»Sex!«

»Hm?«, fragte ich. »Wie ›Sex‹?« Wenigstens verstand ich dieses Wort.

»Wir waren Shakti und Shiva. Tom hat geschworen, dass er seiner Göttlichkeit nie näher als in meiner Yoni war!«

Ich wagte nicht zu fragen, was wohl ihre Yoni sein könnte, hatte aber eine ungefähre Ahnung, die in direktem Zusammenhang mit den Bildern in ihrem Schlafzimmer stand. Ich konnte es ja mal googeln. »Ihr hattet eine Affäre?«

»Nein, doch keine Affäre!« Sie machte eine abwehrende Handbewegung. »Es war eine spirituelle Begegnung der Lust, die uns jenseits der Grenzen geführt hat, die wir zuvor selbst gezogen hatten.«

Also vielleicht war ich ja ein bisschen blöd, aber was Sidonie da mit funkelnden Augen erzählte, klang für mich schon wie eine Affäre. Und zwar eine ziemlich heiße.

»Und woran scheiterte eure, ähem, spirituelle Begegnung der Lust?«

»An den Unwägbarkeiten des nicht spirituellen Daseins.« Das Glitzern in Sidonies Augen erlosch.

»Geld?«, fragte ich.

Sie nickte. »Erst als er hier eingezogen war, verstand ich, dass er außer seinem Chi nichts beitragen wollte. Und als ich den Bandscheibenvorfall hatte und im Krankenhaus war, hat er selbst das mit einer anderen Schwester geteilt.«

»Gemein.«

»Genau. Als ich es mitbekam, musste ich an Krishnas Worte denken. Er sagt, dass die Liebe wie ein helles Licht ist, das jeden erleuchtet, der es erblickt. Toms Aura war für mich schwarz, und Schwarz ist dem Honi-Fest nach keine Farbe, sondern auf der Stufe der Erleuchtung ein Zustand, der kein Licht mehr erlaubt. Keine Liebe.« Sie warf die langen roten Locken, die ihr über die Schulter gefallen waren, mit Schwung zurück. »Da habe ich ihn rausgeschmissen.« Ganz nüchtern sagte sie das, und plötzlich war sie mir richtig sympathisch.

»Weißt du, wo er jetzt wohnt?«, fragte ich.

»Er hat eine Wohnung in Spandau. Falkenseer Chaussee. Da hat er mich aber nie mit hingenommen. Wahrscheinlich bleibt er da, bis er eine neue Schwester findet, die ihn aufnimmt. Die zentraler wohnt.«

»Wovon lebt er eigentlich?«

»Ja, das habe ich mich auch immer gefragt«, sagte Sidonie. »Ich habe keine Ahnung.«

»Hast du ein Bild von ihm?«, fragte ich.

Sidonie stand wortlos auf und ging in ihr Schlafzimmer. Als sie zurückkam, reichte sie mir ein Foto. Ich musterte es: Es zeigte einen attraktiven Mann, der ein bisschen wie ein grauhaariger Indianer aussah: hohe Wangenknochen, schmales Gesicht, dunkle Augen, eine sehr ausgeprägte Nase, fast schulterlange Haare, die er auf der einen Seite hinters Ohr geklemmt hatte. Um den Mund – schmale Oberlippe, volle Unterlippe – ein wissendes Lächeln, das auf große Kenntnis in allen relevanten Yoni-Belangen hinwies.

Keine Frage, er war das, was man im Englischen einen

Lady's Man nannte: die Sorte Mann, um die jedes schlaue Mädchen einen großen Bogen machen sollte. Einer, der für das weibliche Chi unmöglich gut sein konnte, so viel stand schon mal fest.

»Hübsch«, sagte ich und gab Sidonie das Foto zurück. Seufzend nahm sie es entgegen. »Ja. Das ist er. Aber wie heißt es bei Krishna: Die Schönheit der Seele ist nicht auf den ersten Blick erkennbar.«

Ich stand auf, wobei ich mich auf den Dielen abstützen musste, um hochzukommen.

Sidonie beobachtete mich. »Schwester, wenn du dein Chi stärken willst, solltest du auf die innere Reinigung deines Körpers achten und einen Ausgleich zwischen Spiritualität und Dasein erwägen«, sagte sie freundlich. Für mich klang es verdächtig so, als ob sie sagte: Iss mal ein bisschen weniger und mach mehr Sport.

»Wir sehen uns dann vielleicht Mittwochabend im Heim«, antwortete ich.

Sie legte ihre Hände vor der Brust zusammen und senkte den Kopf. Einen Moment lang verharrte sie mit geschlossenen Augen in dieser Stellung, dann schaute sie wieder hoch. »Bis Mittwoch, Schwester. Namaste.«

»Genau das«, sagte ich und ging.

ELF

Als ich wieder auf dem Mehringdamm stand, atmete ich erst einmal tief durch. Die kühle Herbstluft zog ich trotz der Abgase der süßen Dufthölle vor.

Ich konnte mir Sidonie Sprengel beim besten Willen nicht als Bankräuberin vorstellen. »Herr Heuhausen, Ihr Karma verrät Ihren nahen Tod«, dann ein Schuss – nein, das ging nicht. Alles, was sie gesagt hatte, sprach gegen eine Gewalttat. Ihre Interessen schienen überhaupt nicht auf Geld ausgerichtet zu sein. Auf der anderen Seite: Seit wann wurden Mordfälle nach Gefühl gelöst? Ich konnte mir lebhaft vorstellen, wie Yunos Kamat den Kopf schütteln würde. Komisch, wie oft ich an den Kommissar denken musste.

Ich wollte schon in Richtung U-Bahn-Eingang gehen, da fiel mein Blick auf ein gelbes Schild mit roter Schrift: »Curry 36« – eine der bekanntesten Currywurstbuden Berlins!

Und weil es inzwischen Viertel vor zwölf war, beschloss ich, mir einen Imbiss zu gönnen, der absolut nicht der Reinigung meines Körpers diente: eine Currywurst mit Pommes, Ketchup und Mayo, mit wahrscheinlich genug Kalorien, um die gesamte Safran-Revolution ein halbes Jahr lang zu ernahren.

Erstaunlich sportlich joggte ich über die Kreuzung. Ich brauchte auch kein Marathontraining. Es würde reichen, wenn jemand zweiundvierzig Kilometer lang mit einer Currywurst vor mir herfuhr.

Ich bestellte und stand kurz darauf mit zwei Taxifahrern an einem Stehtisch unter der Markise. Es leben die irdischen Freuden unseres Daseins, dachte ich und pikte gleich zwei Stückchen Wurst auf die neongrüne Gabel. Schwungvoll ließ ich sie durch die rote Tunke gleiten und schob sie in meinen Mund. Wer brauchte denn Tantra, wenn es Currywurst gab!

»Janz schön Hunga hamse, wa?«, bemerkte der eine Taxifahrer neben mir grinsend.

Kauend nickte ich und genoss in den nächsten Minuten still vor mich hin. Eine vierte Person trat an den Tisch und schob ihre Pappschale neben meine. Während ich automatisch checkte, was sie auf ihrem Teller hatte – einen Fleischspieß und Pommes ohne alles –, sagte die Person: »Wenn ich's nicht besser wüsste, würde ich glauben, Sie kreuzen meinen Weg absichtlich ständig.«

Überrascht sah ich auf. Wer stand neben mir, machte sich an seinem Spieß zu schaffen und schien überhaupt nicht erfreut zu sein, mich hier zu sehen? Yunos Kamat. Mir fiel ein, dass Sidonie gesagt hatte, sie habe heute schon Besuch gehabt.

»Wapnsieaukdeididonie?« Es war mir kurzzeitig entfallen, dass ich den Mund voller Currywurst hatte.

»Wie bitte?«, fragte der Kommissar höflich und versuchte, die Ketchupspritzer, die meine feuchte Aussprache auf seinem Mantel hinterlassen hatte, von dem dunklen Stoff zu schnippsen.

Ich schluckte. »Entschuldigung. Waren Sie auch bei Sidonie Sprengel? Sie deutete so etwas an.«

Natürlich beantwortete er meine Frage nicht. Das wäre ja auch das erste Mal. Stattdessen musterte er mich mit hochgezogenen dunklen Augenbrauen sehr, sehr kritisch, und ich konnte mir lebhaft einen seiner weitläufigen Vorfahren vorstellen, wie er seine diversen Haremsdamen betrachtete, um eine von ihnen auszuwählen. Für seine täglichen Tantraübungen.

Kamat sagte streng: »Ich möchte Sie bitten, sich nicht in die Ermittlungen einzumischen, Frau Cameron.«

Aber diese Aufforderung war gleichzeitig die Bestätigung, auf die ich gehofft hatte. Zufrieden nickte ich. »Das habe ich mir doch gleich gedacht.«

In diesem Moment vibrierte und zwitscherte es in meiner Jackentasche. Ich griff hinein und nahm mein Telefon heraus. »Hallo?«, fragte ich, mit einem Mal beunruhigt. Handyanrufe tagsüber bedeuteten meistens, dass etwas mit Josh war. Aber nicht diesmal. Diesmal war es schlimmer.

»Wo steckst du?«, fragte Miriam.

»Ich esse gerade mit Yunos Kamat eine Currywurst am Mehringdamm«, antwortete ich wahrheitsgetreu, warf einen Blick auf seinen Teller und korrigierte mich. »Das heißt, er isst einen Spieß. Ich esse die Wurst.«

»Bitte? Sag mal, Wanda, geht's dir eigentlich noch gut? Ich habe den Laden voll, und du schäkerst mit dem Gesetz und stopfst fettes Zeug in dich rein? Sieh zu, dass du herkommst, von mir aus auch mit Blaulicht!« Tuuut, tote Leitung. Miriam hatte aufgelegt. Oh-oh.

»Das war Miriam. She is not amused«, sagte ich und begann, die Pommes rudelweise aufzuspießen, obwohl mein Magen bereits leise nach oben schwang, dann wieder nach unten. Aber das kannte ich ja schon, also ignorierte ich es.

Natürlich hatte ich es nach Miriams Anruf eilig, aber nicht so eilig, dass ich den Rest meines Mittagessens in die Tonne geworfen hätte. Vielleicht war ich sowieso gleich arbeitslos, und dann konnte ich mir diesen Imbiss höchstens noch zu Weihnachten erlauben.

Ich sah mich hier schon mit Josh! In bitterer Dezemberkälte würde ich gegen seine ketchupverschmierten Finger pusten, um sie zu wärmen. Er würde unter Tränen wimmern: »Mir ist so kalt, Mami. Warum hast du damals nur mit Miriam gestritten? Warum wolltest du einen Mordfall aufklären, obwohl dich alle gewarnt haben? Hättest du es doch gelassen, dann müssten wir nicht in der U-Bahn-Station wohnen!« Gott, mein armer Sohn. Er hatte wirklich eine bessere Mutter als mich verdient!

»Zeit zu gehen«, sagte Yunos Kamat und warf den halben Fleischspieß und mindestens achtzehn Pommes in den Abfalleimer. Dann zog er ein blütenweißes Taschentuch aus der Tasche und wischte sich seine sauberen Finger noch sauberer. »Ich würde Sie ja mitnehmen, aber ich fahre in eine andere Richtung.«

»Nach Spandau? In die Falkenseer Chaussee?«, fragte ich interessiert.

Jetzt sah er deutlich entnervt aus. »Passen Sie bloß auf sich auf«, sagte er leise. »Das ist kein Spaß.«

Ich habe es mal wieder übertrieben, dachte ich, als ich im 249er-Bus die Mecklenburgische Straße entlangfuhr. Am großen Aldi glaubte ich schon, ich müsste aussteigen, aber ich schluckte, und die Übelkeit ließ etwas nach. Als der Bus ruckartig anfuhr, wurde es allerdings wieder schlimmer. Als wir an der Kleingartenkolonie waren, war mir speischlecht, und als der Busfahrer beschwingt in die Rechtskurve bog, musste ich mir die Hand vor den Mund halten. Endlich stoppte er dort, wo ich aussteigen musste. Ich schaffte es gerade noch, zum Mittelstreifen zu sprinten, ins rettende Gebüsch. Ich übergab mich in die Rabatte, und eine Dame, die ihren Mops an mir vorbei spazieren führte, murmelte etwas von »asozial« und »Alkoholismus«.

Von wegen. Das lag nur an Kommissar Kamat und seinem merkwürdigen Effekt auf meinen Magen.

Ich wollte ihr gern die passende Antwort geben, fand aber auf unangenehme Weise heraus, dass Würgen und Sprechen im gleichen Atemzug nicht funktionierte. Diesmal hatte mich der Übelkeitsfaktor des Kommissars heftiger erwischt als sonst.

Das schien auch Miriam zu erkennen, als ich die Ladentür aufstieß. Erst warf sie mir einen bitterbösen Blick zu, dann sagte sie: »Waren in der Mayo Salmonellen? Du bist grün im Gesicht.«

»Mir ist so schlecht«, stöhnte ich und wankte in die Sitzecke. »Wo sind die vielen Kunden?«

Mir war immer noch entsetzlich übel. Der kalte Schweiß brach mir aus, und der Kreislauf sackte ab. Aber sogar im Zustand höchsten Elends bemerkte ich, dass der Laden leer war.

»Es war eine Notlüge, damit du nicht so trödelst und dir nicht noch eine zweite Currywurst einverleibst. Ich kenn dich doch! Guck mich nicht so böse an. Sei mir lieber dankbar. So wie du aussiehst, hast du dich jetzt schon überfressen«, sagte Miriam ohne das geringste Mitgefühl. »Mach dir einen Kamillentee.«

»Ich hab mich nicht überfressen«, protestierte ich und hielt mir die rechte Seite. Sie tat weh.

»Dann hast du einen Leberschaden«, spekulierte Miriam, als sie meine Handbewegung sah. »Wahrscheinlich eine Fettleber.«

Gute Güte, jetzt setzte mich Miriam auch noch auf eine Stufe mit einer zwangsgestopften Weihnachtsgans! Das war nicht nett von ihr, überhaupt nicht nett. Wozu brauchte man Feindinnen, wenn man Freundinnen hatte?

»Eher eine Duftlampenvergiftung«, sagte ich und erzählte, wie es bei Sidonie war. Aber dann musste ich schleunigst ins Bad rennen. Und diesmal kam nur noch Galle.

»Geh zu Matthias. Er wird dir was gegen die Übelkeit geben«, sagte Miriam und seufzte. »Na los, überwinde dich. So kann ich dich hier nicht gebrauchen.«

Miriam, die gesund lebte und sowieso lieber gedämpfte Dorade mit braunem Naturreis und Okra aß als Currywurst mit Pommes und Mayo, hatte keine Probleme mit einem Arztbesuch. Ich schon. Wenn die Helferin zu mir sagte: »Na, dann werden wir mal Ihren Blutdruck messen«, und anfing, die Manschette um meinen Oberarm aufzupumpen, spürte ich, wie er stieg. Auch Blutfettwerte ließ ich nur ungern kontrollieren, weil ich danach regelmäßig auf die Notwendigkeit von körperlicher Betätigung und Becel-Produkten hingewiesen wurde. Aber diesmal musste es wohl sein. Mir war wirklich nicht gut. Vielleicht hatte Yunos Kamat mich vergiftet! Sicher wollte er den Ruhm des gelösten Falls für sich allein!

Ich versuchte mich zu erinnern, ob er einen Giftring getragen hatte. Hatte er ihn, während ich mich auf seine gelupften Augenbrauen konzentriert hatte, aufgeklappt und ein tödliches weißes Pulver über die Mayo gekippt? Hatte ich selbiges dann in aller Unschuld munter mit meinen Pommes aufgestippt und so meinen qualvollen Tod besiegelt? Nein, Yunos Kamat trug keinen Ring, da war ich mir sicher. Weder einen Giftring noch einen Ehering. Das wäre mir aufgefallen.

Schweigend und leicht gekrümmt nahm ich mein Portemonnaie mit der Krankenkassenkarte und verließ mal wieder das »Agatha«.

Wenn das so weiterging, würde ich die Krimis bald siezen müssen.

»Frau Cameron bitte.«

Ich erhob mich vom Plexiglasstuhl im Warteraum. Eine halbe Stunde hatte ich warten müssen, in der andere Patienten gekommen und gegangen waren. Drei Dinge waren mir dabei aufgefallen. Erstens schien Dr. Bernecks Dekorationsgeschmack unkonventionell zu sein. Im Warteraum hing ein gerahmtes Poster vom überdimensional abgebildeten Blatt einer Pflanze, fünffingrig, fein behaart. Diese Pflanze fand man in freier Wildbahn in unseren Breitengraden eher selten, Abbildungen davon dagegen häufiger, zum Beispiel auf T-Shirts, und darunter stand dann: »Legalize it«. Oder aus Silber am Lederhalsband eines jamaikanischen Steelband-Trommlers.

Ganz klar, auf dem Poster war eine große Cannabispflanze zu sehen. Hanf. Ich fragte mich, was das sollte. War Dr. Berneck bekennender Kiffer? Konnte ich mir nicht vorstellen. Ein Arzt doch nicht. Rätselhaft. Aber wahrscheinlich hatte Miriam das gemeint, als sie gesagt hatte, er sei nicht so spießig.

Zweitens schien seine Praxis gut zu laufen.

Und drittens war die Klientel sehr gemischt.

Einige gestylte, jüngere Schmargendorfer lasen entspannt in verschiedenen »Mare«- und »National Geographic«-Magazinen, die hier auslagen. Wahrscheinlich, um ihre nächsten Reiseziele festzulegen, vermutete ich neidisch, nach Dubai oder Papua-Neuguinea oder auf die Galapagosinseln. Aber die meisten der wartenden Patienten waren im Alter meiner Kursteilnehmer.

»Sie haben eine Gallenkolik, wahrscheinlich wegen des kleinen Gallensteins hier. Und eine Magenreizung, daher die Übelkeit«, sagte Dr. Berneck, während das schlüpfrige Ultraschallteil auf meinem nackten Bauch hin- und herflutschte und ich immer abwechselnd »au« und »ach« und »uff« quiekte. Andere Frauen bekamen Diamanten, ich bekam Gallensteine. Typisch. Es war alles furchtbar ungerecht. »Vermutlich ist der Stein verrutscht und hat den Gallenfluss blockiert. Das gibt dann eine Stauung, und das tut weh. Haben Sie sich in letzter Zeit anders bewegt als sonst? Mehr Gymnastik gemacht oder so? Besonders fett gegessen?«

Ich sah mich auf Sidonies Sitzkissen, sah mich bei »Curry 36« und musste wohl oder übel nicken.

»Sie könnten sich operieren lassen«, schlug der Doc vor. »Dann sind Sie den Stein los. Minimalinvasiv.«

Operation? Ich? Nein! »Hilft nicht besser ein schöner großer Joint gegen Gallensteine und Koliken?«, fragte ich mit gepresster Stimme.

Dr. Berneck lachte. »Ah, Sie meinen das Poster im Warteraum! Da sind Sie nicht die Erste, die mich darauf anspricht.«

Auf den ersten Blick hatte ich verstanden, warum Miriam gern zu ihm ging. Er sah trotz seines weißen Arztkittels irgendwie lässig aus, was wahrscheinlich an dem kleinen Ohrring in seinem rechten Ohr, an dem lila Rolli und den schwarzen Jeans lag, die er unter dem offenen weißen Kittel trug, an der Art und Weise, wie ihm seine dunkelbraunen Haare in die Stirn fielen. Und an seinem netten Lächeln. Ein süßer Typ, der mit seinem Freund viel Spaß hatte. Freund, nicht Freundin. Das war eindeutig.

»Nein, das Poster hängt aus anderen Gründen da. Als Provokation, das ist schon klar«, er grinste, »und um mit Patienten ins Gespräch zu kommen. Aber vor allem deshalb, weil ich mich für eine alternative Schmerztherapie starkmache.«

»Ich habe *große* Schmerzen. Wir sollten über diese alternative Schmerztherapie reden«, betonte ich, während er mir ein Tuch reichte, mit dem ich mir den Bauch abwischen konnte.

Qualifizierte ich mich damit für Hanfkonsum auf Krankenschein?

»Sie haben eine schmerzhafte Gallenkolik«, sagte er mit Nachdruck. »Aber Sie haben keine chronischen Schmerzen. Seien Sie froh, dass es nichts Schlimmeres ist. Wenn Sie wüssten, wie viele Leute hierherkommen, die wirklich leiden! Gerade unter den älteren Patienten habe ich einige, denen es sehr schlecht geht. Und sie sind so tapfer und wollen sich nichts anmerken lassen. Ich könnte natürlich Morphium geben, aber ich habe in bestimmten Fällen sehr gute Erfolge mit dem Wirkstoff der Cannabispflanze erzielt. Nein, Frau Cameron, mit dem Poster will ich niemanden zum illegalen Drogenkonsum verführen, das können Sie mir glauben.« Er lachte. »Nur auf eine weitere Möglichkeit der Schmerztherapie aufmerksam machen. Wie ist es – soll ich Sie ins Martin-Luther-Krankenhaus überweisen?«

»Nein!«, sagte ich entsetzt. »Ich will nicht! Kann eine Kolik nicht wieder vorbeigehen?«

»Sie können es versuchen«, meinte Dr. Berneck. »Aber dazu müssen Sie die nächsten Tage streng Diät halten. Fett, Alkohol und Kaffee sind verboten. Nur noch Gedämpftes, nichts scharf Gewürztes. Viel Gemüse, das nicht bläht, ein bisschen Fisch und Geflügel. Dünner Tee. Keine Vollkornprodukte. Oh, und besorgen Sie sich das hier.« Er kritzelte etwas auf ein Rezept. »Es ist ein homöopathisches Mittel mit Kurkuma. Das erweitert die Gallengänge.«

Kurkuma? Kannte ich nur aus meinem Rezept für Chicken Tandoori. Aber Dr. Berneck musste es ja wissen.

»Brauchen Sie auch eine Krankschreibung?«

»Wieso? Darf ich nicht arbeiten?«, fragte ich erschrocken. Miriam würde mich umbringen!

Dr. Berneck zuckte mit den Schultern und schaute auf die Krankenkarte. »Sie arbeiten im ›Agatha‹ bei Miriam Mamlock, richtig? Bücherkisten tragen würde ich Ihnen nicht empfehlen. Heute und morgen sollten Sie schon zu Hause bleiben. Schonen Sie sich. Wenn Sie sich Mittwoch wohlfühlen, können Sie wieder loslegen. Wenn es nicht deutlich besser ist, müssen Sie noch mal wiederkommen.«

Ich war entlassen und fragte mich, ob der Gallenstein der Grund für die Übelkeit war, die ich seit zwei Wochen verspürte. Und doch nicht der Kommissar. Als ich wieder in den Warteraum trat, um meine Jacke zu holen, saß dort mein Kursteilnehmer Jochen Weiß. Ganz ohne Margot. Er nahm mich nicht wahr, bis ich ihn ansprach.

»Hallo, Herr Weiß«, sagte ich freundlich, und als er seinen Namen hörte, zuckte er erschrocken zusammen. »Was machen Sie denn bei Dr. Berneck?«

Zu spät fiel mir ein, dass das eine indiskrete Frage war. Also wartete ich seine Antwort lieber nicht ab, sondern fing an, munter von meinem Gallenstein zu erzählen. Er fuhr sich, wie immer, über die Stirn, schien aber mit seinen Gedanken meilenweit entfernt zu sein. Schließlich gab ich es auf, ihn in ein Gespräch über Krankheiten zu verwickeln, und fragte stattdessen: »Haben Sie denn schon angefangen, den Mankell zu lesen, Herr Weiß?«

Er schüttelte den Kopf. »Mir ging es in den letzten Tagen nicht so gut«, murmelte er. »Ich konnte mich nicht konzentrieren.«

In der Tat sah er sehr bleich und eingefallen aus. Insgeheim bewunderte ich ihn, dass er sich in seinem schlechten Zustand noch um die demente Margot Claasen kümmern konnte.

»Na, vielleicht schaffen Sie ja bis Mittwoch noch die ersten Seiten«, sagte ich aufmunternd. »Sie kommen doch?«

»Ich versuche es. Mal sehen, wer in dieser Zeit bei Margot bleibt.« Er wiegte dabei zweifelnd den Kopf hin und her.

Ich verabschiedete mich, und da Schmargendorf ein Bezirk mit besonders hoher Apothekendichte war, bekam ich sofort Kurkuma für meine schwächelnde Galle.

Als ich Miriam von meinem Arztbesuch erzählte, hörte sie mir zwar zu, ließ aber keinen Zweifel daran, dass sie immer noch ungehalten war. Vielleicht hatte sie ja in der Zwischenzeit schon eine Anzeige geschaltet: »Gesucht ab sofort: Krimibuchhändlerin, ohne Gallenblase, nicht verfressen, wirtschaftlich interessiert«?

Mir wurde ganz schlecht bei dem Gedanken, aber vielleicht war auch nur mein rutschender Stein daran schuld.

Erst als ich ihr von dem Cannabisposter erzählte, taute sie deutlich auf. Ja, sagte sie, das Hanfblatt sei ihr auch aufgefallen. Matthias habe ihr versprochen, damit unbegrenzt auszuhelfen, falls sie jemals an einer chronisch-schmerzhaften Krankheit leiden sollte. Aber das einzig Unheilbare an ihr schien immer noch ihre Allergie zu sein.

»Wann kommst du wieder?«, fragte Miriam mich.

»Übermorgen. Mittwoch.«

»Gut, dann geh jetzt und bessere dich. Oh, und hast du zu Hause noch was zu lesen? Vorhin haben wir einen ersten Teil der großen Winterlieferung bekommen.«

Ich liebte meinen Beruf! Er war perfekt für alle, die sich gern gezielt Halbbildung aneigneten. Da konnte man den Hebel der Kundenberatung elegant ansetzen – allerdings nur, wenn man die Bücher auch selbst las. Ich nahm einen Schwung Winterkrimis mit.

Kurze Zeit später saß ich wieder im Bus, diesmal Richtung Charlottenburg. Minütlich ging es mir besser, was an der Gelbwurz-Tablette liegen mochte, die ich genommen hatte, oder an den interessanten Krimis in meiner Tasche. Oder aber an der Aussicht auf einen unverhofft freien Tag, den ich auf der Couch liegend zu verbringen beabsichtigte.

ZWÖLF

Am nächsten Morgen verabschiedete ich Josh zur zweiten Stunde in die Schule. Ah, was war das für ein Luxus, nicht gleich loshetzen zu müssen, Gallenstein sei Dank. Im Morgenmantel und mit Tigerschlappen an den Füßen machte ich mir einen Becher Kamillentee. Ich saß auf der Couch und nippte vorsichtig am heißen Tee, als ein Sonnenstrahl zaghaft durch das ungeputzte Fenster fiel. Stirnrunzelnd schaute ich mich um. Wie sah eigentlich diese Wohnung aus? Es war höchste Zeit, mal wieder aufzuräumen! Die Fenster zu putzen, durch die Schränke zu gehen, Staub zu saugen und zu wischen.

Die Übelkeit war weg. Ich fühlte mich eigentlich ganz wohl. Wohl genug, um mich vernachlässigten Haushaltspflichten zu widmen.

In aller Ruhe trank ich den Tee zu Ende und sah dabei den tanzenden Staubteilchen im Sonnenstrahl zu. Als ich fertig war, stellte ich den Becher entschlossen auf den Couchtisch, wo er auf dem staubigen Buchenholz für einen neuen Ring sorgte. Die Oberfläche sah aus, als ob ein Rotweinseliger Olympiaringe gemalt, aber die Anordnung nicht mehr hinbekommen hatte.

Statt nach einem Wischtuch zu greifen, suchte ich mit meinem Smartphone in den Online-Telefonbucheinträgen nach F, nach Fu, nach Fuch, nach Fuchs. Vier Tom Füchse gab es, einer von ihnen wohnte in der Falkenseer Chaussee 146f.

Soeben hatte sich mein Tagesprogramm drastisch verändert: Ich würde einen unverhofft freien Tag doch nicht beim Putzen verbaseln, wenn ich vor der entscheidenden Wendung meines Falls stand! Es gab bedeutend Wichtigeres als die Jagd nach Wollmäusen. Die Jagd nach Mördern, zum Beispiel! Und weil ich Josh gesagt hatte, dass ich zu Hause sein würde, wenn er heute Nachmittag aus der Schule kam, beschloss ich, mich so schnell wie möglich auf den Weg zu machen.

Frisch geduscht und gestärkt durch eine weitere Tasse Kamillentee und einen Zwieback in meinem knurrenden Magen war ich zu allem bereit. Ich zog mich an – Jeans, Stiefel, Tweedkurzmantel – und griff nach kurzem Zögern zu einem bunt gemusterten Tuch, das ich mir lässig über die Schultern warf, Miriams Anweisungen im Ohr: »Wenn du in Indien mit dem Zug fährst, musst du immer ein Tuch dabeihaben. Du kannst dahinter alles sehen, aber niemand sieht dich.«

Nun war ich nicht in Indien, und wenn ich mit einem bunten Tuch über dem Kopf in der U-Bahn saß, sah das wahrscheinlich merkwürdig aus. Aber wer wusste, wofür es noch gut sein würde, und irgendwie passte der Gedanke dahinter zum heutigen Tag. Zur vollendeten Tarnung nahm ich auch noch meine Sonnenbrille mit. Keine Ray Ban, keine Gucci, sondern eine von Woolworth. Ich verlor diese Teile sowieso immer.

Ich wollte schon die Tür hinter mir zuziehen, da fiel mir noch etwas ein. In Joshs Zimmer schaute ich mich mit röntgengeschultem Blick um. Unter einer zerknüllten Trainingshose, die mit einem braunen Apfelgriebsch und einigen Mandarinenschalen dekoriert war, fand ich die alte Digitalkamera meiner Eltern, die sie ihm überlassen hatten. Weil ich es nie über mich brachte, die Fotos auf meinem Handy zu löschen, war der Speicher voll.

Es konnte losgehen.

Im Bus zur Falkenseer Chaussee kamen mir, wie üblich, Zweifel. Wie sollte ich mich Tom Fuchs gegenüber verhalten? Einfach bei ihm klingeln und versuchen, ihn in ein Gespräch zu verwickeln? Elegant würde er sich aus seinem abgewetzten Ledersessel vor dem flackernden Kamin erheben, den Cognacschwenker in seiner manikürten Künstlerhand, beruhigend etwas zu seinen Jagdhunden murmelnd, die unruhig von ihren Hundekissen aufschauten. Dann würde er mich mit seinen Indianeraugen abschätzend mustern und spöttisch seinen Tantramund verziehen, weil ich mit meiner Currywurstfigur nicht seinem bevorzugten Beuteschema entsprach. Und es würde auch keinen Zweck haben, den Zeigefinger auf sein Lacoste-Shirt zu legen und ihn anzuzischen: »Sie haben das Seniorenheim um das Kaffeegeld betrogen, Sie Bösewicht! Jemandem wie Ihnen traue ich alles zu! Wer bezahlt Ihr Kaminholz, hm? Wer Ihre edle Kleidung und Ihre teuren Reisen in die Provence? Und wer Ihr Hundefutter? Ha! Der Schmargendorfer Kleinsparer, dem Sie eine halbe Million Euro entwendet haben und dabei wissentlich den Tod eines Menschen in Kauf genommen haben!«

Selbst wenn ich inzwischen felsenfest davon überzeugt war, dass Tom Fuchs der Täter war, ging das so leider nicht. Zwischen meinen ausgestreckten Zeigefinger und Tom Fuchs' Lacoste-Brust schob sich unaufhaltsam Yunos Kamats entnervtes Gesicht.

Aber was machte ich dann? Ich brauchte eine Strategie, und zwar schnell.

Da ich nicht wusste, wo die Nummer 146f war, stieg ich an der Bushaltestelle aus, an der der Falkenseer Damm in die Falkenseer Chaussee überging. Konnte ja sein, dass hier die hohen Nummern waren – doch nein. Hier waren die Nummern 1 und 280, auf der einen Straßenseite gingen die Nummern hoch, auf der anderen runter. Ein längerer Spaziergang erwartete mich, und je länger ich lief, desto verwunderter war ich.

Vor meinem inneren Auge hatte ich Tom Fuchs in einer Villa gesehen, das Gemäuer etwas heruntergekommen, aber stilecht und definitiv mit einer Terrasse, die in einen verwilderten Garten führte. Schon wegen seiner Jagdhunde.

Aber mit jedem Meter wurde mir klarer, dass ich mich wieder einmal geirrt hatte. Es war nämlich so: Spandau war von allem, was Berlin in den letzten Jahrzehnten zu einer angesagten Metropole gemacht hatte, denkbar weit weg. In erster Linie in Kilometern, aber auch in Esprit, sah man mal von der hübschen Altstadt und der Zitadelle ab. Die meisten Bereiche dieses Bezirks waren Lichtjahre vom Gründerbautencharme von Kreuzberg und meinem Stuttgarter Platz entfernt, von den Ateliers, Galerien und Clubs in Friedrichshain und Mitte, von den Touristenattraktionen rund um den Potsdamer Platz, von jedem Szenekiez. Vielleicht lag es ja daran, dass Spandau erst 1920 eingemeindet worden war: Das Flair des Vorortes haftete ihm auch nach hundert Jahren immer noch an.

Allerdings gab es eine Ecke in Spandau, über die jedes Jahr zur Weihnachtszeit in den Medien berichtet wurde, denn nirgends in ganz Berlin wurden die Häuser dermaßen erbittert geschmückt. Erleuchtete Rentiertrupps samt Santa und Schlitten tummelten sich auf den Dächern von Einfamilienhäusern, Lichterketten schlängelten sich über Hecken und Zäune, Kerzenbatterien leuchteten und funkelten in jedem Fenster, Schneemännerfamilien standen in Vorgärten, schauten einen blinkenden Auges an, und dicke Weihnachtsmänner hangelten sich die Fenster hoch und wieder runter.

In jener Straße, die Josh und ich gelegentlich saisonal bedingt in der »Abendschau« bestaunten, befand ich mich jetzt zum Glück nicht. Entlang dieser Straße standen überwiegend Wohngenossenschaftsbauten aus den sechziger Jahren, ein paar Hochhäuser, kleine Einkaufscenter, Spätkauf-Läden. Keine Frage: Dieser Teil von Spandau verhielt sich zur City von Berlin ungefähr wie Staten Island, das man auch gern »the forgotten borough« nannte, zu Manhattan.

Nun war nichts dagegen zu sagen, wenn man gern in Staten Island respektive Spandau wohnte. Es gab dafür sicher gute Gründe, auch wenn mir gerade keiner einfiel. Für jemanden, der sich mit buddhistischen Künstlerinnen spirituellen und anderen Genüssen hingab, der eine gewisse Selbstverliebtheit besaß, der gern nach Südfrankreich reiste und der, Sieger John nach, einen guten und teuren Geschmack hatte, überraschte mich die Wahl der Wohngegend hingegen schon.

Die Diskrepanz zwischen Fuchs' Auftreten und Wohnsituation erschien mir mit jeder Hausnummer verdächtiger. Ich wollte sehen, wie die Wohnung dieses Mannes aussah! Vielleicht hatte er nach dem Überfall geshoppt, und ich entdeckte darin lauter Designermöbel, die er mitnahm, wenn er demnächst in seine neue Stadtvilla im Grunewald zog. Vielleicht wohnte er hier aber ja auch gar nicht, sondern war unter dieser Adresse bloß gemeldet? Eine Briefkastenwohnung! Das wiederum würde gut passen, es würde alles erklären.

Bei Nummer 32 hatte ich mir einen Plan zurechtgelegt, den ich bei Nummer 54 wieder verwarf. Bei Nummer 83 war ich drauf und dran, wieder umzukehren. Aber als ich bei Nummer 146f ankam, war ich zu allem entschlossen.

Und jetzt wusste ich auch, wie ich es anstellen würde.

»T. Fuchs« wohnte dem Schild nach im dritten Stock. Ich klingelte, und mir wurde sofort geöffnet. Egal, wie meine Ermittlungen im Mordfall »Kleiner Herr Heuhausen« ausgingen, eine Erkenntnis hatte ich bereits jetzt gewonnen: Gegensprechanlagen waren sinnlos. Sie wurden nicht benutzt. Jedenfalls nicht von Mordverdächtigen.

Im Hausflur, der mit graugrünem Linoleum ausgelegt war und altmodisch nach Bohnerwachs roch, befand sich ein Schild, auf dem die Namen der acht Mietparteien standen. Das Schriftbild war altmodisch, und ich fragte mich, ob Fuchs hier schon lange wohnte. Darüber stand BEUWO – Berliner Urbaner Wohnungsverein. Perfekt für meinen Plan.

Ich schlang mein Tuch fester um den Hals, schob die Sonnenbrille in die Haare und klemmte mir meine Tasche energisch unter den Arm.

Ein Geruch von Kartoffeln und Kohl zog durch den Hausflur, während ich auf ausgetretenen Stufen in die dritte Etage hochstiefelte. Als ich an der Tür erneut klingelte, öffnete mir Fuchs. Ich erkannte ihn von dem Foto, das mir Sidonie gestern gezeigt hatte. Von den bloßen Gesichtszügen abgesehen, hatte er allerdings wenig Ähnlichkeit mit dem Mann auf dem Foto. Ich hatte ihn mir komplett anders vorgestellt.

Von wegen gut und teuer angezogen! Der Mann sah heruntergekommen aus. Er trug einen blauen Trainingsanzug und dazu braune Cordpantoffeln, die linke mit einem Loch auf Höhe des großen Zehs. Seine Haare waren länger und ungepflegter als auf dem Foto. Er sah aus, als ob er gerade erst aufgestanden war.

Plangerecht ging ich sofort zum Angriff über, laut und forsch: »Guten Tag, Herr Fuchs. Mein Name ist Pfennighofer, ich komme von der Beuwo. Wir hatten einen Anruf von der Familie Murlitz unter Ihnen. Sie haben einen Wasserfleck an der Decke. Wenn es Ihnen passt, würde ich gern kurz nachschauen, wo das Leck in Ihrer Wohnung sein könnte. Entschuldigen Sie bitte, dass ich mich nicht telefonisch angemeldet habe, aber ich hatte gerade im Haus zu tun.« Ich lächelte verbindlich, machte einen Schritt nach vorn, und schwupps, schon war ich in der Wohnung. Oh, von mir könnte Miriam für den Umgang mit ihrem störrischen Mieter Lennart Leski noch was lernen!

»Was meinen Sie mit ›Familie Murlitz‹? Unter mir wohnt nur Frau Murlitz, und die hat mir nichts von einem Wasserfleck gesagt.« Mit zusammengekniffenen Augen schaute mich Tom Fuchs an.

Hell und, wie ich fand, geradezu silbrig lachte ich auf. Ich wollte so verführerisch wie möglich klingen, oder besser: wie ich mir vorstellte, was Tom Fuchs verführerisch finden könnte. »Ach, wir haben so viele Mieter, da bringe ich manchmal etwas durcheinander. Dann war es wohl Frau Murlitz, die bei uns angerufen hat. Sie wissen ja, wie diese alten Damen sind, beschweren sich gern, sind häufig etwas verwirrt. Wie lange wohnen Sie eigentlich schon hier?«

»Frau Murlitz ist keine fünfzig und amtierende Berliner Schachmeisterin, da kann von verwirrt keine Rede sein, Sie Ignorantin. Sie wissen außerdem genau, dass ich hier seit zwei Jahren der Hauptmieter bin, seit meine Mutter gestorben ist«, sagte Fuchs ungehalten. »Damals hatte ich doch mit Ihrer Verwaltung den Ärger wegen der Kostenübernahme. Tun Sie bloß nicht so scheinheilig.« Er klang so aggressiv, dass mir unbehaglich bei dem Gedanken wurde, dass ich allein mit ihm war. Aber immerhin stand ein großer Wohnungsverein hinter mir – wenn auch nur in meiner Vorstellung.

»Ich arbeite noch nicht so lange in der Verwaltung«, sagte ich, und meine Stimme klang entschieden zu sehr nach Rechtfertigung. Gleichzeitig versuchte ich, mir einen Reim auf das zu machen, was er gesagt hatte. Was für eine Kostenübernahme? Ich konnte ihn nicht danach fragen, denn als seine Verwalterin musste ich das schließlich wissen.

»Ist mir scheißegal, wie lange Sie in diesem Schweinepuff arbeiten, der hier nie etwas machen lässt. Und beeilen Sie sich gefälligst. Je schneller Sie fertig sind, desto früher muss ich Sie nicht mehr sehen. Außerdem habe ich um zwölf Uhr dreißig einen Termin«, murmelte Fuchs böse.

Er verschwand in einem Raum, aus dem das Klingeln und Klatschen einer Fernsehgameshow drang. Ich ging durch den düsteren Flur mit der abgehängten Decke und versuchte, mir alles einzuprägen.

Was mir auf Anhieb auffiel: Noch nie hatte ich einen so großen Persönlichkeitsspagat erlebt zwischen dem, was mir über Tom Fuchs erzählt worden war, und dem, wie er wirkte. Und wie er lebte, in dieser muffigen, ungelüfteten Wohnung mit den abgeschabten Läufern! Im Flur hing ein Kalender aus dem vergangenen Jahr mit Landschaftsmotiven. Seit März war er nicht mehr abgerissen worden.

Die Küche war altmodisch und billig ausgestattet. Das Waschbecken hatte keinen Unterschrank, dafür jede Menge Kalkablagerungen. Schmutziges Geschirr stand darin. Vorsichtig öffnete ich die Tür eines Oberschranks: Zwei Tassen und vier Teller standen darin, ansonsten war er leer. Wo hatte der Mann sein Geschirr? In Kisten verpackt? Vorausgeschickt in ein neues Leben?

Rasch checkte ich noch den Kühlschrank: eine Teewurst, die leere Hälfte unappetitlich zusammengepappt, ein Becher mit Margarine, ein Glas Senfgurkensticks, in dem ein einzelner Stick traurig vor sich hin dümpelte. Sonst nichts. Wo war der Champagner des Lady's Man? Wo die Dose mit dem Beluga-Kaviar? Wo waren die Blinis zum Aufbacken? Die saure Sahne, die frischen Austern? Die Scampispießchen und gefüllten Pilzchen? Wo waren sie, die Häppchen, mit denen man uns zum Äußersten verführte, bitte schön?

Ich konnte mir nicht vorstellen, dass er eine willige Schwester mit den Worten hereinlockte: »Komm, ich mach dir eine Teewurststulle. Und wenn du ganz, ganz lieb zu mir bist, gibt es noch ein paar Senfgurkenstückchen obendrauf.«

Ich konnte ihn mir überhaupt nicht als Verführer vorstellen. Hatte ich überhaupt den richtigen Tom Fuchs erwischt? Oder wohnte hier sein Zwillingsbruder? Der Loser-Fuchs, während der Winner-Fuchs sich mit der Beute im Süden ein schönes Leben machte? Rätselhaft. Irgendetwas war hier schrecklich schiefgelaufen. Die Frage war nur: Schief genug für ein Verbrechen? Und wenn ja – hatte er in dieser Wohnung die Waffe versteckt? Vielleicht sogar die Beute?

Ich trat in den Flur und biss auf meiner Unterlippe herum. Das Klügste wäre gewesen, an die Wohnzimmertür zu klopfen und zu sagen: »Der Fehler muss woanders liegen. Ich habe kein Leck entdecken können. Vielen Dank, dass Sie mich reingelassen haben, Herr Fuchs«, um dann schleunigst zu verschwinden.

Andererseits – das Vernünftigste war nicht immer das, was einen im Leben weiterbrachte.

Also öffnete ich vorsichtig die Tür zum Schlafzimmer. Hier schien sich seit dem Tod der Mutter vor zwei Jahren zumindest ein bisschen was verändert zu haben. Der Raum war lichter, ein breites Bett stand darin, das mich sofort an Sidonie Sprengels ekstatisches Augenleuchten erinnerte. An den Wänden hingen einige Ölbilder, die definitiv französisch-südlich aussahen, aber auf mich verdächtig so wirkten, als hätte ein Blatt von dem Landschaftskalender im Flur als Malvorlage gedient. Hatte Fuchs etwa damit im Seniorenheim angegeben?

Auf dem Nachttisch endlich eine Spur, die in seine Vergangenheit führte: ein Fläschchen »Sandalwood for Men« von Elizabeth Arden. Ich ahnte, wer ihm das geschenkt hatte!

Suchend schaute ich mich um, ein gespitztes Ohr in Richtung Wohnzimmer gerichtet. Andere Leute versteckten ihr

Gespartes im Wäscheschrank – vielleicht versteckte Tom Fuchs dort Tatwaffe und Beute?

Mit einem Schritt war ich am Schrank und riss ihn auf. Hastig durchwühlte ich die einzelnen Fächer. Ich stieß auf etwas Hartes, aber als ich es herauszog, hatte ich nur ein altes Pfadfinderabzeichen in der Hand. Jeden Tag eine gute Tat, dachte ich und stopfte es hastig zurück unter die Wäsche. Dann schaute ich noch etwas gründlicher auf die Kleidung. Ja, jetzt verstand ich, was Sieger John meinte. Tom Fuchs schien in Kleiderfragen tatsächlich Geschmack zu besitzen, auch wenn man das nicht meinen sollte, wenn man ihn heute sah. Unten im Schrank standen sorgfältig geputzte Schuhe auf Holzspannern, auf den Bügeln hingen Anzüge, darunter die jeweils passenden Hemden. Auf einem weiteren Bügel hatte er eine beträchtliche Anzahl Seidenkrawatten drapiert. Es war erstaunlich: Ich stand vor dem Kleiderschrank von Dr. Jekyll, während Mr. Hyde im Jogginganzug im Wohnzimmer lümmelte. Nur eine Waffe fand ich nicht und auch keine Beute. Ich schloss den Schrank und sah mich um. Wo konnte ich noch suchen? Vielleicht unter dem Bett?

Ich warf mich auf den Bauch und schlängelte mich unter das niedrige Bett. Ich war gerade dabei, dort den Boden abzuklopfen, als hinter mir jemand ins Zimmer trat. Resigniert schloss ich die Augen.

»Frau Pfennighofer, was machen Sie unter meinem Bett?«, herrschte mich Tom Fuchs von hinten an.

Nun gab es in meinem Leben verschiedene Situationen, die mir peinlich waren. Aber wie ich mich jetzt mit rotem Kopf rückwärts wieder unter dem Bett herausschlängelte, rangierte definitiv unter den Top Drei.

Endlich war ich draußen und erhob mich so würdevoll wie möglich, was in Anbetracht meiner Atemnot und der Tatsache, dass mir Wollflusen den Blick verschleierten, nicht leicht war. Wahrscheinlich sah ich wie ein Mopp nach einem Großeinsatz aus, ein weiblicher, breithüftiger, hochroter Mopp im Tweedmantel mit Tuch und Sonnenbrille im verstaubten Haar.

Auch Fuchs konnte mal wieder sauber machen, fand ich und wollte ihm das schon vorschlagen. Aber als ich ihn anschaute, nahm ich hastig von dieser Idee Abstand. Es wäre so gewesen, als würde man einem Krokodil, das einen gerade zwischen den Zähnen hatte, vorschlagen, in Zukunft nur noch Wasserlinsen zu essen. So was hatte einfach keine Aussicht auf Erfolg.

»Herr Fuchs, bitte denken Sie jetzt nichts Falsches«, sprudelte ich los. »Die Wasserrohre in unseren Anlagen ziehen sich durch die ganze Wohnung. Das liegt daran, dass die Räumlichkeiten auf dieser Seite hier in den sechziger Jahren die Gemeinschaftsküche waren. Für die Bauarbeiter in ganz Spandau, aber auch für die Soldaten des britischen Sektors. Damals hatte die Beuwo einen Vertrag mit den Alliierten. Es war so eine Art Volksspeisung, ein Teil der Wiedergutmachung für den Krieg, Sie verstehen? Deshalb die Rohre unter Ihrem Bett!« Gott, was für einen Blödsinn ich redete. »In Küche und Bad konnte ich nichts feststellen. Deshalb dachte ich, dass ich vielleicht diesen Bereich noch untersuche ...« Ich machte eine vage Handbewegung und tat so, als ob ich in der Luft etwas abklopfen würde. Etwa ein imaginäres Rohrknie, das sich körperlos unter dem Bett befand. Wenn dieser Mann nicht völlig bescheuert war, merkte er, dass ich nicht vom Fach war.

Er war nicht bescheuert.

»Sie sind ja wahnsinnig«, fuhr er mich an. »Seien Sie ehrlich, Sie haben hier herumgeschnüffelt. Ich werde mich über Sie beschweren!«

»Das wird keinen Zweck haben«, gab ich beherzt zurück. »Die Beuwo hat uns extra geschult. Gerade letztes Wochenende habe ich mein Rohrexamen gemacht. Wollen Sie es sehen?« Hektisch begann ich, in meiner Tasche zwischen einem »Börsenblatt« älteren Datums, einem Comic von Josh und einem Krimi aus dem Winterprogramm herumzukramen.

»Hören Sie sofort auf mit dem Quatsch!« Fuchs explodierte, und ich machte mich bereit, zur Wohnungstür zu spurten. »Wenn Sie überhaupt von der Beuwo kommen! Sie kamen mir gleich so komisch vor. Langsam bekomme ich dafür einen Riecher. Gestern der Bulle, heute Sie. Sagen Sie – überprüfen Sie mich, weil ich Hartz IV bekomme?« Er kam drohend näher. »Natürlich! Sie haben sich hier eingeschlichen, um herauszufinden, ob ich heimlich eine Wohn-Nutzgemeinschaft habe! Damit Sie mich gleich wieder runterstufen können! Ihr steckt ja alle unter einer Decke, ihr Bürotussen. Kaum hat ein Mensch mal Pech im Leben und verliert seinen Job im Kunstbetrieb, sitzt ihr einem wie die Geier im Nacken. Dachten Sie, ich verstecke meinen Untermieter unterm Bett, ja? Machen Sie, dass Sie hier rauskommen!«

Er wollte mich am Arm packen, aber ich war schneller. Ich schlüpfte an ihm vorbei in den Flur, riss die Wohnungstür auf und rannte die Treppen hinunter. Unten angekommen, flitzte ich auf die Straße, als ob der Teufel hinter mir her wäre. Und genauso fühlte ich mich auch. Im Sturmschritt eilte ich in Richtung Altstadt Spandau, ohne mich umzudrehen. Ich hatte Angst, ich könnte sonst zu einer Salzsäule erstarren.

Nachdem ich zehn Minuten gelaufen war, fühlte ich mich wieder sicher. Ich kam an einem Café vorbei und beschloss, mir etwas Gutes zu tun. Ich hatte die Worte »großer Milchkaffee« und »Streuselschnecke« schon auf den Lippen, als mir mein Gallenstein einfiel.

»Haben Sie Kamillentee?«, fragte ich ergeben, und die jugendliche Bäckereifachverkäuferin nickte. Mitleidig, wie ich fand. Fast wäre ich bei ihrem Blick in Tränen ausgebrochen. Ich war mit den Nerven am Ende. »Ein Kännchen, bitte«, schniefte ich.

Ich kramte in meiner Tasche und legte ein paar Münzen auf den Tresen. »Stimmt so«, sagte ich großzügig.

Die Verkäuferin griff danach und zählte. »Nein. Stimmt nicht. Es fehlen noch zwanzig Cent.«

Während ich an einem weißen Tischchen stand und den heißen Tee schlürfte, überdachte ich noch mal, was gerade vorgefallen war. Licht und Schatten lagen so dicht beieinander! Die Erkenntnisse, die ich gewonnen hatte, waren folgende: Der Pleitegeier war Tom Fuchs auf den Fersen, er hatte schon mal deutlich bessere Zeiten gesehen, er war verzweifelt genug, eine Bank zu überfallen – aber er schien sie nicht überfallen zu haben, sonst wäre er weniger verzweifelt gewesen. Oder er spielte den Hartz-IV-Empfänger sehr gut. Sollte ich ihn von meiner Liste streichen? Aber er war so ein vorbildlicher Verdächtiger gewesen! Bei ihm widerstrebte es mir viel mehr als bei Sidonie, ihm Unschuld zu attestieren.

Ich fragte mich, was Kamat getan und welche Fragen er ihm gestellt hatte – und vor allem, zu welchem Schluss er gekommen war. Dass der Hauptkommissar gestern schon hier gewesen war, wunderte mich nicht, ich hatte es ihm bei »Curry 36« ja auf den Kopf zugesagt. Langsam gewöhnte ich mich daran, wie ein treuer Schatten hinter ihm her zu ermitteln.

Ich trank gerade den letzten Schluck dieser ach so gesunden gelblichen Flüssigkeit, die mir selbst mit viel Zucker überhaupt nicht schmeckte, da sah ich Tom Fuchs am Fenster vorbeihasten. Nicht länger im Jogginganzug, sondern in einer dunklen Hose, einem dunkelbraunen Popelinemantel, der kleidsam um ihn herumwallte, und mit einem breitkrempigen braunen Hut, der ihm erstens super stand und zweitens das fettige Haar verdeckte. Über der Schulter trug er einen eleganten schwarzen Ledershopper.

Run, Tom, run!, dachte ich. Wie ein zu seinem Schreibstübchen eilender Poet, ein von der Muse geküsster Maler auf dem Weg in sein Atelier kam er mir vor, und zum ersten Mal verstand ich, was Sidonie Sprengel in ihm als Mann gesehen hatte. Allerdings konnte ich ihn mir jetzt, so gut angezogen, wieder als Bankräuber vorstellen.

In diesem Moment fiel mir ein, dass ich ein Foto von ihm hatte machen wollen. Hastig stand ich auf und nickte der Multitasking-Verkäuferin zu. Sie schaffte es nämlich, Quarkbällchen zu einer kunstvollen Pyramide aufzustapeln und gleichzeitig Tom Fuchs nachzuschauen.

Ich verließ den Laden. Nachdem ich mir das Tuch um den Kopf geschlungen hatte wie Grace Kelly in einem Fünfziger-Jahre-Film, wenn sie mit Cary Grant die Küstenstraßen am Mittelmeer entlangraste. Grace und ich, immer in Sorge um unsere perfekt gelegten Wasserwellen! Dann noch die Sonnenbrille auf – und fertig war ich für die Verfolgung undercover.

Vorsichtshalber blieb ich noch einen Moment an der Eingangstür stehen, um die Entfernung zwischen uns etwas zu vergrößern. Schließlich wagte ich es. Tom Fuchs hatte einen flotten Schritt am Leib. Zweimal bog er ab, und ich glaubte schon, dass er zu den Einkaufspassagen nahe der Altstadt wollte. Das hätte den Shopper erklärt.

Aber er ging weiter, immer weiter. Wo wollte er nur hin? Mittlerweile hatte sich das Straßenbild verändert, zwischen den Wohnblöcken lagen kleinere Gewerbeeinheiten, eine Tankstelle. Dann sah ich in einiger Entfernung ein Schild auftauchen, auf dem »Jaguarcentrum Spandau« stand.

Darauf steuerte er zu, und während ich ihm nachsetzte, kam mir der üble Verdacht, dass meine Einschätzung ganz und gar falsch gewesen sein könnte. Ging er da jetzt etwa rein und kaufte sich von einem Teil der Beute einen rasanten Sportwagen? Dunkelgrün metallic mit Sportlenkrad? In bar?

In so einem hatte ich auch schon mal gesessen, bei der New Yorker Automobilshow vor acht Jahren. Sofort nach dem Einsteigen hatte ich reflexartig das Radio angestellt. Das war eine Angewohnheit von mir beim Autofahren. Es beruhigte mich, ich konnte mitträllern, war mit dem Rest der Welt durch halbstündliche Nachrichten verbunden. Aber damals beging ich damit einen Fehler. Denn wer immer vorher im Auto gesessen hatte, war keine romantische Endzwanzigerin wie ich, sondern vermutlich irgendein Kerl mit langen Haaren und einer Menge Tattoos an allen möglichen Körperteilen. Denn in dem Moment, als ich die Anlage anstellte, säuselte nichts sanft. Stattdessen brüllte es aus der 2000-Watt-Anlage los, und zwar Heavy Metal.

Während mir praktisch die Ohren wegflogen und ich hektisch auf alle Tasten gleichzeitig drückte, machte mein damals zukünftiger Ex-Freund, der neben mir am Steuer saß, verträumte Brumm-Brumm-Geräusche, auch wenn ich sie wegen des unglaublichen Lärmpegels nur von seinen Lippen ablesen konnte. Zwar musste ich zugeben, dass der Jaguar ganz hübsch war. Schönes Radio, weiche Ledersitze. Vor allem, als endlich der aufgeregte Salesman herbeigeeilt und wieder Ruhe im Autosalon eingekehrt war. Aber mein Begleiter war den ganzen Tag so aufgewühlt von dieser unerhörten Autoschönheit, dass er am Abend erst nach vier Büchsen Budweiser und zwei Reruns von »Taxi« zur Ruhe kam.

Damals war mir klar geworden, dass Autos für Männer einfach nicht dasselbe *meinen* wie für Frauen, vielleicht mit Heidi Hetzer als Ausnahme. Und in diesem Zusammenhang konnte es natürlich bedeuten, dass Tom Fuchs einfach keinen Wert auf eine schönere Wohnung legte. Warum auch – die nächste Schwester, die ihn aufnahm, kam bestimmt, und es wäre schon ein Wunder, wenn sie nicht die schönere Wohnung hätte. Hier zeigte er nun also sein wahres, autophiles Gesicht! Und ich hätte wetten können, dass er in seinem Ledershopper das Geld für ein nagelneues smaragdfarbenes Spielzeug hatte, das er um zwölf Uhr dreißig abholen wollte!

Tatsächlich, direkt am Jaguarcentrum bog er ab. Er verschwand aus meinem Blickfeld, und ich ging schneller, um den Anschluss nicht zu verlieren. War das der Moment, auf den ich gewartet hatte? Sollte ich jetzt Hauptkommissar Kamat anrufen? Würde er mir meinen erneuten detektivischen Einsatz verzeihen, wenn ich ihm dafür den Täter lieferte?

Im Laufen griff ich nach meinem Handy, in das ich Kamats Nummer vorsichtshalber eingespeichert hatte. Einen einzigen Knopfdruck war ich von seiner dunklen, sehr kritischen Stimme entfernt. Wie von magischen Kräften gelenkt, senkte sich mein Zeigefinger – aber da gelangte ich zu der Stelle, wo Fuchs abgebogen war, und ich sah, dass ich mich geirrt hatte: Ein kleiner Weg führte *vor* dem Autogroßhändler am Gebäude vorbei und endete in der Straße dahinter. Auf diesem

Weg konnte Tom Fuchs unmöglich zu seinem neuen Wagen gegangen sein.

Weil ich ihn nirgends entdecken konnte, betrat ich den schmalen Pfad und hoffte, dass er nicht ausgerechnet jetzt am anderen Ende auftauchen und zurückkommen würde. Ich konnte natürlich so tun, als sei ich Grace Kelly, aber wahrscheinlich war es besser, es nicht darauf ankommen zu lassen.

So schnell wie möglich ging ich zwischen den Häusern hindurch und kam an einer gemütlich aussehenden, baumbestandenen Straße heraus. Bis jetzt war das die mit Abstand hübscheste Ecke von Spandau, die ich heute gesehen hatte. Aber wo steckte Tom Fuchs? Rechter Hand ging es zurück in Richtung Altstadt, aber linker Hand lag ein Platz. Auf diesem Platz stand eine Kirche, davor eine Menschenschlange, die auf Einlass zu warten schien.

Ich stellte mich in den Schatten eines Baumes und beobachtete die Szene. Und entdeckte Tom Fuchs.

Ich angelte nach der Digitalkamera in meiner Tasche, zoomte dichter heran und machte ein hübsches, klares Foto von ihm. Er stand etwas abseits, nein, jetzt trat er an das Ende der Schlange, die sich langsam in Richtung Kirchenportal vorwärtsbewegte.

Was war das – eine Hochzeit? Hatte Tom Fuchs in seinem Shopper ein liebevoll eingepacktes Geschenk? Oder heiratete hier ein Spandauer Künstler, den er heimlich bewunderte? Vielleicht sogar ein Gewinner aus einer Gameshow? War das der Termin, von dem er vorhin gesprochen hatte? Von einem Hochzeitswagen war jedenfalls nichts zu sehen.

Ich musste näher herankommen, um zu sehen, was dort genau geschah. Gekonnt pirschte ich mich zwischen den parkenden Autos von Baumstamm zu Baumstamm. Eine alte Frau, die mir mit ihrem Einkaufsporsche entgegenkam, schaute mich misstrauisch an. Los, geh weiter, dachte ich – da blieb sie auch schon stehen.

»Was machen Sie da?«, fragte sie.

»Ich bin ein Überraschungsgast für den Bräutigam«, sagte

ich mit gesenkter Stimme aus meiner Deckung heraus und zeigte in Richtung Menschenauflauf. »Wir waren fünf Jahre verlobt. Die Braut hat mich eingeladen, damit ihr Zukünftiger sieht, dass er mit ihr die deutlich bessere Wahl getroffen hat.«

Aber anscheinend konnte diese Erklärung die Frau nicht wirklich überzeugen, denn jetzt sah sie nicht nur misstrauisch, sondern auch noch verwirrt aus.

»Ich komme gerade von dort. Das ist keine ...«, begann sie, aber ich winkte ab und huschte ein paar Stämme weiter. Gleich, gleich war ich nah genug dran, um sehen zu können, was dort vor sich ging, nur ein paar Schritte noch ... Wie vom Donner gerührt blieb ich stehen. Denn über dem Kircheneingang hing ein Schild, das ich von der Trinitatiskirche an meinem Lieblingsmarkt in Charlottenburg her kannte. Darauf stand: »Laib und Seele«. Und das hatte nun überhaupt nichts mit einer Hochzeit zu tun. Laib und Seele war ein Hilfsprogramm der Berliner Tafel für Menschen mit geringem Einkommen. Sie konnten sich an Ausgabestellen wie dieser einmal in der Woche kostenlos Lebensmittel abholen, mussten dazu nur ihren Hartz-IV-Bescheid oder den Bescheid ihrer Grundsicherung vorzeigen und einen einzigen Euro bezahlen. Es war ein Segen für die, die nur wenig Geld zur Verfügung hatten. Es kostete sie fast nichts, ihren Kühlschrank für eine Woche aufzufüllen, wenn man mal von dem Stolz absah, den manch einer erst überwinden musste. Ein tolles Notprogramm für die Bedürftigen, in das man sich aber kaum einreihen würde, wenn man eine halbe Million Euro sein Eigen nannte.

So viel zu meinem Hauptverdächtigen Nummer eins.

DREIZEHN

Als ich am Mittwochmorgen zum »Agatha« fuhr, litt ich unter einem akuten Anfall von schlechtem Gewissen.

Bis jetzt hatte ich nur Unschuldige verdächtigt, darunter einen sozialen Härtefall, und hatte meine Krankschreibung dafür verschwendet, mich unter den Betten von fremden Männern im Staub zu suhlen.

Und dann hatte ich Josh noch nicht mal was von Ikea mitgebracht. Als wir uns gestern nach meiner Rückkehr über den Tag unterhielten, hatte ich das Wort »Spandau« kaum ausgesprochen, da streckte er auch schon die Hand nach seiner Marabu-Schokolade aus. Interessant, wie ein ganzer Berliner Bezirk zum Synonym für ein dort ansässiges schwedisches Möbelhaus werden konnte. Jedenfalls in den Augen eines Zehnjährigen.

Und die Wohnung hatte ich auch nicht geputzt.

Obwohl Miriam das alles nicht wissen konnte, wurde ich auf der Fahrt ins »Agatha« das Gefühl nicht los, dass sich ein Unwetter über mir zusammenbraute. Doch als ich angekommen war und Miriam kurze Zeit nach mir eintrudelte, erlebte ich eine Überraschung: Meine Freundin Schrägstrich Chefin war blendender Laune und begrüßte mich herzlich wie eine verloren geglaubte Tochter.

»Hallo, Wanda«, sagte sie so freudig und entspannt, als sei sie gerade von einem ausgedehnten Bali-Urlaub mit täglicher Klangschalenmassage zurückgekehrt, bei dem sie mich sehr vermisst hatte. »Wie geht es dir denn jetzt? Besser? Schön, dass du heute wieder da bist!«

»Ja, danke. Warum bist du so nett zu mir?«, fragte ich misstrauisch.

»Ich habe gestern Abend mit Mamo telefoniert«, sagte sie. »Er hat versprochen, in Annes Sachen die Schlüssel zu Lennarts Wohnung und für den Dachboden zu suchen. Anne ist verreist, das passt gut. Ich will endlich da rein und mir das Leck im Dach ansehen. Dieser Bengel reagiert ja sonst auf nichts. Ich weiß, dass er den Brief der Verwaltung längst bekommen hat. Ich hab den Umschlag durchs Fenster in seinem Briefkasten gesehen. Aber glaubst du, er hat mich kontaktiert, um mit mir einen Besichtigungstermin auszumachen? Keine Spur. Ein dickfelliger Kerl. Na ja, er wird schon sehen, was er davon hat.« Sie putzte sich die Nase, aber ihre Allergie schien ein wenig nachgelassen zu haben. Ihre Augen waren längst nicht mehr so rot wie am Montag.

»Mamo kramt die Sachen seiner Frau durch, um dir einen Gefallen zu tun?« Ich war erstaunt. »Will er dafür im Gegenzug auch etwas von dir?«

Miriam sah aus, als ob ich sie an einer Currywurstbude erwischt hätte. Definitiv schuldig. »Ja«, sagte sie zögernd. »Ich soll noch mal mit ihm essen gehen.«

»Für einen Schlüssel bist du käuflich, Miriam? Du bist eine Prostituierte!«, rief ich laut. Genau in diesem Moment ging die Tür auf, und ein äußerst distinguiert aussehender Mann kam herein. Er hatte mich wohl gehört, denn interessiert schaute er zu Miriam. Sie trug einen cognacfarbenen Seidenanzug, darunter ein beigefarbenes, weit ausgeschnittenes Oberteil, dazu Schmuck aus Ebenholz, an den Füßen schwarze, teure Slipper. Sehr edel sah sie aus, und wenn man schon im Zusammenhang mit ihrer Person von käuflicher Liebe reden wollte, würde man sie höchstens für ein Luxuscallgirl der britischen Oberschicht halten. Keineswegs für eines der bemitleidenswerten Geschöpfe, die die nächtliche Kurfürstenstraße auf und ab pilgerten, mit flüchtigen, hier nicht näher erklärten Aufenthalten in stoppenden Autos.

Dem Mann schien Miriam zu gefallen. Er sah verdächtig so aus, als ob er gleich seine Brieftasche zücken wollte. *Bevor* er sich für ein Buch entschieden hatte. Am liebsten hätte ich ihn angezischt und gesagt: »Meine Chefin schläft nicht mit Ihnen, nur weil Sie Geld haben! Vergessen Sie's!« Ich konnte es mir allerdings gerade noch verkneifen.

»Aber du ärgerst dich doch immer so über Mamo«, flüsterte ich, während Miriam mich wütend ansah.

»Ja, ich ärgere mich über ihn. Warum wohl? Benutz doch ein einziges Mal deinen Verstand«, entgegnete sie frostig, eine Bemerkung, die ich nun überhaupt nicht begriff.

Während der Vormittag mit erfreulich vielen Kunden rasch vorbeiging – in Schmargendorf erledigte man seine Weihnachtseinkäufe gern rechtzeitig –, überlegte ich mir, wie ich meinen Kurs heute Abend beginnen würde. Worüber wir reden sollten und welche Anregungen ich dabei geben konnte. Durchkreuzt wurden diese didaktischen Grübeleien von meinem kriminalistischen Über-Ich, das sich fragte, wer auf meiner Verdächtigenliste überhaupt noch übrig war.

Vorausgesetzt, meine Überlegungen mit dem heimlichen Schlüsselabdruck stimmten überhaupt und ich war nicht völlig auf dem Holzweg, kam nur noch Julius Maiwald in Frage. Schon neulich hatte ich es auffällig gefunden, dass er sich in letzter Zeit vermehrt um seine Großmutter kümmerte. Jetzt rückte er ins Zentrum meines Verdachts, was mir sehr leidtat, weil ich Frau Maiwald mochte. Ich hörte mich schon sagen: »Schön, wie Sie Wallanders Handlungsweise in diesem kritischen Moment interpretiert haben. An dieser Textstelle sehen wir besonders deutlich, wie die Aktionen des Polizisten und des Verbrechers sich überschneiden und die Protagonisten sich gegenseitig beeinflussen. Ach, übrigens, ist Ihnen klar, dass Ihr Enkel ein Raubmörder ist? Tut mir leid, Sie werden sich einen anderen zum Spazierengehen suchen müssen.«

Meine rabenschwarzen Überlegungen wurden durch das Klingeln des Ladentelefons unterbrochen. Ich nahm ab. Und wen hatte ich dran? Berlins einflussreichsten Buchhändler.

»Hallo«, sagte er. »Mamlock hier. Kann ich bitte mal Miriam sprechen?«

»Miriam, Telefon für dich! Mamo Mamlock!«, rief ich quer durch den Laden, was okay war, weil der Kundenstrom inzwischen abgeebbt war. Ich fand es direkt aufregend, dass ich Mamo an der Strippe hatte! Er war so etwas wie ein Mythos im Berliner Buchhandel. Sein Riecher für Bestseller sei legendär, hieß es, und allein durch die Größe seiner Bestellungen konnte er immer besonders attraktive Rabattierungen einheimsen. Persönlich kannte ich ihn nicht, denn die Zeit von Miriams Ehe mit ihm war in meine Amerikazeit gefallen, und sie vermied es, über ihn zu reden. Wie er aussah, wusste ich aus dem Internet, wo ich ihn mal neugierig gegoogelt hatte: groß, sehr schlank, ein schmales, ausdrucksstarkes Gesicht, blondes, leicht angegrautes Haar, das locker über die Ohren fiel, eine schlaue, randlose Brille. Eine gelungene Mischung aus Playboy und Kulturschaffendem, aus Intellektuellem und Geschäftsmann.

Miriam nahm das Telefon und fächelte mit der anderen Hand in meine Richtung, als wollte sie ein neugieriges Huhn verscheuchen. Ich ging darüber hinweg. Ich mochte ja neugierig sein, aber ein Huhn war ich nicht.

Stattdessen begann ich, die Bücher in dem Regal direkt neben ihr alphabetisch zu sortieren. Auf diese Weise konnte ich gut lauschen.

Sie sagte: »Großartig, du hast ihn!« Ich vermutete, sie meinte den Schlüssel. »Was glaubst du, was Anne machen würde, wenn sie das wüsste?« Sie lachte. »Aua, das würde schmerzen.«

Anne wird ihn wahrscheinlich kastrieren, dachte ich. Ich hätte das jedenfalls getan, wenn mein Mann in meinen Sachen gestöbert hätte, um seiner Ex-Frau zu Diensten zu sein. Aber ich hatte keinen Mann. Vermutlich, weil ich in Schlüsselangelegenheiten immer so kleinlich war.

»Am besten gleich. – Ja, um fünf ist auch gut. Ich bin ja da.«

Fünf? Fünf war blöd. Dann sah ich ihn ja nicht!

»Nein, heute Abend passt es mir nicht. Wie lange ist sie denn verreist?« Hm, interessant. Galt seine Esseneinladung nur, wenn Anne verreist war? »Na, dann drängt es doch nicht. Wir könnten …«

An dieser Stelle machte Miriam etwas, das ich ausgesprochen unfair fand: Sie senkte die Stimme, sodass ich nicht mehr verstand, was sie und Mamo könnten. Sie könnten alles Mögliche! Ich wollte wissen, was sie könnten! Vielleicht könnte ich ja daraus lernen. Ich wollte nämlich auch können!

Bei dem Versuch, besser zu hören, rückte ich immer näher, bis ich praktisch auf Miriams Schoß saß, und jetzt begann sie tatsächlich, mit der flachen Hand nach mir zu schlagen, als sei ich eine lästige Mücke, die sie umschwirrte.

»Was denn?«, fragte ich unschuldig.

»Verschwinde«, giftete sie in meine Richtung und sagte gleich darauf: »Nein, ich meine dich nicht, Mamo. Ich meine meine Angestellte. Sie überschreitet deutlich ihre arbeitnehmerischen Kompetenzen.« Dabei blitzte sie mich böse an, und ich wollte gerade empört Luft holen, als sie hinzufügte: »Natürlich ist sie meine beste Freundin. Sie ist nur furchtbar neugierig.«

Weil ich dagegen nichts sagen konnte, widmete ich mich stattdessen dem »Crime Time Magazine«, das wir bezogen und das ich regelmäßig las. Schon um mein Englisch completely up to date zu halten.

»Wanda, Josh ist doch heute Abend wieder bei deinen Eltern. Kannst du nach dem Krimikurs noch einmal herkommen?«, fragte Miriam mich eine halbe Stunde später. Seit dem Gespräch mit Mamo hatte sie geschwiegen, und zwar so laut und deutlich, dass ich es nicht gewagt hatte, sie darin zu unterbrechen. Wahrscheinlich dachte sie immer noch über das »könnten« nach. Ich tat es jedenfalls.

»Klar. Warum?« Wollte sie, dass ich ihr Mamo vom Leib hielt? Glaubte sie, dass er so lange brauchte, um ihr den Schlüssel zu übergeben? Erwartete sie, dass sie sich erbittert stritten, und brauchte mich als Unterstützung? Oder, halt: Wollte sie doch heute schon mit ihm essen gehen – und mich mitnehmen? Sie wusste doch, dass ich es an der Galle hatte! Wie konnte ich da an einem ihrer opulenten Rotwein-Lammkarree-Dinner teilnehmen? Ich könnte natürlich auch den Chefkoch vom »Borchardt« an den Tisch kommen lassen und mit ihm darüber diskutieren. Ein püriertes Gemüsesüppchen würde sicher nicht schaden, und vielleicht schmeckte er es mit Kurkuma ab … Mir lief das Wasser im Munde zusammen.

»Ich will nach oben zu Lennart. Auf den Dachboden«, sagte Miriam.

Ach so. Schade.

»Alles klar. Ich bin spätestens um sieben bei dir.«

Als ich um zehn vor fünf den Kursraum betrat, wurde ich von Frau Maiwald bereits erwartet. Sie hatte den Mankell vor sich liegen und strahlte mich an. »Das war ja so spannend, Frau Cameron! Ich habe es in einem Rutsch ausgelesen. Das heißt, auf den letzten fünfzig Seiten haben meine Augen gestreikt. Aber zum Glück ist Julius gekommen, und er hat mir den Rest vorgelesen.«

»Ah, Ihr Enkel Julius. Was macht der eigentlich so?«

Zugegeben, die Frage war ein bisschen direkt, aber Großmütter waren nicht sehr viel anders als Mütter, und die redeten schließlich auch gern über das, was ihre Kinder so machten. Und die Gelegenheit war günstig, mehr über den neuen Hauptverdächtigen herauszufinden!

»Unser Julius? Der ist im Moment dabei, das Winterquartier vorzubereiten.«

»Welches Winterquartier?«

Frau Maiwald beugte sich mir in ihrer ganzen Winzigkeit entgegen. »Kennen Sie die Wagenburgen? Wahrscheinlich nicht. Dort geht es … nun, etwas wilder zu als in unserem beschaulichen Schmargendorf.« Ihre Augen glitzerten, so als ob das Wilde einen großen Reiz auf sie ausübte.

Was hat Frau Maiwald eigentlich früher gemacht?, fragte ich mich. Man sah diese alten Menschen und ahnte nichts von dem Leben, das sie früher geführt hatten. Vielleicht war sie als Entwicklungshelferin in Afrika gewesen und hatte dort den einen oder anderen Löwen überwältigt? Oder hatte sie politisch mitgemischt und Agenten über die Glienicker Brücke hin- und hergeschmuggelt? Schließlich lag ja ein Teil ihrer Berufszeit im Kalten Krieg!

»Ich wohne nicht in Schmargendorf, sondern in Charlottenburg«, zwang ich mich zu antworten.

Frau Maiwald winkte beschwichtigend ab. »Und wenn schon. Charlottenburg ist auch überwiegend bürgerlich. Nein, nein, unser Julius hat einen ganz anderen Weg eingeschlagen. Er ist mehr fürs Soziale.«

»Und was hat das Soziale mit Wagenburgen zu tun?« Ich verstand den Zusammenhang überhaupt nicht. In meinen Augen sah Julius keineswegs wie ein Sozialarbeiter aus.

»Wagenburgen *sind* etwas Soziales! Da probieren junge Leute neue Lebensformen aus! Sie wohnen in Wohnwagen, das ganze Jahr über, und die müssen natürlich im Herbst winterfest gemacht werden. Zum Glück hat unser Julius ja seit Kurzem diesen fabelhaften neuen Wagen. In dem alten wäre es im Winter grausam gewesen. War ja nur ein Lkw-Anhänger, den er sich zurechtgemacht hatte. Bitterkalt wäre das geworden! Na, damit ist jetzt Schluss.«

»Ach, Ihr Enkel hat einen neuen Wohnwagen?«, fragte ich.

Frau Maiwald nickte. »Gott sei Dank, kann ich nur sagen. Mit allen Schikanen. Der Winter ist nicht leicht für die jungen Leute. Das wird zu einer echten Bewährungsprobe. Aber dafür ist es im Sommer natürlich herrlich! Julius' Wagenburg ist in der Nähe vom Landwehrkanal. Er hat mich mal dorthin mitgenommen. Wissen Sie«, Frau Maiwald stützte das Kinn in die Hand und sah mich nachdenklich an, »manchmal denke ich, seine Wagenburg ist auch nicht so viel anders als unser Seniorenheim mit dem Gruppenraum, in dem man sich trifft – das ist doch wie bei denen das Treffen rund ums Lagerfeuer. Wir haben unsere kulturellen Aktivitäten, bei Julius werden im Sommer Feste veranstaltet, dann kommen Gaukler und Jongleure und Feuerspucker – ganz herrlich ist das, Frau Cameron, Sie sollten sich das auch mal anschauen! Die ganze Nachbarschaft versammelt sich dort. Ein einziger Sommernachtstraum«, sagte sie schwärmerisch.

Ich stellte mir Frau Maiwald in einem punkigen Outfit vor, wie sie eine erhitzte Versammlung gegen Bauspekulanten leitete, die der Wagenburg das Grundstück wegnehmen wollten. Wie sie dabei wütend Feuer spuckte.

»Geht denn das, dass man da einfach reinspaziert?«, fragte ich.

»Ja, natürlich! Die jungen Leute sind sehr offen für ihre ... wie nennen sie das ... Sympathisanten.«

»Das werde ich mir gern mal anschauen. Wo finde ich diese Wagenburg?«

Nachdem Frau Maiwald es genau erklärt hatte, schaute ich auf meine Uhr. Es war zwei Minuten vor fünf.

»Wo bleiben denn die anderen? Ich würde gern pünktlich anfangen.«

»Oh, Karin braucht für alle Gänge ein bisschen länger, und Renate ist sowieso wacklig. Sie werden schon unterwegs sein.«

»Und Herr Weiß?«

Sie schüttelte bedauernd den Kopf. »Ich glaube nicht, dass er es heute schafft. Margot hatte vorhin einen schweren Anfall. Sie hatte ihr Fotoalbum verlegt und war ganz außer sich. Der arme Jochen. Bis er es endlich in der Schmutzwäsche fand, hatte Margot das halbe Heim zusammengeschrien. Nicht mal ihr Kissen konnte sie beruhigen.«

»Was für ein Kissen?«, fragte ich.

»Oh, Sie kennen Margots Kissen nicht? Nein, woher auch? Sie hat es ja immer in ihrem Apartment. Frau Cameron, das ist eine großartige Sache! Also, es ist ein Nestelkissen. Demenzerkrankte nesteln doch immer herum, bewegen ständig die Finger, pfriemeln, wie immer Sie es nennen wollen. Und da haben ihr die Damen aus unserem Nähkurs zum sechsundsiebzigsten Geburtstag ein spezielles Kissen genäht und es ihr geschenkt! Das Kissen beruhigt Margot sehr – aber heute eben leider nicht. Es hat lauter Knöpfe und Knopflöcher, Druckknöpfe, kleine und große Reißverschlüsse, Haken und Ösen. Werner überlegt schon, ob wir damit in Serie gehen sollten und er es per Internet vertreiben kann.«

Frau Maiwald sah mich mit ihren wasserhellen Augen an, und plötzlich kam sie mir wie eine Philosophin vor, die die Unabänderlichkeiten des Lebens hinzunehmen verstand und in allem das Positive sah. Nicht jede Großmutter konnte mit so viel glückstrahlender Liebe über einen Enkel reden, der, gesellschaftlich betrachtet, definitiv randfigürlich unterwegs war. Und nicht jeder konnte so enthusiastisch über die wirtschaftlichen Möglichkeiten von Demenzspielzeug reden. Es war wohl diese Begeisterungsfähigkeit, die sie vor der mentalen Alterung bewahrte, vermutete ich.

»Und dabei geht es Jochen selbst sehr schlecht«, fügte Frau Maiwald noch hinzu.

»Ich habe ihn neulich bei Dr. Berneck gesehen. Was hat er denn?«

Frau Maiwald zuckte mit den Achseln. »Ich weiß nicht. Hier werden viele Krankheiten sehr gern diskutiert, aber manch andere am liebsten totgeschwiegen.«

»Welche denn?«

»Die ernsten natürlich. Die, mit denen man nicht länger hierbleiben kann. Bei denen das Ende nah ist und man regelmäßige Pflege braucht. Jedenfalls muss Jochen sich morgen mit Frau Bernstein zusammensetzen. Er ist ja Margots Vormund. Sie müssen eine Lösung finden. Sie zum Beispiel ist so ein Fall, der nicht länger bleiben kann. Das bringt sie, Jochen und uns alle an unsere Grenzen. Wissen Sie, das ist in Julius' Wagenburg auch nicht anders: Wenn jemand nicht mehr tragbar für diese Form des Miteinanders ist, muss für ihn etwas Neues gesucht werden.«

In diesem Moment erschienen Karin und Renate im Kursraum. Ich nickte den beiden zu, und sie näherten sich langsam unserem Tisch. »Noch eine Frage, Frau Maiwald«, sagte ich rasch. »Was haben Sie früher eigentlich beruflich getan?«

»Ich?« Sie sah mich überrascht an. »Ich war Hausfrau und Mutter.«

»Wo bleibst du denn so lange?«, fragte Miriam mich, als ich an ihrer Wohnungstür klingelte und sie mir öffnete.

»Meine Leute waren so schön am Diskutieren, ich wollte sie nicht unterbrechen«, rechtfertigte ich meine durchaus unübliche Verspätung von zehn Minuten. »Außerdem haben wir später angefangen.« Ich musterte Miriam. Sie trug Enganliegend und Schwarz. Fehlte nur noch die Maske. »Willst du durch die Tür gehen oder übers Dach?«, fragte ich vorsichtig.

»Dumme Frage«, sagte sie. »Gib mal deine Tasche her. Wir lassen sie besser hier unten.« Ich reichte sie ihr, sie stellte sie auf die Erde und zog dann die Tür hinter uns zu.

»Ist Lennart denn zu Hause?«, wollte ich wissen.

»Ich habe es alle zwei Minuten gecheckt, und gerade eben stand sein Wagen noch vor dem Haus.«

»Und was, wenn er auf dem Dachboden ist?«

»Du weißt doch, was die Winkler gesagt hat. Er ist immer *nachts* dort oben. Und jetzt Ruhe!«

Sie steckte ihren Wohnungsschlüssel in die Tasche ihrer engen Jeans, und darin klimperte etwas. Ich vermutete, es war der Schlüssel zum Dachboden.

»Also los, gehen wir.«

Miriam stieg vor mir die Treppe hoch. Zwischen dem ersten und zweiten Stock ging das Licht aus. Als ich beim nächsten Absatz auf den roten Leuchtknopf drücken wollte, sagte sie leise: »Lass das. Die Winkler überprüft immer, wer kommt und geht. So sieht sie uns nicht durch den Spion.«

An Lennarts Wohnungstür blieb sie stehen. Wir lauschten angestrengt. Aber nichts war zu hören, was mich etwas beunruhigte. Es wäre besser gewesen, ihn in irgendwelchen häuslichen Aktivitäten verstrickt zu wissen. Wir schlichen weiter, bis wir schließlich an der Stahltür ankamen. Miriam kramte in ihrer Hosentasche, während ich mein Ohr an das kalte Metall presste.

»Mist. Ich höre was«, sagte ich leise. Ein schwaches Murmeln drang durch die Tür. Es war zu leise, als dass ich die einzelnen Wörter verstehen konnte. Aber es schien auf jeden Fall mehr als eine Person zu sein. Es sei denn, Lennart tendierte zum Monologisieren, während er an seinen Computern herumbastelte. Auch Miriam lauschte angestrengt. Aber obwohl sie wie die Katze auf dem heißen Blechdach aussah, hatte sie deshalb noch lange nicht die Ohren einer solchen.

»Ich mach mal die Tür auf«, hauchte sie mir zu.

»Bist du verrückt? Warte doch ab, bis er wieder raus ist. Er kann schließlich nicht ewig da drin hocken. Wir können den Dachboden sowieso nicht nach dem Leck absuchen, wenn er da ist«, flüsterte ich zurück.

»Ich will aber wissen, was da drin los ist. Vielleicht können wir ja auch von hier aus sehen, wo das Leck ist. Außerdem kommt Mamo morgen und holt den Schlüssel wieder ab«, flüsterte Miriam mit Nachdruck.

Wieder hörte ich es leise klimpern, und ich spürte mehr, als dass ich es sah, wie Miriam den passenden Schlüssel suchte, ihn fand und ins Schloss steckte.

Wer immer da drinnen saß, hatte sich nicht eingeschlossen: Es war ein Schnappschloss, das Miriam vorsichtig öffnete. Sie drückte die Tür einen Spalt auf, und ein Lichtschein drang zu uns nach draußen.

Ich kauerte mich auf den Boden, Miriam stand über mir, aber sehen konnten wir nichts durch den Spalt, sosehr wir uns auch anstrengten: Unmittelbar vor uns befand sich eine Querwand, die den Blick versperrte. Sie gehörte zu einem kleinen Vorraum, von dem links und rechts je eine Tür abging. Die rechte Tür war geschlossen. Ein seltsames Geräusch war zu hören, ein sanftes Brummen. Ausnehmend helles Licht kam von links, wo die Tür geöffnet war. Auch die Stimmen kamen von dort. Irgendwer sagte gerade: »Das Unternehmen ist in einer total heiklen Phase. Zweiter Durchlauf kurz vor der Fertigstellung. Noch sieben, acht Tage, und es kann wieder losgehen. Die Abnehmer drängeln schon.«

»Kein Wunder, wir liefern ja auch nur Feinstes«, antwortete ein anderer.

Eins war klar: Lennart war nicht allein.

Irgendwer haute mit seiner Hand auf den Tisch, und es

knallte laut. Miriam und ich zuckten zusammen. »Aber habt ihr nicht gehört, was das Teil vorhin schon wieder für Geräusche gemacht hat? Es arbeitet nicht richtig. Und neulich Morgen, als ich aus dem Haus kam, dachte ich, dass alles aus ist. Leute, wir haben ein Problem. Es ist nur eine Frage der Zeit, bis die Anlage den Geist aufgibt. Dann können wir die dritte Runde vergessen. Wir brauchen Geld für ein neues Teil, und Zonko drängelt auch schon. Er will seine Kohle zurück.«

»Das ist Lennarts Stimme«, flüsterte Miriam.

»Hat irgendwer eine Idee, wen wir anpumpen oder wie wir sonst an Geld kommen können? Los, Jungs, strengt euch an. Wir hängen da alle mit drin. Wir hätten übrigens genug, wenn ihr nicht alles für den Wagen rausgehauen hättet«, fuhr Lennart fort. Er klang böse.

»Ich brauche den Wagen für Lieferungen ins Umland. Ich habe keine Lust, bei dem Typen in Oranienburg in einer alten Hitsche vorzufahren. Wie sieht das denn aus?«, rechtfertigte sich der Zweite.

»Ey, wartet mal, ich habe eine Idee, wie wir liquide werden könnten«, sagte Lennart langsam.

»Wie?«, fragten die anderen beiden sofort.

»Ich könnte den …« Er senkte die Stimme, als ob er ahnte, dass er belauscht wurde. Er sprach eine ganze Weile eindringlich, dann pfiff einer seiner Kumpels durch die Zähne.

»Ist das nicht zu riskant?«

»Was soll schon groß passieren?«, entgegnete Lennart und lachte spöttisch. »'ne Anzeige?« Daraufhin lachten alle drei leise.

»Und wann, meinst du, hast du es?«, fragte der Erste. Es klang ein bisschen bewundernd.

»Keine Ahnung. Ich kümmere mich morgen darum. Und jetzt zurück an die Arbeit. Wir haben zu tun. Miles, hilf mir mal. Das Leck habe ich gestern schon dicht gemacht. Diese bescheuerte Ziege von unten! Drago, du gehst nach drüben und machst da weiter.« Stühle scharrten, die drei Männer erhoben sich offensichtlich.

»Lass uns abhauen«, flüsterte ich nach oben, und Miriam zog behutsam die Tür ins Schloss. Unser Rückzug im dunklen Hausflur ging lautlos vonstatten, und erst als wir in Miriams Wohnung waren, wagte ich lauter zu atmen. Auch Miriam atmete laut. Sehr laut.

Ich schaute zu ihr und sah sofort, dass etwas mit ihr nicht stimmte. Sie atmete immer noch laut. Viel zu laut. Ihre Lippen waren bläulich angelaufen, und ihre Augen waren größer als sonst. Darin stand ein Ausdruck, den ich von ihr nicht kannte: nackte Angst.

»Miriam«, sagte ich erschrocken, »ist alles okay?« Was natürlich eine dumme Frage war. Wer so aussah, für den war nichts okay.

»Ich krieg auf einmal so schlecht Luft«, sagte sie zwischen zwei mühsamen Atemzügen. Sie erinnerte mich fatal an Josh, als er als Baby mal einen Kruppanfall gehabt hatte. Kein Wunder, bei der schlechten Industrieluft, die manchmal wie eine schwefelige Wolke über New Jersey hing. Aber Schmargendorf war nicht New Jersey. Außerdem war Miriam entschieden zu alt für einen Krupp.

Inzwischen spielte ihre Gesichtsfarbe ins Blassblaue. Sie lehnte sich an die Wand, und dann sackte sie langsam, Stück für Stück, nach unten.

»Feuerwehr«, sagte ich und griff nach meinem Handy. Mit fliegenden Fingern tippte ich den Notruf, schilderte aufgeregt, was los war, übertrieb dabei höchstens ein bisschen, gab die Adresse durch, legte auf.

Miriam saß inzwischen auf der Erde, die Augen geschlossen, den Kopf gegen die Wand gelehnt.

»Hörst du mich?«, rief ich verzweifelt und machte mich an den Knöpfen ihrer Bluse zu schaffen. »Du musst durchhalten! Du kannst mich nicht allein lassen! Was soll ich ohne dich in diesem Laden machen? In diesem Leben? Miriam! Miriam! Bleib bei mir! Du darfst nicht sterben!«

»Ach, halt den Mund, Wanda, und werd nicht hysterisch«, sagte sie und öffnete die Augen. Kurzatmig, aber in beruhigend gewohnter Schroffheit. »Tu nicht so, als ob ich abkratze. Ich habe eine allergische Asthmareaktion, das ist alles. Und hör auf, an mir herumzufummeln. Nimm sofort die Hände von meinem Busen!« Sie schlug nach mir.

Erleichtert ließ ich mich neben ihr an der Wand hinabgleiten. »Wovon hast du Asthma?«

»Keine ... Ahnung. Lennart hat ... Dreck am Stecken«, schnaufte sie und schwieg ermattet.

»Aber gewaltig!«, sagte ich nachdenklich. »Was die da oben machen, kam mir nicht wie eine IT-Firma vor. Dir?«

Miriam schüttelte den Kopf, und in diesem Moment hörten wir es beide: ein Tatütata aus weiter Ferne, das schnell lauter wurde.

»Da sind sie schon. Ich gehe mal raus.« Ich stand auf und verließ die Wohnung.

Draußen war es dunkel. Alle Geschäfte hatten geschlossen, in den meisten Schaufenstern herrschte Sparbeleuchtung. Zwischen zwei Straßenlaternen kam im Parkhafen eine Feuerwehr zum Halten.

Der Fahrer blieb sitzen, aber der Beifahrer riss die Tür auf, gleichzeitig wurden die rückseitigen Türen aufgestoßen, eine Liege rollte heraus, zwei Männer sprangen hinterher, einer mit einem Beatmungsgerät in der Hand, alles sehr betriebsam und in bemerkenswerter Geschwindigkeit.

»Macht schnell«, rief der Sanitäter, der vorn im Wagen gesessen hatte. »Beeilt euch! Jede Sekunde zählt. Die Frau am Telefon war völlig außer sich, hoffentlich können wir dieses Leben retten!«

Schick sah so eine Sanitäteruniform aus! Ich musterte den Mann von Kopf bis Fuß.

»Ja?«, fragte er ungeduldig, denn ich starrte ihn an.

»Ich war's. Ich habe Sie angerufen«, erklärte ich. »Bitte folgen Sie mir.«

Ein paar Augenblicke später lag Miriam auf der Bahre. Sie hatte eine Sauerstoffmaske auf Mund und Nase und wieder eine normale Gesichtsfarbe. Während die Männer ihren Blutdruck maßen und an ihr herumhorchten, winkte sie mich heran. Sie kramte in ihrer Hosentasche, dann drückte sie mir ein Schlüsselbund mit zwei Schlüsseln in die Hand.

Wegen der Maske etwas undeutlich, sagte sie: »Pass auf, Wanda. Morgen musst du Mamo das hier zurückgeben, hörst du? Ich ruf ihn an und sag ihm, dass du es hast. Schließ nachher die Wohnung ab, mit dem Reserveschlüssel in der Kasse. Und mit dem Laden kommst du klar? Nimm dir eine Aushilfe, wenn's sein muss, für abends. Oder häng ein Schild rein, wegen Krankheit geschlossen. Keine Ahnung, wie lange die mich dabehalten.«

»Sie sollten nicht sprechen, Frau Mamlock. Atmen Sie bitte ruhig und gleichmäßig«, sagte der Sanitäter und begann die Bahre aus der Wohnung zu rollen.

»Wo bringen Sie sie hin?«, fragte ich.

»Ins Martin-Luther-Krankenhaus.«

»Ich besuch dich! Gleich morgen früh«, rief ich Miriam nach, und sie hob leicht den Arm, als Zeichen, dass sie mich verstanden hatte. Dann klappte die Haustür hinter ihnen zu, und ich war allein.

Kurz blieb ich in dem minimalistischen Flur stehen – minimalistisch deshalb, weil es hier nur graue Steinfliesen und eine Edelstahlgarderobe gab, an der nichts hing. Das einzige warme Etwas außer mir in dieser Wohnung war die Fußbodenheizung. Dann ging ich auch. Ich hatte heute Abend noch eine Menge zu tun. Ich musste nachdenken. Gott, war das alles aufregend.

VIERZEHN

»Hallo, Miriam!«

Pünktlich um halb neun stand ich an Miriams Krankenbett. Ich hatte extra das Fahrrad genommen, um hinterher von hier aus besser zum Laden zu kommen. Hoffentlich wusste Miriam meinen sportlichen Einsatz zu schätzen!

Aber sie sah nicht anerkennend, sondern eher amüsiert aus. Was vermutlich an meinem Fahrradhelm lag. Ich hatte ihn auf dem Flohmarkt erstanden. Er war ganz billig gewesen, weil ihn sonst niemand haben wollte. Nur weil er rosa war und die Vorbesitzerin ihn mit Abziehbildern von schillernden Einhörnern beklebt hatte. Ich fand den Helm eigentlich sehr hübsch. Wenn ich ihn trug und damit durch die Straßen brauste, stellte ich mir vor, ich sei eine auf einem Einhorn reitende Prinzessin, unterwegs zu ihrem Prinzen, auf der Flucht vor einem Drachen.

Josh sah das anders. Wenn ich den Helm trug, weigerte er sich, mit mir Rad zu fahren. Er sagte, ich sähe damit voll peinlich aus und keine andere Mutter hätte so einen bescheuerten Sturzhelm.

Miriam hatte nicht nur ein Einzelzimmer, sondern auch einen schönen Ausblick zum Park, der sich auf der rückwärtigen Seite des Krankenhauses zur Paulsborner Straße hin erstreckte. Im Raum roch es, als sei über Nacht der Frühling ausgebrochen, was an dem überdimensionalen weißen Fliederstrauß lag, der in einer Glasvase auf dem Nachttisch stand.

»Wie geht es dir?«, fragte ich. »Und woher sind diese unglaublichen Blumen? Es ist Herbst, wo bekommt man denn da Flieder her?« Ich zog meine Jacke aus und setzte mich vorsichtig auf die Bettkante.

»Och, mir geht's ganz gut«, sagte Miriam. Sie hatte die Rückenlehne des Bettes hochgestellt, lehnte sich dagegen und umfasste mit den Armen ihre angezogenen Knie. »Sie wollen heute noch ein paar Tests mit mir machen, Lungenkapazität und so was. Außerdem versuchen sie herauszufinden, was das allergische Asthma ausgelöst hat. Der Professor will nachher mit Matthias sprechen.«

»Hoffentlich bist du nicht gegen weißen Flieder allergisch«, meinte ich und zeigte auf das Bouquet.

»Nein, bin ich nicht. Nie gewesen. Sieht super aus, was? Weißen Flieder gibt es jetzt nur in Südafrika. Kommt besser als so eine doofe Gerbera, die mit Draht gefesselt ist. Den hat Mamo mir geschickt. Kam heute Morgen zum Frühstück.«

»Ach ja?« Etwas neidisch schaute ich mir den Flieder genauer an. »Ist das eigentlich normal, dass ein Ex-Mann seiner Ex-Frau solche Bouquets schickt?«

Miriam sah sehr selbstzufrieden aus. »Für mich schon. Und nun erzähl: Was glaubst du, worum es gestern bei Lennart und seinen Leuten ging?«

»Ich weiß es nicht, aber bestimmt nicht um Computer. Seit wann ist man damit im dritten Durchgang?«

»Vielleicht kaufen sie alte auf, reparieren sie und exportieren sie dann ins Ausland? Und machen das schon zum dritten Mal?«, schlug Miriam vor.

»Ins Ausland nach Oranienburg, oder was?« Ich zuckte abschätzig mit den Achseln.

»Oder sie raubkopieren«, grübelte Miriam weiter.

»Das könnte sein. Und was war das mit dem Wasserfleck? Hat Lennart das Leck repariert, damit du nicht weiter rumschnüffelst?«, spekulierte ich weiter. »Auf jeden Fall brauchen sie Geld, um eine kaputte Anlage zu finanzieren, und Lennart hat eine Idee, wie ihm das gelingen könnte. Es klang irgendwie … nicht koscher.«

Miriam nickte. »Genau das habe ich auch gedacht. Aber was machen wir mit dieser Erkenntnis? Sollen wir die Polizei informieren? Vielleicht deinen Kommissar?«

»Es ist nicht ›mein Kommissar‹!«, sagte ich hitzig. »Und nein, ich denke, wir sollten Kamat lieber nicht damit auf die Nerven gehen. Er hat ja mit dem Banküberfall genug zu tun. Lass uns erst mal schauen, was da oben wirklich los ist. Und zwar, wenn Lennart außerhäusig ist. Dann können wir Kamat immer noch anrufen.« Meine Neugier war über Nacht ins Unermessliche gewachsen.

»Wie denn, ohne Schlüssel? Mamo kommt übrigens so gegen elf zu dir, hat er gesagt.«

Nun war ich an der Reihe, selbstzufrieden auszusehen. »Wir machen einfach einen Abdruck und lassen einen Zweitschlüssel anfertigen.«

Miriam lachte. »Ach komm, das klingt wie in einem billigen Krimi. Meinst du, das funktioniert?«

Ich war ein bisschen beleidigt. Mir hatte die Idee gut gefallen. »Ich werd's auf jeden Fall versuchen.« Dann schaute ich auf meine Armbanduhr. Es war zehn vor neun. »Ich muss los, Miriam. Rufst du mich an, wenn du weißt, wann sie dich entlassen?«

»Klar.« Sie dehnte und räkelte sich in ihrem Bett und sah dabei eigentlich sehr gesund und zufrieden aus. »Und du rufst mich an, wenn dir noch etwas im Haus auffällt.«

Auf dem Weg ins »Agatha« hielt ich noch schnell bei einem Spiel- und Bastelladen und erstand eine Packung Knete. Im »Agatha« riss ich sie auf und schnupperte daran. Sie roch noch genau wie früher, chemisch-muffig und trotzdem angenehm, verheißungsvoll kreativ, wenn Kreativität überhaupt einen Eigengeruch hatte.

Ich wählte eine rote Stange und knetete sie, bis sie ganz weich war. Dann formte ich daraus einen flachen Fladen, holte das Schlüsselbund heraus und drückte den Schlüssel, der zu dem Sicherheitsschloss passte, in die nachgiebige Masse, einmal von jeder Seite. Das sah echt aus, fand ich. Wenn ein Schlüsselmacher sein Handwerk verstand, sollte er imstande sein, von diesem Abdruck einen Schlüssel zu machen. Ich suchte nach einem geeigneten Transportbehälter und fand eine Bonbonschachtel. Lecker, Sahnekaramellen, aber leider leer.

Hochzufrieden begann ich mein Tagwerk.

Um kurz nach elf fuhr ein großer Wagen vor. Josh und wahrscheinlich fünfundneunzig Prozent seiner Freunde hätten auf den ersten Blick gewusst, um welche Marke, welches Baujahr es sich handelte, wie viele Zylinder er hatte, wie schnell er fuhr und so weiter. So was wusste ich nicht, weil es mich nicht interessierte. Aber dass der Wagen groß, silbern, sportlich und teuer war, begriff auch ich sofort. Der Mann, der ausstieg, war ebenfalls groß, silbern und sportlich. Ihn konnte ich eindeutig bestimmen. Es war Mamo Mamlock.

Ich verstand auf den ersten Blick, warum Miriam sich mit ihm eingelassen hatte. Er sah nicht nur so gut aus wie auf dem Foto im Internet, sondern hatte diese Art Stil, die irgendwie angeboren sein musste und die ich auch bei Miriam bewunderte.

Wenn Mamo Mamlock zur Buchmesse nach Frankfurt flog, wurde er dort wahrscheinlich zu exklusiven Verlegerfrühstücken in den »Frankfurter Hof« eingeladen, bei denen man ihm die wichtigsten Bücher handverlesen präsentierte. Dieser Mann lief sich keine Blasen.

Er steuerte den Laden an, und ich musste daran denken, dass das früher ja sein Haus gewesen war, dass er in diesen Räumlichkeiten einst selbst einen Laden betrieben hatte, wenn auch keine Krimibuchhandlung. Sein Mantel wehte elegant um ihn herum, seine Hose hatte genau die richtige Länge, sodass sie sanft auf die Oberseite seiner schwarzen Lederslipper herabfiel, ohne Falten zu schlagen. Als er den Laden betrat, erfüllte er ihn augenblicklich mit seinem Flair. Keine Frage, vor mir stand Miriams männliches Gegenstück.

»Ah, Sie müssen Wanda Cameron sein, Miriams Freundin. Schön, dass wir uns mal kennenlernen. Miriam hat viel von Ihnen erzählt«, sagte er und schaute mich freundlich an. Aber auch ein bisschen neugierig. Und vor allem so, als sei ich ein Neutrum. Nun, ich hatte nichts anderes erwartet.

»Was hat sie denn erzählt?«, fragte ich etwas unbehaglich. Etwa die Sache mit der Maus im Lagerkeller, als sie mich von der Heizung retten musste, auf die ich kreischend geflüchtet war? Oder das mit meinem Rollerbladeversuch im letzten Winter, dem Blitzeis und dem Streckverband? Oder etwa das mit dem Mietwagen im Parkhaus des KaDeWe? Dafür hatte ich nun wirklich nichts gekonnt!

»Sie hat gesagt, dass Sie eine ausgezeichnete Buchhändlerin sind«, sagte er. »Wenn Sie mal nicht mehr bei Miriam arbeiten können oder wollen, bewerben Sie sich einfach bei uns. Außertarifliche Bezahlung nicht ausgeschlossen. Ihre Bewerbung schicken Sie natürlich an mich persönlich.« Und dann blinzelte er mir doch tatsächlich zu.

Was sollte denn das bitte schön heißen? Glaubte er ernsthaft, er konnte mich abwerben? Oder wusste er mehr als ich? Stand das »Agatha« unmittelbar vor dem Ruin?

»Sie wollen das Schlüsselbund abholen, nicht wahr, Herr Mamlock?«, fragte ich nervös und versuchte, das unbehagliche Gefühl zu ignorieren, das mich bei seinen Worten befallen hatte. Er nickte, und ich gab es ihm. Kurz und kritisch schaute er sich noch im Buchladen um, dann verließ er das Geschäft, und kurz darauf fuhr der silberne Wagen weg.

Das war also der machiavellistische Mamo Mamlock, dachte ich. Oder vielleicht hatte er es auch nur nett gemeint?

Hilfesuchend schaute ich zur Wand, als ob dort die Antwort auf meine Frage in Flammenschrift erscheinen könnte. Doch da war nur das Foto von Agatha Christie, die, kryptisch wie eine Sphinx, zu mir zurückschaute. Das musst du schon selbst herausfinden, schien ihr Blick zu sagen.

Es war noch nicht mal Viertel nach elf, als Miriam mich anrief und wissen wollte, ob mit der Schlüsselübergabe alles geklappt hatte. Ich fragte mich, ob ich mir ihren ungeduldigen, fast gespannten Unterton nur einbildete. Dann erzählte sie mir, dass man sie voraussichtlich schon am Samstagmorgen entlassen würde. Das war schön, aber es hieß auch, dass mir nicht viel Zeit blieb für das, was ich mir vorgenommen hatte.

In Windeseile war es zwei Uhr. Ich malte ein, wie ich fand, wunderschönes blutrünstiges Schild mit Pistolen und Messern, auf dem »Heute wegen Krankheit geschlossen« stand, obwohl es eher aussah, als sei jemand Opfer eines Gewaltverbrechens geworden, hängte es an die Innenseite der Tür und stellte das Telefon auf AB. Dann nahm ich die Knetabdrücke und den Stadtplan, und weg war ich.

»Hallo«, rief ich, als ich den Laden betrat. Der Verkaufsraum war klein und verlassen. Auf der einen Seite hingen Schlüsselrohlinge an Haken an den Wänden, auf der anderen Seite war eine Schuhmacherbank aufgebaut. Hinter dem Tresen stand niemand.

Doch mein Rufen verhallte nicht ungehört. Ein älterer Mann in einer blauen Handwerkerjacke kam durch die rückwärtige Tür. Seine Brille hatte er auf die Stirn geschoben, was ihm zusammen mit der Jacke das Aussehen eines proletarischen Gelehrten gab. Durch die geöffnete Tür konnte ich in einen zweiten Raum blicken. Dort saß eine schwarz gekleidete Frau über eine Nähmaschine gebeugt. Das schnurrende Geräusch drang bis zu uns nach vorn.

»Hallo«, sagte er. »Sie wünschen?« Er hatte einen starken Akzent, und ich vermutete, dass es Herr Papadopoulos persönlich war, Schmargendorfer Schlüsselmacher, Schuster und Änderungsschneider in Personalunion. »Reisverschlüße, kürze Hösen und Röke, Schlüßel und mehr« hieß es auf der Schaufensterscheibe seines Ladens.

»Guten Tag.« Ich zog die Bonbonschachtel aus der Tasche und klappte sie direkt vor seiner Nase auf, sodass er sehen konnte, was ich ihm Schönes mitgebracht hatte. »Sagen Sie, wäre es möglich, dass Sie von diesem Abdruck einen Schlüssel herstellen?«

Er ließ die Brille auf seine Nase hinabgleiten, bis sie nur ganz vorn auf der Spitze saß, und betrachtete den Knetabdruck genau. »Warum? Ist ein Sicherheitsschlüssel. Ist verboten, ihn einfach nachzumachen.« Dann schaute er mich misstrauisch an.

»Ja, wissen Sie, das ist so«, sagte ich. »Meine Mutter hat Alzheimer.« Hinter dem Rücken kreuzte ich die Finger. Wenn sie jemals herausfand, dass ich so etwas über sie verbreitete, drohte mir lebenslanger Rouladenbann, was ein Jammer wäre. Sie füllte sie nämlich mit Cabanossi statt mit Speck, was wirklich wahnsinnig lecker war. »Und sie verlegt ihre Schlüssel ständig! Zum Glück hatte mein Vater die großartige Idee, von allen unseren Schlüsseln einen Abdruck zu machen. Für den Fall, dass sie am Ende wirklich mal einen verliert. Nun ist es so weit. Wir haben überall gesucht, das können Sie mir glauben, aber der Hausschlüssel ist unauffindbar. Mutti behauptet ja steif und fest, sie hätte neulich zum Kaffee einen sehr harten Keks gegessen, der nicht weicher wurde, als sie ihn eingetunkt hat. Aber ich glaub nicht, dass das der Schlüssel war. Sie doch auch nicht, oder?«

Herr Papadopoulos schüttelte verwirrt den Kopf.

»Dazu geht es ihr viel zu gut«, fuhr ich fort. »Und das würde es wohl nicht, wenn sie seit zwei Tagen einen Schlüssel im Magen hätte. Also, um es kurz zu machen: Mein Vater meinte, Sie seien der richtige Mann, um aus diesem Abdruck einen neuen Schlüssel herzustellen. Er hält sehr viel von griechischen Handwerkern, müssen Sie wissen. Er sagt, sie seien die besten der Welt! Als es Mutti noch besser ging, sind die beiden jedes Jahr nach Mykonos geflogen. Sie hatten stets einen Extrakoffer mit ihren Schuhen dabei, was bei Air Berlin nicht billig war, das kann ich Ihnen sagen. Na ja, trotzdem ist die Airline verreckt. Jedenfalls haben meine Eltern ihre Schuhe auf Mykonos neu besohlen lassen, und das war immer eine ganz erstklassige Arbeit. Meinen Sie, Sie können den Schlüssel nachmachen?«

Herr Papadopoulos schaute mich einen Moment regungslos an. Entweder um eine Entscheidung zu fällen, oder weil er wie erschlagen von meinem blödsinnigen Redefluss war. Oder vielleicht auch, weil er überlegte, was »harter Keks« auf Griechisch hieß.

Dann gab er sich sichtlich einen Ruck und sagte: »Ich kann das. Nur eine Kopie, ja?«

»Ja.« Ich strahlte ihn an. »Mein Vater hat seinen ja noch,

aber den konnte ich natürlich schlecht mitbringen, dann kommt er ja nicht mehr ins Haus. Soll ich das gleich bezahlen?«

»Nein, erst wenn Sie ihn abholen.« Er griff nach der Schachtel.

»Wann ist er denn fertig?«

»Morgen«, sagte Herr Papadopoulos. »Und viele Grüße an Ihre Mutter.«

»Danke, richte ich ihr aus«, sagte ich und verließ den Laden.

Ecke Zoppoter Straße, direkt vor einer Apotheke, wartete ich auf den Bus 249. Hier war Schmargendorf etwas weniger dörflich als rund ums »Agatha«, die Häuser waren höher, die Leute, die hier wohnten, einen Tick weniger gediegen und die Mieten wahrscheinlich ein bisschen niedriger. Als ob der lange graue Arm der Stadt bis hierher reichte, aber nicht weiter. In der Ferne sah ich die »Schlange«, ein Bauprojekt aus den späten siebziger Jahren: ein stufig errichtetes, lang gestrecktes weißes Gebäude, das über einer Autobahn erbaut worden war. Die Architektur war umstritten, und kaum errichtet, hatten sich in den langen, dunklen Fluren und schummerigen Hauseingängen düstere Gestalten zusammengefunden. Selbst ein »Tatort« war mal in dieser Schmargendorfer Banlieue gedreht worden. Aber nichts war für immer, nicht mal Ärger. Und so war die »Schlange« inzwischen unter Denkmalschutz gestellt worden, und wahrscheinlich würde sie irgendwann sogar zum UNESCO-Weltkulturerbe gezählt werden!

Ich stellte mir vor, wie das leise Grundrauschen in den Mauern die Bewohner Tag und Nacht daran erinnerte, dass der Verkehr unter ihnen nie zum Halten kam. Nachts hatten die abenteuerlustigen Mieter wahrscheinlich wehmütige Träume vom Verreisen und verstanden nicht, dass sie bei ihrem Morgenkaffee an die Route 66, die Panamericana oder die Seidenstraße denken mussten. Die Ängstlichen hingegen träumten von Unfällen und erwachten schweißnass.

Würde ich da wohnen, ich würde wahrscheinlich von Unfällen auf der Seidenstraße träumen.

Der Bus kam, und ein wenig später, in der U7, hatte ich zehn Stationen Zeit, mir zu überlegen, was ich herausfinden wollte. Am Hermannplatz wechselte ich erneut in einen Bus, und zwölf Minuten später hatte ich die Wagenburg erreicht, in der Julius Maiwald wohnte.

Ich musste mit Josh sprechen! Warum saßen wir in einer langweiligen Stadtwohnung, wo wir es uns in einem Wohnwagen gemütlich machen konnten? Den wir bemalen könnten, zum Beispiel mit stolzen Einhörnern? Ich würde ihm vorschlagen, dass wir Charlottenburg verließen und hierherzogen! Zwar dauerte dann sein Schulweg rund zwei Stunden, denn ich glaubte nicht, dass die JFK ihren Schulbus wegen eines einzelnen Schülers bis nach Alt-Treptow schickte. Aber er musste einsehen, dass das ein niedriger Preis für ein wahnsinnig romantisches Leben war! Obwohl wir wohl zwei Wagen bräuchten, denn mit einem Fastpubertierenden wollte ich nicht auf zweiundzwanzig Quadratmetern wohnen. Am liebsten hätte ich einen richtigen Zirkuswagen mit goldenen Lettern an der Außenwand: »Wandas Wahrsagerwagen«! In dem würde ich dann mit bunten Tüchern um Hals und Kopf sitzen, und wenn Miriam mich besuchen kam, würde ich in meine Kristallkugel blicken und mit geheimnisvoller Stimme raunen: »Liebe Freundin, lass mich dir verraten, was die Aktien für dich in Zukunft bereithalten.«

Na, vielleicht war es besser, wenn ich erst in die Wagenburg zog, wenn Josh aus dem Haus war. Ich wanderte durch die Anlage, bewunderte die bunten Behausungen und fing an, Fotos zu machen. Die Bewohner hatten Wege angelegt, Büsche und Bäume gepflanzt, ein Hochbeet errichtet, in dem Krautiges wucherte. In einer eingedellten Zinkwanne wuchs eine herbstliche Teichrose. Ein paar kleine Kinder spielten an einem Sandberg, verdreckt bis über beide Ohren. Aber sie sahen sehr glücklich aus.

Ein Wagen gefiel mir besonders: Er war mit einem leuchtenden Regenbogen bemalt. Es war zugleich der größte Wagen, und ich fotografierte ihn gerade aus mehreren Winkeln, als von innen auf einmal die Tür aufgedrückt wurde. Heraus stürmte ein kleiner, weiß-brauner Hund und kläffte mich an. Dann trat eine junge Frau mit raspelkurzem weißblonden Haar aus dem Wohnwagen. Würdig wie eine Königin stieg sie die kurze Metalltreppe herunter.

»Hallo, suchste wen?«, fragte sie mich. »Und pack mal die Kamera weg. Dit ham wa hier nich so jerne.«

Hastig ließ ich Joshs Digicam verschwinden und musterte dabei die Frau. Zerrissene Netzstrümpfe, ein Minirock aus blauer Plastikfolie, ein knallrotes Riesen-T-Shirt und violette Springerstiefel. Rein optisch würden sie und Julius Maiwald ein hübsches Paar abgeben, auch wenn sie wahrscheinlich Gefahr liefen, sich bei näherem Kontakt in ihren vielen Piercings zu verhaken.

»Entschuldigung. Ich wollte mir das hier nur mal anschauen«, sagte ich. »Eine alte Dame aus meinem Krimikurs im Seniorenwohnheim hat mir von eurer Wagenburg erzählt. Nein, geschwärmt hat sie und gesagt, ich soll mal herfahren.«

»Na, wenn dit mal nich Julius seine Oma war.« Sie grinste mich an. »Die steht ja total auf unsere Burg. Dit hier is übrijens sein Wagen.«

»Er ist schön«, sagte ich bewundernd.

»Dit kannste wohl sagen. 'n Paradies is dit da drinne. Is ooch janz neu. Ick muss mal mit dem Kleenen hier Gassi. Kannst ja so lange zu Julius. Ick sag ihm Bescheid.« Sie nahm mit einem großen Schritt die Treppe, riss die Tür auf und murmelte etwas ins Innere. »Allet klar, kannst rinjehen«, sagte sie. »Komm, Rio.«

Vorsichtig betrat ich den Wohnwagen. In einer Ecke war ein Podest aus Brettern, anscheinend selbst gezimmert, bedeckt mit Matratzen. Darauf saß mit gekreuzten Beinen Julius Maiwald. Vor ihm stand eine prächtige Wasserpfeife, und wie er da an dem Mundstück zog, dass es gurgelte und zischte und sich der Raum mit einem fruchtigen Dunst erfüllte, erinnerte er mich fatal an die Raupe auf dem Pilz aus »Alice im Wunderland«.

Er winkte mir zu, machte aber keinerlei Anstalten, mit mir zu sprechen, und ignorierte mich mehrere Atemzüge lang.

Ich kam mir genau wie Alice vor.

Unentschlossen blieb ich stehen und schaute mich um. Rechts war eine Tür, wahrscheinlich ging es dort ins Klo oder, wie hieß das bei Wohnwagen so schön, in die Nasszelle. Der große Wohnraum hatte eine Küchenzeile, die um einiges moderner als meine Küche war, inklusive Espressomaschine und Mikrowelle. Überhaupt sah der Wohnwagen aus, als sei er ursprünglich in einer Luxusausstattung geliefert worden, woraufhin seine Bewohner versucht hatten, ihn mit aller Macht, mit Postern und Zubehör, auf ein punkiges Niveau herunterzufahren. Eine futuristische Musikanlage neben einer CD-Sammlung fiel mir ins Auge. Ich trat näher und stellte fest, dass auch die Anlage kein Schnäppchen gewesen sein konnte: Bang & Olufsen. Alles in allem war das, was ich sah, hervorragend getarnter Wohlstand. Ich hätte zu gern gewusst, woher Julius Maiwald das Geld für diesen Wagen nebst Ausstattung hatte!

Julius atmete aus. »Hallo! Du kommst von Oma, sagt Pippilotta? Standest du nicht neulich neben ihr, als ich sie besucht habe? Alles okay mit ihr?« Er duzte mich, obwohl wir mindestens fünfzehn Jahre auseinander waren.

You can say you to me, dachte ich. »Ich habe sie gestern gesehen, und da ging's ihr blendend. Sie findet, dass eure Wagenburg und ihr Seniorenwohnheim viel Ähnlichkeit miteinander haben. Und das wollte ich mir mal anschauen.«

Er lachte. »Das hat sie zu mir auch mal gesagt. Finde ich aber nicht. Wir haben hier ein gemeinsames Ziel, das haben die in ihrem Heim nicht. Die nennen sich nicht Wohn- und Kulturprojekt, außerdem sind sie nicht selbstbestimmt. Ja, Oma kümmert sich und zieht auch mal neue Projekte ran, das schon, aber sie ist die Einzige, und zu sagen, dass die Senioren kollektiv und umweltschonend leben – du, das ist ’ne glatte Lüge.« Er zog erneut an der Pfeife, dann atmete er wieder aus und lachte röchelnd. »Außerdem reden wir hier nicht so viel über Diabetes, Bluthochdruck und künstliche Hüftgelenke.«

»Na, das liegt nur am Alter. Da kommt ihr auch noch hin«, sagte ich. »Aber schön ist es hier, keine Frage.«

»Das sehen nicht alle so. Es gibt ’ne Menge Leute, die uns hier weghaben wollen. Sie behaupten, dass wir der Verslumung Vorschub leisten und dass hier nur Obdachlose wohnen. Ist aber Blödsinn. Bei uns gibt’s Leute, die haben richtig Kohle, bloß keinen Bock auf dieses Spießerwohnen samt Bausparen.«

Julius hatte mir das perfekte Stichwort gegeben. »Was kosten eigentlich diese Wagen?«

»Och, das ist ganz unterschiedlich. Kommt drauf an, ob’s ein alter Bauwagen ist oder ein Zirkuswagen oder eine Spezialanfertigung oder ein Lkw-Hänger, den man ausbaut. Ist so ähnlich wie bei Eigentumswohnungen. Die gibt’s ja auch in verschiedenen Ausstattungen.«

»Der hier war bestimmt nicht billig«, sagte ich und schaute mich um.

»Nee, das stimmt.«

»Was hat er denn gekostet?«, fragte ich. »War sicher ganz schön teuer, was?«

»*Du* bist ganz schön *neugierig*.« Julius griff wieder zu seinem Shisha-Mundstück, um die nächste Ladung Fruchttabak blubbernd durch die Wasserbowl zu ziehen. »Wenn du Oma siehst, sag schöne Grüße von mir. Ich schau bald mal wieder vorbei.«

Zu mehr Antwort ließ er sich nicht herab, und ich beschloss zu gehen. Draußen wanderte ich eine Weile ziellos umher und entfernte mich dabei immer weiter von dem Grundstück. Ich hatte gerade den Kanal erreicht, als ich hinter mir aufgeregte Rufe hörte. Neugierig drehte ich mich um, aber Buschwerk versperrte mir die Sicht. Ich griff nach meiner Kamera und umrundete es. Am Rande der Wagenburg angekommen, blieb ich stehen und beobachtete die Szene vom Verborgenen aus.

Ein dunkler Wagen war auf das Gelände gefahren. Er kam mir bekannt vor, so, als hätte ich schon mal dringesessen. Pippilotta und der kläffende Rio standen davor und diskutierten mit einem Mann, der offensichtlich der Fahrer dieses Wagens war. Ich sah ihn nur von hinten, aber sein schwarzes Haar, das sich im Nacken lässig lockte, seine entspannte und zugleich wachsame Haltung kannte ich.

»Scheißbulle!«, hörte ich Pippilotta wütend rufen. »Wat kommst du hierher und schnüffelst rum? Und wat willst du von uns? Verpiss dich!«

Im Schutz eines Baumes hielt ich die Kamera hoch und zoomte die Szene näher heran. Vorhin hatte die Wagenburg verlassen gewirkt, jetzt gingen die Türen der anderen Wohnwagen auf, Leute traten heraus, von dem Geschrei alarmiert. Auch Julius Maiwald verließ seinen Wagen, wahrscheinlich, um Pippilotta beizustehen.

Schnell drückte ich auf den Auslöser, einmal, zweimal, dreimal, und fertig war das Foto von Julius Maiwald. Sehr gelungen – als Vergrößerung könnte ich es glatt seiner Oma zum Geburtstag schenken. Während die Diskussion intensiver wurde, wandte sich der Mann in der Gruppenmitte, vor dem Pippilotta schimpfend und bedrohlich mit ihren Armen wedelnd stand, in meine Richtung. Ich konnte der Versuchung nicht widerstehen: Ich machte auch von ihm ein Foto. Es wurde richtig gut. Er hatte darauf seinen typischen Blick zwischen Orient und Okzident, kühl und dunkel zugleich, schwelendes Feuer unter schwarzem Granit.

Jetzt musste ich, die unsichtbare Spionin im Schatten der Büsche, nur noch warten, bis sich der Tumult legte und Yunos Kamat wieder abfuhr.

FÜNFZEHN

»Griechischer Wein ist wie das Blut der Erde«, trällerte ich frohgemut, als ich mich am nächsten Morgen um kurz nach neun auf den Weg zum Schlüsselmacher Papadopoulos machte, die Digicam in der Tasche.

Mit deren Besitzer hatte ich ausgemacht, dass er nach der Schule ins »Agatha« kommen sollte. Dann konnte ich den Laden heute etwas länger geöffnet lassen. Das fand ich nach meinem gestrigen Ausfall nur fair. Danach würden Josh und ich zu dem kleinen Chinesen in Schmargendorf gehen, hatte ich mir vorgenommen. Und bei einem Sauer-Scharf-Süppchen feiern, dass ich meinen ersten Fall gelöst hatte. Höchstwahrscheinlich.

»Komm, schenk mir eiiiiin«, sang ich laut, als ich die Tür des Ladens öffnete. Kannte Herr Papadopoulos das Lied nicht, oder warum sah er mich so stirnrunzelnd an? Es kam doch einer Hymne gleich!

»Hier ist Schlüssel«, sagte er und legte ihn mir, in einem hübschen braunen Tütchen verpackt, auf den Tresen. »Sie brauchen noch Abdruck?«

»Nein, den können Sie wegschmeißen«, sagte ich, meine gestrige Tarnung über Bord werfend. Und jetzt kam's: Ich zog die Digicam aus der Tasche, drückte den On-Knopf und hatte Julius Maiwald auf dem Display. »Ich vermute, dass Sie neulich schon mal einen Schlüssel nach so einem Abdruck gemacht haben, stimmt's?«

Herr Papadopoulos kniff die Augen zusammen, und dieser Blick verriet mir alles, was ich wissen musste.

»Ich bin nicht von der Polizei«, versicherte ich. »Ich recherchiere für ein Buch, für einen Krimi. Sagen Sie – war es dieser Mann?« Ich zeigte ihm das Foto von Julius Maiwald. Sag ja, dachte ich. Jajajaja.

»Andere Abdrücke habe ich nicht angenommen und nicht

abgegeben. War Elena. Ich war böse deshalb.« Zögernd nahm er die Kamera. »Muss ich ihr zeigen.«

Er verschwand im Hinterzimmer. Abdrücke?, dachte ich. Mehrere Schlüssel? Ich hörte Stimmen in einer fremden Melodie, die sich hob und wieder senkte, und es dauerte eine ganze Weile, bis er wieder herauskam.

Er gab mir die Kamera zurück und schüttelte bedauernd den Kopf. »Elena sagt, sie kann sich nicht mehr erinnern, wie der Kunde aussah. Aber sie ist sicher, dass es nicht dieser Mann war. Daran würde sie sich erinnern. Sieht sie nicht jeden Tag, so einen wie auf Foto.«

Meine Hoffnungen fielen in sich zusammen. Nicht Julius Maiwald? Das konnte doch gar nicht sein!

»Und Ihre Frau irrt sich bestimmt nicht?«, fragte ich mit schwindender Hoffnung.

»Nein, irrt nicht. Irrt sich nie«, sagte er mit deutlicher Erleichterung in der Stimme. Ich verstand: Er wollte mit dieser ganzen Sache nichts zu tun haben.

»Wie viele Schlüsselabdrücke haben Sie denn bekommen?«

»Zwei«, sagte er.

»Aber ein Mann war es?«, hakte ich nach.

Herr Papadopoulos zog die Schultern hoch: »Elena weiß nicht mehr genau. Vielleicht ein Mann, ja.«

Vielleicht aber auch nicht. Ich steckte die Kamera ein und verließ enttäuscht den Laden.

Meine Verstimmung hielt den ganzen Vormittag an. Wenn Julius Maiwald nicht dahintersteckte, wer dann? Und woher hatte dieser Punk dann das Geld für den schicken neuen Wohnwagen und die teure Hightech-Anlage?

Ein Kunde, der die ersten beiden Krimis von Andrea Maria Schenkel haben wollte, unterbrach meine Grübeleien. »Kalteis« hatten wir vorrätig, »Tannöd« musste ich bestellen. Kaum erledigt, klingelte das Telefon.

»Morgen früh lassen sie mich hier raus, zum Glück«, sagte

Miriam. »Ich mach morgen auch wieder den Laden. Sie haben zwar immer noch nicht herausgefunden, was die Asthmaattacke bewirkt hat. Aber ab sofort trage ich immer eine Spritze bei mir. Bei Notfällen jag ich sie mir rein, und fertig. Wanda, kannst du mir einen Gefallen tun?«

»Jeden.« Ich war erleichtert, dass es ihr wieder gut ging, erleichtert, dass ich den Samstag für mich hatte.

»Kannst du einige Lebensmittel für mich einkaufen? Das schaffe ich morgen früh nicht auch noch.«

»Natürlich. Schieß los. Was brauchst du?« Ich zupfte den Notizblock, der neben dem Telefon lag, unter einem Katalog hervor und schrieb auf, wonach der Rekonvaleszenten zumute war. Das Lachsfilet, die Erdbeeren und die Schlagsahne ließ ich ihr locker durchgehen, aber beim Champagner stutzte ich. »Miriam, bekommst du Besuch? Oder ist das dein normales Samstagabenddinner?«

»Mamo will vorbeikommen, um mit mir etwas zu besprechen«, sagte sie reserviert, und ich beschloss, nicht näher auf dieses vermeintliche »besprechen« einzugehen. Obwohl Champagner in Zusammenhang mit weißem Flieder für mich eine deutliche Sprache sprach. Allerdings keine besonders laute, sondern eher ein sexy, verheißungsvolles Flüstern voller Ohhs und Ahhs und Hmms.

»Stellst du bitte alles in den Kühlschrank? Den Schlüssel pack hinterher wieder in die Kasse, damit er nicht verschüttgeht. Apropos Schlüssel – wie sieht es denn mit dem von Lennart aus?«

»Hat alles geklappt. Ich hab ihn«, sagte ich triumphierend und ließ den Einkaufszettel in meiner Umhängetasche verschwinden.

»Ach, echt? Du bist ja richtig gut bei so was. Dann gehen wir nächste Woche noch mal hoch.« Miriam klang ausgesprochen unternehmungslustig. Ich vermutete, es galt nicht nur mir.

»Das tun wir«, antwortete ich. »Aber jetzt machen wir erst mal Schluss.«

»Nein, halt, die Nummer von hier hast du? Falls noch was ist.«

»Ja, die habe ich. Aber was soll schon sein? Hast du Angst, dass der Lachs ausverkauft ist?« Ich beendete das Gespräch, denn die Glocke der Ladentür hatte gebimmelt, und Frau Maiwald war hereingekommen. Sie sah mich besorgt an.

»Hallo, Frau Cameron. Geht es Ihnen gut?«

»Ja, warum?«, fragte ich beunruhigt. Sah ich irgendwie schlecht aus? War es doch nicht die Galle, sondern die Leber gewesen, und ich hatte unbemerkt eine gelbliche Gesichtsfarbe bekommen? Hatte sich das Weiße in meinen Augen quittegelb verfärbt?

»Na, weil gestern der Laden geschlossen war. Wegen Krankheit. Ich dachte schon, es ist was mit Ihnen.«

»Oh«, sagte ich erleichtert. »Nein, meine Kollegin ist krank, und ich – raten Sie mal, wo ich gestern war!«

Mit schief gelegtem Kopf sah Frau Maiwald mich an, als ob sie überlegen würde, was ich an einem freien Nachmittag anfangen könnte. Ihr schien nichts einzufallen, was wohl bedeutete, dass ich erstens nicht so aussah, als ob ich nachmittags heimlichen Vergnügungen nachging, und zweitens die Kunde von meinem Besuch in der Wagenburg noch nicht bis zu ihr durchgedrungen war. Demnach hatte Julius Maiwald sie nach meinem Abgang nicht sofort angerufen. Wahrscheinlich war die Wagenburg durch das Auftauchen der Kriminalpolizei in heller Aufregung gewesen, und er hatte mich darüber vergessen.

Ich fragte mich, ob Yunos Kamat Julius Maiwald vor Ort befragt hatte. Oder hatte er ihn und Pippilotta mit aufs Präsidium genommen? Kamat sah mir nicht aus wie jemand, zu dem man ungestraft »Scheißbulle« und »Verpiss dich« sagen konnte. Interessant aber, dass er Julius auch zum Kreis der Verdächtigen zählte.

»Ich war in der Wagenburg Ihres Enkels«, gestand ich und beendete so das heitere Ratespiel. Ein glückliches Strahlen zog über Frau Maiwalds Gesicht.

»Bei unserem Jungen waren Sie? Wie schön! Und, wie fanden Sie es dort?«

»Sehr romantisch, und am allerbesten von allen Wagen hat mir der Ihres Enkels gefallen. In so einem würde ich auch gern leben«, sagte ich, und das war nicht mal gelogen.

»Ja, da kann sich der Junge wohlfühlen.« Frau Maiwald klang sehr stolz.

Etwas riet mir, weiter zu schwärmen. »Ein Traum von einem Wagen! So einen hätte ich auch gern! Ich frage mich, was so etwas wohl kostet.«

»Das kann ich Ihnen genau sagen«, meinte Frau Maiwald leise. »Mit allem Drum und Dran sechsundvierzigtausend Euro.«

»Was!«, sagte ich erstaunt. »Woher hat denn der Julius so viel Geld?«

Frau Maiwald schaute sich nach etwaigen Mithörern um und senkte die Stimme, dabei waren wir allein im Laden. »Von mir«, flüsterte sie. »Mein Sohn und meine Schwiegertochter dürfen das nicht wissen. Sie halten nichts davon, dass Julius dort wohnt. Aber er ist mein einziger Enkel, und ich bin doch schon sechsundachtzig. Ob er das Geld nun jetzt bekommt oder später, wenn ich tot bin …« Sie legte verschwörerisch den Finger auf den Mund.

Die warme Hand gibt lieber als die kalte, zitierte ich in Gedanken einen Spruch, den meine Mutter gern zum Besten gab, wenn sie Josh mal wieder etwas Überflüssiges gekauft hatte, nur weil es von ihm ein einziges Mal in einem Nebensatz erwähnt worden war.

»Das war aber sehr nett von Ihnen, Frau Maiwald«, sagte ich und fragte mich unbehaglich, ob sie sich das Geld vom Munde abgespart hatte, was ihre abgenutzte Kleidung, ihr leicht bekleckertes Aussehen erklären würde. Und ob Julius das überhaupt zu schätzen wusste? Außerdem war ich beeindruckt, dass Frau Maiwald schon so alt war. Sie wirkte auf mich viel jünger. Vielleicht war Alter gar keine Frage der Biologie, sondern der Einstellung? Irgendein Philosoph hatte mal gesagt: Schon wenn man geboren wird, hat man eine klare Neigung zu einem der drei Altersabschnitte jung, erwachsen oder alt. Dann war Frau Maiwald wohl eine ewig Junge.

Eines war mir jetzt aber leider klar: Elena Papadopoulos hatte die Wahrheit gesagt, als sie den Mann auf meinem Display nicht erkannte, und ich hatte mich mal wieder selbst in die Irre geführt. Langsam erkannte ich, dass die Detektivarbeit für mich vielleicht doch nicht das Richtige war. Die Realität hinkte meiner Phantasie entschieden hinterher.

Da bin ich doch als Mutter viel überzeugender, dachte ich, als mein Söhnchen den Laden betrat, und umarmte ihn, bis er sich aus meiner festen Umschlingung wie ein ungehaltener Aal herauswand.

Eine knappe Stunde lang fühlte ich mich in meinem freiwilligen emotionalen Rückzug aufs Familiäre sehr wohl. Dann wurde es allmählich schummrig, und Josh fing an zu maulen. Inzwischen hatte er alle Krimihörbücher neu sortiert, und zwar nach der Haarfarbe der Personen, die auf dem Cover abgebildet waren, woraufhin ich ihn anfuhr, dass er das gefälligst rückgängig machen sollte.

Er gab zurück, dass ihm voll langweilig und unser Computer voll bescheuert sei, weil keine Spiele darauf liefen, und beschwerte sich, dass wir nur Bücher ohne irgendwelche Bilder im Laden hätten. Ich hätte ihm natürlich das Standardwerk der Ripperologie überlassen können, aber das tat ich nicht. Es hätte sein Frauenbild, an dem ich unablässig feilte, negativ beeinflussen können.

Ich im Gegenzug hatte zu tun und weder Zeit noch Lust auf sein Genörgel. »Mach Schularbeiten«, pfiff ich ihn zwischen zwei Kunden ärgerlich an.

»Hab ich schon in der Schule gemacht«, gab er patzig zurück. »Hier ist es blöd und stupid. Nächstes Mal gehe ich wieder zu Oma. Du bist gemein.«

Mein Sohn war in der Lage, mich bilingual zu beschimpfen. Mann! Statt ihn milde zu tadeln, ging mir für diesen Tag die Kraft aus, und ich machte etwas völlig Unpädagogisches. Etwas, das ich jedem anderen streng untersagt hätte, besonders meiner Mutter. Ich griff zum bewährten Mittel der Bestechung.

»Willst du dir ein LTB holen?«, fragte ich. Das »Lustige Taschenbuch« aus dem Hause Disney tat mit seiner Sprechblasenkultur herzlich wenig für die Steigerung der Lesekultur. Aber gerade deshalb wirkte es Wunder bei einem Zehnjährigen.

»Sechs fünfzig.« Josh hielt strahlend die Hand auf. Ich kramte einen Zehner aus meinem Portemonnaie und gab ihn ihm.

»Geh zu dem Kiosk da drüben«, sagte ich. Er nickte und flitzte aus dem Laden. Das Letzte, was ich hörte, war das klingende Türglöckchen, das leise verstummte.

Die Zeit verstrich. Ich war mit dem Heraussuchen von Krimis und dem Bibliografieren eines Romans beschäftigt, der vergriffen war. Das mochte der Grund sein, warum mir zunächst nichts auffiel.

Bis mir auf einmal bewusst wurde, dass Josh noch nicht zurück war. Das »Agatha« und den Kiosk trennten eine Straße und zwei Ampeln. Wie lange konnte das dauern? Ich spähte in den frühen Abend hinaus. Wo blieb er nur? Ich griff zum Telefon und wählte seine Handynummer. Sofort hörte ich seinen Klingelton, die Titelmelodie der »Simpsons«, aber aus der Teeküche. Ich ging dem Ton nach. Sein verwaistes Handy lag auf dem Tischchen.

Meine Besorgnis wuchs. Ich trat vor den Laden und schaute die Straße hoch und runter: Menschen, die über die Kreuzung gingen, aber niemand, der wie Josh aussah, dunkel und lockig, eins vierzig, mit orangefarbener Jacke, Jeans, weißen Turnschuhen.

Das klingt, als würde ich der Polizei beschreiben wollen, was er zum Zeitpunkt seines Verschwindens anhatte, dachte ich unruhig.

Inzwischen war das »Agatha« leer und somit keiner da,

der mich von meinen sekündlich stärker werdenden Ängsten ablenken konnte. Immerhin gab es hier im Stadtteil einen Mordfall!

Was, wenn der Täter zurückgekommen war? Wenn ausgerechnet mein Kind seinen Weg gekreuzt hatte? Was, wenn Josh allen lebenslangen Mahnungen zum Trotz mit einem Fremden mitgegangen war? Mit jemandem, der nicht so herumnörgelte wie seine Mutter? Der ihn raffiniert in ein Gespräch über Micky Maus und Donald, Daisy und Minnie, Daniel Düsentrieb und Kater Karlo verwickelte, um ihn dann sanft beim Arm zu nehmen und irgendwohin zu ziehen, wo er ihn für sich allein hatte? In ein Auto? In einen Hauseingang? Einen Keller?

Ich dachte an den »Kindersammler«, an »Evil«, an all die Krimis, in denen mit Kindern Grausames angestellt wurde, und meine Kehle verengte sich. Inzwischen war über eine Dreiviertelstunde vergangen, und mir fiel keine vernünftige Erklärung für Joshs Fernbleiben ein. Ich kannte mich gut genug, um zu wissen, dass gegen die Vorstellungen, die mir im Kopf herumgingen, nur ein sinnvolles Gegenmittel in Frage kam: Aktionismus.

Also griff ich mir Tasche und Jacke, hängte mal wieder das »Heute wegen Krankheit geschlossen«-Schild an die Tür und machte mich auf die Suche. Inzwischen war es nach sechs, und in den ersten Geschäften gingen die Lichter aus. Ich rannte über die Straße zum Kiosk.

»Hat hier vor einer halben Stunde oder so ein dunkler Junge mit schwarzen Locken ein Micky-Maus-Buch gekauft?«, fragte ich die Verkäuferin atemlos. Sie war gerade dabei, einem Herrn einen Lottoschein auszuhändigen. Der Jackpot am Samstag war auf zweiundvierzig Millionen Euro angestiegen. Eine stolze Summe, aber sie zählte für mich weniger als ein leeres Bonbonpapier, wenn ich Josh nicht gleich, sofort und auf der Stelle wohlbehalten wiederfand!

»Ein Micky-Maus-Buch? Nein, habe ich heute überhaupt nicht verkauft. Vorhin waren zwei Jungen hier drin, aber sie haben Pokémon-Karten gekauft, außerdem waren sie beide blond.«

Immer größer wurde der Kloß in meinem Hals. Ich verließ den Kioskladen und schaute erneut die Straße auf und ab. Kein Josh. Das darf jetzt nicht wahr sein, entschied ich. Das ist ein Alptraum.

Ich lief die Straße hoch, die neben dem Friedhof zu einem Kindergarten führte. Nichts. Ich rannte am ersten Seniorenheim vorbei, dann an der Bank und schließlich am zweiten Heim, zu einer Schule, die abendstill und kinderlos dalag. Dann joggte ich zurück zur Buchhandlung – kein Josh.

Ratlos und panisch schaute ich die Breite Straße entlang, zu dem Mittelstreifen, auf dem an irgendeinem Busch noch die Relikte einer ausgespienen Currywurst kleben mussten, eine vage Erinnerung an ein früheres, sorgloses Leben – und meinte, im dunklen Gebüsch einen orangefarbenen Schimmer zu sehen.

Trotz roter Ampel rannte ich zum Mittelstreifen. Ich drängte mich in das Buschwerk und rief, so laut ich konnte: »Josh! Josh? Joshosh!«

Dann hörte ich seine Stimme, und eine Welle der Erleichterung erfasste mich, spülte so heftig über mich hinweg, dass ich fast in die Knie ging.

»Mama! Ich bin hier!« Es raschelte und knackte, und dann brach es aus dem Gebüsch, mein orangerotes Hirschkalb, und seine Unterlippe zitterte.

Meine zitterte auch, und so zitterten wir einen Moment synchron, bis ich ihn umarmte. Diesmal ließ er es, im Gegensatz zu vorhin, willig geschehen.

»Josh, was machst du denn hier? Bist du wahnsinnig, einfach so zu verschwinden?«, fragte ich und gab ihn wieder frei in eine Welt, die mir noch vor einer Sekunde ganz und gar feindselig erschienen war.

»Ich hab den Zehn-Euro-Schein verloren. Er ist mir aus der Hand geweht und hier in die Büsche«, sagte er kläglich. »Ich kann ihn nicht finden. Es ist so dunkel! Die ganze Zeit hab ich gesucht!«

»Ach, Josh.« Ich legte ihm den Arm um die Schulter und zog ihn mit mir fort. »Komm, lass den Schein. Den findet morgen jemand anders, und der freut sich.«

»Aber das LTB«, jammerte Josh, und ich sagte: »Das kaufen wir. Jetzt sofort.«

Hand in Hand gingen wir zurück auf den Bürgersteig, und erst dort ließ er meine Hand los. Die Dame im Kiosk begrüßte uns mit einem launigen »Na, haben Sie Ihren Ausreißer gefunden?«, und als wir wenig später wieder auf der Straße standen, beschloss ich, Miriams Einkäufe auf der Stelle zu erledigen. Josh trabte widerspruchslos hinter mir her, und eine halbe Stunde später waren wir mit Lachs, Champagner, Erdbeeren und Co. zurück im Laden, wo ich den Schlüssel aus der Kasse angelte.

Versucht sie, Mamo zurückzugewinnen?, fragte ich mich. Wenn Liebe durch den Magen ging, hätte ich mich bei diesem Menü willig hingeworfen. Aber er war doch anderweitig verheiratet – wohin sollte das denn führen? Ich verstand es nicht. Kopfschüttelnd begann ich mit der täglichen Kassenabrechnung, während Josh in der Leseecke hockte und in seinem LTB schmökerte.

»Komm, wir bringen das Essen zu Miriam«, sagte ich, als ich fertig war, und wir verließen das »Agatha« durch den Seitenausgang.

»Kann ich mir die Wohnung anschauen?«, fragte Josh.

»Klar, warum nicht?«, sagte ich und ging in Miriams makellos aufgeräumte Küche. Verschiedene Sorten Olivenöl mit und ohne Basilikum- und Zitronenzusatz standen wie italienische Zinnsoldaten im Millimeterabstand aufgereiht in einem Regal. An einer Edelstahlstange neben dem Herd hingen Gläser mit Kräutern und Gewürzen. Ich fuhr mit dem Zeigefinger darüber: nicht die geringste Spur von Fett oder Staub. Die Kühlschranktür war aus Glas. Man konnte von außen sehen, dass die Lebensmittel ordentlich in Tupperschalen verstaut waren, kein schmieriger Fingerabdruck war auf der Scheibe zu entdecken.

Angesichts von so viel professioneller Haushaltsführung, Anjana sei Dank, stellte ich seufzend das Gekaufte in den Kühlschrank. Guten Appetit, dachte ich und ließ die leere Plastiktüte auf der Granitarbeitsplatte liegen. »Josh?«

»Hier«, rief mein Sohn. Ich folgte seiner Stimme. Er war im Wintergarten, wo es so dunkel war, dass ich zuerst nichts sehen konnte. Dann nahm ich allmählich Umrisse wahr: den Tisch, Stühle, Josh.

»Bei Miriam ist alles so … kahl«, sagte er und starrte zum finsteren Friedhof hinaus. Kein Laternenschein erhellte die dunklen Wege zwischen den Gräbern. Dann drehte er sich zu mir um. Offenbar hatte der Ausblick eine Assoziation in ihm ausgelöst, denn er fragte: »Als was soll ich eigentlich dieses Jahr zu Halloween gehen?«

Stimmt, übermorgen war Halloween – trick or treat, Süßes, sonst gibt's Saures. »Ich weiß nicht. Als Gerippe? Als Monster? Als Vampir? Als Zombie?«, schlug ich vor. »Und ja, du hast recht, Josh, hier ist es sehr ordentlich. Sieht anders aus als bei uns, was? Aber dafür riecht es hier drin muffig«, fiel mir auf. »Riechst du das auch?«

»Hm«, machte Josh und schaute zum Oberfenster der Glasfront. Wahrscheinlich kam der Geruch von dem welken Bouquet, das auf dem Tisch stand, an dem wir neulich gegessen hatten. Vermutlich stammten auch diese Blumen von Mamo. Ich schaute sie genauer an: Die Blüten leuchteten blass in der Finsternis. Was hat er nur mit diesen weißen Blumen?, fragte ich mich. Sollen sie die Unschuld symbolisieren? Die Unschuld von was? Setzte er Miriam mit der Jungfrau Maria gleich? Spielte er auf eine unbefleckte Empfängnis an? Ha, wenn man schon mal verheiratet gewesen war, konnte eine Beziehung ja kaum noch unschuldig sein!

Dachte ich an meine verflossenen Beziehungen, fielen mir alle möglichen Pflanzen ein – Fingerhut, Wolfsmilch, Seidelbast, Maiglöckchen und Eisenhut, dazu der eine oder andere Knollenblätterpilz. Alle äußerst giftig.

Aber bestimmt keine weißen Fliederbouquets.

Es würde erst aufhören zu miefen, wenn man den Strauß entsorgte. Aber das traute ich mich nicht. Miriam erschien mir zwar nicht sentimental. Aber sicher war ich nicht – vielleicht täuschte ich mich, wenn es um Mamo ging.

SECHZEHN

»Ich mach mal das Fenster auf«, sagte Josh, wahrscheinlich, weil er inzwischen entdeckt hatte, dass die Oberfenster mit Hilfe eines interessanten Drehmechanismus zu öffnen waren. Er drehte und drehte, und dann hatte er es endlich geschafft. Wir warteten eine Weile, atmeten kühle Oktoberluft, die hereinströmte und allmählich den muffigen Geruch verdrängte.

»Jetzt kannst du es wieder schließen«, sagte ich, und mit viel Enthusiasmus machte Josh sich erneut an die Arbeit. Das erste Fenster ging zu, er kurbelte am zweiten – da hörte ich etwas rascheln. Dieses Geräusch kannte ich von neulich: Jemand näherte sich und ging dabei durch das herabgefallene Laub.

»Pst, hör mal, da ist wer«, flüsterte ich, und Josh hielt in seiner temperamentvollen Drehbewegung inne.

In diesem Moment raschelte es erneut, aber aus einer etwas anderen Richtung. Jemand, den wir genauso wenig sehen konnten wie die erste Person, näherte sich und blieb außerhalb unseres Blickfelds stehen. Ich reckte meinen Hals, so weit es ging, aber zum einen befanden sich die beiden zu weit links, zum anderen war es auf dem Friedhof stockfinster. Ich konnte absolut nichts erkennen. Doch ich hörte ihre Stimmen. Angestrengt lauschte ich, und allmählich machte ich einzelne Wörter und Satzteile aus.

»… warum nicht?«, hörte ich.

Gemurmel.

»… brauchen es. Wie lange bis … es haben?«

Gemurmel.

»Übermorgen ist zu spät … auffliegen, wenn Sie es nicht … bringen.«

Mit jedem Satzbruchstück war ich sicherer, dass ich zumindest die verständlichere der beiden Stimmen schon mal gehört hatte, und zwar vor nicht allzu langer Zeit. Die andere Person sprach leider zu leise. Ich konnte nicht einmal sagen, ob es ein Mann oder eine Frau war. Josh schaute mich mit großen Augen an.

»Wer ist denn da? Ich sehe niemanden«, fragte er leise.

Ich hielt rasch einen Finger vor den Mund.

»Wagen Sie … nicht! Ich habe … Waffe besorgt, und ich weiß, was Sie … haben.«

Murmelmurmel.

»Sie … uns erpresst! Jetzt … Spieß um. Sie … eine halbe Stunde Zeit, das Geld … besorgen.«

Gemurmel.

Ein kurzes, gehässiges Lachen. »Mich auffliegen … Das machen … niemals. Welches Verbrechen … schwerwiegender? Überlegen Sie … Also Schluss jetzt, ich warte … Sie holen das Geld.« Dann wurde die Stimme plötzlich lauter. »Hey, weg damit! Was soll das? Sind Sie wahnsinnig? Nein, nicht!«

Und dann hörten wir ein schreckliches Geräusch, ein kurzes, scharfes »Plopp« zu unserer Linken. Ein Geräusch, das eigentlich nichts Gefährliches an sich hatte, es war nicht einmal besonders laut.

Aber in meinen Ohren klang es mörderisch.

Josh und ich standen wie erstarrt, während sich hastige Schritte durch das raschelnde Laub entfernten. Diesmal waren es nur die Schritte von einer Person.

»War das … ein Schuss?«, fragte mich Josh ängstlich – der Junge, der blutrünstige Actionfilme und wilde Western liebte, bei denen die Indianer gruppenweise von den Pferden geballert wurden.

»Josh, du bleibst hier, und ich schau mal nach, was da draußen los ist, okay?«

»Nein, Mama, nein, geh da nicht hin«, sagte Josh mit bebender Stimme. »Was, wenn das wirklich ein Schuss war?«

Also gut, dann musste ich das eben anders regeln. Ich wollte mich nicht in Gefahr bringen, wollte Josh nicht traumatisieren, und gesetzt den Fall, ich starb im Kugelhagel, wusste ich wirklich nicht, wie ich das meiner Mutter erklären sollte!

Ich griff zum Handy und drückte mich durch das Telefonregister, bis eine bestimmte Nummer im Display erschien. Die Verbindung wurde aufgebaut, es klingelte. Es war nach sieben, aber ich hatte Glück. »Kamat«, meldete sich eine Stimme.

»Herr Hauptkommissar, Wanda Cameron hier«, sprudelte ich los. »Ich bin mit meinem Sohn in der Wohnung von Miriam Mamlock, direkt hinter dem ›Agatha‹, und wir sind überzeugt, dass wir vor höchstens zwei Minuten auf dem Friedhof einen Schuss gehört haben.«

Hoffentlich erkannte der Kommissar mich überhaupt, wo ich doch unter völligem Verzicht auf jedwede phantasievolle Ausschmückung des Sachverhalts mit ihm sprach! Mit dem »Plopp« schien meine Lust am Fabulieren verschwunden zu sein.

»Wie soll ich mich verhalten, Herr Hauptkommissar? Nachschauen? Ich vermute stark, dass irgendwo zwischen den Gräbern ein Toter liegt! In Rufdistanz! Aber Rufe kann er ja nicht mehr hören. Ich habe keine Taschenlampe hier, und es ist stockfinster, aber mein Handy könnte mir leuchten. Oder vielleicht kann ich eine Kerze auftreiben. Meinen Sie, ich sollte mit der Kerze rausgehen? Gibt's auf Friedhöfen eigentlich viele Mäuse, dann würde ich nämlich lieber nicht ... Oder Eulen?« Ah, da war meine Phantasie ja wieder.

Er antwortete nicht mal auf meine Fragen! Stattdessen sagte er sehr ruhig, mit der Stimme eines Mannes, der schon zu oft in die Abgründe der menschlichen Seele geschaut hatte: »Frau Cameron, haben Sie sich den Schuss vielleicht nur eingebildet?«

»Nein!«, rief ich empört. »Wie kommen Sie denn darauf? Ich doch nicht! Dann würde ich Sie doch nie behelligen. Außerdem haben wir zuvor gehört, wie zwei Leute sich gestritten haben, stimmt's, Josh?« Josh nickte.

Kamat atmete tief durch, schwieg und wägte vermutlich ab, ob er mir trauen konnte oder nicht. Dann sagte er: »Gut. Ich setze voraus, dass Sie tatsächlich einen Schuss auf dem Friedhof gehört haben. Bitte gehen Sie auf gar keinen Fall allein dorthin und schon gar nicht mit Ihrem Sohn, haben Sie mich verstanden? Ich schicke sofort einen Wagen los. Die Kollegen melden sich bei Ihnen im Laden. Und bleiben Sie vor Ort, bis ich Sie befragt habe. Ich bin schon unterwegs.«

»Ja«, antwortete ich, aber da hatte er das Gespräch schon beendet. »Josh, wir sollen in den Laden gehen und dort auf die Polizei warten.«

Es schien nur ein Augenblick vergangen zu sein, bis ich eine Alarmsirene hörte, die schnell lauter wurde. Blaulicht flackerte durch die Ladenscheibe, und ein Wagen hielt vor dem Haus. Zwei Polizisten und eine Polizistin stiegen aus. Josh und ich traten vor die Tür.

»Frau Cameron?« Der erste Beamte hatte mich erreicht, und ich nickte. »Hauptkommissar Kamat vom Morddezernat schickt uns. Sie haben einen Schuss gehört? Wo? Können Sie genauere Angaben machen?«

Ich führte sie in Miriams Wintergarten und zeigte, von wo wir den Schuss gehört hatten. Daraufhin verließen sie sofort die Wohnung, um zum Friedhof zu gehen. Josh und ich blieben im Wintergarten zurück, weil wir von dort den besten Überblick hatten. Und weil uns niemand gebeten hatte mitzukommen. Josh öffnete unauffällig das untere Fenster, sodass wir akustisch nichts versäumten.

Zuerst sahen und hörten wir nichts. Aber dann näherte sich von links der Schein einer Taschenlampe. Gleich darauf hörten wir den Ruf eines Mannes: »Hier liegt jemand! Schnell, kommt her!«

Seine Kollegen schlossen raschelnd zu ihm auf.

»Leuchte mal hierhin. Nein, hier. Ein bisschen ... ja, so ist es gut.«

Das Licht flackerte, als ob die Lampe weitergegeben wurde. Dann hörten wir: »Mist, ich kann keinen Puls fühlen.«

Josh und ich sahen uns erschrocken an. Wir hätten natürlich das Fenster schließen können, damit mein armer Sohn heute Nacht keine Alpträume bekam, aber dann hörte ich auch nichts mehr. Das ging also nicht. Außerdem wollte ich unbedingt wissen, ob ich mit meiner Vermutung, wer der Tote war, richtig lag.

Wenig später klingelte es an der Haustür. Ich öffnete, und vor mir stand der Hauptkommissar.

»Sie hatten recht«, sagte er statt einer Begrüßung, und in seiner Stimme klang ein deutliches »ausnahmsweise« mit. »Auf dem Friedhof liegt ein Toter. Erschossen.«

»Hat er Papiere bei sich?«

»Nein«, antwortete Kamat knapp.

»Ist es ein junger Mann?«, fragte ich weiter. »Blond?«

»Ja«, sagte Kamat erstaunt. »Meinen Sie, Sie können ihn identifizieren?

»Ich glaube schon. Ich habe vorhin seine Stimme erkannt.«

Daraufhin sprach Kamat in eine Art Funkgerät. »Ich brauche jemanden hier, der kurz auf den Jungen aufpasst.«

Zwei Minuten später betrat einer der Polizisten die Wohnung.

»Haben Sie den Tatort schon gesichert?«, fragte Kamat.

»Die Kollegen sind gerade dabei.«

Josh ließ den Blick nicht von der Pistole, die sein amtlicher Babysitter trug, und ich wusste, dass er liebend gern Fragen dazu stellen würde.

»Gut, gehen wir, Frau Cameron.«

Wir verließen die Wohnung und gingen zum Friedhof. Gerade rechtzeitig, um zu erleben, wie im abendlichen Schmargendorf die Hölle losbrach. Die Straße vor dem Friedhof war auf einmal voller Menschen. Inzwischen standen dort drei Polizeiwagen, deren Blaulichter im Dunkel blinkten. Das erregte natürlich Aufsehen und schien die Passanten regelrecht anzuziehen. Verließen sie ihre Wohnungen, um in der ersten Reihe dabei zu sein? Die meisten standen direkt vor der Dorfkirche, einige von ihnen mit Hunden an der Leine. Sie flüsterten, raunten und spekulierten, was hier an diesem Ort, auf geweihter Erde, wohl geschehen sein mochte.

Seite an Seite mit Yunos Kamat betrat ich den Friedhof.

Der Weg führte an der Mauer entlang, über die man, wie ich wusste, von Miriams Wintergarten auf den Friedhof sehen konnte. Aber so weit mussten wir gar nicht gehen. Wir kamen an eine Stelle, die mit rotem Flatterband abgesperrt war. Innerhalb der Absperrung kniete ein Mann im Licht mehrerer Taschenlampen, neben sich eine Arzttasche, und untersuchte einen bewegungslosen Körper, der im Laub auf dem Rücken lag. Ich sah eine schwarze Lederjacke, eine schwarze Hose und grüne Slipper, die ich vor einigen Tagen geckenhaft gefunden hatte. Und ehrlich gesagt auch immer noch fand. Ich sah viel Blut, dunkelblonde Haare und Augen, die blicklos in den Himmel schauten. Keine Frage, Miriams Problemmieter war nicht mehr.

»Das ist Lennart Leski«, sagte ich leise zu Kamat. »Er wohnt in Miriams Haus. Im vierten Stock. Und den Dachboden darüber hat er auch gemietet.«

Der Kommissar zog ein Notizbuch aus der Innentasche seines Mantels und schrieb den Namen hinein. »Wissen Sie, wie wir die Angehörigen erreichen können?«

»Ich nicht, aber Miriam. Sie ist allerdings bis morgen früh im Krankenhaus. Ihre Nummer hab ich drinnen«, erklärte ich.

Jetzt kam Bewegung in den Kommissar. »Okay. Könnten Sie bitte hineingehen, Ihre Freundin anrufen und die Nummer der Angehörigen herausfinden?«, fragte er mich. Ich nickte. »Gut. Und schicken Sie den Kollegen wieder zu uns raus. Und gehen Sie nicht weg. Wenn wir hier fertig sind, möchte ich mich gern mit Ihnen darüber unterhalten, was Sie genau beobachtet haben.« Damit war ich entlassen.

Kamat wandte sich an seine Kollegen. »Wir kennen die präzise Tatzeit, und die ist noch nicht lange her. Maximal fünfundvierzig Minuten. Das heißt, dass der Täter unter Umständen sogar noch in der Nähe sein kann. Überprüfen Sie die Umgebung und beginnen Sie mit der Befragung der Anwohner und Passanten, und zwar an sämtlichen Ausgängen des Friedhofs und in den angrenzenden Nebenstraßen. Kowalski, Sie und ich bleiben hier am Tatort. Frau Cameron?«

»Ja?« Ich stand noch immer neben ihm und fand alles wahnsinnig aufregend, vorausgesetzt, mein Blick fiel nicht zufällig auf Lennart Leski. Denn dann konnte ich nicht länger verdrängen, dass nicht die Spannung im Mittelpunkt stand – sondern die Tatsache, dass ein Mensch gewaltsam ums Leben gekommen war.

»Könnten Sie bitte den Tatort verlassen und uns in Ruhe arbeiten lassen?«

»Oh. Ja. Ich gehe dann mal.«

Wieder in der Wohnung, schickte ich den Polizisten zurück zu seinen Kollegen und bemühte mich, Joshs Fragen zu beantworten. Als sie langsam abebbten, schaute ich auf die Uhr. »Josh, das wird hier noch eine ganze Weile dauern. Der Kommissar will nachher mit mir reden. Mir wäre es lieb, wenn du heute bei Oma schläfst. Ist das okay für dich?«

Ich sah genau, dass er hin- und hergerissen war. Bis jetzt war alles wahnsinnig spannend gewesen, ein Schuss, ein Toter, ein Kommissar, ein Polizist, eine Waffe – andererseits sah es ganz so aus, als ob der aufregende Teil vorbei war und er den Rest des Abends mit seiner langweiligen Mutter in einer sterilen Wohnung festsitzen würde.

»In Ordnung«, sagte er nach gründlichem Nachdenken. »Heute ist Freitag. Da darf ich fernsehen, so lange ich will. Bestimmt gibt's einen Krimi.«

Ich seufzte, irgendwo zwischen Resignation und Erleichterung. »Ich ruf sie an.«

Mein Vater war am Apparat. Ich erklärte alles genau, und er stellte interessierte Zwischenfragen wie: »Hat es sehr laut geknallt?«, »War viel Blut zu sehen?« und: »Hat wer geschrien?«, die ich allesamt nur mit Ja oder Nein beantwortete, um das Geschehen nicht blutrünstiger als unbedingt nötig erscheinen zu lassen. Nicht seinetwegen und schon gar nicht meinetwegen, sondern wegen Josh.

Er versprach, sofort loszufahren, um Josh mit dem Wagen abzuholen. Ich vermutete, er wollte sich vor allem deshalb beeilen, weil er ebenfalls schrecklich neugierig war. Bis heute versuchte meine Mutter jedes Jahr vergeblich, Weihnachtsgeschenke in der Wohnung vor ihm zu verstecken. Er schnüffelte wie ein Drogenhund, fand sie alle, hinter Kleiderstapeln, im Küchenschrank und unter losen Dielenbrettern. Und wenn dann der Zeitpunkt der Bescherung gekommen war, klebte auffälligerweise das Tesa nicht mehr richtig, oder rund um das Klebeband war das Geschenkpapier eingerissen.

»Opa ist in zehn Minuten da«, sagte ich.

Als Nächstes ging ich in den Laden und suchte Miriams Nummer. Sie meldete sich nach dem ersten Klingeln.

»Es ist so langweilig hier«, sagte sie unwirsch. Als ob ich etwas dafür konnte. »Ich kann's kaum erwarten, wieder zu Hause zu sein. Die Untersuchungen heute haben überhaupt nichts gebracht.«

»Miriam, hör zu, es ist was Schreckliches geschehen. Lennart ist erschossen worden. Auf dem Friedhof«, sagte ich rasch, bevor sie ausführlicher über ihre Befindlichkeiten plaudern konnte. Und um ihr zu beweisen, dass es nicht überall so langweilig war wie bei ihr im Krankenhaus. »Die Polizei ist gerade da. Der Kommissar hat mich gebeten, dich anzurufen. Er braucht die Telefonnummer der Angehörigen. Kannst du mir Annes Nummer geben? Beziehungsweise Mamos?«

»Sag das noch mal.« Miriam klang aufrichtig geschockt. »Lennart ist tot?«

»Er sah sehr tot aus«, antwortete ich und erlebte ein Déjà-vu. Hatte ich nicht haargenau dasselbe zu ihr gesagt, nachdem ich den kleinen Herrn Heuhausen in einer Blutlache liegen gesehen hatte?

»Die arme Anne! Wie entsetzlich!«

»Ha, jetzt ist Mamo als Tröster gefragt«, sagte ich unbedacht und biss mir zu spät auf die Zunge. Denn eins war wohl klar: Den Lachs musste Miriam morgen allein verputzen. Anne würde umgehend aus ihrem Urlaub zurückkehren und Mamo nicht länger abkömmlich sein, um mit seiner Ex-Frau etwas zu »besprechen«.

Weil ich zwar einen Stift neben der Telefonstation fand, aber keinen Block, kritzelte ich die Nummern von Anne und Mamo – Festnetz und Handy – auf meine Handfläche.

»Alles klar«, meinte ich.

»Wie geht denn das jetzt weiter?«, fragte Miriam.

»Ich warte hier in deiner Wohnung auf den Kommissar, dann befragt er mich.«

»Kamat?«

»Wer sonst?«

»Na, dann viel Spaß«, gab Miriam süffisant zurück.

»Danke. Oh, und Miriam, ich bin sicher, dass wir auch über den Dachboden sprechen werden.«

»Sagst du ihm, was wir dort oben gehört haben?«

»Muss ich wohl.« Wir beendeten das Gespräch, nachdem ich versprochen hatte, mich später noch einmal bei ihr zu melden.

Dann passierte eine ganze Weile nichts.

Mein Vater kam, um Josh abzuholen.

»Ich geh zu Halloween als Leiche. Mit ganz viel Blut«, sagte mein Sohn strahlend zu ihm. Ich wusste genau, wann er diesen Entschluss gefasst hatte.

Dann passierte wieder nichts, und ich machte Miriams Flachbildfernseher an. Aber ich konnte mich beim besten Willen nicht auf den Krimi konzentrieren, wo doch direkt vor der Haustür die Livevorstellung lief. Also machte ich den Fernseher wieder aus und begann nachzudenken. Über das, was ich gehört hatte und was es eigentlich bedeutete.

Und dann kam endlich Yunos Kamat. Er lächelte, aber auf eine merkwürdig verspannte Art. »Lennart Leski wird gerade abgeholt«, sagte er und schaute sich um. »Wo ist denn Ihr Sohn?«

»Der ist auch abgeholt worden«, antwortete ich. »Von meinem Vater.«

»Gut. Haben Sie die Telefonnummer?«

Blitzschnell hielt ich ihm meine Handfläche vor die Nase. »Da.«

Bei meiner schlangenartigen Bewegung blinzelte er kurz, und mir fiel auf, dass er sehr lange dunkle Wimpern hatte. Er nickte, griff nach seinem Handy und tippte Annes Nummer ein. Der Gedanke, dass ich jemals so einen Anruf von der Kriminalpolizei bekommen könnte, war so schrecklich, dass ich aufsprang und das Zimmer verließ. Im Flur hörte ich Kamats Stimme, aber ich verstand nicht, was er sagte.

Das Gespräch dauerte nicht lange. Als wieder Stille herrschte, ging ich zurück. Der Kommissar war definitiv blass um die Nase.

»Es gibt Momente, da hasse ich meinen Beruf«, sagte er und räusperte sich. »Und nun möchte ich gern von Ihnen wissen, was Sie genau gehört und gesehen haben. Möglichst ausführlich.« Während ich bereits tief Luft holte, weil das, was ich zu sagen hatte, unter Umständen länger dauern konnte, fügte er hastig hinzu: »Und versuchen Sie bitte, sachlich zu bleiben.«

Meine Befragung dauerte rund eine halbe Stunde. Ich bemühte mich, das Gespräch auf dem Friedhof so genau wie möglich wiederzugeben. Selbst die Stimmen versuchte ich zu imitieren. Mal brummte ich, mal flüsterte ich heiser, mal sprach ich mit klarer Jungmännerstimme. Einige Male hakte der Kommissar nach. »Sie hatten den Eindruck, Lennart Leski hat die andere Person erpresst?«, fragte er.

Ich überlegte. »Es klang eher so, als ob es eine Gegenerpressung wäre«, sagte ich, »als ob der andere ihn zuerst erpresst, aber etwas noch Schlimmeres getan hätte. Und damit hat Lennart wiederum ihn oder sie erpresst, ja. Und dann hat der andere geschossen.«

»Und es ging um Geld?«

»Ja. Ich glaube schon. Lennart wollte es innerhalb der nächsten halben Stunde. Und da ist noch etwas.« An dieser Stelle sollte ich ihm allmählich sagen, was Miriam und ich neulich an der Tür des Dachbodens belauscht hatten. »Ich weiß, dass Lennart dringend Geld brauchte. Die Anlage war kaputt.«

»Welche Anlage?«

»Keine Ahnung.«

Wohl oder übel musste ich ihm jetzt alles erzählen: was Miriam und ich gehört hatten, dass Lennart die anderen mit »Miles« und »Drago« angesprochen hatte und dass wir nicht wussten, was sie da oben gemacht hatten.

Der Kommissar schrieb und schrieb, schaute zwischendurch immer mal wieder stirnrunzelnd auf seine Notizen, als ob er die Fakten im Kopf sortieren wollte. Als ich endlich fertig war, sagte er: »Meine Güte, Sie sind ja wirklich eine echte Schnüfflerin.«

»Danke schön, Herr Kommissar«, antwortete ich bescheiden.

»Ich muss mir den Dachboden gleich morgen anschauen. Sobald wir Leskis Schlüssel haben«, überlegte er laut. »Er wird ihn in seiner Jacke haben.«

»Oh, ich habe den Schlüssel hier.«

Kamat schaute mich misstrauisch an. »Warum haben Sie den Schlüssel?«

An dieser Stelle fand ich es völlig unpassend, darauf hinzuweisen, dass ich ihn heimlich hatte nachmachen lassen. »Miriam gehört schließlich das Haus«, sagte ich ein bisschen von oben herab.

»Was nicht erklärt, dass ausgerechnet Sie den Schlüssel haben«, erwiderte der Kommissar, bestand aber glücklicherweise nicht auf weiteren Erklärungen. »Dann geben Sie doch mal her.« Er streckte die Hand aus. Und ergänzte: »Sie warten hier.«

»Das tue ich bestimmt nicht«, widersprach ich und behielt den Schlüssel fest im Griff. Er glaubte doch nicht im Ernst, dass er dem Geheimnis des Dachbodens auf die Spur kam und ich in der Zwischenzeit brav Miriams graue Steinfliesen zählte? Träum weiter, Kamat!, dachte ich und stand auf. »Wollen wir?«

»Frau Cameron, Sie sind eine wichtige Zeugin, aber es steht Ihnen nicht zu ...« Den Rest des Satzes hörte ich nicht mehr.

Wenn ich wollte, konnte ich schnell sein, und jetzt war ich schon in der ersten Etage. Unter mir, noch im Erdgeschoss, hörte ich jemanden fluchen. Auf Türkisch.

Mein Herz klopfte schneller, als ich vor der Stahltür stand. Frau Winkler und Suse schienen nicht zu Hause zu sein. Kein Dackel hatte bei den Schritten im Hausflur zu bellen angefangen. Wahrscheinlich standen die beiden gerade vor dem Friedhof, beobachteten das Geschehen und beschlossen, wegen Mord die Miete zu kürzen.

»So geht das aber nicht«, sagte Kamat deutlich atemlos. »Ich leite die Ermittlungen, nicht Sie. Her mit dem Schlüssel.«

Jetzt gab ich ihm freundlicherweise den Schlüssel, auf den Rest seines Satzes ging ich nicht ein. »Sie sollten mit dem Rauchen aufhören«, lenkte ich stattdessen vom Thema ab.

Er sah zwar immer noch ungehalten aus, hatte aber wenigstens den Anstand, bedauernd zu nicken. »Ein verbreitetes Laster bei Menschen in meinem Beruf. Der Stress.«

Wir horchten kurz an der Tür und klopften, aber diesmal befand sich niemand auf dem Dachboden. Ohne Lennart ging das ja auch gar nicht, vermutete ich. Er hatte den Schlüssel, und er – na ja. Jedenfalls konnte er nicht mehr die Tür öffnen.

Kamat schloss auf. Er betrat den Dachboden als Erster, ich folgte ihm. Er suchte nach einem Lichtschalter, ich auch, weshalb sich unsere Hände auf der rauen Wand trafen. Eine warme Männerhand im Dunkeln auf meiner – das erschreckte mich bald mehr als eine Leiche auf dem Friedhof! Hastig zog ich sie weg, und Kamat fand, was er suchte: Das Licht im Vorraum des Dachbodens ging an.

»Neulich waren die Männer in dem Bereich dort«, sagte ich und zeigte auf die linke Seite. »Die Tür war offen. Es brannte auch helles Licht, aber vom Eingang aus konnten wir nichts erkennen.«

Um mich davon abzuhalten, auch den nächsten Lichtschalter zu suchen, steckte ich meine Hände vorsichtshalber in die Seitentaschen meiner Jacke. Als Kamat die Tür zu unserer Linken öffnete, sah ich allerdings sofort, dass ich sie genauso gut hätte draußen lassen können: Dieser Teil des Dachbodens war strahlend hell erleuchtet. Verwirrt fragte ich mich, was die Stromverschwendung sollte: Der Raum war leer.

Wobei, das stimmte nicht. Menschen waren zwar keine da, aber ansonsten war der Raum keineswegs leer.

Einen verwirrenden Moment lang glaubte ich, versehentlich in einem hochtechnisierten Gewächshaus gelandet zu sein, in dem Tomaten mit Nährlösungen hochgezogen wurden, um eine garantiert aromafreie Ernte zu bewirken. Reihe um Reihe standen Pflanzen ordentlich neben- und hintereinander auf dem Boden, rund zwanzig Zentimeter hoch, in Kübeln von schätzungsweise zehn, zwölf Litern Erde Fassungsvermögen. Unter den Behältern lag eine Plastikfolie, darunter eine dicke schwarze Teerpappe, die an den Wänden des Raumes bis in Kniehöhe hochgezogen war. Eine ausgeklügelte Bewässerungsanlage flankierte die Reihen, mit biegsamen Tropfvorrichtungen, die in jeden Topf hineinreichten. Der Dachboden selbst war sorgfältig mit weißen Rigipsplatten ausgekleidet, ein Raum im Raum, der sich genauso gut in einem Keller, in einer Scheune, in einer Garage hätte befinden können – keine Spitzgiebel, keine Dachschindeln, keine Dachsparren. Stattdessen war über uns eine waagerechte, plane und lückenlose Decke. An ihr und damit über den Pflanzen waren in gleichmäßigen Abständen hell strahlende Lampen aufgehängt. Was nicht nur für Helligkeit, sondern auch für beträchtliche Wärme sorgte.

Mein Blick wanderte weiter nach rechts. Von dort ertönte ein sanftes Brummen. Ein Ventilator drehte sich, und von ihm ausgehend führte ein dicker Schlauch zu dem gemauerten Schornstein. Aber der Ventilator schnurrte nicht ganz gleichmäßig – alle paar Umdrehungen gab es ein leises, schepperndes Geräusch, so als ob eine Schraube locker war, ein Gewinde seinen Geist aufgeben wollte oder ein Kugellager ausgeschlagen war.

Dann erst schaute ich mir die Pflanzen genauer an. Hatte ich wirklich an Tomatenpflanzen gedacht? Darum handelte es sich eindeutig nicht. Sie waren zwar noch so klein, dass sie erst wenige Blattpaare hatten. Aber die Form der Blätter war charakteristisch, und ich erkannte sie sofort. Jedes einzelne von ihnen sah aus wie eine niedliche Miniaturausgabe der Abbildung auf dem Poster in Dr. Bernecks Warteraum.

Keine Frage: Hauptkommissar Kamat und ich befanden uns inmitten einer überaus professionell angelegten Cannabisplantage.

Kamat pfiff leise durch die Zähne. »Das ist ja ein Ding«, sagte er. »Mindestens tausend Pflanzen! Selten in Berlin so eine große Plantage ausgehoben.«

Auf einmal fand ich auf einige der vielen Fragen, die mich in den letzten Wochen beschäftigt hatten, überzeugende Antworten. Zum Beispiel, warum es neulich morgens, als ich aus dem Bus gestiegen war, so seltsam gerochen hatte. Das ging wohl auf Kosten des scheppernden Ventilators. Woher Frau Winklers weiße Spinnen auf ihren Blattpflanzen kamen und warum Lennart und seine Freunde nachts auf dem Dachboden hin und her getrampelt waren, ahnte ich plötzlich auch. Die Bewässerung und Aufzucht der Pflanzen bedurfte vermutlich der ständigen Kontrolle, und bestimmt fühlten sich auf diesen Pflanzen auch exotische Schädlinge wohl.

Zudem wusste ich nun mit an Sicherheit grenzender Wahrscheinlichkeit, gegen welche Pollen und Blüten meine Freundin Miriam allergisch war. Und natürlich begriff ich, warum Suse neuerdings so wunderliche Kunststücke machte und ständig nach oben ausbüxen wollte: Die Dackeldame war von dem Geruch quasi dauerhaft bekifft und wollte mehr Stoff.

Kamat schien mein überraschtes Schweigen dazu genutzt zu haben, einige Zahlen zu überschlagen. »Das macht an Blütenernte fast einen Zentner.«

»Wieso Blüten? Warum nicht die Blätter?«, fragte ich verwundert.

»Solche Plantagen werden meistens wegen der Blüten angelegt. Der Kilopreis ist da bedeutend höher, weil die Blüten mehr Wirkstoffe enthalten als die Blätter. Die Kollegen von der Drogenfahndung werden sich freuen. Und was haben wir hier?« Er ging zurück in den Vorraum und öffnete die Tür, die in den Nebenraum rechts vom Eingang führte. In diesem Raum war es, im Gegensatz zum ersten, dunkel.

Als Kamat das Licht anknipste, fiel unser Blick auf zwei flache Hügel. Der eine bestand aus Cannabisblüten, braun, etwas verdorrt, der andere aus besagten Blättern, ebenfalls getrocknet. Auf den ersten Blick war ihre Form kaum noch erkennbar. Die einzelnen Zacken waren eingedreht, sodass sie wie hauchdünne, zarte, verendete Seesterne aussahen. In der hintersten Ecke des Raumes lagen nackte Stängel.

Auch hier befand sich ein großer Ventilator an der Decke, von dem aus ein Schlauch mit einem Durchmesser von mindestens fünfzehn Zentimetern in den Schornstein führte. Der Geruch war trotzdem wesentlich intensiver als im Nebenraum. Vorsichtig ging ich auf den Blütenberg zu, und je näher ich kam, desto stärker roch es, harzig, aromatisch und streng. Dann trat ich näher an den Blätterberg heran und hockte mich hin. Ich wollte mir das mal genauer anschauen. So was sah man ja nicht alle Tage!

»Das hier ist der Trockenraum«, meinte der Hauptkommissar mehr zu sich selbst als zu mir und schaute sich um.

»Warum trocknen sie nicht drüben?«, fragte ich ihn interessiert.

»Weil das den Anbaurhythmus unterbrechen würde. So können sie anbauen, trocknen und vertreiben, und zwar gleichzeitig, um die Ware alle drei Monate auf den Markt zu werfen. Ah, und hier haben wir die Steuerung der Elektronik.« Er drehte mir den Rücken zu. »Das ist das Elektrokabel fürs Licht, sauber vom Zähler abgeklemmt. Die wussten genau, was sie tun.«

»Wozu muss die Elektronik denn gesteuert werden?« Während ich fragte, berührte ich mit dem Zeigefinger das Blatt, das mir am nächsten lag. Und da machte meine Hand eine Bewegung, mit der ich praktisch nichts zu tun hatte. Ich schwöre, es war die Hand einer Fremden, die sich ein ganzes Büschel der getrockneten Blätter griff und sie blitzschnell in meiner Jackentasche verschwinden ließ.

»Die Pflanzen brauchen eine bestimmte Anzahl Lichtstunden pro Tag, dann folgt eine Unterbrechung. Sonst blühen sie nicht. Das wird durch eine Zeituhr geregelt«, erklärte der Kommissar hinter mir. Ich hörte, wie er sich umdrehte, und richtete mich schnell auf. »Aber nun hören Sie bitte auf zu fragen, Frau Cameron. Oder planen Sie etwa, sich in Zukunft ein illegales Zubrot zu verdienen?«

Auf diese unverschämte Frage schwieg ich still. Ich glaubte zu hören, dass etwas in meiner Jackentasche vorwurfsvoll raschelte. Was stellte der Kommissar sich denn vor? Dass ich zu Josh sagte: »Hier, mein Junge, schau doch mal, ob du am Stutti ein paar Käufer findest. Weihnachten steht vor der Tür, und du weißt doch, wie schmal es um unsere Haushaltskasse bestellt ist«? Oder dass ich mein Wohnzimmer umrüstete, es mit Folie ausschlug, im Schlafzimmer die Blüten und Blätter trocknete und selbst auf einem Feldbett im Flur schlief? Meine Güte, bei mir wurde es ja schon eng, wenn ich einen Wäscheständer aufstellte!

»Kommen Sie, Frau Cameron«, sagte Kamat, und ich war von dem, was wir hier vorgefunden hatten, immer noch so verblüfft, dass ich ihm widerspruchslos folgte.

Er schloss die Tür hinter uns ab, und wir gingen schweigend die Treppen hinunter. Vor Miriams Haustür blieben wir stehen.

»Ich möchte noch etwas mit Ihnen besprechen.« Er zeigte auf die Wohnungstür. Ich verstand: Was er sagen wollte, war nicht für neugierige Mieter bestimmt. Man wusste schließlich nie, wer gerade an welcher Tür lauschte.

In Miriams Wohnung setzten wir uns an den Tisch im Wintergarten. Kamat überlegte einen Moment, und ich muss sagen, dass ich das sehr an ihm bewunderte, weil es mir fremd war, dieses Nachdenken, bevor man sprach. Dann legte er los: »Sie sind also nicht nur Zeugin eines Mordes geworden, sondern wissen jetzt auch, dass sich auf dem Dachboden dieses

Mietshauses eine illegale Hanfplantage befindet. Eigentlich müsste ich den Zugang sofort versiegeln lassen. Aber Sie haben gesagt, dass Lennart Leski sich dort oben mit zwei Männern getroffen hat, von denen wir leider nur die Vornamen wissen. Also machen wir jetzt Folgendes: Ich informiere die Kollegen vom Rauschgiftdezernat, lasse aber gegenüber der Presse noch nichts von dem Mord verlauten. Der Friedhof bleibt bis auf Weiteres gesperrt, und abgesehen von wenigen Passanten, Ihnen und den Angehörigen weiß noch niemand, dass Lennart Leski erschossen wurde.«

»Miriam weiß es auch. Ich hab's ihr erzählt. Musste ich ja, wegen der Telefonnummer.«

Der Kommissar murmelte etwas, und obwohl ich kein Wort Türkisch konnte, von »güle güle« mal abgesehen, klang es in meinen Ohren verdächtig wie eine spitze Macho-Bemerkung über die Schwatzhaftigkeit von Frauen. Er hatte so was im Blick. »Gut, Ihre Freundin weiß es also auch. Aber sonst niemand, oder?«

»Meine Eltern und Josh.«

Er seufzte. »Sonst noch wer?«

»Nein.«

»Gut. Belassen wir es dabei. Und von der Drogenplantage wissen nur wir beide etwas. Deshalb werden wir versuchen, die beiden anderen –«

»Miles und Drago«, warf ich hilfsbereit ein.

»Genau, Miles und Drago festzunehmen, wenn sie das nächste Mal ins Haus kommen. Ich weiß nicht, ob es klappt, vielleicht haben sie ja vorher immer telefonisch Kontakt mit Leski gehabt. Vielleicht sind sie durch irgendetwas gewarnt. Aber wenn er sich überhaupt nicht bei ihnen meldet, werden sie vermutlich trotzdem irgendwann herkommen, um nachzuschauen, was los ist. Frau Cameron, was Sie angeht, habe ich jetzt zwei Möglichkeiten. Entweder nehme ich Sie in Schutzhaft, damit Sie niemandem gegenüber etwas ausplaudern. Möchten Sie das?«

»Nein!« Entsetzt schüttelte ich den Kopf. Wie sähe das

denn aus? Wie sollte ich das meinen Eltern erklären? Obwohl – meine Mutter konnte mir einen Kuchen mit Feile backen. Karottenkuchen wäre schön. Der war lecker. Aber ihr schwedischer Apfelkuchen war auch nicht schlecht …

»Ja, ich dachte mir schon, dass Sie nicht ins Gefängnis wollen«, sagte Kamat verständnisvoll. »Die zweite Möglichkeit wäre, dass Sie schweigen wie ein Grab.« Seine Stimme bekam etwas Eindringliches. »Haben Sie das verstanden? Sie dürfen kein Wort über das verlauten lassen, was wir oben entdeckt haben. Verstehen Sie das, Frau Cameron? Die anderen dürfen auf keinen Fall gewarnt werden. Wir brauchen die beiden –«

»Miles und Drago«, warf ich ein, nur für den Fall, dass der Kommissar die Namen vergessen hatte.

»Himmel, nun hören Sie doch mal auf! Ich weiß, dass die beiden anderen Miles und Drago heißen!«

»Jaja, ist ja schon gut«, sagte ich kleinlaut.

»Also, wir müssen die beiden schnappen. Deshalb werde ich hier in der Straße und ab morgen früh auch im Laden Beamte in Zivil positionieren, nach Absprache mit Ihrer Freundin natürlich. Können Sie mir Frau Mamlocks Nummer im Krankenhaus geben?«

Ich schrieb sie ab und reichte sie ihm auf einem Zettel.

»Danke. Ab wann ist das ›Agatha‹ geöffnet?«

»Ab halb zehn«, antwortete ich. Irgendwie passte mir das gar nicht, dass der Kommissar alles Weitere nur mit Miriam ausmachen wollte. Wer hatte denn das Gespräch auf dem Friedhof gehört? Den Schuss? Ihn angerufen? Wer hatte den Schlüssel nachmachen lassen? Wer war mit ihm auf den Dachboden gegangen? Das war doch ich gewesen und nicht Miriam! Und nun sollte in der Stunde des größten Triumphs, wenn Drago und Miles in Handschellen abgeführt werden würden, Miriam neben Kamat stehen, ihm mit ihren hübschen schlanken Fingern den Unterarm tätscheln und sagen: »Sehr schön, Herr Kommissar«? Das fand ich überhaupt nicht richtig.

»… wenn Sie möchten«, beendete Kamat seinen Satz, den

ich nicht vollständig mitbekommen hatte, weil mir ein kleiner Unmutsanfall dazwischengekommen war.

»Wenn ich was möchte?«, fragte ich.

»Es ist schon spät. Ich kann Sie nach Hause bringen, wenn Sie möchten.«

Da lächelte ich Yunos Kamat an, und diesmal ganz ohne Mohnkörnchen zwischen den Zähnen. »Das fände ich richtig nett von Ihnen, Herr Kommissar.«

Die Fahrt verlief schweigend. Schade, dass der Kommissar keine Comicfigur war! Dann hätte ich anhand der großen Blase über seinem Kopf sehen können, was er dachte. So aber war er unergründlich.

Ich vermutete, er machte sich über die weitere Strategie Gedanken und wollte mich nicht einweihen. Schon klar. Zwischen diversen heimlichen Blicken, die ich ihm zuwarf, fiel mir auf, dass die Übelkeit, die ich bisher immer in seiner Nähe verspürt hatte, geringer war als sonst. Nicht weg, aber das gröbste Magenhüpfen hatte aufgehört. Vielleicht war es wirklich der gerutschte Gallenstein gewesen.

Kamat parkte vor dem Spielplatz und machte den Motor aus. »Kommen Sie eigentlich aus Berlin?«, fragte ich ihn. Wie wenig ich doch von diesem Mann wusste, der mich regelmäßig nach Hause brachte!

Er wandte sich mir zu. »Ja. Ich bin Berliner. Sie dürfen bei mir gern von einem erfolgreich verlaufenen Integrationsprozess eines Migrantenkindes sprechen. Das gibt es häufiger, als es uns die Presse glauben lassen will.« Er grinste, und ich fand, dass er hübsche weiße Zähne hatte. »Frau Cameron, Sie wissen, wie viel auf dem Spiel steht, und ich kann mich auf Sie verlassen, ja?«

Ich nickte eifrig, in Gedanken noch bei seinen Zähnen.

»Und ich werde heute noch mit Frau Mamlock reden und ihr meinen Plan erläutern. Ich, nicht Sie. Das ist auch klar?«

Wieder nickte ich eifrig.

»Gut, Sie erfahren dann also alles Weitere aus der Presse.

Oder Frau Mamlock erzählt es Ihnen. Ja, ganz sicher wird sie das tun.« Er seufzte. »Wenn es Ihrer Meinung nach etwas Dringendes gibt, können Sie mich natürlich gern anrufen.«

Ein letztes Mal nickte ich und sagte: »So was Dringendes wie ein weiterer Mord zum Beispiel.« Dann machte ich die Tür auf. »Vielen Dank fürs Nachhausebringen, Herr Kommissar.«

»Keine Ursache«, sagte er. »Sie haben der Polizei schließlich sehr geholfen.«

Damit schien er, was die Anerkennung meiner kriminalistischen Leistung anging, an der Grenze des persönlich Vertretbaren angekommen zu sein. Ich ging zum Haus, und er wartete tatsächlich noch, bis ich die Haustür aufgeschlossen hatte, dieser erfolgreiche Migrantensohn mit den dunklen Augen, die Stütze unserer Gesellschaft, die an Gut und Böse glaubte.

Dann erst fuhr er weg. Güle güle, mein Held.

Die Wohnung war natürlich leer, Josh war ja bei meinen Eltern. Also warf ich Jacke und Tasche von mir, genauer: ließ sie mitten im Flur fallen, und eilte zum Telefon. Ich wählte Miriams Krankenhausnummer, bevor mir der Kommissar zuvorkommen konnte. Und kaum nahm sie ab, sagte ich: »Miriam, ich muss dir was erzählen! Aber du darfst es niemandem weitersagen!«

Nachdem ich ihr alles ganz genau berichtet hatte, musste sie mir schwören, dass sie es für sich behielt. Außerdem fragte ich sie nicht, ob ich morgen in den Laden kommen sollte, sondern bestimmte es einfach. Und Miriam ging es in dem Moment anscheinend nicht anders als vorhin mir: Sie war von der Beschreibung unseres Dachboden-Fundes so verblüfft, dass sie meine Einmischung widerspruchslos hinnahm.

»Bis morgen früh dann«, sagte ich und legte auf. Kurz hatte ich ein schlechtes Gewissen, dass ich mich über Kamats Schweigegebot so kühn hinweggesetzt hatte. Auf der anderen Seite war er selbst schuld, fand ich. Wenn er mich freiwillig miteinbezogen hätte, müsste ich nicht hinter seinem Rücken die Fäden ziehen.

Weil es schon spät und mein Bedarf an Aufregung für den Tag gedeckt war und ich vor allem morgen wieder fit sein wollte, beschloss ich, den Abend mit einem einzigen Glas Rotwein ausklingen zu lassen und mich dann ins Bett zu verziehen. Halt – vorher noch ein Anruf bei meinen Eltern.

»Kann Josh morgen bei euch bleiben?«, fragte ich und setzte das Einverständnis der hingebungsvollen Großmutter voraus.

»Natürlich«, antwortete diese eifrig. »Dann koche ich ihm Milchreis. Dazu hast du ja selten die Zeit, und er isst ihn doch so gern.« Ich hörte, wie mein Vater im Hintergrund etwas rief. »Warte mal, Wanda, Papa sagt gerade, dass wir Josh nächsten Mittwoch leider nicht nehmen können. Debreziners feiern im Bowlingclub ihren vierzigsten Hochzeitstag. Übernächste Woche ist dann ihr Umzug.«

»Wo ziehen sie denn hin?«

»Nach Bärenklau. In den Speckgürtel von Berlin.«

Da gehörten Debreziners auch hin, fand ich. Bei dem Namen! »Oh. Gut, dass du es jetzt schon sagst. Dann muss Josh eben bei Basti schlafen. Ich kann ihn ja schlecht in den Kurs mitnehmen, und sonst ist er zu lange allein«, sagte ich und machte mental eine Notiz, möglichst bald Bastis Mutter anzurufen.

Ich legte auf, ließ mich auf meine Couch sinken. Und damit gehörte der Rest des Abends nur mir allein. Keinem Sohn, keiner Mutter, keinem Kommissar und erst recht keinem Mörder.

Endlich.

SIEBZEHN

Am nächsten Morgen um kurz vor neun stieg ich vorsichtig aus dem Bus. Ich hatte, weil Tarnung heute alles war, meine Sonnenbrille auf und ein Basecap auf dem Kopf. Ein bisschen kam ich mir vor wie Schlemihl aus der »Sesamstraße«, der immer »Pssst, genauuhhh« sagte und dabei seinen Mantelkragen hochschlug.

An der Bushaltestelle schaute ich nach links und nach rechts, aber die Straße sah genauso aus wie immer. Vielleicht ein bisschen frequentierter, weil Samstag war und mehr Schmargendorfer als sonst unterwegs waren, um frische Brötchen zum Frühstück zu kaufen. Neben vielen Apotheken und Friseuren gab es in diesem Bezirk nämlich auch erstaunlich viele Bäcker. Wahrscheinlich bestand da ein Zusammenhang, der bis jetzt niemandem außer mir aufgefallen war.

Ich lief nicht, nein, ich huschte über die Straße, ein menschliches Chamäleon, unauffällig, unbeobachtet. Nennt mich Schattenwanda, dachte ich, als ich schließlich vor dem »Agatha« stand. Warum nur hatten sie mich nie für einen James-Bond-Film gecastet? Vielleicht nicht als Bond-Girl, wegen der Bikiniszene und der Knutscherei im U-Boot und so. Aber ich war dazu geboren, eine Agentin zu spielen! Unbegreiflich, die Ignoranz der Filmszene. Nicht mal als Komparsin hatten sie mich nehmen wollen, damals, als ich noch nicht im »Agatha« arbeitete und knapp bei Kasse war.

Von außen, quer über unsere Schaufensterauslage mit den skandinavischen Spitzenkrimis hinweg, entdeckte ich Miriam.

Ich fragte mich, wie sie schon so früh hier sein konnte. Wie lange dauerte eigentlich so eine Entlassung aus dem Krankenhaus? Musste man da nicht immer stundenlang auf den Arztbericht warten? Bestimmt hatte Miriam dem Oberarzt deutliche Anweisungen gegeben, um den Vorgang zu beschleunigen!

Sie winkte mir zu, und ich winkte zurück, während ich die Tür aufdrückte.

»Na, du Doofe«, begrüßte sie mich. »Wie siehst du denn aus! Die ganze Straße hat sich nach dir umgedreht. Hast du das nicht gemerkt?«

Was hat mich verraten?, dachte ich betroffen. Die Größe meiner Sonnenbrille, die der von Paris Hilton nachempfunden war? Der schwebende Gang? Oder etwa das Shocking Pink meiner Baseballkappe?

Bevor ich sie danach fragen konnte, sah ich, dass Miriam trotz der frühen Stunde nicht allein im Laden war. In der Sitzecke hatten ein dunkelblonder Mann in einer spießigen blauen Freizeitjacke, Jeans und kariertem Hemd und eine brünette Frau Platz genommen. Ihre halblangen Haare waren zu einem Pferdeschwanz gebunden. Sie trug eine beigefarbene Hose und ein dunkelbraunes Jackett. Die beiden unterhielten sich leise, und vor ihnen, auf unserem Tischchen, lagen einige Bücher.

Sofort formte sich das Wort »Zivilfahnder« in meinem Kopf.

»Guten Morgen«, rief ich munter in ihre Richtung. »Sind Sie die Leute von Kamat?«

»Psst«, antwortete der Mann und legte einen Finger auf seine Lippen. »Genau.«

Miriam tippte mir auf die Schulter. »Hier.« Sie reichte mir meinen angestammten Kaffeebecher. Es hatte doch auch etwas Gutes, dass sie wieder da war. »Dein Kommissar hat mich gestern Abend noch angerufen«, flüsterte sie. »Ich hoffe, ich habe überzeugend genug die Ahnungslose gespielt. Er wirkte etwas misstrauisch. Ich hatte den Eindruck, dass er dich schon recht gut kennt.«

»Na, wenn schon«, sagte ich achselzuckend. »Aber er ist nicht *mein* Kommissar. Apropos: Wie geht es denn jetzt mit Mamo weiter?«

Nun war Miriam an der Reihe, mit den Achseln zu zucken. Sie sah etwas bedrückt aus. »Ich weiß nicht. Ich habe nichts von ihm gehört. Kamat hat natürlich inzwischen mit Anne gesprochen, und sie werden wohl alles innerfamiliär regeln. Die Wohnung ist noch nicht freigegeben, also werden Anne und Mamo heute auch nicht hierherkommen. Das hat der Kommissar mir vorhin erzählt.«

So, hatte er das! »Wo ist denn Kamat jetzt?«

»Draußen in einem der Wagen. Hast du ihn nicht gesehen? Du bist direkt an ihm vorbeigelaufen. Was sollte das eigentlich? Übst du Ballett? Oder Weitspringen? Du sahst aus wie ein Känguru auf dem Weg zum Baseballspiel.«

»Alles Tarnung«, murmelte ich und versuchte, mir *nicht* vorzustellen, wie Kamat gegrinst hatte. Dann fiel mir noch etwas ein. »Miriam, gehst du noch mal zu Dr. Berneck? Wegen der Allergie?«

»Klar. Ich will mir bestätigen lassen, dass ich eine Hanfallergie habe. Gleich am Montag gehe ich hin. Tststs. Hätte mir eigentlich früher schon mal auffallen müssen …«

»Das dachte ich mir.« Ich senkte die Stimme. »Komm mal mit in die Teeküche.« Diskret zogen wir uns beide aus dem Verkaufsraum zurück.

»Was ist?«, fragte Miriam.

Ich kramte in meiner Jackentasche. »Hier.« Ich zog eine Handvoll angetrockneter, vielzackiger Blätter heraus. »Damit kann er dich testen. Gut, oder?«

Miriam starrte mich an, die Augen weit aufgerissen. »Bist du verrückt?«, sagte sie dann laut. »Du hast vor den Augen der Polizei Rauschgift geklaut?«

»Pst«, raunte ich leise. »Nicht vor den Augen, sondern hinter dem Rücken. Beschwer dich nicht, ich hab's doch nur für dich getan!«

Mit zwei schnellen Schritten war Miriam an dem Rollenhalter mit dem Küchenpapier. »Gib her.« Sie zupfte mir die Teile aus der Hand und wickelte sie in einem Blatt Küchenpapier zu einem kleinen Päckchen. »Das bringe ich sofort in meine Wohnung. Und gnade dir Gott, wenn die die Drogenhunde bei mir durchscheuchen! Einen kleinen Sprung in der Schüssel hast du wirklich, Wanda.«

»Wenn du nicht alles brauchst, kannst du den Rest krümelweise Suse verabreichen. Als Leckerli«, schlug ich vor. »Wahrscheinlich kommt der Dackel auf kalten Entzug, sobald die oben alles leer geräumt haben.«

Jetzt grinste Miriam. »Ja, das könnte ich machen. Aber wenn Frau Winkler mitbekommt, dass ich ihren Köter mit Hanf dope, kürzt sie gleich wieder die Miete.«

Sie rauschte aus der Küche und kurz darauf aus dem Laden.

Die beiden Zivilfahnder, die gelesen hatten, ließen ihre Bücher sinken und schauten ihr hinterher. Ich nahm mir einen Kaffee, dann ging ich gemächlich zur Sitzecke. »Und, wie geht es weiter?«

»Wir warten«, sagte die beigefarbene Hosenfrau. »Der Laden hat ja bis zwei Uhr geöffnet, und wenn bis dahin noch nichts passiert ist, warten wir im Wagen weiter. Nach acht Stunden werden wir abgelöst, dann warten die anderen weiter.«

»Ach, und wie lange soll diese Warte-Aktion insgesamt dauern?«, erkundigte ich mich angelegentlich.

»So lange es nötig ist«, antwortete sie knapp und hob ihr Buch.

Ich nickte, wandte mich ab und fragte mich, wie sie Verdächtige entdecken, geschweige denn festnehmen wollte, wenn sie die ganze Zeit über die Nase in ein Buch steckte.

Miriam kam zurück, blinzelte mir verschwörerisch zu, was ich als Zeichen dafür deutete, dass sie die Blätter an einem sicheren Ort verstaut hatte. Wahrscheinlich im Tiefkühlschrank. Oder im Gewürzregal hinter dem Origanum und dem Zitronenpfeffer. Natürlich nur, um den Pfeffer brutal umzustoßen, falls der arme Drogenhund dort schnüffelte und anschlug! Ich kannte doch Miriam.

Der Vormittag ging vorbei, der Mittag kam, es wurde eins, halb zwei, und eigentlich war alles genau wie immer. Die Kunden, die den Laden betraten, warfen, wenn überhaupt, nur einen flüchtigen Blick auf die beiden Beamten in der Leseecke.

Sie sahen ja auch wirklich unauffällig aus, versunken in ihre Literatur, ein bisschen wie ein westdeutsches Touristenpaar, das seine müden Füße im »Agatha« ausruhte.

Um zwei schlossen wir den Laden, und ich machte freiwillig die Kassenabrechnung, während Miriam einige Bücher zurück ins Lager brachte und anschließend in der Teeküche verschwand, um dort unsere Tassen zu spülen. Absichtlich trödelte ich bei meiner Arbeit – da zog plötzlich, um zwanzig nach zwei, der Mann ein Handy aus seiner Hosentasche.

»Ja?«, sagte er leise, dann: »Okay.« Er sah die Frau an. »Zwei Männer haben eben geparkt, den Wagen verlassen und sind auf dem Weg zum Haus.«

»Jetzt geht es lo-hos«, sang ich leise vor mich hin und legte die Fünfzig-Cent-Münzen zu einem ordentlichen kleinen Stapel übereinander.

»Sie und Frau Mamlock bleiben hier«, sagte der Mann und griff unter seine Freizeitjacke. Da erst wurde mir klar, dass er bewaffnet war. Auch die Frau sprang auf. Beide gingen zu der Tür, die vom »Agatha« ins Treppenhaus führte, und warteten. Die Haustür quietschte leise. Ich hörte, wie sich draußen im Hausflur zwei Leute unterhielten, während sie die Treppe hochgingen.

Die Polizisten in Zivil warteten noch einen Moment, dann öffnete die Frau die Tür, ohne das geringste Geräusch zu machen. Nacheinander verschwanden sie beide im Hausflur.

Ich drehte mich um und schaute durchs Fenster nach draußen: Yunos Kamat kam mit drei weiteren Beamten in Zivilkleidung auf die Haustür zu. Einen Moment später hörte ich Schritte im Flur vor unserer Tür. Dann herrschte Stille.

»Wo sind die denn alle geblieben?«, fragte Miriam, als sie aus der Küche in den Laden trat und die leere Leseecke sah.

»Da«, sagte ich und zeigte auf die Tür zum Treppenhaus. »Zwei Männer sind gekommen.«

»Warum haben sie sie nicht gleich unten in Empfang genommen?«

»Frische Tat, nehme ich an. Wahrscheinlich wollen sie auch

sichergehen, dass es die Richtigen sind. Nicht die Söhne von Frau Winkler oder so.«

»Die kann keine Söhne haben«, sagte Miriam aus tiefster Überzeugung. »Die hat bestimmt noch nie Sex in ihrem Leben gehabt.«

»Du hast auch keine Söhne«, erwiderte ich.

»Nee. Zum Glück«, meinte Miriam. »Mir reicht auch der Sex. Du dagegen hast nur den Sohn. Das erlaubt auch Rückschlüsse.«

Weil ich auf diesem glatten Pflaster der Anzüglichkeiten nicht weiterdiskutieren wollte, sagte ich rasch: »Und außerdem können die beiden da oben nicht abhauen.«

In diesem Moment drang aus dem Treppenhaus ein lautes Poltern zu uns. »Stehen bleiben!«, rief jemand, dann ertönten ein Bellen und ein spitzer Schrei: »Suse!«, gefolgt von einem erneuten Poltern, das jedoch abrupt endete. Irgendwer war schwer gestürzt.

Miriam und ich waren sofort an der Tür und öffneten sie einen Spalt. Suse kläffte und kläffte, erboste Stimmen waren zu hören. Dann wurden zwei junge Männer in Handschellen an uns vorbei abgeführt. Die Beamten schauten nicht in unsere Richtung, Yunos Kamat dagegen schon. Als er uns beide im Türspalt entdeckte, lächelte er kurz und legte einen Moment lang wie zu einem stummen Gruß die Hand an seine Stirn.

Sie verließen das Haus, wir flitzten zur Fensterfront. Draußen wurden die Männer in Handschellen von je zwei Polizisten flankiert. Kamat ging mit einem Kollegen vornweg, die Brünette in Beige und Braun hinterher. Sie stiegen in die Wagen, und weg waren sie.

»Das war's?«, fragte Miriam ein bisschen enttäuscht. »Hab ich mir irgendwie spannender vorgestellt. War das gestern mit dem Mord auch so langweilig?«

In diesem Moment kam Frau Winkler mit Suse an der Leine am Schaufenster vorbei. Man sagte ja, dass Hund und Herrchen beziehungsweise Frauchen im Laufe der Zeit eine gewisse Ähnlichkeit miteinander bekamen. Tatsächlich hatten Suse und Frau Winkler exakt denselben Gesichtsausdruck: voller Triumph darüber, maßgeblich zur Festsetzung von zwei kriminellen Elementen beigetragen zu haben.

ACHTZEHN

Neue Bluttat in Schmargendorf

Der Überfall auf die Wilmsbank, bei dem ein Bankangestellter erschossen wurde (wir berichteten), ist noch nicht geklärt, da erschüttert bereits ein zweites Gewaltverbrechen Schmargendorf. Wie die Polizei erst am Sonntagmorgen bekannt gab, wurde vergangenen Freitag in den Abendstunden auf dem Friedhof des sonst so ruhigen Stadtteils ein Mann erschossen. Die Hinweise einer aufmerksamen Zeugin trugen maßgeblich zur raschen Klärung der Identität des Erschossenen bei. Wenig später wurde auf dem Dachboden eines Schmargendorfer Mietshauses eine Cannabisplantage entdeckt. Der Ermordete Lennart L. hatte den Dachboden einige Monate zuvor angemietet und dort mit zwei Helfern die verbotenen Rauschpflanzen angebaut. In einer Undercoveraktion gelang es der Polizei am Samstagmittag, die beiden Helfer festzunehmen. Inwiefern sie mit den Schüssen auf dem Friedhof in Verbindung stehen, ist noch nicht geklärt. Die Ermittlungen dauern an. Unbestätigten Gerüchten zufolge kann nicht ausgeschlossen werden, dass der Friedhofsmord in Zusammenhang mit dem Banküberfall steht.

»Ich halte das nicht aus«, stöhnte Miriam, als das balinesische Glöckchen an der Ladentür am Montagmorgen zum zweiundzwanzigsten Mal innerhalb einer Viertelstunde klingelte. »Woher wissen bloß alle, dass Lennart auf *meinem* Dachboden seine Plantage hatte?«

Die Massen flockten durchs »Agatha«, und alle, alle schauten Miriam an. Manche belustigt, dass sie nicht bemerkt hatte, was in ihrem Haus vor sich ging, manche anklagend, so als hätte sie den Schmargendorfern gegenüber ihre Aufsichtspflicht verletzt und höchstpersönlich gegen das Betäubungsmittelgesetz verstoßen.

»Vermutlich hat Frau Winkler die frohe Kunde in alle Winde getragen. Geh doch jetzt zu Dr. Berneck«, schlug ich vor. »Dann entrinnst du dem ganzen Elend hier für eine Weile.«

Miriam hatte mir erzählt, was am Sonntag noch alles passiert war: Erst hatte ein Polizeitrupp die Einrichtungen auf dem Dachboden abgebaut und mitgenommen und kistenweise Blätter und Blüten beschlagnahmt. Kurz darauf waren Mamo und Anne gekommen. Anne war wohl völlig fertig, ein Schatten ihrer selbst. Ich konnte das gut verstehen. Der Sohn wurde erschossen, und dann stellte sich auch noch heraus, dass er ein Drogenhändler war! Mamo soll sehr lieb zu ihr gewesen sein, und als Miriam mir das berichtete, hatte sie definitiv einen steinernen Gesichtsausdruck. Ich für meinen Teil war nun richtig froh, dass ich Anne nicht kannte und auch Lennart nur wenige Male gesehen hatte.

Der »Tagesspiegel« lag aufgeschlagen auf der Ladentheke. Ich las den Artikel und wusste nicht mehr, zum wievielten Mal. Aufmerksame Zeugin – keine Frage, das war ich. Aber was bedeutete der letzte Satz? Was konnte damit nur gemeint sein? Wo bestand der Zusammenhang zwischen Heuhausens und Lennarts Tod? Hatten die Dealer die Bank überfallen? Am liebsten hätte ich Kamat angerufen und ihn gefragt, aber ich konnte mir lebhaft vorstellen, wie er darauf reagiert hätte. Und das musste ich an einem Montagmorgen nicht haben. Das musste ich überhaupt *nie* haben.

Miriam ließ ihren Blick vom Computertisch aus durch den Laden wandern, wo die Kunden an den Regalen standen und so taten, als ob sie lasen. Sie konnten uns nicht täuschen: In Wirklichkeit warfen sie über die aufgeschlagenen Bücher, über die Klappentexte hinweg verstohlene Blicke in unsere Richtung. »Du hast recht«, sagte sie leise. »Ich verziehe mich ein Weilchen und lasse das Elend hier hinter mir. Vielleicht habe ich ja Glück, und in der Zwischenzeit passiert der nächste Mord, der sie dann ablenkt.«

»Aber nicht vergessen, Dr. Berneck das mitzubringen, was deine Allergie verursacht.« Ich blinzelte ihr verschwörerisch zu und machte hinter vorgehaltener Hand eine Geste, als würde ich gerade einen tiefen Zug von einem Joint nehmen.

Sie streckte mir die Zunge raus. »Lass das mal lieber nicht deinen Kommissar sehen«, meinte sie.

»Er ist nicht mein ...«, hob ich an, aber sie machte, dass sie wegkam.

Als Miriam den Laden verließ, nahm das Interesse der Kunden schlagartig ab. Keiner trat an mich heran, niemand fragte mich, ob ich etwas über die skandalösen Ereignisse berichten konnte. Einige kauften anstandshalber einen Krimi, andere verließen, höflich grüßend, das »Agatha«.

Dann ging die Tür auf, und herein trat meine kleine Frau Maiwald. Sie kam wohl gerade vom Einkaufen, denn sie hatte einen Stoffbeutel in der Hand.

»Hallo, Frau Cameron.« Ihre hellen Augen glitzerten begeistert. »Ist das nicht schrecklich?«

An einem Tag wie heute brauchte ich nicht zu fragen, was sie meinte. Schmargendorf war das neue Zentrum der Berliner Gewaltverbrechen, und die Gemütlichkeit war mit dem Blut aus mehreren Schusswunden weggespült worden.

Ich sagte brav, was von mir erwartet wurde: »Ja, es ist furchtbar. Innerhalb von drei Wochen zwei Morde!«

Frau Maiwald nickte. »Was meinen Sie, was bei uns drüben los ist! Karin musste gestern Abend die doppelte Menge Baldrian nehmen, um überhaupt in den Schlaf zu finden. Renate plant, vorübergehend zu ihrer Cousine nach Bad Bevensen zu ziehen, weil ihr das Pflaster hier zu heiß ist. Jochen traut sich kaum noch auf den Friedhof, hat er gesagt. Werner bastelt schon seit heute Morgen an unserer Website herum. Die persönliche Sicherheit soll unbedingt betont werden. Frau Bernstein überlegt sogar, ob sie vorübergehend einen Wachdienst einstellt! Damit nicht jeder, der bei uns kegeln will, glaubt, dass er dabei gemeuchelt wird. Außerdem denkt sie über einen Kurs in Selbstverteidigung für Senioren nach«, erzählte Frau Maiwald eifrig. »Aber wahrscheinlich reicht das Geld dafür nicht. Unser Kursfoto ist übrigens inzwischen auch online, das müssen Sie sich mal anschauen. Doch deshalb bin ich eigentlich nicht hier.«

»Sondern?«, fragte ich.

»Deswegen!« Sie schwang den Leinenbeutel. »Das wollten Sie doch gern mal sehen.«

Ich hatte nicht die leiseste Ahnung, was sie meinte, und diese Ahnungslosigkeit spiegelte sich wohl auf meinem Gesicht wider, denn Frau Maiwald sagte, verschwörerisch und erklärend zugleich: »Margots Fotoalbum.«

Natürlich erinnerte ich mich, dass wir neulich darüber gesprochen hatten. Aber ehrlich gesagt hatte ich es schon fast wieder vergessen, und das Fotoalbum anzusehen rangierte auf der Liste aller Dinge, die ich tun wollte oder sollte, definitiv auf einem der letzten Plätze.

»Das ist nett von Ihnen, Frau Maiwald, aber im Moment habe ich kaum Zeit dafür«, sagte ich und machte eine raumgreifende Bewegung, die den gesamten Laden einschloss.

»Ach, das ist aber schade.« Sie sah regelrecht enttäuscht aus. »Es ist vielleicht die letzte Chance, die Sie dazu haben! Sie hatten doch gesagt, dass es Sie interessiert.«

Das war immer das Problem, wenn ich log. Ich konnte mich hinterher meistens nicht mehr an meine eigenen Lügen erinnern.

»Warum ist es vielleicht die letzte Chance?«, fragte ich.

»Margot hat einen Platz in einer Wohngemeinschaft für Demenzerkrankte. Sie zieht zum Ende des Monats aus. Jochen hat in der letzten Woche endlich das gefunden, was er für sie wollte. Nicht weit vom Kurfürstendamm, Nähe Olivaer Platz, mit drei Betreuerinnen rund um die Uhr und nur fünf Patienten. Was er uns erzählt hat, klang sehr, sehr gut. Gemeinsame Urlaube, privatärztliche Versorgung, Friseur und Maniküre im Haus, sogar Einkaufsbummel und kulturelle Besuche, dann kümmert sich immer eine Pflegerin um einen Patienten. Und vor allem: Egal, wie heftig der geistige Verfall ist, selbst wenn man dazu auch noch bettlägerig wird: Man wird bis zum Schluss betreut.« Frau Maiwald nickte anerkennend. »Vorhin ist er mit Margot hingefahren, um ihr ihr neues Zuhause zu zeigen. Sie war so verwirrt, dass sie nicht daran gedacht hat, das Album mitzunehmen. Wollen Sie nun oder nicht?«

»Ja, natürlich.« Ich nahm ihr das Album ab und wunderte mich, wie schwer es war, wie viel eine Karriere als mittelprächtige Schauspielerin in Papier wog.

»Ich gehe rasch etwas einkaufen«, sagte Frau Maiwald. »Julius hat sich für heute Nachmittag zu Kaffee und Kuchen angemeldet. Der Junge isst so gern Schweineöhrchen. Auf dem Rückweg komme ich wieder vorbei und hole das Album ab. Sonst wird Margot unruhig, wenn sie zurückkommt und ich es ihr nicht gleich geben kann.« Sie verließ den Laden, und ich legte das Fotoalbum auf den Tresen neben der Kasse.

Bevor ich es aufschlug, schaute ich es mir von außen an: quadratisch, in ein dunkelbraunes, grobes Stoffmaterial eingebunden. Altmodisch sah es aus und sehr abgegriffen. Es roch nicht besonders gut, und mit spitzen Fingern öffnete ich es. Die Pappseiten waren vergilbt, die Trennblätter dazwischen sahen aus wie eingerissenes Pergamentpapier mit Spinnwebmuster.

Schon auf der zweiten Seite blieb mein Blick an einem eingeklebten Zeitungsartikel mit Foto hängen, er stammte aus den fünfziger Jahren. Eine zierliche Brünette mit Rehaugen lächelte in einer Mischung aus züchtig und verführerisch in die Kamera, in einem weit ausgeschnittenen, eng anliegenden Ringelshirt wie frisch aus Capri eingetroffen. Die deutsche Nachkriegsreiselust spiegelte sich in ihrem Outfit wider. Ihr Kinn hatte sie geziert auf die Außenhandfläche gestützt. »Das Fräulein-Wunder des Boulevardtheaters«, lautete die Überschrift. Ich begann zu lesen.

Eine Seite später hatte ich Feuer gefangen. Es waren nicht die Bilder, auf die ich nur einen flüchtigen Blick warf und die Margot in Begleitung diverser Herrn zeigten, sondern die Artikel, die mich fesselten. Sie erzählten von einem Leben, das nichts und zugleich alles mit der alten, schrecklich geschminkten Demenzerkrankten zu tun hatte, die ich kannte.

Was Margot Claasen alles gemacht, in welchen Stücken sie gespielt hatte! Ich las, dass sie mit Susanne Erichsen befreundet gewesen war, die in den fünfziger Jahren den Begriff »Fräuleinwunder« in den USA geprägt hatte, dass die beiden jungen Damen sich erbittert zerstritten hatten, als Susanne Erichsen Miss Europe wurde, woraufhin die Erichsen sich von ihr abgewandt und sich dafür Margots Bühnenlaufbahn weiterentwickelt hatte. Quer durch die Jahrzehnte las ich mich, bis ich am Ende der siebziger Jahre und dem Beginn der achtziger ankam. Da hatte Margots Karriere längst ihren Zenit überschritten und sich dem Ende zugeneigt.

Die Artikel wurden spärlicher, die zeitlichen Abstände zwischen ihnen größer. Vielleicht ist ihr Talent doch nicht so groß gewesen, oder für ältere Frauen gab es nicht genug Rollen am Boulevardtheater, überlegte ich, als die Tür aufging und Miriam hereinkam. Ich warf ihr einen fragenden Blick zu, und sie nickte.

»Natürlich war es das. Du hattest recht. Schau mal.« Sie krempelte den Arm hoch, wo eine große feuerrote Quaddel zu sehen war. »Kaum hatte er mich geritzt, hat es wie verrückt gejuckt. Er hat sich totgelacht, als ich ihm die Blätter gezeigt habe. Ist wohl neulich schon mal passiert, dass ein Patient damit ankam. Was hast du denn da?«

Ich hörte ihr nur mit einem Ohr zu, weil ich noch in Margots Geschichte versunken war. Ich stellte mir vor, wie sie, das Mädchen aus Pankow, unbeirrbar ihren Weg in Berlin machte und lange vor dem Mauerfall im Westen der Stadt wohnte. Unbedingt musste ich meine Eltern fragen, was sie über sie wussten. Vielleicht hatte mein Vater sogar für sie geschwärmt? Er war zwar um einiges jünger, aber Caterina Valente war auch so ein Fall, bei dem seine Augen heute noch glänzten, während meine Mutter einen ausgesprochen tückischen Gesichtsausdruck bekam. Und Margot war ein ähnlicher Typ Frau wie Caterina Valente gewesen. Komisch eigentlich, dass mein Vater dann jemanden wie meine Mutter geheiratet hatte. Sie hatte so viel mit dem brünetten Reh-Typ gemeinsam wie ein Blauwal mit einem fliegenden Fisch.

»Das ist Margot Claasens Fotoalbum«, erklärte ich Miriam, die mir interessiert über die Schulter schaute. »Willst du mal lesen?«

»Die Schauspielerin, von der du erzählt hast? Bloß nicht. Der alte Kram interessiert mich nicht. Aber die Fotos, die sind interessant.«

Miriam interessierte sich sehr für Fotos. Sie machte traumhafte Aufnahmen von ihren illustren Reisen. Zu Weihnachten beglückte sie mich dann gern mit einem Fotokalender, der mir die Tränen des Neids in die Augen trieb: Sonnenuntergang über einem Reisfeld auf Java oder ein Tisch für zwei am Strand von Burma, auf dem die Riesengarnelen malerisch angerichtet waren. Oder sie fotografierte den Wellnessbereich ihrer Lodge auf Bali – weiße Handtücher und Palmenblätter oder eine einzelne Lotosblüte, die im Privatpool vor sich hin dümpelte.

Sie zog das Album an sich heran und begann von hinten nach vorn zu blättern, ganz die Fotoanalystin. Nach ein paar Seiten sagte sie: »Schau mal, hast du den hier gesehen? Dieser Mann ist auf beinahe jedem Foto drauf. Sogar hier, auf ihrem Hochzeitsfoto mit diesem gelackten Schauspieler. Da steht er in der zweiten Reihe der Gäste, ganz bedröppelt. Ach, und da ist er wieder neben ihr, in diesem schwarzen Taxi, auf dem Weg zur Premiere. Da sieht er fröhlich aus. Kein Wunder, da ist Margot ja auch wieder geschieden.«

»Zeig mal.« Ich zog das Fotoalbum zu mir herüber und betrachtete den treuen Begleiter, der mir vorhin entgangen war.

Ich kannte den Mann, auch wenn er inzwischen nur noch ein müdes Abbild seines jugendlichen Selbst war. Grauer, schütterer und kleiner. Miriam kannte ihn auch.

»Weißt du, wer das ist?« Ich wies mit dem Finger auf ein

Foto, auf dem er im Hintergrund im korrekten dunklen Anzug zu sehen war, während Margot, im weit ausgestellten Petticoatrock und mit einer beängstigend schmalen Taille, im Vordergrund Autogramme schrieb. Sie sah aus, als könnte sie jeden Moment in der Mitte durchbrechen.

»Keine Ahnung. Woher?«

»Das ist Jochen Weiß. Der Typ, der immer seine Verschiedenen auf dem Friedhof besucht. Den haben wir doch neulich gesehen. Als wir gefrühstückt haben.«

Bewunderung lag in Jochen Weiß' Blick, der Foto für Foto derselbe war. Die Art, wie er Margot ansah, zeugte von jahrzehntelanger Hoffnung, die durch ihre Unerreichbarkeit noch gesteigert wurde. Denn schließlich war nicht er derjenige, der auf dem Hochzeitsbild neben ihr stand. Ob es Freundschaft gewesen war?, fragte ich mich. Ich schaute noch genauer hin. Nein, entschied ich, das war mehr als Freundschaft. Das war Liebe.

Vielleicht hatte Margot ihn zwischendurch mal erhört, wenn sie gerade keine Affäre mit einem Schauspielerkollegen gehabt hatte, oder nach der Scheidung, weil sie sich einsam fühlte. Etwas Festes war daraus aber nicht geworden. Und doch war es der unscheinbare, geduldige Jochen Weiß, der ihr den Platz in der Demenz-WG besorgt hatte, und nicht einer dieser Schönlinge, mit denen sie sich so gern hatte fotografieren lassen. Er war es, der auch jetzt noch zu ihr hielt, da ihre Schönheit verflogen war und ihr Weg sie in die Dunkelheit führte.

Ich fand das rührend von ihm, und ich beneidete sie darum. Es musste schön sein, jemanden zu haben, der einem ein Leben lang zur Seite stand.

Mir fiel wieder ein, was Frau Maiwald gesagt hatte: Margot und Jochen kannten sich von früher. Irgendwie bekam diese Aussage durch die Fotos eine neue Bedeutung.

Mittlerweile hatte Miriam sich abgewandt. Sie stand neben mir und las einen Artikel im »Börsenblatt«.

»You've come a long way, baby«, sagte ich leise und schaute

mir noch einmal das allererste Foto von Margot Claasen an, eine Autogrammkarte, auf der sie jung, schön und überaus geziert in die Kamera lächelte. Das war der Anfang.

Als ich hochschaute, sah ich Frau Maiwald eilig auf den Laden zutrippeln, mit einer Tüte in der Hand, in der sich wahrscheinlich die Schweineöhrchen für den Enkel befanden. Hinter ihr ragte das Seniorenheim in den grauen Herbsthimmel.

Und dort war das Ende. Im Heim liefen die Fäden wieder zusammen. Nach der Geburt und vor dem Tod waren alle Menschen gleich. Das, was in dieser Zeit den Unterschied machte, kam nicht von einem selbst, sondern von außen: Wer einen liebte, wer sich kümmerte. Zwar hieß es: Wir sterben, wie wir gelebt haben. Aber eigentlich musste es heißen: Wir sterben, wie wir geliebt werden.

Ich seufzte tief. Miriam schaute von ihrer Lektüre auf und zu mir herüber. Sie lächelte, sagte aber nichts.

Eigentlich hätte es mir gut gehen müssen. Trotzdem war da ein seltsam unruhiges Gefühl in mir. Ich glaubte, dass ich etwas sehr Wichtiges übersehen hatte. Was war es nur gewesen? Obwohl ich zwischen den Kundengesprächen immer wieder darüber nachgrübelte, kam ich einfach nicht darauf.

NEUNZEHN

»Zieh deine Regenjacke an«, sagte ich am Mittwoch zu Josh. Schon als ich den Satz aussprach, wusste ich, dass er sich zieren würde, weil er die dunkelblaue Regenjacke nicht halb so cool fand wie das orangefarbene Monstrum, das er sonst trug. Er liebte es, denn darin sah sein Kreuz so breit wie das eines Footballspielers aus. Das musste was mit der vorpubertären Prägungsphase zu tun haben, dieses Männergehabe.

»Och nö«, nörgelte er prompt. »Oma findet die orangefarbene Jacke auch schöner. So doll regnet's gar nicht.«

Das stimmte natürlich. Es regnete nicht doll. Es goss. Es pladderte. Aus dem Novemberhimmel schüttete es, als ob alle Tränen, die während der letzten beiden Tage zu Allerheiligen und Allerseelen vergossen worden und anschließend verdunstet waren, auf die Erde zurückfielen. Spree und Havel schwollen an, und wenn das so weiterging, hieß es in Berlin bald: Land unter.

»Du gehst doch heute gar nicht zu Oma«, sagte ich. Da erst fiel mir siedend heiß ein, dass ich vergessen hatte, bei Bastis Mutter anzufragen, ob Josh bei ihnen übernachten konnte.

»Wieso nicht?«, wollte Josh wissen.

»Oma und Opa haben eine Feier. Du musst bei Basti schlafen.«

»Basti ist krank. Bei dem kann ich nicht schlafen.« Unwillig riss Josh die Regenjacke vom Haken. Dann schulterte er seinen Eastpak-Rucksack.

»Was hat er denn?«, fragte ich erschrocken. Mehr, weil diese Entwicklung nicht zu dem Tagesablauf passte, den ich mir ausgemalt hatte, als aus Sorge um Basti.

»Scharlach.«

Das ging natürlich wirklich nicht. »Dann musst du heute nach der Schule noch mal ins ›Agatha‹ kommen«, beschloss ich.

»Nee. Nicht schon wieder. Ich kann doch allein zu Hause bleiben.«

»Das möchte ich aber nicht. Das ist zu lange. Was hast du denn gegen das ›Agatha‹? Letztes Mal hast du ein LTB bekommen, und einen Mord gab's noch obendrauf«, konterte ich.

Dagegen konnte er nichts einwenden. Und vorsichtshalber sagte ich ihm erst gar nicht, dass er nach dem »Agatha« auch noch mit ins Seniorenheim musste. »Tschüs, mein Süßer, bis heute Nachmittag im Laden«, kürzte ich die Diskussion ab und küsste ihn zum Abschied, etwas, das er nur dann noch zuließ, wenn uns niemand sah.

Josh flitzte los. Ich stellte noch schnell unser Frühstücksgeschirr in den Spüler. Mittlerweile war ich durch die komplette Gelbwurzpackung durch. Ich glaubte kaum, dass ich so schnell wieder Chicken Tandoori kochen würde. Alles würde ich meiden, das nach Kurkuma schmeckte. Aber immerhin schienen sich meine Gallengänge ausreichend geweitet zu haben, und einem lehrbuchartigen Abfließen der Säfte stand glücklicherweise nichts mehr im Weg.

Was es mit dem zweiten Mord auf sich hatte, war im »Agatha« nach wie vor ein Dauerthema. Jeden Tag kamen neue Details hinzu. Unmutig wurde auf die Inkompetenz der Polizei hingewiesen, darauf, dass der Täter noch immer nicht gefasst worden war, man in diesem Stadtteil seines Lebens nicht mehr sicher sein und genauso gut in den Wedding ziehen konnte, zumal dort die Mieten viel billiger waren.

Die Wellen der Missbilligung schlugen hoch, sogar von einem Serienmörder war bereits die Rede gewesen. Aber aus zuverlässiger, nämlich angelesener Krimiquelle wusste ich, dass man das, was geschehen war, kaum als Serienmorde bezeichnen konnte. Die Leichen waren nicht als stummes Zeichen für die Polizei drapiert gewesen, sie waren auch nicht zeremoniell gerichtet worden, und die Opfer hatten rein optisch betrachtet nichts gemeinsam gehabt. Auch die Tatorte waren sehr verschieden gewesen – es sei denn, man sprach einer Bank und einem Friedhof Ähnlichkeiten zu.

Aber völlig unrecht hatten die Leute, die an einen Serientäter dachten, auch wieder nicht. Etwas schienen die beiden Morde gemeinsam zu haben. Nichts anderes konnte der letzte Satz in dem Zeitungsartikel vom Montag bedeuten. Auch wenn ich noch immer nicht wusste, was damit gemeint war. Und heute würde ich es auch nicht herausfinden, denn ich war fest verplant: Erst die Arbeit im »Agatha« unter Miriams strenger Aufsicht, dann der Krimikurs im Seniorenheim und zwischendurch und hinterher Mutter. Eine denkbar ungünstige Kombination, um sich detektivisch zu betätigen.

So dachte ich gemütlich vor mich hin – bis die Tür aufging und Yunos Kamat in den Laden spazierte. Er sah schlecht aus, fand ich. Nicht schlecht im Sinne, dass er nicht hübsch war, nein, das nicht. Ganz im Gegenteil. Eigentlich sah er sogar sehr gut aus. Und wie jedes Mal überraschte mich diese Erkenntnis und führte zu einem unmittelbaren, wenn auch inzwischen deutlich abgemilderten Magenhüpfen. Nur sah er trotz seines guten Aussehens eben auch schlecht aus. Unter seinen dunklen Augen hatte er Augenringe, als ob er seit letztem Freitag nicht mehr geschlafen hatte. Er stieß die Tür mit zu viel fahriger Kraft auf, so als wäre er mit seiner Geduld langsam am Ende. Und ich ahnte, dass er kurz vor einem Nikotinkollaps stand, bei dem auch Koffein eine nicht unerhebliche Rolle spielte.

Tja, dachte ich, selbst schuld. Wahrscheinlich saßen ihm seine Vorgesetzten im Nacken. Nicht zu vergessen die atemberaubend schöne Staatsanwältin.

Staatsanwältinnen waren grundsätzlich atemberaubend schön und wahnsinnig dünn und rauchten viel. Jedenfalls in den Krimis, die ich mir anschaute. Oder zumindest waren sie sehr charismatische Frauen, die genau wussten, wie sie ihre Kommissare in Schach hielten.

Tu nicht so geheimnisvoll, gib mir mehr Details, und ich werde dir mit meinem messerscharfen Verstand zur Seite stehen und nicht eher ruhen, bis die Morde geklärt sind, wollte ich ihm zurufen. Vielleicht hatte er das endlich eingesehen und war nur deshalb zu uns gekommen, um mich um Rat zu fragen?

Ich atmete bereits tief ein, um meine Vorschläge eindrucksvoll ertönen zu lassen, da kam mir ein unangenehmer Gedanke, und ich atmete stoßweise wieder aus.

Gut, dass ich nicht schwanger war, sonst hätte jeder Beobachter an dieser Stelle an Hechelatmung gedacht. So schaute mich nur Miriam besorgt an. Und genau um sie drehte sich mein letzter Gedanke: Wollte Kamat sie etwa zu einer kleinen Spritztour abholen, weil's neulich so schön war?

Da stand er schon vor mir. »Hallo, Frau Cameron. Ich habe noch einige Fragen an Sie.« An mich, nicht an Miriam. Ha!

»Jetzt?«, wollte ich wissen.

»Wenn möglich.«

Ich riss die Augen auf und schaute bedeutungsvoll zu Miriam hinüber. »Moment.«

»Oh, und könnten Sie Frau Mamlock fragen, ob wir uns solange in ihre Wohnung setzen dürfen?«

Ich nickte. Miriam hatte den Wortwechsel natürlich mitbekommen, so wie ihr selten Entscheidendes entging, sie zog bereits ihren Wohnungsschlüssel aus der Tasche ihres schwarzen Overalls. Hätte ich dieses Outfit angehabt, man hätte mich für eine schlecht proportionierte Tankwartin in Trauer gehalten. Miriam dagegen sah aus, als ob sie gerade für Modeaufnahmen zum Thema Existenzialismus gecastet wurde. Für »Brigitte Woman«, wo die porträtierten Frauen alle fabelhaft ergraute, ungefärbte Haare hatten, vierzig plus waren und in ihrer Lebensmitte scheinbar ganz nebenbei eine zweite oder dritte aufsehenerregende Karriere starteten. Ohne Kind und Hund und Mann, den Haushalt, die Tennisstunden und das Segelboot zu vernachlässigen, das verstand sich von selbst.

Jedenfalls gab Miriam mir den Schlüssel zu ihrer Wohnung, und das war alles, was zählte. Wortlos ging ich voran, und

Yunos Kamat folgte mir. Wir betraten den Wintergarten. Zum ersten Mal fiel mir auf, dass man von hier aus nicht nur einen guten Blick auf den Friedhof hatte, sondern auch in den Nachbarhof schauen konnte, in dem sich eine Werkstatt befand. Gerade fuhr ein weißer Lieferwagen vor. Auf dem Dach war eine Leiter befestigt. Wo der Handwerker wohl mit dieser Leiter war?, fragte ich mich versunken. Was für ein Handwerker ist das überhaupt? Ein Schlosser? Oder ein Tischler?

Hinter mir räusperte sich jemand. Ich drehte mich um.

Kamat hatte an Miriams Glastisch Platz genommen, seinen Mantel ausgezogen und ordentlich über die Stuhllehne gehängt. Nicht mal im Café Dollinger hatte ich ihn so gesehen, so … so … ausgezogen. Nur mit einem schwarzen Rolli zu den schwarzen Hosen. Ich schaute ihn an, bis er fragte: »Wollen Sie sich bitte auch setzen? Dann muss ich mir beim Fragen nicht den Hals verrenken.«

Da erst funkte mein Hirn: »Erde an Wanda, Erde an Wanda«, und ich ließ mich in den Korbstuhl ihm gegenüber plumpsen. »Was wollen Sie mich fragen?«

Kamat legte die Fingerspitzen seiner Hände zusammen. »Wissen Sie, Ihre Rolle in diesen beiden Mordfällen ist ungewöhnlich.«

Ich zog die Augenbrauen so hoch, dass sie hinter meinen wegen der hohen Luftfeuchtigkeit gelockten Ponyfransen verschwanden. »Wie meinen Sie das?«

Er musterte mich nachdenklich. »Sie sind immer dort, wo etwas passiert. Sie sind die Zeugin der ersten Stunde bei dem Banküberfall. Sie geben im Seniorenheim, von wo aus eingebrochen wurde, einen Krimikurs. Sie sind an der Currywurstbude vor der Haustür einer Verdächtigen. Und damit nicht genug: Sie haben den Schlüssel zum Dachboden, und *Sie* sind es auch, die den Schuss beim zweiten Mordfall hört und die Polizei alarmiert. Kennen Sie Jonathan Kellerman?«

»Den amerikanischen Krimiautor? Na klar kenne ich den. Besonders die Alex-Delaware-Serie, die mit dem Polizeipsychologen. Ist spannend, aber manchmal auch grausig.« Ich schüttelte mich schaudernd und begriff nicht, was das alles mit Jonathan Kellerman zu tun haben sollte.

Kamat nickte bedächtig. »Genau. Den lese ich gern, wissen Sie. In ›Dr. Death‹ gibt es eine Stelle, bei der ein Zeuge zu einem Mord befragt wird. Er sagt, dass sein Hund die Leiche entdeckt hat, weil er sich für einen Polizeihund hält. Dieser Zeuge ist der Mörder, und er wird überführt, weil er genau dasselbe über seinen Hund bei einem anderen Mord gesagt hat, bei dem er ebenfalls als Zeuge auftauchte.«

Ich verstand nicht, worauf Kamat hinauswollte. »Ich habe keinen Hund.«

Offensichtlich deutete er meinen leicht verwirrten Blick korrekt, denn er fragte, nein, er sagte mit Bestimmtheit: »Sie wissen nicht, was ich damit sagen will.«

Ich schüttelte den Kopf.

Er beugte sich quer über den Tisch und kam mir dabei so nah, dass ich einen Hauch von seinem Rasierwasser roch. Wahrscheinlich desinfiziert sein türkischer Barbier ihm die Wangen, nachdem er sie glatt geschabt hat, dachte ich abgelenkt. Deshalb bekam ich erst mit einem Tick Verspätung mit, was er sagte.

Er sagte: »Vorausschicken möchte ich, dass ich Sie da nicht sehe. Trotzdem muss ich Sie das fragen: Wo waren Sie an dem Abend und in der Nacht, als die Bank überfallen wurde?«

»Sie scherzen«, sagte ich und lächelte kühn in sein ernstes Gesicht.

»Nicht wirklich«, antwortete Kamat und lächelte nicht zurück.

Wiiiieee bitte? Ich schnappte nach Luft wie ein Goldfisch auf dem Trockenen. Aber bevor ich antworten konnte, redete er auch schon weiter.

»Außerdem möchte ich wissen, warum Sie den Schlüssel zum Dachboden hatten. Und kann jemand bezeugen, dass Sie hier in der Wohnung waren, als der zweite Mord geschah?«

»Sie spinnen doch wohl lauwarm«, sagte ich im Brustton der Überzeugung.

»Vorsicht«, sagte Kamat warnend, aber plötzlich war mir völlig egal, was er von sich gab. Am liebsten hätte ich Pippilotta zitiert!

»Sie verdächtigen mich? Ausgerechnet mich?«, fragte ich fassungslos. Nach allem, was ich zur Klärung des Falls beigetragen habe?, wollte ich rufen, verkniff es mir aber gerade noch rechtzeitig. Denn von den Beobachtungen der anderen Verdächtigen wusste Kamat ja nichts. Ich holte tief Luft. »Also gut. Sie wollen wissen, wo ich war, ja? Das kann ich Ihnen genau sagen: In der Nacht des Banküberfalls war ich zu Hause, und zwar mit meinem Sohn. Den Schuss auf dem Friedhof haben Josh und ich von diesem Wintergarten aus gehört, in dem wir uns jetzt befinden. Josh stand genau hier, neben mir, als ich Sie angerufen habe. Und den Schlüssel zum Dachboden habe ich nachgemacht, das stimmt. Aber es ist auf den ausdrücklichen Wunsch von Miriam hin geschehen. Sie ist schließlich die Hausbesitzerin, und Lennart hat sich geweigert, sie reinzulassen.« Erbost lehnte ich mich im Stuhl zurück.

»Kinder können manipuliert werden«, murmelte er wie zu sich selbst. Ich hörte es aber trotzdem.

»Das können sie vielleicht. Aber das habe ich nicht getan, weil ich es nicht tun musste. Und es auch nicht tun würde«, sagte ich mit einem deutlich zickigen Unterton, den ich mir angesichts seiner Frechheit gut verzeihen konnte. Dann fiel mir plötzlich der Grund für seine haltlosen Mutmaßungen ein. »Ich weiß, warum Sie mich verdächtigen!«, platzte ich heraus. »Sie haben sonst niemanden mehr, der in Frage kommt. All Ihre Spuren sind im Sand verlaufen!«

Oh ja, ich wusste, wie das war, genauso hatte ich mich gefühlt, als sich der Verdacht um Julius Maiwald zerschlagen hatte. Da hätte ich auch gern ein Unschuldslamm gehabt, auf das ich den hässlichen Finger der Verdächtigung hätte richten können!

»Keineswegs«, widersprach der Kommissar. »Es gibt bloß deutliche Hinweise, dass die beiden Fälle miteinander verknüpft sind, und da Sie an beiden Tatorten gewissermaßen gleich nah dran waren, muss ich Ihnen diese Fragen stellen. Sie glauben also, Ihr Sohn würde Ihre Aussage bestätigen?«

Einen Moment lang schwieg ich, weil ich zwischen Wut und Neugier hin- und hergerissen war. Die Neugier siegte: »Natürlich würde er das. Aber wollen Sie ernsthaft einen Zehnjährigen damit verstören, dass Sie seiner Mutter zwei Morde unterstellen?«

Der Kommissar wirkte unangenehm berührt. »Ich habe Sie nicht in Verdacht, die beiden Morde begangen zu haben, Frau Cameron. Bitte bleiben Sie realistisch. Ich glaube nicht mal, dass Sie dazu fähig wären. Ich kenne Sie ja kaum, aber ich habe inzwischen den Eindruck gewonnen, also, ich kann mir nicht vorstellen …«

Haspelhaspel. Auf einmal sah er aus, als ob er sich auf einen anderen Stern wünschen würde. Geschah ihm recht.

»Jedenfalls haben wir uns nur gewundert, wie es möglich sein kann, dass Sie seit mehreren Wochen ständig zur richtigen Zeit am richtigen Ort sein können. Oder sollte ich besser sagen: zur falschen Zeit am falschen Ort?«

Ich ignorierte seinen Kommentar, ignorierte auch das »wir« in seinem Satz – wahrscheinlich meinte er sich und die Staatsanwältin. Stattdessen nutzte ich die Gunst des Augenblicks, in dem er sich zu Recht seines Verdachts schämte, und fragte: »Wo sehen Sie eigentlich die Verbindung zwischen den beiden Morden?«

Er zögerte lange mit der Antwort, und ich fürchtete schon, dass er mich wie so oft abblitzen lassen würde, da sagte er: »Beide Opfer wurden mit derselben Waffe erschossen.«

»Wirklich!« Mein Ausruf implizierte zweierlei, nämlich dass ich a) überrascht war oder b) mir auch schon so etwas gedacht hatte. a) war wahr, b) eine Lüge.

In meinem Kopf flitzten die Möglichkeiten hin und her. Ich zog einen ersten Schluss: »Heißt ›dieselbe Waffe‹ auch ›derselbe Mörder‹?«

»Gut möglich. Sie haben am Freitag bei Ihrer ersten Befragung zu Protokoll gegeben – ich zitiere: ›Es klang eher so, als ob es eine Gegenerpressung wäre, als ob der andere ihn zuerst erpresst, aber etwas noch Schlimmeres getan hätte. Und damit hat Lennart wiederum ihn oder sie erpresst, ja. Und dann hat der andere geschossen.‹«

Ich wusste nicht, ob ich amüsiert, beunruhigt oder beeindruckt sein sollte, dass der Kommissar meine Aussage wortwörtlich wiedergab. Aber es stimmte, genau das hatte ich gesagt. Jetzt interpretierte ich meine eigenen Worte: »Lennart wusste, dass der oder die andere die Bank überfallen hat. Und zwar mit der Waffe, die er von Lennart bekommen hatte. Denn darum ging es in dem Streitgespräch ja auch. Ich frage mich, warum Lennart ihm die Waffe überhaupt gegeben hat.«

»Das wissen wir inzwischen«, sagte der Kommissar. »Und wir wissen auch, dass es ein Mann und keine Frau war.«

»Wie haben Sie das herausgefunden?«, fragte ich interessiert.

»Wir haben die beiden befragt, mit denen Leski den Drogenanbau betrieben hat.«

»Drago und Miles.« Die beiden hatte ich ganz vergessen.

Yunos Kamat nickte. »Jemand hat wohl beobachtet, wie die drei nachts die Ware aus dem Haus geschafft haben, irgendwann beim ersten Durchgang. Er hat seine Schlüsse gezogen und ist eine Woche später an Leski herangetreten. Er hat ihn erpresst, ihm eine Waffe zu besorgen. Leski hat die Waffe von Drago bekommen, ihm aber leider nicht gesagt, wer der Erpresser ist. Nur dass es ein Mann war.«

Wozu doch ein schlechtes Gewissen gut ist, dachte ich befriedigt. Mir war sonnenklar: Nur weil Kamat mich verdächtigen *musste*, ließ er sich jetzt in die Karten blicken.

Ich schaute ihn erwartungsvoll an. »Und dann?«

Er zuckte mit den Schultern. »Nichts ›dann‹. So weit sind wir in unseren Ermittlungen.«

»Haben Sie keine Zeugen für Freitagabend gefunden? Jemanden, der beobachtet hat, was auf dem Friedhof passiert ist?«

»Leider nein. Und auf unseren Aufruf hin hat sich auch niemand gemeldet. Was jetzt kommt, ist mühselige Kleinstarbeit. Damit will ich Sie nicht behelligen.« Seine Augenringe verdunkelten sich. Noch ein bisschen schwärzer, und er würde aussehen wie ein eleganter mediterraner Waschbär.

Ich schaute aus dem Fenster in Richtung Friedhof. In einem der hinteren Gänge sah ich jemanden, der sich über ein Grab beugte. Wahrscheinlich harkte er die Blätter weg.

»Fragen Sie doch mal Herrn Weiß«, schlug ich vor und deutete in diese Richtung. »Er besucht jeden Tag auf dem Friedhof eines der Gräber. Zwar immer morgens, um diese Zeit, aber wer weiß, vielleicht ist ihm ja etwas aufgefallen.«

»Meinen Sie Jochen Weiß aus dem Seniorenheim?«, fragte Yunos Kamat und kniff die Augen zusammen, um den alten Mann auf die Distanz besser beobachten zu können.

»Ja, genau den. Der sich so lieb um die alte Schauspielerin kümmert«, entgegnete ich, restlos überzeugt, dass Kamat sämtliche Bewohner des Heims überprüft und ihre Namen und Lebensläufe zudem in seinem phänomenalen Gedächtnis jederzeit abrufbereit gespeichert hatte. Vielleicht war eine Karriere bei der Polizei doch nicht das Richtige für mich. Oder nur nach ein paar Extrarunden mit Dr. Kawashimas Gehirnjogging. Gute Idee – dann joggte wenigstens ein Körperteil von mir! Ich musste mal mit Josh sprechen, ob er mir seine Spielkonsole ausleihen würde.

Kamat schaute grübelnd in Richtung Friedhof, dann blickte er auf die Uhr und schließlich zu mir: »Frau Cameron, danke, dass Sie sich die Zeit genommen haben. Ich glaube, damit sind jetzt erst mal alle Fragen, die wir an Sie hatten, geklärt.«

Er stand auf, griff nach seinem Mantel und zog ihn rasch an. »Ich muss los. Bitte richten Sie Frau Mamlock meinen Dank aus, dass wir ihre Wohnung benutzen durften.«

Er schien es auf einmal sehr eilig zu haben, der Kommissar. Wenn bei Miriam Staub gelegen hätte, würde ich sagen, dass man nur noch eine Staubwolke von ihm sah.

Ich verließ die Wohnung deutlich langsamer, schloss ab und

ging zurück in den Laden. Dort stand Miriam und streckte, als sie mich kommen sah, die Hand aus. Ich ließ den Schlüssel hineinfallen.

»Und, was wollte dein Kommissar diesmal?«, fragte sie. »War wohl gut, oder? Du hast ganz rote Wangen.«

»Er ist nicht *mein* Kommissar«, sagte ich scharf. »Und er hat mich verdächtigt, etwas mit den beiden Morden zu tun zu haben, damit du es weißt.«

Darauf machte Miriam etwas, das sie höchst selten tat: Sie starrte mich sprachlos an und öffnete ungläubig den Mund, noch dazu im Zeitlupentempo. Dann allerdings lachte sie schallend los. »Was für ein Blödsinn!«

»Das habe ich ihm auch gesagt.«

»Und, hat er dich von der Liste der Verdächtigen wieder gestrichen?«

Ich runzelte die Stirn. »Davon gehe ich doch mal aus.« Doch noch während ich es sagte, fragte ich mich, ob das überhaupt stimmte. Kamat mochte mich nicht gut kennen. Aber ich kannte ihn leider kein Stück besser.

Der Nachmittag schlich dahin. Gegen vier kam Josh. Er verzog sich in die Teeküche und grübelte über seinen Mathe-Hausaufgaben. Gegen halb fünf war er fertig. »Können wir bald gehen?«, fragte er ungeduldig. »Ich hab Hunger und will nach Hause.«

»Nein, Josh.« Ich rüstete mich für das, was jetzt kam. »Wir müssen gleich noch woandershin.«

Aus den Augenwinkeln sah ich, wie Miriam sich vorsichtig zurückzog. Auseinandersetzungen mit Kindern lagen ihr nicht. Sie fürchtete sie, weil es dafür keine rationalen Gebrauchsanweisungen gab. Am Anfang unserer Zusammenarbeit hatte ich ihr mal mein Leid geklagt, weil Josh nicht so rundgelaufen war, wie ich es gern gehabt hätte. Ihr pragmatischer und durchaus ernst gemeinter Ratschlag war gewesen, den Jungen mit einem One-way-Ticket in den nächsten Flieger nach New York zu setzen, wo er sich entweder zu seinem Vater durchschlagen oder alles daransetzen sollte, es vom Tellerwäscher zum Millionär zu schaffen. Das war kurz vor Joshs neuntem Geburtstag gewesen.

Seitdem fragte ich sie nicht mehr.

»Wohin müssen wir?«, wollte er misstrauisch wissen.

»Bloß ein Stück die Straße runter. Ich gebe heute einen Krimikurs im Seniorenheim.«

Josh sah mich so fassungslos an, als ob ich ihm vorgeschlagen hätte, zu einem internationalen Barbie-Treffen zu fahren. »Ich soll in ein Altersheim?«, fragte er.

»Du sollst *nicht* in ein Altersheim. Dazu bist du noch viel zu jung«, erklärte ich geduldig. »Ich gebe dort einen Kurs. Er dauert nur eine Stunde. Du sitzt bei uns am Tisch«, mir kam ein großartiger Gedanke, »oder im Computerraum, wenn der Computermann da ist. Da kannst du dann lesen oder malen oder ein Spiel spielen, wenn's geht.«

Die Aussicht auf einen Computerraum schien Josh etwas zu besänftigen. Aber noch nicht ganz. »Warum hast du mir heute Morgen nicht gesagt, dass ich mitkommen muss?«, fragte er anklagend.

Ich merkte, wie meine Nerven sich dehnten wie ein rosa, gut ausgekauter Kaugummi, wie sie länger und dünner wurden. »Weil ich wusste, dass du meckerst, deshalb«, gab ich zurück.

Der Ton macht die Musik, und mein Ton wirkte auf Josh wie ein aufziehendes Gewitter in einer Wagneroper: bedrohlich. Schmollend zog er sich zurück, bis ich das Zeichen zum Aufbruch gab.

ZWANZIG

Aus Protest blieb Josh einige Schritte hinter mir, als wir im Halbdunkel das »Agatha« verließen. Ich nahm es schweigend hin und lief vornweg. Er war immer noch sauer, aber ich konnte es nicht ändern.

Ich sah Josh nicht, aber ich hörte ihn. Wenn sein linker Turnschuh auf dem Straßenpflaster aufkam, gab es ein leises, schlappendes Geräusch – ein Teil der Sohle war lose, er brauchte dringend neue Sportschuhe. Die kosteten mindestens fünfzig Euro. Aber heute gab ich meinen dritten Kurs, das passte also ganz gut. Strähnchen waren sowieso total out, und so schlecht waren die Zehn-Euro-Cutter schließlich auch nicht.

Als wir am Friedhof vorbeikamen, parkte direkt vor dem Eingang ein Polizeiwagen. Der Schreck durchzuckte mich wie ein Adrenalinstoß bei einem knapp vermiedenen Autounfall. Ließ Kamat mich etwa beobachten, weil ich immer noch die Liste seiner Hauptverdächtigen anführte? Aber wenn ja, würde er das doch durch eine Zivilstreife machen lassen, vermutete ich. Außerdem war der Wagen leer. Wo steckte der Polizist?

Ich blieb stehen und schaute zur Eisenpforte, hinter der sich die Gänge mit den Grabsteinen erstreckten. In dem schummrigen Licht konnte ich jedoch nicht erkennen, ob sich dahinter etwas rührte. Alles wirkte still und verlassen. Wahrscheinlich war es bloß ein Zufall: Der Polizist hatte auf dem Nachhauseweg nur mal schnell angehalten, um in Schmargendorf beim Bäcker ein Brot zu kaufen. Oder in die Apotheke zu gehen. Oder zum Friseur.

»Guten Abend, Herr John«, sagte ich munter, als wir das Seniorenheim betraten und an der Loge vorbeikamen. »Alles okay?«

»Ach, Frau Cameron«, meinte er und verließ seinen Platz, um mich mit einem Handschlag zu begrüßen. Dann sah er Josh, der hinter mir stand. »Wen haben Sie uns denn heute mitgebracht?«

Ich hätte den neugierigen Blick, der üblicherweise erst Josh und dann mir zugeworfen wurde, inzwischen so gut kennen müssen, dass ich ihn gar nicht mehr registrierte. Aber der Vorsatz war eine Sache, das Gefühl eine andere. Ich konnte direkt in Sieger Johns Kopf blicken und hören, was darin vor sich ging: Zehn kleine Negerlein, summte er gerade.

»Das ist mein Sohn Josh. Er begleitet mich heute. Ausnahmsweise.«

Hinter mir schnaufte Josh ungehalten.

Von keiner Glasscheibe getrennt, fiel mir auf, dass Sieger John alles andere als froh aussah. »Ist alles okay?«

»Nein«, sagte er.

»Was ist denn?«, fragte ich.

»Wir hatten mal wieder die Polizei im Haus. Den ganzen Nachmittag wurden wir befragt. Schon zum zweiten Mal! Von diesem arroganten Kommissar, diesem, diesem ...« Er murmelte etwas, das verdächtig wie »Türken« klang.

»Hauptkommissar Kamat macht nur seine Arbeit«, entgegnete ich spitz und fand Sieger John auf einmal gar nicht mehr sympathisch.

»Ja, und damit bringt er unsere Leute durcheinander und das Heim in Verruf«, entgegnete John.

»Zwei Mordfälle klären sich nicht dadurch, dass man sich im Schreibtischstuhl zurücklehnt«, ereiferte ich mich.

»Er sollte lieber unter seinesgleichen ermitteln«, gab Sieger John zurück. »Hier in Schmargendorf findet er den Täter nicht, das ist doch wohl jedem klar.«

Mir war, als hätte er eine dieser Masken auf, die den ganzen Kopf umhüllten, auf der einen Seite ein lachendes und auf der anderen Seite ein höhnisch grinsendes Gesicht. Gerade hatte er mir die Seite zugedreht, die ich bis jetzt noch nicht gekannt hatte. Ich nahm es durchaus persönlich, und mir lag eine böse

Bemerkung auf der Zunge, als Josh mich am Ärmel zupfte und fragte: »Wo ist denn der Computerraum?«

»Komm, ich zeig ihn dir.« Verärgert wandte ich mich ab.

»Sie werden sehen, dass ich recht habe, wenn sie den Täter endlich dingfest machen!«, rief Sieger John mir noch hinterher.

»Der ist aber unfreundlich«, sagte Josh, und wenigstens war damit der Friede zwischen uns wiederhergestellt. »Und er mag wohl keine Ausländer.«

»Alle Menschen sind Ausländer, fast überall.«

»Ich besonders«, sagte Josh mit unüberhörbarem Stolz in der Stimme, was einerseits bewies, dass er den Satz nicht wirklich verstanden hatte, andererseits aber auch zutraf. Schließlich war er born and bred in America.

Als wir in der ersten Etage ankamen, spürte ich sofort, dass auch hier etwas nicht stimmte.

In den Räumen, in denen gleich die Kurse beginnen würden, wurde lauter gesprochen als sonst, ein Summen wie von einem aufgebrachten Bienenstock, vor dem ein Bär patrouillierte, lag in der Luft. Aus der Küche am Ende des Gangs klang kein vergnügtes, sondern zorniges Klappern. Die Teilnehmer des Kochkurses schienen ungehalten zu sein. Selbst der Duft, der durch die Etage zog, war bissiger als sonst. Wahrscheinlich enthielt er mehr Cayennepfeffer. Mir tränten die Augen.

»Hier stinkt's«, sagte Josh.

»Und hier ist der Computerraum«, antwortete ich. Die Tür war geschlossen, also klopfte ich kräftig, jedoch mit wenig Hoffnung an. Geschlossene Türen bedeuteten in diesem Gang normalerweise, dass sich niemand dahinter befand. Doch wir hatten Glück, denn jemand sagte: »Herein.«

In dem Raum war es dunkel, er wurde nur von dem flimmerigen Grau zweier Monitore erhellt. Davor erhob sich die gedrungene Silhouette eines Rollstuhlfahrers: Werner Fielbrink war vor Ort.

»Was ist los?«, fragte er, ohne sich umzudrehen.

»Hallo, Herr Fielbrink«, sagte ich. »Stören wir?«

Endlich drehte er sich um. »Ich bastel grad an der Verkaufspage der Nestelkissen für Demenzkranke. Wir wollen doch mal sehen, ob wir damit nicht ein bisschen Kohle in die Kasse kriegen. Könnte ja nicht schaden.«

Inzwischen war Josh näher getreten. Zwischen Rollstuhl und Computer blieb er stehen. Er konnte sich dem elektronischen Zauber nicht entziehen. »Wie laden Sie das hoch?«, wollte er wissen. »Schreiben Sie den Text in HTML?«

Fielbrink schaute ihn prüfend von der Seite an. »Kennst du dich aus?«

Ja, hätte ich am liebsten gerufen, mein Sohn ist ein Computergenie! Er kann Ihnen helfen! Sechzig Minuten lang! Und ich habe meine Ruhe im Kurs! Aber mir war klar, dass der direkte Angriff taktisch nicht die klügste Lösung war.

Josh zuckte mit den Schultern. »Ich mach gern was mit Computern. Wir haben in der Schule zwei Computerräume. Ich bin in einer AG. Da lernen wir Programmieren.«

»Wie alt bist du denn?«

»Zehn.«

»Muss eine schlaue Schule sein«, sagte Fielbrink. »Ich hab da ein Problem. Schau mal, hier.« Mit der Maus in der Hand klickte er etwas an. Inzwischen klebte Josh praktisch mit der Nase am Bildschirm.

»Sie könnten vielleicht –«, antwortete mein Sohn vorsichtig, wurde jedoch unterbrochen.

»Entschuldigung?«, warf ich ein. »Ich muss in den Kurs.«

Fielbrink drehte sich in seinem Rollstuhl zu mir um. »Lassen Sie den Kleinen doch hier. Wenn was ist, schick ich ihn rüber. Ist ja langweilig, so ein Lesekurs, was?«

Josh strahlte ihn an, und ich klopfte mir praktisch selbst auf die Schulter. »Wenn er Sie nicht stört?«

»Quatsch mit Soße«, murmelte Fielbrink, nun wieder dem Monitor zugewandt. »Aber machen Sie die Tür wieder zu. Ist ja nicht auszuhalten, der Krach heute. Ich kann mich nicht konzentrieren bei dem Lärm.«

»Was ist denn eigentlich los?«, fragte ich noch rasch.

»Keine Ahnung. Ist mir auch egal.« Anscheinend war der Althacker schon wieder tief in seine Materie eingedrungen, die er nun mit Josh teilen konnte.

Ich zog mich diskret zurück.

»Herr Weiß kommt wieder nicht?« Ich blickte mich fragend um. Meine drei Damen vom Kurs schüttelten verneinend die Köpfe. »Margot?«, schob ich wissend nach.

»Ja. Sie ist wohl sehr durcheinander, weil sie doch bald auszieht. Und das vorhin hat sie zusätzlich verstört.«

»Was war denn vorhin?«

»Dieser Hauptkommissar war wieder da«, sagte Karin Jaletzke. »Diesmal hat er ein paar von uns in Frau Bernsteins Büro kommen lassen. Zur Befragung!«

»Ach ja? Wen denn?« Ich fragte mich, ob das etwas mit dem zu tun hatte, was er mich heute Morgen gefragt hatte.

»Mich zum Beispiel«, sagte Frau Maiwald, »und Karin auch. Renate hat er in Ruhe gelassen. Mit Frau Bernstein hat er zuerst gesprochen, mit Jochen auch, mit Margot natürlich nicht.«

Ich nickte. Das machte Sinn: Margot Claasen hätte wahrscheinlich eine hochinteressante, aber ganz und gar irrelevante Geschichte erzählt, der niemand hätte folgen können. Nicht mal sie selbst.

»Der Backkurs hat frische Blätterteigtaschen und Kaffee hereingereicht, aber wir waren trotzdem sauer. Was denkt dieser Kommissar sich eigentlich!«, ereiferte sich Karin.

»Bei mir war er auch«, gab ich freimütig zu, und drei Augenpaare musterten mich kritisch.

Schuldig oder nicht schuldig?, wollte ich schon fragen, aber stattdessen begann ich lieber mit dem Kurs.

»Lassen Sie uns anfangen«, schlug ich vor. »Heute möchte ich mit Ihnen gern über die Stilmittel sprechen, die Mankell anwendet. Ist Ihnen beim Lesen etwas aufgefallen?«

Wie pflichteifrige Schülerinnen begannen sie emsig in den Büchern zu blättern, und als sie schließlich wieder aufschauten, lag in ihren Augen derselbe Blick wie in der Schule. Ja, sie hatten etwas entdeckt, aber nein, sie trauten sich nicht, es zu sagen. Warum zögerten sie? Warum redeten sie nicht munter drauflos, wie Josh es gemacht hätte? Befürchteten sie, bei einer falschen Antwort ausgelacht zu werden?

Da erst fiel mir ein, dass sie ihre Schulzeit in einer Zeit absolviert hatten, in der falsche Antworten wahrscheinlich mit Linealschlägen auf die Finger bestraft worden waren. So was prägte lebenslang. In diese Richtung sollte unser Kurs nicht gehen, weshalb ich blitzschnell das Konzept änderte. Ich hatte dieses Frage-Antwort-Spiel in der Schule auch gehasst, vor allem, wenn die Antworten möglichst wortwörtlich den Lehrererwartungen entsprechen sollten. Und ich hatte die Schulbank mindestens vierzig Jahre nach Frau Maiwald, Karin Jaletzke und Renate Born gedrückt.

»Mankell schreibt gern über das Wetter«, begann ich. Alle nickten, und Karin Jaletzke sagte: »Besonders am Anfang des Kapitels. Als Einstieg.«

»Genau«, sagte ich. »Das ist so eines seiner Stilmittel.« Und schon waren wir mittendrin.

Wir unterhielten uns über die alberne Frage: Was will uns der Autor sagen?, korrigierten sie in bestem Einverständnis zu der sehr viel sinnvolleren Frage: Was will uns der *Erzähler* sagen?, und landeten im Handumdrehen bei Wallanders Ermittlungsmethoden, in denen er Fakten mit Erfahrungen zusammenbrachte. Besonders eifrig sprachen meine Damen über Kurt Wallanders Vater, dessen demente Einschränkung durch die Monotonie seiner Bilder wiedergegeben wurde. Das überraschte mich nicht. Erst als die Frage aufkam, ob der alte Herr in einem Heim oder in einer sehr teuren, da betreuungsintensiven Demenz-WG besser aufgehoben wäre, brach ich diesen Teil der Diskussion ab.

Wir betrachteten verschiedene Kapitel und Abschnitte, sprachen über Erzählperspektiven und Zeitsprünge. Ab und zu schwiegen wir auch und blätterten in unseren Büchern. Nach einer dieser Denkpausen hob Renate Born den Finger, unnötig schüchtern, wie ich fand.

»Mir ist noch etwas aufgefallen. An mehreren Stellen hat Wallander das Gefühl, dass er etwas Wichtiges übersehen hat. Es ist, als ob sein Unterbewusstsein ihm ein Signal gibt. Aber dann dauert es immer einige Seiten, bis er registriert, warum dieses Detail wichtig ist. Als Leser versucht man, sich einen Reim darauf zu machen, was es sein könnte, was er übersehen hat. Das ist spannend, finde ich.«

»Finden Sie zufällig eine dieser Stellen?«, fragte ich.

Renate Born nickte, und ich sah, dass von »zufällig« gar keine Rede sein konnte: Die Seite, die sie aufschlug, hatte sie mit einem gelben Zettel markiert.

Streberin, dachte ich spontan, was natürlich unfair war. Schließlich war ich auf ihren Enthusiasmus angewiesen. Aber wir Lehrerinnen waren auch nur Menschen, die manche Schülerinnen besonders mochten und andere weniger.

Renate Born nannte also eine Seitenzahl, und wir raschelten gemeinschaftlich durch den Blätterwald.

»Hier, der zweite Absatz.« Sie rückte sich die Brille zurecht und fing an vorzulesen. Ich hätte konzentriert zuhören sollen. Stattdessen war mir, als ob das leise Sirren der Neonlampe, die über der Tischgruppe hing, an Lautstärke zunahm, während ihre Stimme ausgeblendet wurde.

Ich musste an einen Satz denken, den ich vor Kurzem gehört hatte. Ich versuchte, ihn wegzuschieben, ihn zur Seite zu drücken, aber er weigerte sich. Wie eine mit Luft gefüllte Blase stieg er beharrlich an die Oberfläche meines Bewusstseins.

Vor wenigen Tagen noch war ich überzeugt gewesen, etwas übersehen oder überhört zu haben, eine Bemerkung vielleicht, deren Bedeutung eine Gehirnwindung zu fern gewesen war, um sie begreifen zu können.

Es war mir genau wie Wallander gegangen.

Doch jetzt erinnerte ich mich an das Gehörte und konnte es einordnen. Jetzt machte alles Sinn.

Ich sprang so ruckartig auf, dass mein Stuhl umkippte und die Damen zusammenzuckten.

»Ich muss mal schnell telefonieren«, sagte ich und hob den

Stuhl wieder auf. Aus den Augenwinkeln sah ich, dass Renate Born beleidigt war, Karin Jaletzke und Frau Maiwald mich dagegen neugierig mit Blicken verfolgten, als ich ohne weitere Erklärung den Raum verließ.

Im Flur war es still. Alle Türen waren geschlossen, auch die zum Computerraum, hinter der Josh und Werner Fielbrink an der Nestelkissenseite bastelten. Ich zog mein Handy aus der Hosentasche und rief im »Agatha« an.

»Miriam, du musst mir einen Riesengefallen tun. Es ist wichtig. Hast du Dr. Bernecks Privatnummer?«

»Klar. Privat und Handy. Die habe ich mir sofort geben lassen, als ich zum ersten Mal bei ihm war. Er ist schließlich mein Hausarzt, da will ich ihn jederzeit erreichen können. Was ist los? Du klingst ja, als ginge es um Leben und Tod.«

»Genau darum geht es auch«, sagte ich hastig und lobpreiste in Gedanken die Eigenschaft, die mir bei Miriam immer besonders fremd vorgekommen war, nämlich das Bestreben, alles bis ins Kleinste zu organisieren und vorauszuplanen. Wo wäre ich jetzt ohne ihre Neigung, Telefonnummern für Eventualitäten vorzumerken? Visitenkarten abzuheften? Karteikarten anzulegen? »Pass auf: Am Montag, als du bei ihm warst, hat er zu dir gesagt, irgendwer hätte ihm neulich in der Praxis schon mal Marihuanablätter gezeigt. Das hast du mir erzählt. Erinnerst du dich daran?«

»Natürlich«, antwortete Miriam. »Dabei hat er gelacht und mich dann getestet.«

»Du musst ihn anrufen und fragen, wer das war! Glaubst du, er verrät dir das?«

»Hm, vielleicht«, meinte Miriam nachdenklich. »Es ist zwar vertraulich, aber Matthias sieht das nicht so eng. Ist ja nichts dabei. Ich kann's versuchen. Warum eigentlich?«

»Keine Zeit für lange Erklärungen«, erwiderte ich. Ich war so aufgeregt, dass ich den Puls in meinen Ohren hörte. »Mach's einfach. Und wenn du's weißt, ruf mich zurück. Es eilt! Verstehst du?«

»Ja doch, ich hab's begriffen. Bis gleich.« Sie beendete das

Gespräch, und einen Moment lang blieb ich in dem leeren Flur stehen. Komm, Miriam, mach schnell, dachte ich nervös, aber als die Sekunden vergingen, beschloss ich, nicht länger hier zu warten, sondern in den Kurs zurückzugehen. Vielleicht hatte Dr. Berneck sein Handy und Telefon abgeschaltet, dann stand ich bis morgen hier.

Ich betrat also wieder den Raum und wurde verwundert angeschaut.

»Ein Notfall«, erklärte ich, und Frau Maiwald wollte besorgt wissen: »Etwas mit Ihrem Sohn?«

Ich schüttelte den Kopf und fragte: »Wo waren wir stehen geblieben?«

Meine gute Schülerin Renate sagte: »Bei dem Abschnitt, in dem Wallander unterbewusst einen Schluss gezogen hat, aber sein Bewusstsein nicht weiß, welchen. Soll ich noch mal anfangen vorzulesen?«

»Bitte«, meinte ich und setzte mich. Ich war so nervös, dass mein rechtes Bein zitterte, was sich auf den Tisch übertrug, weshalb die Tischgruppe vibrierte, als wäre Schmargendorf das Epizentrum eines kleinen Erdbebens.

Renate Born fing also wieder an zu lesen, war aber nicht weiter als beim ersten Mal, als es in meiner Hosentasche zwitscherte.

»Schon wieder ein Notfall!«, rief ich und rannte erneut aus dem Raum. »Ja?«, fragte ich und hörte Miriams Stimme. Sie nannte mir einen Namen und ergänzte noch etwas, das ein klarer Verstoß gegen die ärztliche Schweigepflicht war.

Scharf atmete ich ein, flüsterte: »Tausend Dank«, und beendete das Gespräch. Dann musste ich mich erst mal an die Wand lehnen, weil ich mich plötzlich ganz schwach auf den Beinen fühlte. Was überhaupt nichts mit meiner Beinmuskulatur zu tun hatte. Dafür alles mit der Tatsache, dass ich nun sicher wusste, wer den kleinen Herrn Heuhausen und Lennart Leski umgebracht hatte. Und auch, warum.

EINUNDZWANZIG

»Herr Kamat? Hier ist Wanda Cameron«, flüsterte ich, das Handy mit einer Hand ans Ohr gedrückt, es mit der anderen schützend umschließend. »Ich weiß, wer's war.«

»Hallo?«, hörte ich eine müde Stimme. »Hallo? Wer ist denn da? Ich kann Sie nicht verstehen. Bitte sprechen Sie lauter.«

Oh. Meine Hand lag *auf* dem Mundstück. Hastig nahm ich sie weg. »Ich bin's, Wanda Cameron.«

»Frau Cameron. Was gibt's?«

Hey, warum klang denn seine Stimme auf einmal noch müder?

»Ich weiß, wer es war«, zischte ich ins Handy. »Das heißt, ich glaube, ich weiß es. Vermutlich weiß ich es. Also, ich bin ziemlich sicher, dass ich es weiß. Relativ vermutlich sicher. Glaube ich jedenfalls.«

Ich hätte es nicht hören sollen, aber ich hörte es trotzdem: Kamat seufzte. »Und der Täter wäre?«, fragte er, als befänden wir uns bei einer Quizshow und er wäre der Quizmaster, der die Antwort – eine von vier Möglichkeiten – eingeben musste. Im besten Wissen, dass ich, die glücklose Kandidatin, die falsche Wahl getroffen hatte und mit leeren Händen aus der Show herausgehen würde. Sollte er, sollte er. Gleich würde er staunen!

Ich sagte den Namen, und dann sprudelte ich los, nannte ihm alle Gründe für nicht ein, sondern zwei Gewaltverbrechen, wie es dazu gekommen war, warum und weshalb. Es dauerte eine ganze Weile, denn ich war sehr aufgeregt und neigte, was man nicht hätte meinen sollen, in solchen Situationen zu sprunghaften Erklärungen.

Aber immerhin schien das, was ich vorbrachte, so plausibel zu sein, dass Kamat schwieg, als ich schließlich, nach Atem ringend, zum Ende kam. Ich spürte, dass es diesmal keine ablehnende Stille war, sondern eine nachdenkliche.

Und dann sagte der Kommissar: »Wissen Sie, Frau Cameron, was Sie da sagen, macht direkt Sinn!«

Was so, wie er es äußerte, implizierte, dass sonst nichts, was ich sagte, Sinn machte.

»Was das Motiv sein könnte, meine ich«, fuhr er fort. »Was wir jetzt noch bräuchten, wäre die Tatwaffe – und den verbleibenden Teil der Beute.«

»Die Tatwaffe? Die ist natürlich auf dem Friedhof!«, sagte ich ins Blaue hinein, aber noch während ich es aussprach, kam es mir logisch vor. Es musste einfach stimmen. Wo das Geld war, konnte ich mir dagegen nicht ausmalen, aber dass der Hauptkommissar »den verbleibenden Teil der Beute« gesagt hatte, klang in meinen Ohren nach. Das hieß, dass er meine Erklärung, was mit einem Teil der Beute bereits passiert war, nachvollziehbar fand!

»Wie wär's mit einer Durchsuchung?«, fragte ich eifrig. »Jetzt gleich? Vielleicht finden Sie das Geld.«

»Hm.« Pause. Schweigen. Ein *gutes* Zeichen! »Wo sind Sie gerade, Frau Cameron?«

»Im Seniorenheim. Heute ist Mittwoch, da gebe ich doch den Krimikurs.«

Kamat seufzte zum zweiten Mal. »Natürlich. Ich hätte es wissen sollen. Also gut. Ich mache mich sofort auf den Weg.«

Auf den Weg wohin?, wollte ich noch fragen, aber da war es schon zu spät. Das Gespräch war beendet, und ich fragte mich, ob so wirklich ein Fall geklärt wurde. Nicht eine Spur von Jagdfieber war in Kamats Worten zu hören gewesen, kein dramatischer Ausruf, nichts. Und vor allem kein »Was würde ich nur ohne Sie machen, Frau Cameron!«, kein jubelndes »Danke, danke, danke!«. Nichts als polizeiliche Routine, Stress im Job und unverhohlene Überarbeitung.

Resigniert wollte ich zu meinen Damen zurückkehren, da fiel mir noch etwas ein. Ich ging zum Computerraum und legte das Ohr an die Tür. Deutlich hörte ich Joshs helle Stimme. Er schien etwas zu erklären, und gleich darauf erklang der sonore Bass von Werner Fielbrink. Alles fein. Alles sicher.

Renate Borns Blick hinter goldgeränderten Brillengläsern verriet, dass sie mir ein letztes Mal verzieh, aber nur deshalb, weil sie die Weisheit des Alters auf ihrer Seite hatte.

Sie begann erneut, laut vorzulesen, ich lehnte mich gegen die gepolsterte Sitzlehne und versuchte zu entspannen.

Eigentlich war ich im festen Glauben, den Spielball zum finalen Manöver in Kamats Feld geschleudert zu haben, wo der dunkeläugige Platzwart für korrekte weiße Striche auf dem Grün oder Rot sorgte und jedes kleine Bällchen wusste, wo es hinfallen musste. Während mein Spielfeld eher aussah wie der Schrebergarten meiner Eltern, *bevor* der große Frühlingsputz begann: Die Blätter waren nicht geharkt, die verdorrten Stängel nicht geschnitten, und der schlaffe Ball wartete normalerweise in einer nicht geschnittenen Ligusterhecke vergeblich auf jemanden, der ihn spielte. Solange setzte er Moos an.

Aber Ausnahmen bestätigten die Regel. Außerdem konnte auch im Chaos gelegentlich eine betörende Rose austreiben!

Wir fuhren also fort, über Stilmittel im Mankell zu sprechen. Ich war eine multiple Persönlichkeit: Eine der beiden Wandas saß noch immer brav mit dem Rücken zur Fensterfront, hörte zu, nickte, gab Antworten – die andere hatte längst eines der Fenster zur Straße aufgerissen, lehnte sich gefährlich weit in die Dunkelheit hinaus und wartete darauf, dass Sirenen näher kamen, um einen Blick auf den Korso von Polizeiautos zu erhaschen, in denen Soko und Spusi und wie sie alle hießen saßen. Aber ich hörte nichts.

Eine Viertelstunde verging, zwanzig Minuten, eine halbe Stunde.

Unauffällig schaute ich auf meine Armbanduhr: In zehn Minuten war der Kurs vorbei. Dann würden Josh und ich das Heim verlassen, nach Hause fahren, und ich würde wieder mal nicht wissen, wie alles weitergegangen war – da fiel mir etwas Merkwürdiges auf: Die Gesichter meiner Damen leuchteten plötzlich blau. Jetzt nicht. Jetzt ja. Jetzt nicht. Jetzt ja.

Ich drehte mich um und schaute in Richtung Fenster. Draußen blinkte es. Jetzt nicht. Jetzt ja.

Ich drehte mich wieder zurück. »Und an dieser Stelle möchte ich den Kurs für heute gern beenden.«

Wenn Frau Maiwald, Renate Born und Karin Jaletzke von dem abrupten Schluss irritiert waren, ließen sie es sich nicht anmerken. Wahrscheinlich überraschte sie heute nichts mehr. Außerdem hatten sie ebenfalls mitbekommen, dass da draußen etwas vor sich ging.

»Ist schon wieder etwas passiert?«, fragte Renate Born ängstlich und bewies mit dieser Bemerkung, dass sie den Ursprung des stummen Flackerns richtig zugeordnet hatte. »Noch einen Mord halte ich nicht aus. Dann hat dieses Heim die längste Zeit Miete von mir bekommen.«

»Nun warte es doch erst mal ab«, sagte Frau Maiwald beruhigend, aber auch ihre Stimme zitterte ein wenig. Karin Jaletzke schlug ihr Buch mit einem Knall zu, sodass wir anderen zusammenschreckten. Dann erhob sie sich. Sie griff nach ihrer Krücke und verstaute den Krimi in einem kleinen Beutel, den sie über den grauen Kunststoffgriff hängte.

»Ich gehe«, verkündete sie und humpelte dem Ausgang entgegen. »In meinem Apartment fühle ich mich wenigstens sicher.«

»Warte, ich komme mit«, beeilte sich Renate Born zu sagen.

»Und Sie?«, fragte Frau Maiwald und schaute mich an.

»Ich hole Josh bei Herrn Fielbrink ab, und dann werden wir sofort nach Hause fahren.«

Ehrlich, in diesem Moment bedauerte ich es ein bisschen, dass ich mein Söhnchen dabeihatte. Aber der Gedanke, dass Josh in eine wie auch immer geartete gefährliche Situation geraten könnte, behagte mir nicht. Wäre er nicht dabei gewesen, ich wäre elegant in dieses blaue Flackerlicht da unten geschritten, den Nieselregen auf meinem glänzenden Haar, den Kragen hochgeschlagen. Charmant hätte ich Kamat darauf hingewiesen, dass ich es war, die mit ihrem analytischen Denken die entscheidende Wendung heraufbeschworen hatte. Und alle Bewohner würden um uns herumstehen und verhalten applaudieren.

Na ja. Nächstes Mal vielleicht.

»Auf Wiedersehen, Frau Maiwald. Machen Sie's gut. Wir sehen uns bestimmt morgen.« An der Tür wandte ich mich noch einmal zu ihr um. »Sagen Sie mir dann, wie das hier heute ausgegangen ist?«

»Was ›ausgegangen‹?«, fragte Frau Maiwald verständnislos.

»Ich denke, Hauptkommissar Kamat ist gekommen, weil er eine neue Spur verfolgt. Diesmal die richtige«, antwortete ich.

»Sind die Polizeiwagen deshalb hier?« Sie schaute unruhig aus dem Fenster. »Gleich drei Stück?«

»Vermutlich.« Ich schnappte mir meine Tasche und verließ den Raum. Im Flur schaute ich in Richtung Treppenhaus. Zwei Beamte stiegen gerade die Treppen hoch. Wenn ich genau an dieser Stelle stehen geblieben wäre, hätte ich wahrscheinlich in wenigen Augenblicken Kamat gesehen. Aber ich verkniff es mir und ging stattdessen quer über den Flur zum Computerraum.

Und blieb wie angewurzelt stehen.

Im Gegensatz zu vorhin stand die Tür offen. Vom Flur aus konnte ich hineinblicken. Noch immer waren die beiden Monitore an. Vor einem saß Werner Fielbrink. Vor dem anderen niemand.

»Wo ist Josh?«, fragte ich.

»Seid ihr schon fertig mit dem Krimiquatsch?«, antwortete er, ohne den Blick vom Monitor abzuwenden. »Den Jungen hab ich zu Weiß geschickt. Der soll mal Margot ihr Kissen rausrücken. Müssen wir ablichten, um es ins Netz zu stellen.«

»*Wo* haben Sie ihn hingeschickt?«, fragte ich. Meine Stimme klang so seltsam, dass er in seinem Rollstuhl herumwirbelte und mich endlich anschaute.

»Na, zu Jochen, kennen Sie den nicht? Der hier immer mit Margot am Arm herumgurkt. Er kann ihr das Kissen mal kurz abnehmen.«

»Doch, Jochen Weiß kenne ich.«

Da, wo normalerweise mein Magen war, hatte sich gerade

ein Eisklumpen gebildet. Meine Hände waren klitschnass. Mein Kopf fühlte sich an, als sei er mit dunkler Luft gefüllt.

»Wann ist Josh hochgegangen?«

Fielbrink zuckte mit den Achseln. »Vor einer ganzen Weile. Komisch, müsste eigentlich schon längst wieder da sein, Ihr Kleiner.«

»Wo finde ich Jochen Weiß?«, fragte ich, und in meiner Kehle war es plötzlich ganz eng.

»In Apartment 42«, sagte Fielbrink. »Drei über uns. Geht zur Straße raus. Margot hat 41.«

Ich rannte aus dem Raum.

»Sagen Sie ihm, er soll sich mal beeilen, damit wir das heute noch auf die Reihe kriegen«, rief er mir hinterher.

Nichts hätte ich ihm lieber gesagt! Denn dazu müsste mir Josh jetzt, gleich, sofort entgegenkommen. Weil er nur kurz bei Jochen Weiß gewesen war, dieser problemlos das Kissen von Margot herausgerückt und es Josh gegeben hatte, woraufhin er ihn hatte laufen lassen.

Aber manche Wünsche erfüllten sich nicht.

Während ich die Treppe hochsprintete, lauschte ich vergeblich auf das Summen der Fahrstuhltür, wartete vergeblich darauf, dass die Kabine in dem gläsernen Schacht an mir vorbei nach unten schwebte, mit meinem Sohn darin, der mir übermütig zuwinkte und dabei das Kissen an die Wand des Fahrstuhls drückte. Mein Herz klopfte zum Zerspringen, als ich im vierten Stock ankam.

Mein erster Blick fiel auf zwei Polizisten, die den Eingang des Flurs wie zwei Zerberusse – oder heißt das Zerberi? Zerberen? – bewachten. Auch jede Apartmenttür wurde von je einem Polizisten bewacht.

Am Ende des Gangs sah ich drei weitere Beamte. Zwischen ihnen stand Margot, klein, dünn, absonderlich geschminkt und mit ihrem Fotoalbum unter dem Arm. Dort entdeckte ich auch Kamat. Aus dem Dunkelgrün der Uniformen stach sein Trenchcoat hell heraus. Vorhin hat er einen anderen Mantel angehabt, dachte ich geistesgegenwärtig und völlig aus dem Zusammenhang gerissen. Oder verwechselte ich das mit neulich?

Jedenfalls wollte ich dahin. *Musste* dahin.

Ich versuchte, an den beiden Polizisten vorbeizulaufen, aber einer von ihnen streckte den Arm aus und versperrte mir den Weg. »Sie können hier nicht durch«, sagte er bestimmt.

»Lassen Sie mich sofort vorbei«, krächzte ich und merkte, dass ich gerade dabei war, meine Beherrschung zu verlieren. »Mein Sohn ist dahinten!«

»Ihr Sohn ist *nicht* dahinten«, antwortete der Polizist. »Da sind nur Leute von uns, und der Gang ist für Sie gesperrt.«

In diesem Moment hörte ich vom Ende des Flurs eine laute Stimme: »Öffnen Sie die Tür und kommen Sie mit erhobenen Armen heraus!«

»Josh!«, rief ich voller Angst, doch kein Josh tauchte auf. Aber Kamat hatte mich gehört. Er bewegte sich einige Schritte auf uns zu, zögerte einen Moment und blieb stehen. Statt weiterzulaufen, gab er dem Beamten ein Zeichen, woraufhin sich die Armschranke senkte.

Ich rannte auf Kamat zu. »Josh ist weg! Er wollte zu Jochen Weiß. Vielleicht ist er in seinem Apartment.« Es war mir egal, dass in diesem Moment meine Stimme brach und sich meine Augen mit Tränen füllten.

»Sind Sie sicher?« Erschrocken griff er mich am Arm. Selbst durch die verschiedenen Kleidungsschichten spürte ich die Wärme seiner Hand, aber das beruhigte mich auch nicht.

»Nein, sicher bin ich nicht, aber ich vermute es. Er sollte Margot Claasens Nestelkissen abholen«, stieß ich atemlos hervor.

»Was für ein Kissen denn jetzt schon wieder?«, fragte Kamat eine Spur irritiert, doch er unterbrach sich sofort: »Kommen Sie mit.«

Zu den Polizisten vor der Tür sagte er: »Wir haben eine veränderte Situation. Das ist Frau Cameron. Sie vermutet, dass ihr Sohn bei Weiß ist.«

Zu mir sagte er: »Frau Claasen sagt, Herr Weiß ist in seinem Apartment. Wir wissen allerdings nicht, ob das stimmt.« Wir schauten beide zu Margot. Sie unterhielt sich gerade lebhaft, allerdings mit jemandem, den nur sie sehen konnte. Harald Juhnke vielleicht? Günter Pfitzmann?

»Hat Weiß eine Waffe da drin?«, fragte ich ängstlich.

»Wir glauben, ja. Am Grab seines Bruders haben wir einen frischen Abdruck gefunden, der zu einer eingewickelten Waffe passt«, erklärte Kamat leise. »Hinter dem Grabstein. Sie hatten recht mit Ihrer Vermutung. Er hatte die Waffe dort versteckt. Aber jetzt ist sie nicht mehr da, ich nehme an, die Befragung heute hat ihn nervös gemacht, und er hat die Waffe abgeholt. Und als er das Blaulicht vor der Tür gesehen hat ...«

Er führte nicht weiter aus, was dann passiert war, aber das musste er auch nicht. Auf schreckliche Weise konnte ich es mir vorstellen: Weiß hatte von Margots Apartment aus beobachtet, wie die Polizei vorfuhr, und geahnt, dass der Kommissar ihm auf den Fersen war. Er war in seine Wohnung gehastet – und in dem Moment hatte Josh bei ihm geklopft und gefragt, ob er sich das Nestelkissen ausleihen konnte.

»Und jetzt?« Ich war der Panik nahe.

Kamat ging auf die Tür zu. »Herr Weiß, wir wissen, dass Sie da drin sind! Wenn Sie Josh Cameron in Ihrer Gewalt haben, lassen Sie den Jungen frei und geben Sie auf!«, rief er laut.

Mit angehaltenem Atem lauschte ich auf ein Geräusch von drinnen. Doch nichts regte sich.

»Ich wiederhole: Wenn Sie den Jungen haben, lassen Sie ihn frei. Es darf nicht noch ein Opfer geben!«

Ich wischte mir mit dem Ärmel über die Augen und versuchte, ein Schluchzen zu unterdrücken. War Josh etwa nicht da drinnen? Und wenn doch: Was machte Jochen Weiß gerade mit meinem Sohn? Hielt er ihm die Waffe an den Kopf, bereit, ihn als Geisel zu nehmen, wenn Kamats Leute das Apartment stürmten? Was, wenn er abdrückte?

»Josh darf nichts passieren«, flüsterte ich verzweifelt. Kamat warf mir einen Blick zu, der alles Mögliche bedeuten konnte: Mitleid, einen stummen Aufruf zur Selbstbeherrschung, Ermutigung.

Noch immer herrschte in dem Apartment Stille. Für mich war es die Totenstille eines Menschen, der nichts zu verlieren hatte.

»Herr Weiß, wenn Sie jetzt nicht öffnen, gebe ich den Befehl zum Zugriff!«

Wieder diese entsetzliche Ruhe.

Dann ertönte auf einmal Jochen Weiß' Stimme, so unerwartet, dass wir alle zusammenschreckten. Auch durch die Tür klang sie erstaunlich nah. »Halten Sie Ihre Leute zurück. Ich habe den Jungen hier. Los, sag was.«

»Mama«, hörten wir Josh mit halb erstickter Stimme rufen. Er weinte. Es zerriss mir das Herz, und ich hatte Angst wie nie in meinem Leben. Entsetzliche Angst.

»Schicken Sie die anderen weg«, sagte Weiß hinter der Tür. »Ich will mit Ihnen reden. Allein.«

Kamat gab seinen Leuten ein Zeichen, und sie gingen weg. Einer brachte Margot, die gerade perlend über etwas lachte, in das Apartment, das sich neben dem von Weiß befand. Jetzt standen nur noch Kamat und ich vor der Tür.

»Die Frau soll auch verschwinden«, sagte die körperlose Stimme. Da erst wurde mir klar, dass Weiß uns durch den Spion seiner Wohnung beobachtete. Wahrscheinlich stand Josh neben ihm, wahrscheinlich hatte Weiß ihn in einer Art Würgegriff, wahrscheinlich hielt er ihm den Mund zu, damit er nicht schreien konnte … Mir wurde übel.

Mit gesenktem Kopf ging ich fort, im Bewusstsein, dass das Leben meines Sohnes am seidenen Faden hing. Aber nach einigen Metern, außerhalb von Weiß' Blickfeld, blieb ich stehen. Ich lehnte mich an die Wand. Genau bis hierher ging ich – und keinen Schritt weiter. Egal, was passierte.

Kamat sagte ausnahmsweise nichts. Nickte nicht, schüttelte nicht den Kopf, ließ sich nichts anmerken. Aber als ich ihn ansah, schloss er wie in Zeitlupe einen Moment lang die Augen. Ich deutete es als Zustimmung.

»Herr Weiß, Sie wollten mit mir reden. Wir sind allein. Was haben Sie mir zu sagen?«, fragte er.

Erst war da wieder diese Stille, dann räusperte Weiß sich. »Es war ein … Unfall.«

Obwohl ich nicht weit weg war, konnte ich ihn nur mit Mühe verstehen.

»Was war ein Unfall?«, fragte Kamat nach.

»Heuhausens Tod. Ich wollte ihn nicht töten. Ich … ich wollte ihn mit der Waffe nur bedrohen, damit er mir den Tresorraum aufschließt. Das hat er getan, und ich habe das Geld genommen. Aber dann … Er hat mich erkannt.«

»Waren Sie nicht maskiert?«

»Doch. Ich weiß nicht, woher er wusste, wer ich bin. Aber er hat mich mit meinem Namen angesprochen. ›Machen Sie keine Dummheit, Herr Weiß‹, hat er gesagt und nach der Waffe gegriffen. Er wollte sie mir wegnehmen, da hat sich der Schuss gelöst. Aus Versehen.«

»Woher hatten Sie die Waffe?«, fragte Kamat.

»Von den jungen Männern. Ich kann nachts nicht gut schlafen wegen der Schmerzen. Da gehe ich manchmal spazieren. Ich habe beobachtet, wie sie Kartons aus dem Haus getragen haben. Einem ist der Karton aus den Händen gerutscht und aufgegangen. Der Inhalt ist rausgefallen. Sie hatten es eilig, und als sie weggefahren sind, bin ich zu der Stelle gegangen. Da lagen noch ein paar getrocknete Blätter, aber ich habe sie trotzdem erkannt. Es waren dieselben, die bei Dr. Berneck im Wartezimmer auf einem Poster abgebildet sind. Ich habe sie ihm gezeigt, und er hat gesagt, dass das Cannabispflanzen sind. Ich soll es mir überlegen, hat er gemeint. Es würde helfen.«

»Was sollten Sie sich überlegen?«, fragte Kamat.

»Ob ich Cannabis nehmen will. Als Schmerztherapie. Gegen den Krebs.« Weiß sagte es leise und leidend, aber noch nie hatte ich für jemanden so wenig Mitgefühl empfunden. Rück meinen Sohn raus, und wir sprechen über Schmerzmittel, dachte ich, außer mir vor Wut.

»Sie haben Krebs?«

»Ja. Im Endstadium. Ein Vierteljahr noch, sagt der Arzt.«

»Und da wussten Sie, dass die Männer etwas mit Rauschgift zu tun haben«, stellte Kamat fest, unbeeindruckt von Weiß' letzten Worten.

»Ja. Ich habe den Blonden auf der Straße abgepasst und ihn angesprochen. Ich brauchte eine Waffe.«

»Wofür?«

»Um die Bank zu überfallen.«

»Aber *warum* wollten Sie die Bank überfallen?«, fragte Kamat.

Es war die Frage, um die sich alles drehte. Dieselbe Frage hatte mir Kamat vor einer Stunde am Telefon gestellt. Als ich ihm gesagt hatte, was ich vermutete, hatte ich mich gefragt, ob ich richtiglag oder mir nur etwas einbildete, weil ich zu viele Bücher gelesen hatte.

Jetzt war mir die Antwort egal. Alles war mir egal. Ich wollte nur, dass Josh heil aus diesem Apartment kam.

»Ich brauchte Geld.« Weiß' Stimme war einerseits leiser geworden, andererseits hörte sie sich nun noch näher an, so als ob er mit dem Mund nur Zentimeter von der Tür entfernt war.

»Wofür?«

»Für Margot.«

»Margot Claasen?«

»Ja.«

Ich wusste es. Ich hab's gesagt. Ich hatte recht. Natürlich ist Margot der Grund, dachte ich erschöpft und außerstande, Triumph zu empfinden. Miriams Bemerkung über die Bilder im Fotoalbum hatte mir das klargemacht. Dieser anbetende Blick, über Jahre und Jahre und Jahre. Im Hintergrund, im Vordergrund, der Wächter über Margots Wohlergehen. Eine ewig unerfüllte Liebe, seit fünfzig Jahren und mehr.

»Aber sie ist in diesem Heim gut untergebracht. Das Geld scheint doch zu reichen«, sagte Kamat.

»Nur, weil ich für sie bezahle. Sie war früher Schauspielerin, wissen Sie.« Auf einmal klang Weiß stolz.

»Ja, ich weiß, dass Frau Claasen Schauspielerin war. Aber was hat das mit ihrer finanziellen Situation zu tun?«, wollte Kamat wissen, und ich wünschte, er würde keine weiteren Fragen mehr stellen, sondern das alles so schnell wie möglich beenden.

»Schauspieler sind Künstler, und Künstler schauen nicht aufs Geld«, sagte Jochen Weiß ehrfurchtsvoll. »Für meine Margot zählte nur der Applaus, die Engagements. Das war ihr wichtig, nicht die Absicherung fürs Alter. Ihre Rente ist sehr klein. Sie hat gelebt, und ich war dabei. Wir kannten uns schon als Kinder, wissen Sie. Und ich habe geschworen, ihr immer zu helfen, nachdem ihre Eltern gestorben waren. ›Brüderchen‹ hat sie mich genannt, ›mein gutes Brüderchen‹.« Er machte eine kurze Pause, dann fuhr er fort: »Als ihre Karriere als Schauspielerin begann, damals, als Berlin noch in großen Teilen in Trümmern lag, konnte sie immer auf mich zählen. Im Theater am Ku'damm hatte sie ihre erste Charakterrolle, was für ein Auftritt! Wie habe ich sie bewundert! Manchmal hat sie mich mitgenommen zu Cocktailpartys mit anderen Schauspielern, in diese malerischen Villen am Koenigssee, im Grunewald.« Leise fügte er hinzu: »Wie habe ich sie geliebt.«

Aber sie dich nicht, ergänzte ich stumm.

Er redete weiter, immer weiter, über das, was er wahrscheinlich lange niemandem mehr erzählt hatte, vielleicht noch nie. Ich hielt es kaum noch aus.

»Und dann wollte sie vor zwei Jahren hierher, zum betreuten Wohnen, und weil mein Bruder gerade gestorben war, mit dem ich zusammengelebt hatte, habe ich gesagt: ›Gut, Margot, wir nehmen uns eine Wohnung.‹ Aber natürlich wollte sie auch hier nicht mit mir zusammenleben, sondern in ein eigenes Apartment ziehen.« Bitter sagte er das. »Also habe ich für sie die Wohnung gemietet.«

»Wozu brauchten Sie denn das Geld, wenn Sie bereits seit zwei Jahren die Wohnung für Frau Claasen bezahlen?«

Fragte Kamat das, weil er es wirklich nicht wusste oder weil er das Geständnis von Weiß persönlich hören wollte? Wahrscheinlich Letzteres – so dumm durfte ein Hauptkommissar nicht sein.

»Weil Margot hier nicht bleiben kann. Sie muss das Heim verlassen! Sie ist zu krank! Eine gute Demenz-WG kostet drei- bis viertausend Euro im Monat, und Margot ist doch erst sechsundsiebzig! Was, wenn sie noch fünfzehn Jahre lebt? Ich kann ihr nicht mehr helfen, weil ich bald tot bin. Also musste ich vorsorgen, damit es ihr gut geht. Verstehen Sie das denn nicht?«

Weiß schlug von innen gegen die Tür. Nicht weil er hinauswollte, sondern weil das Leben so unfair und ihm das Glück versagt geblieben war. Und weil es ihm, als er es endlich und sehr spät gefunden glaubte, wieder entrissen worden war. Weil sich immer alles um Geld oder um Liebe drehte oder, wie in seinem Fall, um beides.

Kamat blieb cool. Wenn ihm das Gesagte nahegegangen war, zeigte er es nicht. Wahrscheinlich hatte er Geständnisse dieser Art schon hundertmal gehört, wenn auch nicht von einem alten, sterbenskranken Mann – der immer noch meinen Sohn in seiner Gewalt hatte.

»Und wie war das mit der Waffe? Sie haben sie von Lennart Leski bekommen?«

»Ja.«

»Und dann?«

»Dann habe ich mir den Schlüssel zum Kegelkeller und zum Heizungskeller besorgt. Ich wusste, dass die Handwerker kommen würden und deshalb die Sicherheitsanlage ausgeschaltet sein würde. Das machen die jedes Jahr so, Sieger John hat's mir erzählt. Fand er immer schon leichtsinnig. Und als Frau Bernstein die Tür zum Heizungskeller dann auch noch aufgelassen hat, war es leicht, in die Bank reinzukommen.«

»Wann haben Sie den Abdruck der Schlüssel genommen?«

»Als Sieger unaufmerksam war, weil er erfuhr, dass jemand sein Auto zerkratzt hatte.«

»Sie wussten, dass das passieren würde. Aber wer hat für Sie den Kratzer ins Auto gemacht?«, fragte Kamat.

»Das war Leski. Wir hatten es verabredet. Ich wusste genau, dass Sieger rausrennen würde, ohne die Loge abzuschließen.«

»Und als Sie das Geld hatten, was passierte dann?«

»Ich bin zurück ins Heim. Den Kegelkeller habe ich abgeschlossen. Am nächsten Tag fing ich an, nach einem WG-Platz für Margot zu suchen. Als ich das Richtige hatte, habe ich für ein Jahr im Voraus bezahlt. Nächste Woche soll sie umziehen. Aber dann hat Leski mich auf der Straße angesprochen. Er wollte, dass ich ihn auf dem Friedhof treffe. Als ich dorthin gegangen bin, hat er plötzlich Geld verlangt, viel Geld, sonst wollte er der Polizei einen Tipp geben. Fast alles, was ich von der Bank hatte, hat er von mir gefordert.«

»Und dann haben Sie Lennart Leski erschossen. War das auch ein Unfall?« So wie der Kommissar es sagte, klang es kühl und zynisch zugleich.

»Nein«, sagte Jochen Weiß mit müder Entschlossenheit. »Das war kein Unfall. Die Waffe hatte ich morgens extra aus dem Versteck geholt. Ich besuche meinen Bruder und meine Schwägerin jeden Tag, wissen Sie.«

»Herr Weiß, wo haben Sie die restliche Beute des Banküberfalls versteckt?«

Weiß schwieg, und ich konnte mir vorstellen, was er gerade dachte: Wenn er das auch noch verraten würde, wäre alles umsonst gewesen. Dann wäre das Geld weg, für das zwei Menschen sterben mussten, und Margots zukünftiger gesetzlicher Vormund würde das zweite Jahr der teuren WG-Miete nicht bezahlen können. Wer weiß, wem er das Geld hatte geben wollen. Vielleicht Frau Bernstein.

»Herr Weiß«, wiederholte Kamat deutlich schärfer als beim ersten Mal. »Wo haben Sie die Beute versteckt?«

Weiß murmelte etwas, das ich nicht verstehen konnte. Aber Kamat verstand es. Er winkte einen Polizisten heran und zeigte zu der Apartmenttür neben Weiß' Wohnung. Der

Beamte klopfte an, und die Tür wurde von einer Polizistin geöffnet. Er sagte etwas, die Polizistin verschwand. Einen Moment später war sie wieder da und reichte ihm Margots Nestelkissen! Aus der Wohnung erklangen protestierende Schreie.

Der Polizist gab das Kissen Kamat. Der Kommissar zog den Reißverschluss auf, griff tief hinein und zog ein Geldbündel hervor, dann noch eins und noch eins. Als Letztes hatte er ein zusammengeknülltes Stück Stoff in der Hand – eine dunkle Skimaske. Er reichte alles dem Polizisten weiter, der neben ihm stehen geblieben war.

»Herr Weiß, Sie wissen, dass es vorbei ist«, sagte er dann. »Geben Sie auf.«

Ich spürte instinktiv, dass Kamat den richtigen Zeitpunkt für diese Aufforderung gewählt hatte. Aus Weiß' letzten Sätzen hatte eine tiefe Resignation herausgeklungen.

Jetzt sollte er endlich die Tür aufmachen und Josh herauslassen! Worauf wartete er denn noch? Ich hatte die Hände zu Fäusten geballt, die Fingernägel schnitten in meine Handflächen.

»Machen Sie die Tür auf und lassen Sie den Jungen gehen.«

Wir warteten lange, dann klickte das Türschloss leise. Ich hielt den Atem an. Die Tür öffnete sich einen Spalt, und Josh wurde herausgeschubst, bevor sie sich wieder schloss. Verheult, kreideweiß unter seiner braunen Haut, die dunklen Locken verschwitzt, die Augen weit aufgerissen stand er da.

Yunos Kamat packte Josh und zog ihn zur Wand, sodass er außerhalb der Schusslinie war. Da war ich auch schon bei ihm, und Josh warf sich in meine Arme. Er weinte, und ich weinte, und wir waren über alle Maßen dramatisch und gleichzeitig sehr echt. Weil er nämlich nur knapp einer Gefahr entronnen war, die schrecklich leicht mit seinem Tod hätte enden können, und ich dann wirklich nicht gewusst hätte, wie ich hätte weiterleben sollen.

Kamat blieb neben unserem Mutter-Kind-Knäuel stehen,

als ob er auf etwas wartete. Als ich irritiert zu ihm hochschaute, waren seine braunen Augen noch dunkler als sonst, und auf seinem wie üblich makellos rasierten Gesicht lag ein kurioser Ausdruck. Mit rauer Stimme sagte er: »Bringen Sie Ihren Jungen schleunigst weg von hier.«

Ich legte den Arm um Joshs Schulter, und wir gingen den Flur entlang. Die anderen Polizisten kamen uns im Dauerlauf entgegen, rückten jetzt, wo Josh in Sicherheit war, vor.

Wir waren noch nicht ganz am Eingang des Flurs angekommen, als hinter uns ein Ruf ertönte: »Zugriff!«

Josh und ich drehten uns um und sahen, wie ein kräftiger Polizist die Tür von Weiß' Apartment auftrat. Es krachte, als sie nach innen stürzte. Die Polizisten verschwanden in der Wohnung. Ich zog Josh, der fasziniert stehen geblieben war, weiter und erwartete fast, einen Schuss zu hören, dieses entsetzliche »Plopp« vom Friedhof. Aber alles blieb ruhig.

Am Ende des Flurs nahm uns eine Frau in Zivil in Empfang, und in dieser relativen Sicherheit schaute ich noch ein letztes Mal zurück.

Die Polizisten kamen gerade mit Weiß aus der Wohnung. Einer von ihnen händigte Kamat, der nicht mit ihnen hineingestürmt war, eine Waffe aus. Ich sah kaltes Silber aufblitzen, und aus irgendwelchen Gründen überraschte mich das: Ich hatte sie mir schwarz vorgestellt.

Wahrscheinlich weil der erste Mord an einem Abend passiert war. Oder weil sich der zweite Mord im Friedhofsdunkel ereignet hatte. Oder weil der Tod in meiner Vorstellung eben schwarz war.

Die Polizisten hatten Weiß an den Oberarmen gepackt. Er hielt den Kopf gesenkt, und unter den spärlichen Haarsträhnen sah ich seine Kopfhaut rosa schimmern. Dann schaute er hoch, in unsere Richtung, und machte eine Handbewegung, die etwas erklärte, worauf ich bis jetzt keine Antwort gehabt hatte: Er fuhr sich mit dieser für ihn typischen Geste fahrig über die Stirn.

Plötzlich verstand ich, dass Herr Heuhausen seinen langjährigen Kunden an dieser Geste erkannt hatte, trotz der Skimaske. Ich wusste nicht, ob Kamat das auch wusste. Ich war gern bereit, ihm auf die Sprünge zu helfen. Wäre ja nicht das erste Mal.

»Herr Weiß, ich verhafte Sie wegen Mordes an Jürgen Heuhausen und Lennart Leski«, sagte der Kommissar und zog Handschellen hervor.

Jochen Weiß wurde blass, noch blasser, als er sonst war. Er musste Schmerzen haben, und vielleicht wünschte er sich in diesem Moment, Dr. Bernecks alternative Schmerztherapie angenommen zu haben.

»Kann ich mich noch von Margot verabschieden?«, fragte er leise. Yunos Kamat schwieg einen Moment, dann nickte er. Ich hoffte für Weiß, dass Kamat ihm die Handschellen erst hinterher anlegte. Sonst konnte er Margot Claasen kein letztes Mal in seinem Leben umarmen.

Es ist vorbei, dachte ich. Endlich war es vorbei.

»Möchten Sie psychologischen Beistand?«, fragte mich die Frau, die bei uns auf dem Treppenabsatz stand.

Zuerst schüttelte ich den Kopf, aber dann schaute ich zu Josh, der meine Hand immer noch fest umklammert hielt. Brauchte mein Sohn Hilfe? Hatten die Minuten mit Jochen Weiß seine Kinderseele erschüttert? War er traumatisiert? Das letzte Mal hatte ich ihn so heftig weinen sehen, als wir zum Flughafen nach Newark, New Jersey, gefahren waren, um zurück nach Deutschland zu fliegen.

Die Frau hob fragend die Augenbrauen.

»Ich weiß nicht.« Ich zuckte mit den Achseln. »Woher weiß man, dass man psychologischen Beistand braucht?«

Wir beide schauten Josh an. Seine Augen waren rot vom Weinen und füllten sich erneut mit Tränen. Er flüsterte leise etwas, und ich beugte mich zu ihm hinunter, um ihn besser zu verstehen. »Was hast du gesagt?«

»Der Mann war so traurig, als er das mit der Frau erzählt hat.« Josh sagte es so, als ob er fand, dass Jochen Weiß den

Beistand nötig hatte, nicht er. Kinder waren manchmal sehr großherzig.

»Sie können mich jederzeit anrufen«, meinte die Frau und gab mir eine Karte. »Psychologin« stand unter anderem darauf, und »Konflikt- und Stressmanagement«. Konflikt und Stress, das war wohl das, worin wir uns gerade befanden.

»Danke.« Ich steckte ihre Visitenkarte in die Jackentasche. In diesem Moment kam eine Gruppe Polizisten mit Jochen Weiß in ihrer Mitte auf uns zu. Es war wohl ein kurzer Abschied von Margot gewesen.

»Zum Präsidium«, sagte Kamat.

Einer der Polizisten drückte auf den Fahrstuhlknopf. Schweigend warteten wir, bis der Aufzug kam. Er war geräumig, da rollstuhltauglich. Jochen Weiß, seine Bewacher und die Psychologin stiegen ein, die anderen nahmen die Treppe. Ich hatte erwartet, dass Kamat auch mit in den Fahrstuhl steigen würde.

Aber ich hatte mich getäuscht.

»Ich komme nach«, sagte er zu der Gruppe im Fahrstuhl, während sich die Türen schlossen. Wir blieben zu dritt zurück. Um uns herum herrschte Stille, aber diesmal war es nicht die stumme Angststille, die jeden Moment zu Totenstille werden konnte, sondern eine Stille des Überstandenen. Des Ausatmens und der Erleichterung.

Ich stellte mir die alten Leute in ihren Wohnungen vor. Die, die in der Zwischenzeit hinausgewollt hatten und von den Beamten daran gehindert worden waren. Sie würden noch lange sehr aufgeregt sein und in der Nacht nur schwer in den Schlaf kommen. Hoffentlich ging das gut, hoffentlich hatte Frau Bernstein einen ausreichend großen Vorrat an Baldrian und Johanniskraut für alle!

Bestimmt würde es eine Weile dauern, bis die Bewohner die Ereignisse überwunden hatten. Vielleicht wäre ein Fest das Richtige, dachte ich. Ich beschloss, darüber mit Frau Maiwald zu sprechen. Die türkische Kochgruppe könnte Köstliches präsentieren. Die Bauchtanzgruppe mit dem

Schleiertanz würde alle auf andere Gedanken bringen. Und vielleicht könnten ein Feuerschlucker und ein Gaukler von der Wagenburg kommen. Alle würden ihre Kinder und Kindeskinder einladen, um das Heim mit heiteren Erinnerungen zu erfüllen und die dunkleren hinter sich zu lassen. Es galt, keinen Tag zu verschenken. Eigentlich sollte das ganze Leben lang jeder Tag gleich viel zählen, aber leider war das nicht so. Wie oft hatte ich als Teenie auf meinem Bett gelegen, hatte Musik gehört und mich gelangweilt, als ob ich Zeit ohne Ende haben würde.

In die Stille hinein fragte Kamat: »Alles okay, Frau Cameron?«

»Ja. Alles okay. Ausgezeichnet sogar. Danke, Herr Kommissar.«

Er nickte und drückte auf den Knopf, der inzwischen erloschen war. Nun leuchtete er wieder rot auf. »Sehr gern geschehen. Obwohl – wir sollten uns noch einmal über Ihre Rolle in diesem Fall unterhalten.«

»Sie meinen, ich soll noch mal aussagen?«, fragte ich, obwohl ich genau wusste, dass er das nicht meinte.

Der Fahrstuhl hielt, die Türen öffneten sich. Wir stiegen ein, die Türen schlossen sich. Langsam glitten wir nach unten.

Kamat schaute in meine Richtung, und ich erwiderte den Blick. Mein Magen ruckelte, weil der Fahrstuhl ruckelte, als wir vom dritten in den zweiten Stock überwechselten.

Und dann passierte etwas Seltsames. Erst dachte ich aus heiterem Himmel: Plüschaugen, dann dachte ich: Trenchcoat. Schließlich tauchte das Wort »Flugzeug« auf und nistete sich in meinem Bewusstsein ein. Ich versuchte, diese drei Begriffe zu kombinieren – und verstand plötzlich, warum Yunos Kamat mir vom ersten Moment an Magenhüpfen verursacht hatte.

»Sagen Sie, kennen wir uns eigentlich?«, fragte ich langsam, und Josh schaute mich besorgt an.

»Natürlich kennen wir uns, Frau Cameron. Wir haben gerade einen doppelten Mordfall gelöst. Das heißt, ich habe ihn gelöst, auch wenn Sie maßgeblich dazu beigetragen haben.« Kamat sah aus, als würde er bei meinen Worten endlich einen lang gehegten Verdacht bestätigt finden: nämlich, dass ich nicht alle Murmeln beisammenhatte.

»Jaja, das weiß ich«, antwortete ich mit einer nonchalanten Handbewegung. »Aber davor – sind Sie zufällig vor drei Wochen von Frankfurt nach Berlin geflogen? Mit Big Apple Air?«

»In der Tat«, meinte er. »Ich habe meinen Sohn besucht. Ich fliege öfter nach Frankfurt.«

Normalerweise hätte es mich glühend interessiert, warum sein Sohn in Frankfurt und nicht in Berlin lebte. Ein weites Spektrum der Möglichkeiten tat sich auf: Internat? Oder wohnte der Sohn bei Verwandten? Oder war der Kommissar geschieden und hatte seine Ex mit Spross dort besucht? Aber das Rätsel um meinen Magen war mir im Moment wichtiger. »Hatten Sie damals einen unruhigen Flug? Und trugen Sie einen Vollbart?«

Jetzt endlich verstand er, worauf ich hinauswollte. Er fing an zu grinsen, und dieses Grinsen veränderte sein Gesicht völlig. Das Müde und Entnervte, das Strenge und Kontrollierte fiel von ihm ab. Er sah jünger und entspannter aus, wie jemand, mit dem man großen Spaß haben konnte. Mit dem man Restaurants ausprobieren und Nächte durchtanzen konnte, mit dem man in der Schlange für Berlinale-Karten anstehen und im Cabrio über die Avus brausen konnte. Mit dem man Karaoke singen, im Sommer im Strandbad Wannsee baden und im Winter auf dem Kreuzberg rodeln konnte. Mit dem man …

»Ihnen war schlecht«, sagte er, und diese Erkenntnis sorgte dafür, dass seine Augen amüsiert funkelten. »Sie saßen neben mir. Sie haben geschrien. Ja, jetzt erinnere ich mich wieder. *Sie* waren das. Diese hysterische …« Er unterbrach sich und starrte mich an, als ob er mich zum ersten Mal sah. »Ich habe nicht weiter darauf geachtet, weil ich so häufig fliege.« Er schüttelte den Kopf, und die Fahrstuhltüren öffneten sich. »Ich hätte es wissen sollen.«

Er führte nicht weiter aus, was er hätte wissen sollen, aber ich war trotzdem hochzufrieden.

Denn jetzt war auch dieser Fall gelöst.

ZWEIUNDZWANZIG

Doppelmörder in Schmargendorf gefasst

Die beiden Mordfälle, die den ruhigen Stadtteil in Atem hielten, sind gelöst. Nach dem entscheidenden Hinweis einer Buchhändlerin der Schmargendorfer Krimibuchhandlung »Agatha« drang die Polizei am gestrigen Abend in das Seniorenheim ein, in dem der Täter lebte und das der Ausgangspunkt für den vor drei Wochen begangenen Überfall auf die Wilmsbank gewesen war. Der achtundsiebzigjährige Jochen W. widersetzte sich zunächst der Festnahme. Er nahm einen Zehnjährigen als Geisel, der sich zu diesem Zeitpunkt zufällig im Heim befand, und verschanzte sich mit dem Kind in seinem Apartment. Nach Aussage des ermittelnden Beamten ließ Jochen W. den Jungen schließlich frei, weigerte sich jedoch, das Apartment zu verlassen. Daraufhin wurde es von der Polizei gestürmt. Der zu diesem Zeitpunkt mit der Mordwaffe in zwei Fällen bewaffnete Täter leistete keinen Widerstand. Ob er die Haftstrafe wegen der Morde an dem Bankangestellten Jürgen H. und dem Drogendealer Lennart L. (wir berichteten) antreten kann, ist ungewiss: Eine medizinische Untersuchung ergab, dass Jochen W. schwer krank ist. Der Täter ist geständig und gab als Motiv für den Banküberfall an, er habe seine große Liebe Margot C., die an Alzheimer erkrankt ist und nicht länger im gemeinsamen Wohnheim untergebracht werden kann, auch über seinen Tod hinaus materiell unterstützen wollen. Ein Großteil des Geldes, das W. bei dem Banküberfall erbeutet hat, konnte sichergestellt werden. Das Motiv für den Mord an Lennart L. erklärte W. mit einem Erpressungsversuch des Drogendealers, von W. einen Teil der Beute des Bank-

überfalls zu erhalten – ein Versuch, den L. mit seinem Leben bezahlte.

Es war Samstagvormittag. Auch als ich den Artikel im »Tagesspiegel« zum dritten Mal las, fand ich ihn immer noch wunderbar und überhaupt nicht langweilig.

Zwei Tage hatte ich Josh nicht zur Schule geschickt und mir freigenommen, um über den Schrecken hinwegzukommen. Jetzt griff ich zum Telefonhörer. Natürlich hatte ich noch Mittwochabend Miriam angerufen, um ihr zu erzählen, was passiert war. Dass es uns gut ging und endlich alles überstanden war und dass ich nun wieder regelmäßig arbeiten konnte, weil ich nicht länger in der Stadt detektivisch unterwegs war.

»Du bist meine Werbe-Heldin«, flüsterte Miriam, als sie meine Stimme hörte, und ich wünschte mir, dass sie immer so glücklich wäre, so zufrieden mit mir. »Heute kaufen mir die Leute den Laden leer. Sie kommen aus Friedenau, sie kommen aus Dahlem, sie kommen aus Steglitz, sie kommen sogar aus Schöneberg. Und ich weiß genau, dass sie nur reinkommen, weil sie hoffen, dich zu sehen.«

»Soll ich mir ein Taxi nehmen? Ich kann in zwölf Minuten da sein«, flüsterte ich zurück, aber wir wussten beide, dass ich das auf keinen Fall machen würde.

Ich brauchte Zeit für Josh, Zeit für Normalität. Zeit für alberne, banale Überlegungen. Zeit für mich. Vielleicht schaffte ich es heute sogar zum Friseur.

»Ich muss Schluss machen«, sagte Miriam. »Nur noch eins: Frau Winkler war vorhin unten. Rate, warum!«

»Um sich zu beschweren?«

»Nein. Sie hat Kekse gebacken! Für dich und Josh.«

»Hasch-Cookies?«, fragte ich, und wir lachten beide.

»Na, dann ruht euch noch ein bisschen weiter aus. Ihr habt es euch verdient.«

Ich nickte, auch wenn sie es nicht sehen konnte. »Und was machst du, wenn du nachher mit dem Geldzählen fertig bist?«

»Ich? Ich treffe mich heute Abend mit Mamo.«

»Ach was.« Mehr fiel mir dazu nicht ein. Ich verstand nicht, was zwischen den beiden war. Aber in jedem dritten Buch, das im »Agatha« lag, war die Liebe eine treibende Kraft, die zu gewalttätigen Ausnahmesituationen führte. Nie waren die handelnden Protagonisten dabei von Anfang bis Ende glücklich. Vielleicht zwischendurch mal, aber die ganze Zeit über? Eher nicht.

Und hatte ich nicht gerade erfahren, zu welchen Problemen unerfüllte Sehnsucht führen konnte? Na also. Go for it, Miriam.

»Mama, du hast lauter so komische Fotos mit meiner Kamera gemacht«, rief Josh eine halbe Stunde später aus seinem Zimmer. »Kann ich die löschen? Ich brauch Platz auf der Speicherkarte. Nachher will ich bei unserem Spiel gegen den BSV Hürtürkel filmen.«

»Ja, lösch sie alle«, sagte ich und kuschelte mich zufrieden in meine Couch. Vor mir stand eine Tasse Milchkaffee, an der ich gelegentlich nippte. Ich war noch im Pyjama, aber das machte nichts, denn die Geschäfte rund um den Stutti, in dieser ganzen wunderbaren Stadt, waren heute lange geöffnet.

Ich hatte es geschafft. Nicht ganz allein, aber ohne mich wäre es auch nicht gegangen. Jedenfalls nicht so schnell. Mal sehen, ob noch irgendetwas kam. Ein Blumenstrauß zum Beispiel. Weißer Flieder wäre ganz schön. Ja, über ein Fliederbouquet würde ich mich sehr freuen. Es könnte auch lila sein. Da war ich nicht kleinlich.

Rosen mochte ich auch.

Da fiel mir etwas ein. »Josh?«, rief ich zurück. »Warte noch mal mit dem Löschen! Da ist ein Foto dabei, das ich gern behalten würde!«

»Das mit dem Mann mit dem Schlapphut? Vor der Kirche?«, fragte Josh laut aus seinem Zimmer.

»Nein«, sagte ich. »Das kann weg.«

Ich schaute aus dem Fenster. Der Himmel war heute dunkelblau und klar. Es flog gerade ein Flugzeug in Richtung

Nordosten. Ruhig sah es aus, aber was wusste man schon! Von hier unten sah es immer ruhig aus, und wenn man dann drinsaß ... Es wurde von der Sonne angestrahlt und bewegte sich wie ein unbeirrbarer Stern eilig auf sein unbekanntes Ziel zu.

»Eines von denen mit den Wohnwagen? Die Leute sind ja cool. Der eine hat einen Iro! Kann ich mir die Haare auch mal so schneiden lassen?«

Ich hörte, wie Josh den Gang entlang in Richtung Wohnzimmer kam, und lachte. »Wenn's sein muss. Aber nein, diese Fotos meine ich auch nicht. Da muss noch ein anderes sein.«

Josh betrat den Raum, die Digicam in beiden Händen, und drückte immer abwechselnd auf die Vorwärts- und Rückwärtstaste. Dabei schaute er konzentriert auf das kleine Display.

»Oh, meinst du das? Das letzte hier?« Jetzt stand er vor der Couch und hielt mir die Kamera entgegen. Ich musterte das Display: Im Hintergrund war ein dunkler Wagen zu sehen, an der linken Bildkante entdeckte ich, etwas unscharf, das Profil einer jungen Frau, die den Mund ärgerlich verzogen hatte. Yunos Kamat hatte sich von ihr abgewandt und schaute genau in Richtung Kamera, vermutlich ohne zu sehen, dass ich ihn gerade fotografierte. Aber gewettet hätte ich darauf nicht. Manchmal sah der Hauptkommissar Dinge, die man lieber vor ihm verbergen wollte. Es war wirklich ein sehr gutes Foto von ihm.

»Ja«, sagte ich und trank einen Schluck von meinem Kaffee, der inzwischen nur noch lauwarm war. Was nicht weiter schlimm war, denn kalter Kaffee machte bekanntlich schön. Vielleicht sollte ich noch ein paar Eiswürfel reinschmeißen.

Ich stellte die Tasse wieder auf den Tisch und sagte zu Josh: »Das Foto lösch bitte nicht. Das möchte ich gern behalten.«

Nachwort und Dank

Es liegt in der Natur eines Buches über den eigenen Stadtbezirk, dass man mit einer genrehaften Beschreibung nicht zufrieden sein kann. Das geht einfach nicht, dafür weiß man zu viel. Auf der anderen Seite darf man auch nicht allzu verräterisch sein. Man läuft schließlich Gefahr, dass die Leute einen auf der Straße ansprechen und sich beschweren, weil man zu viel preisgegeben hat. Ich hoffe, mir ist dieser Balanceakt geglückt. In jedem Fall gibt es in Schmargendorf ein Rathaus, eine Dorfkirche, einen Friedhof, Schulen, Seniorenheime, großartige Buchhandlungen und vieles mehr, was es zu einem angenehmen Wohnbezirk macht. Über Gewaltverbrechen ist mir im Moment nichts bekannt. Und wenn, schreibe ich den nächsten Krimi darüber.

Ich danke meiner wunderbaren Literaturagentin Petra Hermanns, die dieses Buch vermittelt hat, Christel Steinmetz von Emons, die es im Verlagsprogramm sah, dem gesamten Emons-Team und meinen Leserinnen und Lesern, die sich auf die Krimibuchhändlerin Wanda Cameron eingelassen haben. Auch bei meiner Familie und meinem Partner bedanke ich mich, vor allem für ihre Geduld.

Ein spezieller Gruß an die SchmargendorferInnen: Wir sehen uns im Dörfchen!